dtv

Irma, Anfang 50, alleinstehend, ohne Job, wählt eine unkonventionelle Methode, um neue Freunde zu finden: Sie gibt sich als Mitarbeiterin eines Marktforschungsinstituts aus. Eine geniale Idee, die ihr zahlreiche Wohnungstüren (und Herzen) öffnet. Allerdings sind Irmas Umgangsformen etwas eingerostet, ihre Fragen bisweilen irritierend unbestimmt oder eher privater Natur, die Untersuchungsmethoden wirken fragwürdig, ihre Erklärungen lassen zu wünschen übrig. Als die Tochter eines alten Mannes sie der Erbschleicherei verdächtigt, muss Irma fürchten, entlarvt zu werden. Dass sie in dem Gewohnheitstrinker Virtanen inzwischen einen verlässlichen Freund gefunden hat, erweist sich nun als sehr hilfreich …
Mit Irma, die ihrer Einsamkeit auf ungewöhnliche Weise begegnet, hat Mikko Rimminen eine Frauenfigur geschaffen, die dazu ermutigt, das Leben selbst in die Hand zu nehmen.

Mikko Rimminen, geboren 1975, hat zunächst zwei viel beachtete Gedichtbände sowie einen Band mit Kurzprosa veröffentlicht, bevor er seinen literarischen Durchbruch mit dem Roman ›Tütenbierroman‹ erlebte, für den er in Finnland als bester junger Autor des Jahres 2004 ausgezeichnet wurde. Für seinen zweiten Roman, ›Der Tag der roten Nase‹, erhielt er 2010 den Finlandia-Preis, den bedeutendsten finnischen Literaturpreis.

Mikko Rimminen

Der Tag der roten Nase

Roman

Aus dem Finnischen
von Stefan Moster

Deutscher Taschenbuch Verlag

Der Verlag dankt dem Finnish Literature Exchange
für die freundliche Förderung der Übersetzung.

FILI
FINNISH LITERATURE EXCHANGE

MIX
Papier aus verantwortungsvollen Quellen
FSC® C019821
FSC
www.fsc.org

Die Originalausgabe wurde in Finnland unter dem Titel ›Nenäpäivä‹
erstmals 2010 bei Teos, Helsinki, veröffentlicht.
Umschlagkonzept: Balk & Brumshagen
Umschlaggestaltung nach einem Entwuf von Wildes Blut, Atelier für Gestaltung,
Stephanie Weischer unter Verwendung von Fotos von plainpicture
Satz: Gaby Michel, Hamburg
Druck und Bindung: Druckerei C.H.Beck, Nördlingen
Gedruckt auf säurefreiem, chlorfrei gebleichtem Papier
Printed in Germany · ISBN 978-3-423-14349-3

I

Anfangs hatte ich sie falsch verstanden und für einen Moment geglaubt, sie heiße auch Irma, und schon in mich hineingekichert, von wegen das kann ja heiter werden mit dieser Namensvetternwirtschaft, aber weil es später sowieso mehr als genug Wirrwarr und Verwechslungen gab, war es sicher gut, dass nur ich Irma hieß und sie Irja und dass wir von Arja damals noch gar nichts wussten.

Da saß sie, mir gegenüber. Sie hatte Lachfalten um den Mund und ihr Kopf war eingerahmt von Uhren aus Wurzelholz und einer Küche. Eine ziemlich gute Daseinsform für einen Menschen, finde ich.

Auf dem Tisch standen Kaffee und ein Hefezopf, der ewig feuchte aus dem Supermarkt, bei dem man sich immer ein bisschen wundert, mit welchem Gift sie ihn so haltbar kriegen. Die Wurzelholzuhren hinter Irjas Kopf führten ihr eigenes Leben, jede in ihrem Rhythmus, es waren viele, an die zwanzig, ich lauschte ihrem Tick-Tack und schaute auf den Ahorn draußen in seinem lodernden Herbstanzug und verlor mich für einen Augenblick in der Überlegung, welches Maß an Fürsorge so viele Uhren wohl verlangen, ob man sie unentwegt nachstellen muss, ob man manchmal die Nerven verliert und wann der Punkt kommt, an dem man nicht mehr kann und sagt, sollen sie doch laufen, wie sie wollen.

Sie hatten eigentlich eine ganz schöne Wohnung, da in Kerava, die Familie Jokipaltio. Es war Vormittag, grau und bestimmt ziemlich tristesseträchtig, zumindest für eine Hausfrau, wie Irja, ihren Worten und anderen Anzeichen nach zu schließen, eine war; ihr Mann arbeitete in Jormakkas Autowerkstatt in Korso, die Tochter ging in die Mittelstufe, der Sohn mühte sich durchs Abijahr, wie ich mir auf der Rückfahrt aus dem Gedächtnis notierte.

Aber angenehm war es, wie gesagt. Es gab die Uhren aus Wurzelholz und alle möglichen kleinen Ziergegenstände, Holztulpen, einen Glaselefanten, eine Kognakflasche in Form des Eiffelturms, eine Muschel, glatt geschliffene Steine und Grünpflanzen, die so aussahen, als würde sich jemand was aus ihnen machen und vielleicht sogar mit ihnen sprechen; nichts Protziges, sondern ein Gesamteindruck, der zu sagen schien, zwar schwimmen wir hier nicht im Geld, doch soll sich auch ein normaler Mensch in seinem Heim wohlfühlen dürfen. Es war reinlich, es roch gut, einfach bloß sauber roch es, nicht aufdringlich nach Putzmitteln, wie bei manchen Leuten, das weckt schnell Misstrauen. Der Platz schien für eine Familie ihrer Größe gerade auszureichen.

Sie selbst war ebenfalls angenehm: Irja. Von Anfang an konnten wir einfach still dasitzen, es musste nicht ständig geredet werden; wir schauten aus dem Fenster, sahen unter den bunten Bäumen Kinder mit Overalls in allen Farben herumkriechen, wie Seeschlangen in Naturfilmen, und schon glitten wir ganz natürlich wieder ins Gespräch, Ach die Kleinen, Erinnerst du dich noch?, Und ob ich mich erinnere, Das war eine Zeit, Kann man wohl sagen, Obwohl man sie sich nicht unbedingt zurückwünscht, Nein, Die Matschhosen und alles, Das kannst du laut sagen, DIE MATSCHHOSEN UND ALLES,

Was?, War ein Witz, Ach so, War wohl eher ein schlechter, Nein, ich hab ihn bloß nicht kapiert.

»Zuerst wird man krumm vor Sorge, weil sie mit dem Kopf gegen die Schränke stoßen, und dann muss man Angst haben, dass sie von anderen herumgestoßen werden«, sagte Irja. »Man hört nie auf, sich Sorgen um sie zu machen.«

»Nein«, sagte ich, obwohl ein energisches Nicken wahrscheinlich auch genügt hätte.

Am wichtigsten war aber doch, dass Fragen gestellt wurden, dass geantwortet wurde, wenn einem danach war, dass man zusammensaß, Kaffee trank. An sich war es ja ein Versehen, das Ganze, ursprünglich wollte ich einen Philodendron in Kerava abholen, irgendjemand verschenkte seine Grünpflanzen wegen Umzugs, in der Markthalle von Hakaniemi hatte ein Zettel an der Wand gehangen, ich weiß nicht, wieso gerade dort, so weit weg von Kerava, und ich weiß heute noch nicht, warum ich meinte, bis nach Kerava fahren zu müssen, um die Pflanze zu holen, aber wenn es was umsonst gibt, kommt einem die Entfernung natürlich nicht so groß vor. Das Resultat war auf jeden Fall, dass ich im falschen Eingang, wenn nicht sogar im falschen Haus landete und in Gedanken an irgendeiner Tür klingelte, bei Jokipaltio, das war mir irgendwie richtig vorgekommen, und es kam mir immer noch so vor, da am Küchentisch, obwohl sich schon bei der ersten Tasse herausstellte, dass man mir hier gar keinen Philodendron aufdrängen wollte.

Und ich weiß gar nicht, was es eigentlich so angenehm machte, aber angenehm war es, das Zusammensitzen mit Irja, das Plaudern, Blödeln, was auch immer. Auf einmal gab einem das Knacken der Wurzelholzuhren was, jetzt, da man jemanden zum Reden hatte; und wie ich redete, ich kam vom Hundertsten ins Tausendste und schließlich stellte ich dann auch die ominösen Fragen, weil es nötig wurde. Mein Sohn sagt ja auch immer, du kannst reden. Das sagt er eine Minute bevor er geht.

Wenn man so hereinplatzt, muss man sich natürlich einen Vorwand ausdenken, schon weil es so schwer ist, einen Fehler zuzugeben. Und so kritzelte ich plötzlich Notizen auf die leeren hinteren Seiten in meinem Taschenkalender und nuschelte irgendwas Unbestimmtes von Meinungsumfrage, Marktforschung und so. Und als ich dann schließlich bemerkte, dass Irja, die mir noch mal Kaffee nachschenkte, plötzlich hinter mir stehen blieb und mir ein bisschen neugierig-scheel, aber freundlich und rotbackig über die Schulter guckte, da spürte ich, wie mein eigenes Gesicht ruck, zuck bis zu den Ohren rot wurde. Und weil mir in der Not nichts anderes einfiel, versuchte ich den Blick auf den Zierteller aus Porzellan über der Dunstabzugshaube zu richten, bei dem einem unweigerlich der Gedanke kam, dass der nur deshalb an dieser Fettsammelstelle aufgehängt worden ist, damit man ihn auch ganz sicher zwei Mal am Tag abwischen muss. Als selbst diese Maßnahme kein bisschen gegen die Hitze in meinem Gesicht zu helfen schien, deutete ich plötzlich aufs Fenster und schrie: »He! Das Kind da isst Sand!«

Und ziemlich bald war ich auch schon an der Tür und entschuldigte mich, es wäre mein erster Arbeitstag und ich hätte die notwendigen Formulare zu Hause, im Büro oder sonst wo vergessen.

Es ertönte ein gewissermaßen ausgewogenes Klacken, als die Tür sich schloss. Dahinter blieb Irja zurück und trank weiter Kaffee. Mich hatte der Kaffee inzwischen ziemlich zittrig gemacht, aber keine von uns beiden hatte ihn einfach stehen lassen können. In einer Art schuldbewusster Heiterkeit schwebte ich die Treppe hinunter wie der Operngeist. Auf der Höhe des Lüftungsbalkons zwischen Erdgeschoss und erstem Stock traute ich mich, kurz stehen zu bleiben. Ich legte die Stirn an die herbstkühle Scheibe. Draußen sprenkelten bunte Blätter den Parkplatz.

»Ist mit Ihnen alles okay?«, fragte plötzlich jemand hinter mir.

»Ja, natürlich«, antwortete ich, noch bevor ich mich zu der Stimme umgedreht hatte. Ich wollte es so sagen, dass ein Hauch guter Laune mitwehte, aber ich merkte, dass ich bloß wie eine griesgrämige alte Frau klang. Und als ich dann mit wahrscheinlich einigermaßen erschrockener Miene den Kopf drehte, sah ich erst mal nichts und niemanden, bevor ich nach unten blickte. Dort stand ein vielleicht dreizehnjähriger Junge, dessen pickeliges und irgendwie orangefarbenes Gesicht an eine mit Nelken gespickte Weihnachtsapfelsine erinnerte. Alles in allem musste man bei diesem Menschenspross und dem auf ihm gestrandeten Gesichtsausdruck unweigerlich daran denken, dass man ihn sicherlich mit zu vielen Karotten gefüttert und ihm vielleicht auch unnötig oft eingeschärft hatte, zu älteren Menschen höflich zu sein.

»Achnadannschongut«, schnarrte er und verschwand flink in Richtung obere Etagen.

»Schön, dass die Jugend heutzutage wieder weiß, wie man siezt!«, rief ich ihm hinterher, wieder im völlig falschen Ton, weshalb ich über meinen eigenen Lärm entsprechend erschrak. Auf den letzten Metern nach unten nahm ich so viele

Stufen auf einmal, wie ich mich traute, und dabei kribbelte die ganze Zeit in Armen, Beinen und Zähnen die von Kinderstreichen her vertraute Mischung aus Wonne und Panik.

Draußen schien mir die tief stehende Sonne direkt in die Augen, und ich war für einen Moment vollständig blind. Auf dem Weg zur Bushaltestelle sagte ich zwei Mal Guten Tag, einmal zu einem Kiefernstamm und danach zu einer echten fremden Person. Der Herbst strömte mir wie etwas Blaues, Blubberndes in die Lungen.

Es vergingen einige blätterteigfarbene Herbsttage, an denen ich eigentlich nicht mehr zustande brachte als ein paar flaumige Gedanken. So sind sie wahrscheinlich, die Tage von glücklichen Menschen, dachte ich, oder zumindest von zufriedenen oder gewöhnlichen, normalen, durchschnittszuversichtlichen, was weiß ich. Von solchen, die im Leben eine Art Sinn und Zweck sehen.

Nicht dass ich mich jetzt überschäumend glücklich gefühlt hätte, natürlich nicht, aber leicht und irgendwie frisch belaubt. Eigentlich war nichts anders als sonst. Ich wachte auf, ging in die Markthalle von Hakaniemi, trank einen Kaffee auf dem Platz davor, kehrte heim, kochte, aß, blätterte durch eine Zeitschrift, machte die Wäsche, spazierte zur Linnunlaulu-Brücke und zurück, nickte kurz vorm Fernseher ein, legte mich ins Bett. Beim Einkaufen und beim Kaffeetrinken kam ich nicht viel zum Reden, nicht dass ich mich groß nach Plauderei gesehnt hätte, mir war einfach nicht danach, ich brauchte es erst gar nicht zu versuchen, musste mir nicht in der Ecke des Kaffeezeltes überlegen, ob ich der Wirtin was Geistreiches übers Wetter sagen sollte oder nicht.

Und so ging ich dann und saß herum und guckte mich um auf dem Markt, beobachtete alles Mögliche: die vorübergehenden Leute mit ihren vielförmigen Tragelasten, den marktbekannten Penner, der Tag für Tag seine Mutter besuchen wollte und jeden Tag von jedem Passanten Geld für den Bus brauchte; den riesigen, feuerroten Fischhändler, der von selbst anfing zu feilschen, wenn ein Kunde nicht kapieren wollte, was gut für ihn war; die gemütlich blitzblanke Erscheinung der Kaffeedame samt ihrer stattlichen Warze auf der Nase; die vertrocknete Frauensperson am Blumenstand, die verblüffend kunstvolle Sträuße band, obwohl an ihrer rechten Hand Mittel- und Ringfinger fehlten. Bisweilen verlor ich mich in der ausgiebigen Betrachtung der Möwen und Spatzen, ein bisschen so, als würde ich spätnachts gleichgültig ein sinnloses Autorennen oder Musikvideos angucken. Hauptsache, es wurde gehüpft und geflattert, Hauptsache, es bewegte sich was.

Einmal verbrachte ich zehn lange Minuten damit, einen Kaugummi, der an einem Pflasterstein klebte und ganz schwarz getrampelt worden war, anzustarren und mich zu fragen, wie viele Jahre er dort schon darauf wartete, abgekratzt zu werden. Und da musste ich ihn wegmachen. Zuerst pulte ich mit dem Plastiklöffel an ihm herum, danach, als das Werkzeug brach, mit dem Schlüssel. Als ich den Klumpen schließlich entfernt hatte, warf ich ihn in den Müll.

Dann war ich auch schon wieder auf dem Heimweg. Ich hatte Hühnerleber gekauft, Kartoffeln waren noch im Haus und Zutaten für die Soße ebenfalls, Sahne und Zwiebeln, viel mehr braucht eine Leber nicht, mein Hunger war bereits beträchtlich und der Durst auch, der Kaffee hatte für den Flüssigkeitshaushalt nicht viel gebracht, und ich hatte es ohnehin eilig, aus dem Kaffeezelt hinauszukommen, nach der Kaugummistocheraktion. Ich ging am Sparkassenufer entlang auf das Haus zu, in dem ich wohnte, als mir plötzlich flau wurde und ich mich auf eine Bank setzen musste. Das Meer sah fettig aus, irgendwie salbenartig, und ein bisschen spiegelte sich darin der Himmel. Aus einer Wolke auf der Wasseroberfläche tauchte eine Ente auf, als hätte die Himmelszuckerwatte einfach so einen Wasservogel auf die Welt gebracht, der seine Geburt vollkommen gleichgültig hinnahm.

»IstmitIhnenallesokay?«, fragte jemand.

Ich blickte vom Sand auf, dessen einsilbigem Formenspektrum ich schon eine ganze Weile meine Konzentration geschenkt hatte, um mich von meinem Schwächegefühl abzulenken, wie mir in diesem Moment auffiel. Vor mir standen zwei übertrieben geschminkte und untertrieben gekleidete Teenagermädchen, von denen sich vor allem das vor dem ruhigen Meer geradezu wahnwitzig wirkende Pink einprägte.

Eine Zeitlang strampelte ich in meiner Unfähigkeit, etwas zu sagen. Ich war schon nahe daran, etwas über das verdächtig gute Benehmen der Jugend von heute hervorzusprudeln, aber dann konnte ich es doch nicht, manchmal ist es einfach unmöglich, all die Schaumblasen, die einem in Gedanken platzen, bis über die Lippen zu befördern. Immerhin gelang es mir zu seufzen und zu sagen: »Ja.« Gern hätte ich ein Danke angehängt, aber die Laute verdorrten mir irgendwo auf Höhe des Kehlkopfes.

Beide setzten sich auf die Bank, neben mich, legten ein Bein übers andere und ließen ihre Jugend perlen. Die eine erzählte der anderen etwas Wirres von einem gewissen Max und zwei anderen Gestalten mit hanebüchenen Spitznamen, Ich raff das echt nicht, Oh Mann, echt krass, Und weißt du was er dann so gemeint hat?, Was'n?, Er hat so gemeint, ich hätt voll die guten du weißt schon, Echt?, Ich nur so: hä?, Ich glaub ich spinne, Mir ist total das Kajal verlaufen, Echt?, Total. Ich saß schutzbedürftig gekrümmt am Rand der Bank und drehte den Kopf so vorsichtig wie möglich. Die Mädchen saßen immer noch genauso da, schauten jetzt aber verträumt aufs Wasser wie alte Frauen.

Dann drehte sich diejenige, die mir am nächsten saß, zu mir um, lächelte und formte mit ihren pinkfarbenen Lippen drei runde, freundliche Wörter wie eine Serie Kaugummiblasen: »Schönes Wetter heute.«

Auch diese jungen Leute hatten gute Manieren, falls es nicht Veräppelung war, oder Verarschung, wie es heutzutage ja schon zur besten Sendezeit heißt. Ich überlegte, was ich Beschreibendes und vielleicht sogar Schwesterliches über all das Wetter ringsherum sagen könnte.

Was ich herausbrachte, war: »Stimmt.«

Die Mädchen sahen mich eine Weile abwartend an. Als sie dann feststellten, dass von mir nichts Wortreicheres zu erwarten war, knüpfte die eine, die weiter weg saß, ans Thema an: »Man hat irgendwie noch gar nicht das Gefühl, dass es Herbst wär oder so.«

»Stimmt«, sagte ich so schnell, dass ich selbst erschrak, aber dann fiel mir weiter nichts mehr ein, und ich ging dazu über, die Handflächen aneinanderzureiben. In der frontal herabscheinenden hellen Sonne sahen die beiden Mädchen fast durchsichtig aus, die Hände wie kleine klare Flüssigkeitsbeutel, in denen miteinander verknotete Adern und schmale Knochenstücke schwammen. Die Mädchen gerieten jedoch kein bisschen aus dem Konzept; als Nächstes näselte die, die mir am nächsten saß: »Wir ham 'ne Freistunde«, und schaute dann wieder verträumt über die Bucht. »Echt super, dass es Freistunden gibt.«

»Wie wenn man noch ein bisschen Sommer nachholen dürfte«, sagte die andere. Dann guckte sie hinter der näher Sitzenden hervor, sah mir in die Augen und fragte: »Ham Sie irgendwie Urlaub oder sind Sie schon in Rente oder so?«

Ich starrte der näher Sitzenden auf die Augen, um die herum zottiger, klumpiger Mascara wuchs wie Rosengestrüpp. Hinter ihrem Kopf, auf der anderen Seite der Bucht, kroch ein Hochgeschwindigkeitszug langsam aus der Stadt hinaus, es sah aus, als verschwinde er im linken Ohr des Mädchens und schlüpfe aus dem rechten wieder heraus. Schließlich sagte ich: »Nein.«

»Okay«, sagte die näher Sitzende gedehnt, als wäre das Wort ein Gummiband.

»Das heißt, eigentlich«, fing ich noch einmal an, weil ich plötzlich das Gefühl hatte, unverschämt und verbittert zu klingen. Dann fiel mir wieder nichts mehr ein. Nach zwei viel zu langen Sekunden musste ich mich zur Fortsetzung zwingen: »Eigentlich arbeite ich praktisch so halbtags.«

»Ziemlich cool, oder«, sagte das am Ende der Bank sitzende Teenagermädchen mit aufrichtig klingender Bewunderung. Beide lächelten.

Als das Lächeln dann gar nicht mehr aufhörte, fing ich an, nervös zu werden. Ich fummelte mit theatralischer Tatkraft und unter Geknister in meiner Tasche herum, befühlte die glitschige Hühnerlebertüte, tastete nach Portemonnaie, Handy und Kalender und pflückte dann stoßweise Zettel heraus, um sie fieberhaft durchzublättern, ich hatte mir am Vortag einen ganzen Stapel ausgedruckt. Ich runzelte die Stirn, nachdenklich, wie ich annahm, befeuchtete mit der Zunge die Finger, zog ein neues Blatt heraus und warf einen kurzen Blick auf die Mädchen. Es gelang mir sogar noch, so etwas wie ein Lächeln hinzubekommen. Sie nickten gleichzeitig mit den Köpfen, als wären sie Marionetten.

Wir verstanden uns: wichtige Unterlagen, richtige Arbeit. Ziemlich cool.

Ich knisterte weiter mit dem Papier. Neben mir setzte wieder aufgeregtes nasales Geplapper ein. Der Wind ließ den Müll zu unseren Füßen rascheln, in den Höhenlagen des Stadtteils Kallio heulte ein Feuerwehrauto auf und verzog sich dann mitsamt seinem Gejaule irgendwo in die Ferne. Auf der Terrasse des Lokals Juttutupa wurde dem Sommer eine Fortsetzung gewährt, ein Trunkenbold grölte einen alten Schlager mit unanständigem neuem Text. Hinter mir, am Straßenrand, wünschte eine männliche Stimme jemandem noch ein schönes Restleben, worauf alles mit dem endgültig klingenden Zuknallen einer Autotür besiegelt wurde.

Kurz darauf hörte ich nichts mehr. Ich starrte auf die Zettel, blätterte wie wild hin und her. Eine unangenehme Gewissheit breitete sich von der Brust her in Richtung Zehen und Fingerspitzen aus, als wäre das Herz plötzlich dazu übergegangen, eiskaltes Benzin zu pumpen.

Erst jetzt wurde mir klar, wie wirr meine Fragen in Kerava gewesen waren. Sie hatten sich hauptsächlich mit dem Haushalt beschäftigt, was natürlich ein naheliegender Themenbereich für den Einstieg gewesen war, aber sie hatten auch ziemlich aus dem Hut gezaubert geklungen, die Fragen, von wegen Essen Sie Joghurt oder Wie oft die Woche gehen Sie in die Sauna, und sie ging natürlich einmal die Woche, die Irja, wie die meisten anderen Leute wahrscheinlich auch. Als ich mir jetzt die neuen Fragen anschaute, wirkten sie ungleich überzeugender: Wie viele Verträge mit Telefonanbietern sind in Ihrer Familie bislang abgeschlossen worden? Wer in Ihrem Haushalt entscheidet über die Anschaffung von Reinigungsprodukten? Gehen Sie lieber in den Lebensmittelladen um die Ecke oder in einen Verbrauchermarkt? Und wenn es dann auch noch mehrere Antwortmöglichkeiten gab, umso besser.

Das Resultat bestand jedenfalls darin, dass ich mich für all die alten Fragen schämte. Mein Kopf fühlte sich regelrecht heißgelaufen an. Und als neben mir dann Aufbruch anzeigendes Textilgeraschel, Billigschmuckgeklingel und so etwas wie Tschüs und SchönenTagnoch zu hören war, gelang es mir lediglich, mit zerstreutem, mattem Kopfnicken und einem sonderbaren Kehlkopfkieksen zu antworten sowie mit einem Lächelversuch, der wahrscheinlich eher an das zahnreiche Grinsen erinnerte, das irgend solche Normaltrampel in Amerika aufsetzen, wenn sie vor die Kameras geraten. Weil man ihnen schon im Kindergarten beibringt, dass man die Zähne zeigen soll, wenn man fotografiert wird.

Als die Mädchen hinter den Büschen verschwunden waren, stopfte ich die Papiere in die Tasche zurück und starrte wieder auf die reglose Bucht, auf die kurz darauf von oben eine weiße Möwe ihre Ladung klatschen ließ. Langsam zerlief sie auf dem Wasser und sah aus wie ein in die Pfanne geschlagenes Ei.

Im Bus setzte ich mich auf einen freien Fensterplatz, die Handtasche fest auf dem Schoß, ein bisschen so, als würde ich sie umarmen. Fünf Sekunden später plumpste neben mir eine ziemlich dicke Frauensperson nieder, die eine größere Last trug als ich, aber den gleichen Sicherungsgriff hatte. Ihr Ellbogen versank zwischen meinen Rippen, ausgerechnet da, wo ich nicht gepolstert war.

Der Fahrerwechsel stand an. Der Bus zitterte im Leerlauf auf der Stelle, was für eine Resonanz sorgte, die von all meinen Körperteilen ausgerechnet die Stirn unbändig zum Jucken brachte. Ich riss mich zusammen, um nicht zu kratzen. Die Fahrer führten am Rand des Marktplatzes noch einen leidenschaftlichen Wort- und Gebärdenwechsel, beide waren Ausländer, oder vielmehr Finnen mit Migrationshintergrund, wie man ja heute sagen muss, aber aus ganz unterschiedlichem Holz. Derjenige, dessen Schicht zu Ende war, sah wohl am ehesten türkisch aus und derjenige, der die Schicht antrat, eher somalisch. Die Worte schienen ihnen nicht ausgehen zu wollen. Auf dem Marktplatz peitschte ein orangefarbener Spritzwagen das Pflaster mit schneidend scharf aussehenden Wasserskulpturen. So wurde dem Dreck, dem Gesindel und auch den Tauben eine Abfuhr erteilt.

Die Fuhrmänner hatten dann ihre Neuigkeiten ausgetauscht, umarmten sich und schlugen sich auf die Rücken. Ich brachte die Lippen in Neutralstellung und wühlte das Handy aus der Handtasche, fingerte eine Zeitlang daran herum, aber als das Textnachrichtenfeld sich mit einem unsinnigen Gestrüpp aus zufälligen Zeichen schwärzte, wurde ich des Geräts müde und stopfte es in die Tasche zurück.

Auf der Hämeentie ruckte der Verkehr, es wirkte, als würde er dahinkeuchen. Die Menschen schleppten bunte Plastiktüten. Vor einem asiatischen Gemischtwarenladen schaukelte eine imposante Frau mit Kopftuch einen Kinderwagen. Drei Gehtüchtige hielt sie in einer findigen dreizweigigen Riemenkonstruktion, jedes der Kinder zappelte in eine andere Richtung, aber es reichte weder zu einer Übeltat noch dazu, dass eines unter ein Auto geriet. Vor dem Arbeitsamt in der Haapaniemenkatu standen drei Feuerwehrautos und eine Schar Gaffer, mehr konnte man von der Verwicklung nicht sehen, weil der Bus schon wieder vorwärtszitterte.

Es kam die krumme Kreuzung Kurvi, all das hektische Hin und Her von einem Verkehrsmittel zum anderen und das sture Herumstehen der Müßiggänger mittendrin, es kam Vallila, die Paulskirche umgeben von Ahornbäumen, die in Flammen zu stehen schienen, es kam Kumpula, dann Koskela. Als wir auf die Autobahn fuhren, buddelte ich in meiner Handtasche wieder nach Unterlagen, ich musste etwas gegen den fremden Ellbogen zwischen meinen Rippen unternehmen. Nicht dass ich menschliche Berührungen oder so etwas scheute, aber es fing einfach an wehzutun.

»Entschuldigung«, murmelte ich, während ich die zudringliche Extremität auf ihre Seite schob und die Papiere auf dem Schoß ausbreitete. Meine Sitznachbarin muckste sich zwar nicht, lächelte aber. Ich lächelte zurück und machte mich daran, Irjas Antworten zu studieren. Ich hatte sie in den Computer übertragen, weil ich aus meinem Gekritzel auf den Kalenderblättern bald nicht mehr schlau geworden wäre. In den schlichten, alltäglichen Informationen konnte man letztlich wenig von dem Menschen hinter den Antworten erkennen, weil es eben über niemanden viel aussagt, ob er zu Wettex oder Vileda greift, um vom Fußboden Moosbeerensoße oder Katzenpisse aufzuwischen, aber sie machten immerhin schon einen ganz brauchbaren Eindruck, diese Seiten: Auf dem ersten Blatt standen die Anschrift der Kundin und ihre Telefonnummer, beides aus dem Internet geangelt, da war diese Datenautobahn endlich mal zu was nutze, nicht dass ich aus reiner Dickköpfigkeit dagegen gewesen wäre, aber es ist nun mal der einsamste Ort der Welt, das Weltweitweb, wie mein Sohn sagt. Bestimmt hat die Menschheit nie zuvor so viel Einsamkeit in einem so kleinen Raum angesammelt.

Solche Sachen dachte ich, als ich so im Bus saß, und ich fragte mich auch, wem erkläre ich das insgeheim eigentlich alles, wem halte ich da Vorträge und worüber. Draußen huschte der Herbst in bunten Streifen vorüber, im Bus wurde geniest, gegähnt, leise gesprochen oder ins Handy gebrüllt. Ich streckte mich so gut es meine üppig ausgestattete Sitznachbarin erlaubte, lehnte die Schläfe ans kühle Fenster und ließ den Kopf sozusagen einfach rauschen.

Dann, überraschend schnell schien mir, waren wir auch schon in Kerava. Ich stieg im Nieselregen, der inzwischen eingesetzt und den ich durchs Busfenster gar nicht bemerkt hatte, aus und fragte mich, was um Himmels willen tue ich hier eigentlich. Eine Weile stand ich wie ein begossener Pudel an der Bushaltestelle, mitten auf einer Art Platz. Busse und in Folie verpackte und regenbeschirmte Menschen eilten vorbei, alle schienen eine Last zu tragen, selbst die, die kein eindeutig zu bestimmendes Tragemittel bei sich hatten. Ich ging los. In der Bahnhofsgegend standen viel Gemäuer aus rotem Backstein und alte Häuser, aber die Aussicht änderte sich rasch, und auch wenn zum Beispiel Hakaniemi nicht unbedingt der angenehmste Ort der Welt sein mag, so war dieser Teil von Kerava zumindest, mit Verlaub gesagt, ein bisschen, na ja, unschön. Der Beton, der im Regen still die Farbe verlor, die Glasflächen der Geschäfte und die Plattheit allenthalben stimmte einen irgendwie traurig. Ich musste an Irja Jokipaltio denken. Fühlte sie sich hier wohl?

Ich stapfte aus der Innenstadt hinaus. Zunächst wurden die Häuser niedriger, aber dann fingen sie wieder an zu wachsen. Hier hatte es auch mehr geregnet. Auf den Straßen stand das Wasser, das Reifenzischen der Autos überlagerte das Brummen ihrer Motoren. Windjacken, Stöcke, Hunde, Mopeds kamen mir entgegen. Erst die neongelbe Mütze eines ausgezehrt wirkenden Joggers ließ mich schlagartig bemerken, dass eine schwarze Wolke das Panorama verdüsterte. Seine Kopfbedeckung schien alles im Radius von zehn Metern zu erleuchten.

Bald stand ich dann auch schon in dem Wäldchen neben dem Haus. Die gelben und orangefarbenen Blätter leuchteten, als hätte jemand Strom hineingeleitet oder Faserlicht, Lichtfasern oder wie man das nennt. Ich stand neben einer hohen, gerade gewachsenen Kiefer und schaute auf den grauen, etwas melancholischen Wohnklotz. Es roch nach feuchter Rinde und dem Leben, das aus den herabgefallenen Blättern wich, und nach einem undefinierbaren Mischmasch. Meine Füße wurden kalt, und ich begann am ganzen Körper zu zittern, irgendwo im Haus standen die Fenster offen, man hörte ein Kind weinen und eine Frau jammern und einen Staubsauger röcheln. Eine Windböe kam auf, brachte einen Schnörkel Essensgeruch mit sich und schleuderte mir eine Ladung großer, schmerzlich kalter Wassertropfen aus dem Baum in den Nacken. Zeit, sich zu bewegen.

Ich überquerte den Vorplatz und dann den Parkplatz, und dann war ich auch schon im Hinterhof des Hauses, auf der Küchenseite. Ich registrierte, dass ich mich mit resoluten Schritten fortbewegte, es musste ein wenig übertrieben aussehen, und das ganze Gerenne war ja doch zu nichts nütze, jedenfalls insofern nicht, da ich, je schneller ich ging, mich umso rascher Irjas Hauseingang näherte, es war Eingang D, die Tür noch offen. Einige Dutzend Meter konnte ich noch allerlei umherwirbelnde, kreisende und irgendwie in sich geschlossene Gedanken fortspülen, von denen der hervorstechendste natürlich zu der Art gehörte, von wegen Was jetzt, ich kann doch da nicht einfach hingehen, bestimmt ist die ganze Familie schon zu Hause, was soll ich denen denn sagen. Wenn man so etwas wiederkäut, macht das den Dummen auch nicht fromm, und meine Schritte wurden noch energischer als zuvor. Da stand ich dann plötzlich vor der Tür und schlüpfte ins Treppenhaus.

Es war schwer, den Rückzug anzutreten, und gleichzeitig musste ich mich fragen, warum ich den Rückzug überhaupt antreten sollte. Eine präzisierende Frage, dachte ich, nur eine, ich könnte sie an der Tür stellen, die Frage, welche Frage, ich hatte natürlich welche aufgeschrieben, aber es musste ja wohl möglich sein, eine klägliche Frage ohne Manuskript zu stellen. Doch gerade als der Kopf funktionieren sollte, segelte bloß ein Haufen langsamer, zäher, undeutlicher Fragen, die schon in derselben Minute auf den Schrott gehört hätten, durch mein Hirn: Sehen Sie lieber fern oder hören Sie lieber Radio?, Sind Sie ein Weihnachtsmensch?, Wie viele Finger sehen Sie bei sich und anderen?, Mögen Sie Hühnerleber?, Ich auch, Entschuldigung, jetzt sind mir die Unterlagen durcheinandergeraten. Und so weiter und so weiter, und da war ich plötzlich auch schon im zweiten Stock, starrte auf die Tür und den Namen auf der Briefklappe, Jokipaltio, großartiger Name, irgendwie herrschaftlich. Das würde ich ihr sagen.

Und als ich gerade dachte, dass ich vielleicht doch nicht als Allererstes sagen sollte, ich hätte mich nur deshalb in das verschlafene Provinznest geschleppt, weil ich ihren Familiennamen so imposant fand, just als ich ihn zu Ende gedacht hatte, den Gedanken, hörte man hinter der Tür, aus gerade mal zwei Meter Entfernung, Geraschel, Gerumpel und allerlei Aufbruchgeräusche, vor allem aber Rauskunft, zu mir, ins

Treppenhaus, genau dahin, wo ich vollkommen gelähmt auf der Stelle stand. Dann ertönte ein backfischnasales Tschüs und darauf ein anderes Tschüs und schließlich Irjas klare, weit tragende, entschiedene Stimme: »Um zehn seid ihr wieder zu Hause.«

Natürlich hätte ich die Treppe hinunterrennen und schlicht und einfach fliehen können, aber meine Gedanken hatten sich im Nu in ein trübes Ragout verwandelt. Darum schwappte ich quasi bloß auf der Stelle hin und her, versuchte mich irgendwo hinzubewegen, stolperte, prallte gegen die Nachbarstür und brachte dort die Klingel zum Scheppern. Gleichzeitig schickte ich stumme Wünsche in alle möglichen Richtungen, dass bloß jemand die Tür aufmachen möge, bevor die Wohnungstür der Jokipaltios aufginge.

Da hörte ich hinter meinem Rücken die Tür aufgehen, mit einem Knarren, in dem jene Kombination aus Entschlossenheit, Hast und Grimm lag, die nur entsteht, wenn Menschenwesen im Teenageralter für den Abend die Wohnung verlassen. Gleich darauf geschah sehr viel auf einmal: Im selben Moment, in dem ich zwei tuschelnde Mädchen ins Treppenhaus schießen sah, registrierte ich eine sportschauartige Erkennungsmelodie, die aus der offenen Tür drang, worauf eine Männerstimme etwas ausstieß, was genau, konnte ich nicht verstehen, aber der kommandierende Tonfall war unmissverständlich; dann hörte ich aber auch schon ein argwöhnisches Gleiten von Schlössern hinter der Tür unmittelbar vor mir, welche überraschend schnell einen Spaltbreit aufging, worauf ich mich sofort durch die gerade mal brettbreite Öffnung zwängte.

Bevor ich mich in dem fremden Flur in den Armen einer

erschrocken aussehenden blonden Frau wiederfand, konnte ich gerade noch Schritte wie Marmorkugeln die Treppe hinunterprasseln hören. Dann war ich auch schon eine Erklärung schuldig.

Ich löste mich aus den Armen der Frau und wich zwei Schritte zurück. Jetzt sah ich sie zwar in voller Größe vor mir, konnte ihr aber nicht in die Augen sehen, ich schämte mich, und so sah ich denn an ihr vorbei in den Flur, von dem dieses Mal nicht mehr in Erinnerung blieb, als dass er schmal war und anders als bei den Nachbarn, dass der Fußboden jedoch mit dem gleichen grauen Linoleum ausgelegt war wie nebenan und dass ein langer, schmaler, rot-schwarz karierter Teppich darauf lag. Licht fiel nur vom Treppenhaus und aus den Zimmern in den Flur. Die Jacken hingen ordentlich aufgereiht an der Kleiderstange, von einer Ausnahme abgesehen waren sie allesamt dunkel, der einzige helle, halblange Trenchcoat hing in der düsteren Ecke wie ein einzelner Zahn in einem klaffenden Schlund.

»Entschuldigung«, bekam ich schließlich heraus.

»Macht nichts«, sagte die Frau mit fester Stimme, sie hatte den Schreck schnell überwunden, so wie es zum Beispiel junge Mütter oft können, die stecken alles ruck, zuck weg, sofern ihr Kind nicht in Gefahr ist.

»Wer ist das?«, tönte irgendwo weiter hinten eine Männerstimme.

»Jetzt muss ich allerdings sagen, dass ich es nicht weiß«, sagte die Frau und sah mich mit ihren schwarzen Augen fest an.

Es waren keineswegs feindselige Augen, sondern solche, die verrieten, dass ihre Besitzerin ihren Platz in der Welt kannte. Ich hatte keine Angst vor ihnen. Im Grunde überkam mich nach all dem Hin- und Herprallen plötzlich eine geradezu unvernünftige Ruhe. Weshalb hätte ich mich auch fürchten sollen? Ich war bloß ein Eindringling, den man entweder hineinbat oder herausschmiss. Eigentlich gab es nichts, wofür ich mich hätte schämen müssen.

»Ich bin Irma«, sagte ich leise.

»Wer ist das?«, fragte der Mann erneut von drinnen.

»Ich bin's, Irma!«, brüllte ich und sah darauf die Frau ein bisschen beschämt an, weil ich so laut geworden war. »Von der Haushaltsforschung. Entschuldigung.«

Ich erklärte kurz, worum es ging. Kundenbefragung. Verbrauchergewohnheiten. Multiple Choice, Kundenbeteiligung, nähere Umgebung. Mir brach der Schweiß aus, aber es ging überraschend gut. Im Inneren der Wohnung zischte etwas in einer Pfanne.

Ich weiß nicht, wie oder warum, aber ich wartete dann nicht darauf, weiter hineingebeten zu werden, sondern streifte mir die Stiefeletten von den Füßen und produzierte immer neue Bitten um Entschuldigung. Dass ich so spät am Abend bei den Leuten hereinplatze, richtig peinlich, aber weil der normale Lohnempfänger natürlich tagsüber oft arbeitet, wird es bei uns schnell spät, jeden Tag muss eine bestimmte Anzahl von Kunden abgeklappert werden, wo kam das jetzt her, es klang ziemlich weinerlich, aber trotzdem wagte ich es, weiterzureden, und erklärte, ich hätte einen etwas schwierigen Tag gehabt, die Leute alle irgendwo anders, und dann musste ich auch noch hier über die Schwelle stolpern, wieso das jetzt, und dann auch dieser Rededurchfall. Und als die Frau mich dann in die Küche führte, ein bisschen so, als hätte sie Angst, ich könne jeden

Moment tot umfallen, hatte ich nur die Frage im Kopf, ob ich den letzten Gedanken auch laut ausgesprochen hatte.

Aber da waren wir auch schon in der Küche angelangt, und dort wartete der Mann. Er rührte in einem großen, zischenden Wok und war auf eine Art küchenentspannt, wie es nur Männern möglich ist. Jede Bewegung mit dem Pfannenwender begleitete er mit einem Hüftschwung. Eine Frau kocht ernst und mit geradem Rücken.

»Guten Abend«, sagte er. Ich nickte und wünschte das Gleiche. Er war ein ganz gewöhnlich aussehendes männliches Wesen, wenn auch gesund und gut in Form und jedenfalls ansatzweise gepflegt wirkend; auch er hatte Augen, die verrieten, dass er wusste, was er tat, wobei in seinem Blick nichts Hartes, geschweige denn Hinterhältiges lag.

»Ja, also Irma, Irma war doch der Name, genau, Irma macht irgendeine Befragung.«

»Okay«, sagte der Mann, und für einen Moment rechnete ich damit, dass er mich hinauswarf. Dann hielt er aber bloß seiner Frau den Pfannenwender hin und sagte mit einer Art Leichtkäsefröhlichkeit, ein bisschen reklameartig: »Pass mal kurz auf das hier auf, ich guck schnell nach, ob Sini-Virve aufgewacht ist.«

Die Frau fing das Instrument fast aus der Luft und rührte gleich darauf im Abendessen. Mich bat sie freundlich, am Tisch Platz zu nehmen. Ich setzte mich und empfand plötzlich eine sonderbare Heiterkeit wegen der Gewogenheit dieser selbstsicheren Kreaturen und wollte schon fragen, ob hinter der Namenskombination des Kindes Druck von der Verwandtschaft steckte, weil ich mir unmöglich vorstellen konnte, dass er oder sie aus vollem Herzen ihr Kind mit einem Namen hatten verunstalten wollen, der einen sowohl an Reinigungs- als auch an Angelzubehör erinnerte. Zum Glück hielt ich den Mund. Ich saß bloß da, die Hände brav auf der Tischkante, und verkniff mir das Grinsen und sah aus dem Fenster. Man sah dieselbe, von Kiefern umstandene Fläche wie aus dem Nachbarfenster.

Dann sagte sie, die Frau, sie heiße Mari und bedauerte sogleich, dass sie vergessen hatte, sich vorzustellen. Ich antwortete, unsere Bekanntschaft habe in keiner Hinsicht regelgemäß begonnen. Sie wiederum präzisierte, den Nachnamen hätte ich sicherlich trotz allem an der Tür gelesen, falls er nicht ohnehin in den Unterlagen stehe. Ich sagte nichts, aber als sie mir vom Herd aus einen Blick zuwarf, verdrehte ich, wie ich fand, schelmisch-einvernehmlich die Augen und hoffte insgeheim, nicht wie eine Vollidiotin auszusehen. Ich versuchte, eine Art inneres Foto von der Tür in den Sinn zu bekommen. Es gelang mir aber nicht, mehr zu erhaschen als den Namen Jalkanen – Beinlein –, und ich wünschte, ich täuschte mich, ich dachte, das arme Kind, wie soll es später auch das noch ertragen, wenn einem beim Nachnamen als Erstes etwas einfällt, das an Zwergwuchs denken lässt.

»Ja also«, sagte Mari Hoffentlich-Nicht-Beinlein dann, und ich verstand eigentlich nicht ganz, was sie meinte, aber die Unterbrechung kam mir doch gelegen, weil mich diese unerwünschten Gedanken allmählich schon zum Lachen reizten.

Ich sah mich in der Küche um. Sie war das bauliche Spiegelbild zu der von Jokipaltios, aber sonst gab es so gut wie keine Gemeinsamkeiten. Hier war fast alles grau oder schwarz oder aus Stahl, da und dort ein bisschen rot; dezent und stilbewusst war sie, irgendwie rhythmisiert. Wenn man die edle

Kargheit nicht als Maßlosigkeit bewerten wollte, dann bestand die einzige Übertreibung in der riesigen Uhr mit Stahlrand, sie hatte einen Durchmesser von sicherlich einem halben Meter und nahm fast den gesamten Streifen ein, der zwischen der Außenwand und den glänzenden grauen Hängeschränken frei blieb. Plötzlich begriff ich, dass auf der anderen Seite derselben Wand Irjas Wurzeluhren ihr nervöses Eigenleben führten. Dieser eine Zeitmesser hätte sie alle schlucken können.

Ich landete wieder im real Existierenden, als der Mann zurückkehrte. »Also, ich bin Jaanis«, sagte er, kam von der Tür aus forsch auf mich zu und hielt mir die Hand hin. Ihr Druck war kräftig. Dann zuckte er gewissermaßen auf den kleinen runden Bouclételteppich in der Mitte der Küche zurück, wie auf ein winziges Siegerpodest, und sagte: »Sie wollten irgendwelche Fragen stellen.«

Er sagte es ohne Fragezeichen, aber dennoch lag in dem Satz eine fragende, freundlich gesinnte Nuance, als wollte er die Barschheit, die in der Feststellung möglicherweise enthalten war, einzäunen. Fürs Erste antwortete ich ihm, einen Erdenwurm wie mich brauche man nicht zu siezen, schlüpfte aber im selben Moment schon zu anderen Gedanken, ich überraschte mich selbst mit der Überlegung, ob ich mit Irja von nebenan sofort per du gewesen war. Ich konnte mich nicht erinnern. Beide Varianten hatten etwas für sich: Das Duzen wäre natürlich kameradschaftlicher gewesen, aber im Siezen lag eben auch eine gewisse altmodische Sicherheit.

Es war allerdings unmöglich, auf dem Thema weiter herumzureiten, denn Mari fragte vom Herd aus, unter der stählernen Dunstabzugshaube hervor, ohne den Kopf zu drehen: »Ach ja, kriegen wir da eigentlich was für?«

Ich blickte hoch von der Handtasche auf meinem Schoß, aus der DIN-A4-Blätterecken keimten. Ich konnte nicht mehr tun, als die Frau anzustarren, die sich nun doch umdrehte und mich mit ihrem sportlichen Blick musterte. Es juckte mich irgendwie von innen am Kopf, ich hörte ein Kratzen und kleine Plopp-Geräusche.

»Ich meine, nicht dass das jetzt irgendwie …«, sagte sie, »ich frag bloß so aus Interesse.«

Es gelang mir noch immer nicht, ein Wort aus meinem Mund zu leiern. Ich schielte auf die Wanduhr, deren Sekundenzeiger glatt übers Ziffernblatt wischte, ohne zu rucken, unerschütterlich. Und ich verwünschte mich, meine Blödheit, meine Gedankenlosigkeit, meine Hirnrissigkeit oder Risshirnigkeit, alles. Mir kam sogar eine Wortkombination wie »mangelnde berufliche Qualifikation« in den Sinn. Ich spürte geradezu auf der Haut, dass ihre Blicke mich in die Mangel nahmen, ich kam mir vor, als steckte ich statt in Kleidern in Ameisen.

»Aber natüüürlich«, sagte ich, Raubbau an den Üs betreibend und zugleich so mechanisch und verkrampft, dass es wahrscheinlich nach einem Apparat mit Störungen klang. »Natüüürlich gibt es ein Honorar, hier, bei dieser Studie, oder genauer gesagt ein Geschenk, ja, ein Geschenk ist es, schon aus steuerlichen Gründen, Geld kann man da schlecht geben, so ist es besser, für beide Seiten, darum ein Geschenk. Als Aufwandsentschädigung.«

Ich holte Luft und fuhr fort: »Die Situation stellt sich nun allerdings so dar, dass ich mir jetzt erst mal quasi so eine Art Überblick verschaffe, praktisch wie ein Forschungsteam, also wir sammeln die grundlegenden Informationen und so weiter, das heißt die eigentliche Befragung findet dann quasi erst später statt. Die Zielgruppe. Es geht um die Zielgruppe. Die muss quasi gefunden werden.«

Das Sprechen wurde noch schwieriger, als mir beim dritten Quasi der Gedanke kam, wie oft man es überhaupt hintereinander sagen konnte, in dem Bestreben, kompetent zu klingen, und darum ging völlig an mir vorbei, was Mari sagte, als sie mir ins Wort fiel. Es war aber irgendetwas von wegen Wir brauchen ja auch wirklich nichts.

»Es ist ein Überraschungsgeschenk«, gelang es mir dann stolz und mit absurdem Nachdruck zu krähen.

»Nein, wirklich, wir wollen nichts«, sagte nun der Mann, wie hieß er noch, Jaanis, genau. »Ist doch schön, sich ab und zu mal mit jemandem zu unterhalten. Heutzutage kommt man nicht mehr so wahnsinnig viel unter Leute, das Kind und alles, das geht schnell, hier redet man nicht unbedingt viel miteinander.«

»Und dabei habt ihr so eine nette Nachbarin!«, platzte ich heraus, bevor irgendeine Warnlampe aufleuchten konnte. Und schon schilderte ich meinen Besuch in der Nachbarschaft, eine andere Umfrage zwar, aber ich kenne die Leute, das heißt die Frau, nette Person, großartig, einfach wunderbar.

Das Paar schaute sich ein bisschen verlegen an. »Wir haben nicht so wahnsinnig viel Kontakt«, sagte der Mann. »Also man grüßt sich und so.«

»Schade«, sagte ich und meinte es auch.

»Man müsste eigentlich mehr …«, sagte Mari, nahm den Wok mit durchgestrecktem Rücken vom Herd und ließ sich mit einem Plumps am Tisch nieder. Der Mann folgte ihr.

In diesen wenigen letzten Momenten herrschte ein komisches, hauchzartes Einverständnis am Tisch und in der Küche. Der Sekundenzeiger flutschte, als sauste er durchs Universum, im Zimmer nebenan stöhnte das Kind im Schlaf und klang doch zufrieden, in der Nachbarwohnung hörte man jemanden abspülen, und auf den nassen Ahornblättern im Hof flackerte es von gleich mehreren Fernsehern. Der Reis kochte, das Wokgericht zog durch, sie boten mir etwas an, aber ich lehnte ab, ich hatte das Gefühl, sie jetzt essen lassen und nach Hause fahren zu müssen, bevor es zu spät war, bevor etwas schiefging. Ich fragte nach ihren Daten, Arbeitsplatz, Alter und anderen zweitrangigen Informationen, versprach so bald wie möglich wegen des eigentlichen Anlasses zurückzukommen und machte mich ans Aufbrechen. Ich bedankte mich noch wortreich, bat um Verzeihung für all die Mühe und Störung, lobte die saubere Wohnung, von der ich nur die Küche gesehen hatte, wünschte Gute Nacht und sagte, ich würde allein hinausfinden. Sie drängelten tatsächlich nicht bis in den Flur, und bevor ich durch die Wohnungstür ins Treppenhaus schlüpfte, flüsterte ich noch so laut ich mich traute: »Es ist übrigens eine tolle Überraschung!«

Die Tür war noch nicht ganz zu, da bemerkte ich, wie das Paar in der Küchentür stand und einander ansah und lächelte. Es lag nicht ein Gran Negativität darin, das merkte man irgendwie.

Als ich nach Hause kam, hatte ich das Gefühl, es sei nach Mitternacht, dabei war es erst acht. Ich konnte mich nicht erinnern, wann ich zuletzt so müde gewesen war. Gern hätte ich gedacht: müde, aber glücklich – nicht wie Sportler und Jubilare, sondern wie ein Normalmensch, der einen Arbeitstag hinter sich gebracht hat.

Ich schlief zwölf Stunden. Beim Aufwachen fühlte ich mich ein wenig klebrig. Im Hof beschien die Sonne bereits die Mauer gegenüber, und als sich die Frau des Ingenieurs hinter ihrem Fenster rührte, ging ich mit einem Satz hinter dem Vorhang in Deckung. Ich schämte mich, um diese Tageszeit im Nachthemd herumzugammeln. Mir war klar, dass ich irgendwann auch wieder zu ihr gehen musste, die Haare würden schon bald zu knistern anfangen und die Farbe verblasste allmählich, sie betrieb eine Art Heimsalon, die Ingenieursfrau, hatte irgendwann auch mal einen eigenen Friseurladen in der Gegend gehabt, aber ob es der Mann war, der sie in die Heimmannschaft abkommandiert hatte, das weiß keiner. Sie machte es billig und ordentlich, aber sie war so unwahrscheinlich darauf aus, Beamte, Kommunisten und alle möglichen Fähnchen im Wind zu verwünschen, dass ich immer mal wieder überlegte, ob es nicht doch einfacher wäre, einen x-beliebigen Friseursalon zu betreten und sich von einer Fremden behandeln zu lassen.

Ich kochte Kaffee. Raschelte ein bisschen mit der Zeitung. Und schaffte es nicht, auch nur einen einzigen Artikel bis zum Ende durchzulesen. Die großen Seiten segelten von rechts nach links wie bröckelnde, tote Flügel und wirbelten Staub auf. Den wird man nie los, den Staub, du wischst und wischst, und trotzdem köndelt sich immer wieder was davon schnurstracks an Ort und Stelle. Irgendwie war ich gereizt. Ich hatte das Gefühl, als wäre ein Teil des Tages schon im Eimer. Auch der verblichene Hühnerleberhaufen von gestern in dem durchsichtigen Beutel auf der Spüle hob meine Stimmung nicht im Geringsten.

Ich dachte daran, sauber zu machen. Ich dachte noch an viele andere Dinge, aber darüber schweigt man eventuell besser, aus diplomatischen Gründen, wie mein Sohn vielleicht sagen würde. Stattdessen ging ich aufs Klo und unter die Dusche, worüber man sicher ebenso schweigen sollte, und dann setzte ich mich wieder an den Tisch und dachte sozusagen mild gesäuert, da setze ich mich also jetzt an den Tisch und denke über mein Leben nach. Worauf ich mich noch kurz fragte, woher dieses Theatralische jetzt eigentlich kam, das sich über alles legte.

Ich saß da, blickte mich um, viel gab es nicht zu sehen, einen Wohnraum von dreißig Quadratmetern minus einer Bodenbrettbreite, aber was braucht ein einzelner Mensch schon viel an Raum um sich herum. Was würde das geben, wenn man alleine in einem riesigen Haus wohnen müsste, da müsste man ständig Angst haben, Angst vor der Stille, Angst vor Geräuschen, abwechselnd vor der Stille und vor den Geräuschen, vorm Gurgeln des Wassers in den Rohren, vorm Wind in den Ecken, vor der Stille nach dem Windstoß, vorm Kratzen eines

Astes an der Wand, vor der Stille nach dem Kratzen des Astes. Man würde in schlaflosen Nächten von einem Zimmer ins nächste taumeln, um sich zu versichern, dass da niemand ist, und dann wäre man wieder für eine Weile zufrieden. Und traurig, weil niemand da ist.

Verrückt würde man werden. Dreißig Quadratmeter, knapp darunter, das genügt für einen Menschen. Außerdem sind es die eigenen, dafür hat es immerhin gereicht. Und dazu gibt es zwei große Fenster in zwei Richtungen, weil Eckzimmer, und jedem gegenüber eine Wand.

Ich setzte das sture Herumsitzen fort. Alles in der Wohnung befand sich da, wo es hingehörte, und das war gut so. Es gab relativ wenig Platz, weshalb Töpfe, Pfannen, Schüsseln, Mixer und die anderen, welche anderen, na, die Pfannenwender, Messer, Bürsten, Knoblauchpresse, Reibe, das Krebsmesser mit den Löchern ... was hatte das einsame Ding hier noch verloren ... aber wo war ich stehen geblieben, bei der Liste, der Stabmixer war unberücksichtigt geblieben ... und erst da kam mir die Frage in den Sinn, warum die ganzen Gerätschaften überhaupt aufgezählt werden mussten. Fakt war trotzdem, dass sie alle gut zu sehen waren, an der Wand, weil es im Schrank keinen Platz für sie gab. Aber sie sahen schön aus, wie sie da hingen, sichtbar, praktisch, notwendig, existierend. Man war am Leben.

Die Uhr schlug mit hellem Ton, eine kleine Uhr mit Gewichten zum Aufziehen, die wenig Dekoratives zu bieten hatte, abgesehen von ihren tannenzapfenförmigen Gewichten. Sie schlug bereits Mittag. Flüchtig dachte ich an Irjas Wurzeluhren und an den riesigen Zeitnehmer der Jalkanens; daran, dass höchstens zwanzig Zentimeter Wand die beiden Vorstellungen von Schönheit und bestimmt auch von Zeit und Welt trennten. An alles Mögliche musste ich denken, ständig kamen sie mir in den Sinn, die Gedanken, aber sie schauten nur kurz vorbei und verschwanden dann in der Welt wie Spritzer vom Polsterreinigungsschaum im Staubsauger, feucht und schaumig quollen sie hervor, trockneten zu bröckelndem Schmodder und wurden aufgesogen.

Dann, als ich schon nahe daran war, mich immer tiefer in die Welt der Chemikalien zu verirren, klingelte das Telefon. Es war mein Sohn.

»Endlich«, sagte er.

»Wieso?«, fragte ich. Das Telefon hatte eine seltsame Tücke, ich hörte meine eigene Stimme mit einer halben Sekunde Verzögerung, sie klang metallisch und unfreundlich, wie bei jemandem, der mit einem Zinkeimer über dem Kopf etwas mit abweisendem Tonfall sagt.

»Ich hab versucht, dich anzurufen«, sagte mein Sohn.

Darauf antwortete ich kurz und bündig: »Hast du nicht.«

»Hab ich doch«, sagte er, mit einem Ton wie bei einem beleidigten, na ja, Jungen. Einem kleinen Jungen.

»Hast du nicht«, sagte ich, und dabei wunderte ich mich selbst, warum ich plötzlich ohne Grund so unfreundlich war. Ich schaute aus dem Fenster, mitten im baumlosen kleinen Hof hatte sich der Hausverwalter in seinem Dreiteiler aufgebaut, die Hände in die Hüften gestemmt, als betrachte er seine Ländereien. Als er aus irgendeinem Grund dann sein mit runden Brillengläsern aufgebrezeltes Gentlemangesicht hob und mich direkt ansah, duckte ich mich instinktiv, wie blöd, wie blöd, wie blöd, er hat mich garantiert gesehen, musste das sein, musste das wirklich sein.

»Hallo«, brüllte mein Sohn. »Hörst du?«

»Ich muss aufhören«, flüsterte ich. Er wollte wissen, warum ich flüsterte. Ich wusste es nicht, hätte es aber gern gewusst. Ich räusperte mich, suchte nach Farbe und Vibration für die Stimmlippen und sagte: »Eine Freundin von mir kommt zu Besuch.« Wieder hörte ich aus dem Telefon meine eigene und gleichzeitig völlig fremde, hallende und knarrende Stimme mit gerade eben wahrnehmbarer Verzögerung.

»Ich hab sogar einen Grund, warum ich anrufe, aber wir telefonieren dann später.«

»Tschüs«, flüsterte ich, riss mir das Telefon vom Ohr und knuffte mit dem Daumen das rote Hörersymbol. Ich traf aber nicht, und einen Moment lang drang lautes Getöse und fast so etwas wie Gezänk aus dem Telefon, vielleicht hatte der Junge irgendwo am anderen Ende Probleme, die in die gleiche Richtung gingen. Schließlich wurde es still. Ich blickte auf das Gerät, in dessen Fenster langsam das Licht ausging, dann schaute ich wieder nach draußen, wo ein mit Zetteln in unterschiedlichen Farben ausgerüsteter, früh erglatzter Heini von einem Hauseingang zum nächsten wankte und an den verschlossenen Türen rüttelte. Er sah aus, als wäre er zeit seines Lebens kein einziges Mal selbstsicher durch eine Tür getreten. Der äußeren Erscheinung nach war er im Auftrag Gottes unterwegs. Irgendwie tat er mir leid.

Der Verwalter, der kurz zum Lauern abgetaucht gewesen war, tauchte blitzschnell wieder auf und scheuchte den Eindringling davon.

Schließlich wandelte ich meine Gedanken in Taten um und machte sauber, ging in die Markthalle, kochte, und dann war es auch schon Abend, den ich damit verbrachte, ohne zu denken fernzusehen. Ich ging schlafen und hatte irgendwie gelockte Träume, womöglich deswegen, weil mir bewusst war, dass ich einen Friseur nötig hatte; ich wachte auf, durchlebte einen weiteren, ziemlich gleichförmigen Tag, dann einen dritten und vierten. Mein Sohn rief an, konnte es jedoch nicht bewerkstelligen, sein Anliegen vorzutragen, ich beendete die Gespräche jedes Mal schnell. Tagsüber schien die Sonne, die Bäume röteten sich immer stärker und wurden dann in einer windigen Nacht schütter, endlich kühlte es ab, und ich bummelte gewissermaßen durch diese Tage, erfasst von einer lauen und etwas wässrigen guten Laune. Nichts kam mir besonders gut vor, aber andererseits auch nichts sonderlich schlecht; es gab Essen, es gab die Routine, die zwei Fenster und eine Tür zum Hinausgehen, die abendlichen Spaziergänge, den nüsternweitenden Duft des Herbstes, die Zeitung, das Radio, den Fernseher, auch den Computer.

Mit Letzterem stand ich allerdings eine ganze Weile auf Kriegsfuß, bis ich mich am Abend des vierten Tages davorsetzte und mich an die Arbeit machte. Eine geraume Zeit ging dabei drauf. Noch am nächsten Tag und Abend saß ich entweder am Ess- oder am Arbeitstisch und legte natürlich die wenigen Meter zwischen den beiden Sitzpunkten zu Fuß zurück; es war schwer, einen Namen dafür zu finden, aber irgendein Phantomschmerz oder etwas anderes, quasi ständig Anwesendes hatte sich bei mir einquartiert.

Unmerklich rastete der Abend in die Nacht ein. Draußen kündigte sich Sturm an. Es wehte aufbrausend, Regenschauer prasselten schräg ans Fenster. Fast das gleiche Geräusch ging von den Tasten aus, auf die ich stürmisch Multiple-Choice-Fragen herabregnen ließ. Zuerst wurde mir warm, dann heiß, hinter der Stirn prallten überspannte Sachzusammenhänge gegeneinander und hielten mich auf Trab, ich musste aufpassen, genau sein. Die Nacht schritt voran und wurde dicker und nasser, nur noch die winzige Bibliothekslampe mit dem grünen Schirm erleuchtete vom Nachttisch aus das Zimmer, der Computer knickste und knackste nachdenklich vor sich hin und stieß heiße Seufzer aus. Ich ließ einen Ausdruck nach dem anderen ins Auffangbecken des Druckers flattern.

Als ich den Computer ausschaltete, sah mich vom dunklen Bildschirm her ein erschrockenes, bei einer Übeltat ertapptes Gesicht an. Ich zwang mich, ins Bett zu gehen. In den frühen Morgenstunden kam der Schlaf, war jedoch derart von Motten zerfressen, dass er alle paar Minuten löchrig wurde.

Am Vormittag weckte mich das Telefon, es surrte lange auf dem Nachttisch und fiel genau in dem Moment, als ich danach greifen wollte, über die Kante auf den Fußboden. Von dort aus übertrug sich die Vibration schlängelnd über den Bettpfosten in die Bettfedern, von dort in die Matratze und weiter in die Zehen und die Stirn. Ich war müde und es juckte mich. Wieder war es mein Sohn, der anrief. Selten hatte ich Gelegenheit zu stöhnen und noch seltener in den seltenen Fällen, in denen das Telefon klingelte, aber jetzt überraschte ich mich selbst, indem ich volltönend stöhnte und dabei das Telefon zum Verstummen brachte. Ich legte es auf den Nachttisch zurück und mich wieder auf den Rücken, zog mir das Federbett bis zum Kinn und starrte an die Decke. Dann wagte ich es, mich kurz über mich selbst zu wundern und darüber, dass ich plötzlich angefangen hatte, meinem Sohn aus dem Weg zu gehen. Er konnte zwar anstrengend sein, aber er war mein Sohn, und es war nett, mit ihm zu reden, auch wenn man sich um ihn manchmal so viel Sorgen machen musste, dass man ganz kirre wurde.

Ich rappelte mich auf, kochte Kaffee, aß ein Stück Brot und einen Joghurt in einem kleinen zylinderförmigen Becher und las die Zeitung. Nichts darin brachte mich aus der Fassung, aber ich las lange. Schließlich hängte ich das Blatt über die Stuhllehne und sah aus dem Fenster. Es war aufgeklart, aber der Sturm hatte kräftig zugepackt. An der gegenüberliegenden Wand klebte ein Schwarm Ahornblätter, der von einem anderen Grundstück stammen musste, denn bei uns gab es nur Asphalt. Wieder verlor ich mich am Tisch in Gedanken und kam erst wieder zu mir und auf die Beine, als sich ein Ahornblatt aus seiner Klebeposition schälte. Schließlich löste es sich ganz und flatterte nach unten, außer Blickweite.

Ich packte meine Tasche, nistete mich in meinem tannengrünen Mantel ein und beschirmte mein mobiles Obdach mit einer grützroten Baskenmütze. Dann warf ich einen Blick in den Spiegel. Die Haare griffen bereits nach den Schultern, ich musste sie mit nicht unerheblichem Kraftaufwand unter die Kopfbedeckung stopfen. Die Wangen waren rot und glühten, ich sah ein bisschen wie eine Oma aus. Plötzlich musste ich lächeln, und gleich darauf fuhr ich natürlich vor Schreck zusammen, aber ich schob auch das, diesen Gedanken, in einen Winkel unter den Hut, wo er auf müßigere Zeiten warten konnte.

Ich klapperte die Granittreppe in der ausgetretenen, für gut befundenen Spur hinunter. Im ersten Stock verrammelte ein Omamensch im echten Omaalter gerade gutgläubig die Tür mit einem Sicherheitsschloss; die Tür selbst sah aus wie meine, nämlich so, als könnte man sie einfach so aushängen oder umhusten. Ich nickte, knipste kurz ein Lächeln an und huschte ins Freie; die Luft war klar und kalt und feucht, als ginge man durch unwahrscheinlich durchsichtiges Quellwasser, am Himmel war nur der Streifen zu sehen, den ein Flugzeug hinterlassen hatte, und gegen den gerade eine Möwe stieß. Als ich den Verwalter in der halb dunklen Hofeinfahrt lauern sah, vermutlich in seiner üblichen Absicht, über die Nachbarschaft und die Stadtverwaltung herzuziehen, riss ich mir blitzschnell das Handy ans Ohr und versuchte, wichtig auszusehen. Wieder gelang es mir, ein freundliches Lächeln hervorzuangeln und aufzusetzen und sogar einen Gruß zu nicken, während ich an der Kanaille vorbei auf die Straße rannte.

Unterwegs musste ich mich wieder darüber wundern, wie sauer mir der Hausverwalter aufstieß. Vielleicht, weil es nun seit langer Zeit auch wieder etwas anderes in meinem Leben gab. Ich war nicht darauf angewiesen, mit jemandem, an den zu denken mir schon einen Schauer über den Rücken jagte, in einer zugigen Hofeinfahrt unnützes Zeug zu reden.

Ich ging am Sparkassenufer entlang zum Markt. Der Sturm hatte die Straßen, die Bürgersteige, die Hauseingänge und die Ecken mit Blättern und Zweigen vollgeworfen, auch mit allerlei Papierabfall und anscheinend einem Strandball, der geisterhaft auf der Fahrbahn vor sich hin rollte. Von der Terrasse des Lokals Juttutupa waren sowohl die Kundschaft als auch die Möbel verschwunden, aber aus alter Gewohnheit beschleunigte ich trotzdem meinen Schritt, als ich vorbeiging, als könnte mir von dort doch noch ein luftiges Betrunkenengespenst etwas hinterherrufen.

Dann hatte ich auch schon die Ampel am Markt erreicht, fast ohne es zu merken, und erlebte einen Augenblick, in dem man plötzlich erkennt, dass man eigentlich nicht weiß, wo man hinwill, und einem dann sogar noch klar ist, dass man es auch gar nicht wissen will. Ein bisschen so, als wäre man in eine Fallgrube gestürzt und wollte nicht daran denken, wie man hineingeraten war: aus Dummheit. Als dächte man hartnäckig, was ist schon dabei, andererseits.

Die Autos grollten, rollten und sausten vorüber. Ich zwang mich, über den Zebrastreifen zum Markt hinüberzuhopsen. Dort blieb ich stehen; mich umwehte das menschliche Formen- und Geruchsspektrum wie Wind. Die Bushaltestelle war schwarz von Herdentieren.

Der Bus kam sofort. Ich ließ ihn fahren.

Auf dem Markt wurde wortkarg Handel getrieben und schüchtern herumgehangen, es duftete nach dem hiesigen Paradies des Blumenstandes, man hörte das Klingen von Rentiergeweihen und Windspielen und das Geschrei der Möwen. Das Zelt des Fischhändlers schnaubte einen stechenden Geruch aus, Kunden waren keine zu sehen, der Händler starrte düster und besorgt auf einen riesigen Räucherlachs und kratzte sich den prallen Bauch. Dabei kam mir im Vorübergehen auch der Gedanke, ob der Mann sich womöglich allein aus Gründen der Glaubwürdigkeit die Schürze, die seine Wampe umspannte, mit Blut besudelt hatte.

Ich setzte mich ins Kaffeezelt, trank Kaffee und betrachtete die vorbeikwatschende Menschenpaste. Plötzlich fühlte ich mich wieder unruhig und fiebrig, ein heißer, roter Punkt pochte an der linken Seite meines Kopfes: Kerava, von allen Orten in Finnland und auf der Welt ausgerechnet Kerava. Ich dachte an die vollkommen gegensätzlichen Leben der Jokipaltios und der Jalkanens; an die unterschiedlichen Welten ihrer Uhren, Becher und Tassen, an die Wand, die ihre Wohnungen trennte; ich fragte mich, wie es ihnen allen ging. Dann war es auf einmal schwierig, diese Gedanken im Rahmen der Verhältnismäßigkeit zu halten. Ich musste aufstehen. Ich musste aufstehen und gehen.

Aufstehen und gehen musste ich, und ja, ich stand auch auf

und ging, bloß dass ich wieder nicht wusste wohin, auch wenn die Richtung sich von selber wählte, weg von zu Hause, aus irgendeinem Grund. Der Weg führte über den Marktplatz, flink wich ich dem Aktentaschen- und Plastiktütenvolk aus, das zur U-Bahn-Station rüpelte, und dann einem ungefähr mülltonnengroßen Ufertippelmenschen, der wie ein Kobold oder ein Wichtelmännchen aussah und mit seinem knotigen Stock vor einem geschlossenen Imbiss in der Luft herumfuchtelte. Dann war ich auch schon wieder auf einem Fußgängerüberweg und sprang auf dessen Tasten in Richtung Merihaka.

Ich schlug den Weg zur Viherniemenkatu ein, erreichte sie auch im Nu, passierte den lärmend gelben Supermarkt an der Ecke und ging weiter. Viel war in dem Straßenstummel nicht zu sehen, ein paar geparkte Autos und Haustüren und ein Antiquariat und dann ein dubioses Firmenkonglomerat, in dem Wäscherei-, Visum- und Massagedienste angeboten wurden, und dann stand ich auch schon unter einer etwa auf halb stehenden, vermutlich ziemlich genau gehenden Pepsi-Uhr. Darunter befand sich ein Hauseingang samt Klingelbrett, auf dem sich ein Haufen Namen und abgegriffene, schwarze Bakelitknöpfe drängten, ich stand davor und starrte sie an, aus irgendeinem Grund nicht die Namen, sondern die Knöpfe. Es war schwer, sich vernünftige Gründe für das Fortsetzen des Weges wie auch fürs Stehenbleiben auszudenken, und so blieb ich eben stehen, stand da und starrte auf die Tür, aus deren Scheibe eine Gestalt zurückguckte, eingewickelt in einen Mantel wie ein Souvenir aus Holz, das man in Zeitungspapier eingeschlagen hat, und ich durfte ziemlich lange so dastehen, bis im Treppenhaus das Licht anging und das Spiegelbild sich mit einem heranschreitenden Unbekannten füllte.

Ganz Hakaniemi verschwamm in der Scheibe, als die Tür aufschwang. Ein so eindrucksloser Mann trat heraus, dass er schon dadurch unvergesslich wurde. Mit einem Satz war ich an der Tür und erwischte den Knauf, bevor sie ins Schloss fiel. Ich blickte mich um: Der Mann war stehen geblieben und sah mich an, wie man einen zumindest Unbefugten ansieht. Da mir sonst nichts einfiel, fing ich an, Papiere aus der Tasche zu nesteln und mit nickendem Kopf und gespitzten Lippen auf die Namenstafel im Treppenhaus zu blicken.

Darauf setzte der Mann seinen Weg fort, und ich drückte den Papierstoß an mich und huschte zum Fahrstuhl. Mit dem Aufzuggitter gab es Probleme. Es glitt zu, bevor ich die eigentliche Tür geschlossen hatte, und während ich mit dem Hindernis herumfuhrwerkte, fielen die Papiere auf den Boden der Kabine. Sobald ich die Blätter wieder an der Brust beisammen hatte, wenn auch unordentlicher als zuvor, schickte ich den Lift in die oberste Etage. Der Fahrstuhl war so alt, dass man ihn gut und gern als Elevator hätte bezeichnen können, erfüllte jedoch seine Aufgabe, wie es sich gehörte; rasch war ich im fünften Stock, jedoch immer noch so ratlos wie im Parterre.

Offenbar war in dem alten Fahrstuhl eine moderne Funktion eingebaut, die ihn automatisch wieder nach unten holte. Sobald er das Erdgeschoss erreichte, hörte man ein gedämpftes Klonksen, worauf es beinahe unnatürlich still wurde. Ich stand auf dem grauen Granitboden und hielt aus irgendeinem Grund die Luft an. Dabei betrachtete ich die Türen ringsum: An zweien hing lediglich ein Messingschild mit dubiosem schwarzem Logo, dann kam der Handarbeiterverband, was eher nach einem vulgären Studentenwitz klang, und das Schild war auch nicht mehr als das, was ein Heimdrucker auszuspucken in der Lage war. Dann gab es noch einen quälend in die Länge gezogenen Firmennamen, in den man eine irrsinnige Menge an Import, Trade, Consult, Professional, Super und außerdem einen schwedischen Nachnamen hineingestopft hatte. Womöglich spielte hier ein Größenwahnsinniger Stadtimperium in der Realität.

Und dann passierte plötzlich Folgendes: Als ich gerade zögerlich erwogen hatte, die Hand zur Türklingel auszustrecken, und zu dem Schluss gekommen war, dass es noch mühsamer sein konnte, Leute bei der Arbeit zu stören als solche, die zu Hause hocken, sprang die Tür der Firma mit dem Gestrüpp von Namen direkt vor mir auf. Ich weiß nicht, was es da zu erschrecken gab, aber weil ich nun schon ein bisschen überdramatisch die Luft anhielt, passte es wohl dazu, dass ich auch noch wortwörtlich einen Luftsprung machte. Gleichzeitig entwich mir ein seltsam jaulender Laut, der im Nu durch die Metallgittertür in den Aufzugschacht hallte, dort eine Weile hin und her sprang und schließlich in den fünften Stock zurückkehrte, wie die gedämpfte Erinnerung an meine Schreckhaftigkeit und Idiotie.

»Ist mit Ihnen alles okay?«, fragte eine weibliche Stimme.

Ich sah die Frau in der Tür an und spürte, dass meine Augen aufgerissen waren. Einen Moment lang sah sie genauso erschrocken aus wie ich und machte dann Anstalten, die Tür wieder zu schließen.

»Ja«, schmetterte ich, bevor die Tür ganz zu war. »Die Papiere«, schnatterte ich weiter, »die Papiere sind plötzlich heruntergefallen. Diese blöden Blätter.«

Inzwischen war der Türspalt auf Gesichtsbreite geschrumpft, aber jetzt stoppte die Bewegung. Die Frau spähte durch den Streifen und fingerte verstohlen an der Sicherheitskette. Ich schaute sie an. Wir waren sicherlich so ziemlich im gleichen Alter. Sie trug eine Brille mit breitem Gestell und flügelartig auslaufenden Gläsern wie aus den Sechzigerjahren und ein rotes Etuikleid mit weißen Kreisen. Eigentlich sah sie aus wie eine Figur aus einem Film, wie ein Objekt der Bewunderung, aber dann kam mir wieder ihr mit Namensbezeichnungen vollgestopfter Arbeitsplatz in den Sinn, der so dubios wirkte, dass die arme Frau statt mit Nägelfeilen und Stilkapriolen eher damit beschäftigt gewesen sein dürfte, als Sekretärin zu fungieren, als Ehefrau oder auch als Mülleimer, und dazu noch die vernachlässigten Arbeiten des Chefs zu erledigen hatte. Ich selbst hatte so etwas ja auch schon erlebt.

Gern hätte ich ihr etwas Freundliches und Aufmunterndes gesagt, aber ich kam nicht dazu. »Na, dann ist ja gut«, sagte sie abrupt und schloss die Tür.

Ich starrte auf den stummen Eingang. Lange musste ich nicht warten, bis die Tür wieder aufging und die Sekretärin brandeilig ins Treppenhaus gewirbelt kam. Ihre Eleganz von eben war verschwunden. Als sie mich bemerkte, brachte sie ihren Kopf abschätzend und zugleich überrascht in Schieflage und krähte: »Aha, Sie sind ja immer noch da.« Dann schielte sie eine Weile ziellos in der Gegend umher, zog die Hand theatralisch an den Mund, spitzte ihre molekülgenau nachgezogenen karmesinroten Lippen und flüsterte: »Jetzt hab ich ganz vergessen, wo ich hinwollte.«

Als sie die Hand wieder sinken ließ, sah ich, dass diese Geste an der ehrgeizigen Lippenumrandung der Ärmsten Schaden angerichtet hatte. Vom linken Mundwinkel führte eine nach Gewalttat aussehende rote Spur schnittwundenartig abwärts. Es dauerte eine Weile, bis ich begriff, was mir dazu einfiel, aber dann schoss es mir von irgendwo her in den Kopf: der Joker – der Joker, die Comicfigur, mein Sohn hatte das Zeug früher gelesen, aber diesmal brachte mich der Irrgedanke nicht mal zum Schmunzeln, sondern mich überkam Mitleid mit dem weiblichen Wesen. Also verzog ich meine farblosen Lippen zu einem kameradschaftlichen Lächeln und wünschte ihr noch einen schönen Tag, raschelte mit den Papieren im Arm und machte mich eilfertig auf den Weg zur Treppe. Auf dem Absatz drehte ich mich noch einmal um und sagte: »So was passiert mir auch.«

Sie starrte nun hartnäckig auf eine Stelle am Boden, nickte geistesabwesend und sah erbärmlich aus. So verharrte sie. Ich ging die Treppe hinunter und nahm mir vor, eines Tages wiederzukommen und nachzusehen, ob bei ihr alles in Ordnung war.

Und auch wenn ich in irgendeiner Ecke meines Kopfes eine milde Zufriedenheit über meinen Abgang verspürte – er war meiner Meinung nach ziemlich elegant vonstattengegangen –, schien in dem Treppenhaus letzten Endes nichts glattzugehen. Als ich das nächste Stockwerk erreicht und mit den Augen dessen kultur- und bildungsdominierte Türnamen abgegrast hatte, war von oben wieder das nervöse Sekretärinnengeklapper zu hören, das diesmal allem Anschein nach weiterzugehen und auch herunterzukommen schien. Ich weiß nicht warum, vielleicht weil ich die so gequält wirkende Frau nicht weiter behelligen wollte, jedenfalls zog ich mich in die hinterste Ecke zurück, an die Tür des Vereins Rechte Linke e. V., was wohl eine Art Insiderwitz war, der Vereinsname, meine ich, aber ich kam nicht dazu, es näher zu analysieren, denn die Frau näherte sich bereits, und ich musste mit der Tür verschmelzen.

Sie ging vorbei. Ich wartete kurz ab und huschte dann flink in den dritten, wo ich endlich, zwischen Jungsozialisten und Buchbindern, eine Tür mit einem richtigen Nachnamen fand. »Karkku« war darauf zu lesen.

Ich stand kurz dort im Treppenhaus und imaginierte, wie mein Sohn wahrscheinlich gesagt hätte, den potenziellen Kunden. Bei dem Nachnamen stellte man sich einen ziemlich kleinen, gedrungenen, über und über behaarten Mann vor, der Bäume fällen, Häuser abreißen und Frauen flachlegen kann und sich gern an einem Kiefernstamm reibt, wenn es ihn am Rücken juckt.

Woher das Bild auch kommen mochte, stark war es. Ich drückte jedenfalls auf den Klingelknopf, sie ging schockierend schnell auf, die Tür, und das Bild kaputt.

In der Öffnung, die so jäh in die Wand gerissen worden war, sah man ein Stück Dach- und Himmelspanorama und mittendrin einen in jeder Hinsicht maßlosen Rumpf. Der Mann war sicherlich über zwei Meter zwanzig groß und hätte leicht noch größer sein können, wenn er nicht neben allem anderen so eine bucklige Haltung gehabt hätte. Das andere setzte sich zusammen aus bis auf meine Augenhöhe reichenden, in helle Jeans gestellten, etwas krummen Beinen, aus unglaublich langen Armen, die in werkzeugähnliche Pranken mündeten, und einem ebenfalls riesigen und dennoch unverhältnismäßig kindlichen Kopf, dessen Klobigkeit von einer uralten Brille mit Flaschenbodengläsern und breitem Gestell im TV-Format betont wurde.

Solche Sachen fielen mir auf, obwohl mir beim Anblick der

ganzen Kreatur so kalt wurde, dass ich nicht anders konnte, als an ihm vorbeizugucken, ein bisschen nach dem Motto, gibt es hinter dem Marktplatz irgendetwas Interessantes. Häuser standen dort.

»Was gibt's?«, fragte der Riese dann, nicht im eigentlichen Sinn abwehrend oder irgendwie gemein, sondern eher in der Art, als würde es ihn ehrlich interessieren, warum jemand auf die Idee gekommen war, bei ihm zu klingeln. Durch die massiven Gläser sah es aus, als wären seine Augen in unermesslicher Ferne postiert, ein bisschen so, wie wenn man falsch herum durch einen Feldstecher guckt.

Ich räusperte mich ein Weilchen, dann gelang es mir, Guten Tag zu sagen.

»Ja, richtig, guten Tag«, sagte er und fügte hinzu: »Hab ich tatsächlich vergessen. Guten Tag. Was gibt's?«

»Also, ich bin der Haushalt …«, fing ich mit etwas kindischem Nachdruck an, aber dann tauchte von irgendwoher plötzlich ein Knochen im Hals auf. Das Wort riss in der Mitte ab, zwar flackerte da etwas, aber all das Schwachsinnige, was ich mit aller Macht versuchte, in Richtung Zunge zu schicken, blieb unterwegs stecken wie auf einem zugewucherten Weg oder in einer verkalkten Ader.

»Ach ja?«, fragte Karkku der Riese und puzzelte mitten auf seinem furchtbaren Kopf ein gewaltiges Lächeln zusammen. Er hatte gerade und blütenweiße Zähne, die fast nach einer Fabrikanfertigung aussahen. »Ganz schön viel Verantwortung für einen einzelnen Menschen«, fuhr er fort und lächelte noch mehr und wirkte dabei ein bisschen selbstzufrieden und überraschenderweise auch ein wenig jungenhaft, als hätte er plötzlich kapiert, dass er eine pfiffige Filmszene nachspielen durfte.

»…sführung wegen hier«, gelang es mir schließlich zu ächzen. Im Innern meiner Schuhe machten die Zehen nervös la Ola von links nach rechts und zurück. »Haushaltsforschung«, sagte ich. »Nach der Haushaltsführung forsche ich … also frage ich, wollte ich sagen. Also ich wollte. Ein bisschen Zeit. Ihre Zeit. Für mich. Haushaltsforschung!«

Das letzte Wort schrie ich fast. Ich fühlte mich entsetzlich, es war schwer zu sagen, inwiefern, plötzlich wollten mir die Tränen kommen; da hatte ich es nun doch irgendwie geschafft, dass ich mit den Menschen einigermaßen zurande kam, aber dieser, na ja, Koloss, diese Laune der Natur oder was es nun einmal war, der machte mir mit seiner ganzen Maßlosigkeit einfach Angst, mit seiner Form wie mit seiner korrekten heiteren Freundlichkeit. Es frustrierte und ärgerte mich, aber irgendwie verstand ich ihn auch. Er hatte sich wahrscheinlich kurz bevor ich bei ihm läutete schon über irgendeinen riesigen Gedanken amüsiert. Das aber war plötzlich das Allerschlimmste. Zu verstehen, dass er weder was Schlechtes noch was Gutes wollte. Er wollte einfach nicht.

»Und ich dachte schon, Sie wollen etwas verkaufen«, sagte er dann nachdenklich, und seine kleinen Augen rollten irgendwo Lichtjahre entfernt. »Was fragen Sie denn so beziehungsweise wonach? Kriegt man was dafür?«

Ich überging die erste Frage und gab lediglich zurück, man kriege gute Laune. Es war schwer zu sagen, mit welchem Unterton meine Stimme aus dem Mund gekommen war, aber mir wurde gleichzeitig klar, dass mir aus purem Trotz siedende Röte ins Gesicht stieg. Da wollte ich dann auch gleich für einen Ausgleich sorgen und alles erklären, aber nun waren die Worte wieder irgendwo in den Kieferhöhlen verklumpt. Ich schaute an dem Riesen vorbei, im Fenster passierte etwas, es dauerte einen Moment, bis ich den gesamten Vorgang erfasste, auf der anderen Seite des Marktplatzes wurde auf einem Hausdach eine neue Leuchtreklame installiert. Den Text konnte ich nicht lesen. Ich hatte Panik in den Augen und anderswo.

Dann kam sie, die Rettung, per Telefon. In meiner Handtasche fing es an zu zappeln, ich grub das Handy aus, im Treppenhaus war inzwischen das Licht erloschen, der Apparat surrte und blinkte und warf so etwas wie das Licht der Vernunft ins Halbdunkel, mein Sohn, der Junge war es wieder, guter Junge, anständiger Junge, Sohn zur rechten Zeit. Ich stach mit dem Daumen auf irgendeine Taste, gut, dass der Nagel nicht abbrach, knallte mir das Handy ans Ohr und brüllte Hallo.

In der Leitung herrschte eine derart vollkommene Stille, dass ich lediglich mein eigenes Keuchen hörte. Ich rief erneut Hallo, dann schaute ich auf den Hörer, der seinen Glanz bereits eingebüßt hatte, und dann auf den Goliath, der schon viel zu lange vor mir stand. Er glotzte mit schief gelegtem Kopf und so ausdruckslos zurück, wie es bei seiner in jeder Hinsicht überspannten äußeren Erscheinung möglich war. Ich hauchte noch ein Hallo ins Handy und stopfte das verstummte und erloschene Ding wieder in die Handtasche.

Die Götter der Kommunikation oder wer auch immer waren mir aber gewogen und gaben mir noch eine Chance. Jetzt fing nämlich in der Wohnung das Telefon zu schmettern an, die Vesivehma-Polka war es, ein erfreulich unvernünftiger Klingelton für einen Mann, der in der Lage war, beim Polkatanzen eine mittelgroße finnische Stadt dem Erdboden gleichzumachen, ja, auch das konnte ich noch denken, aber mehr nicht, weil nach einer kurzen Pause das Handy erneut loslegte und gleichzeitig aus einem anderen Zimmer ein Vogel, der sich ebenfalls groß und beängstigend anhörte, den Ruf erwiderte. Da kam Karkku endlich zu sich und sagte in an sich ganz und gar nicht feindseligem Ton: »Ich glaube, wir müssen es aufs nächste Mal verschieben. Tschüs.«

Damit schloss er die Tür.

Ich blieb im Treppenhaus stehen und empfand, nachdem das Erschauern abgeflaut war, natürlich ein bisschen Erleichterung, aber auch sonst entlud sich so einiges: Enttäuschung, matter Zorn, Traurigkeit, Trostlosigkeit. Sogar ein Gefühl des Verstoßenseins. Aber da war ich auch schon beim nächsten Gedanken, nämlich dem, dass ich nun schon zum dritten Mal innerhalb kürzester Zeit in einem fremden Treppenhaus stand und eine geschlossene Tür anstarrte; es war viel passiert, was, um Himmels willen, war passiert, so etwas passiert, warum, wusste ich nicht. Aber was ich wusste, war, dass ich noch etwas haben wollte, etwas Besseres, Geglückteres, Gemütlicheres, irgendetwas, was auch immer, aber nicht das von eben.

Guter Rat war teuer. Also begab ich mich wieder auf den Weg die Treppe hinunter, doch nach einigen Metern fühlte ich mich schwach und musste mich auf die Stufen setzen. Im wässrigen Licht schwebte Staub, von oben und von unten drang durch Türen gedämpftes Stampfen an meine Ohren. Ich saß da und dachte, dass in Treppenhäusern in der Regel ausschließlich Schüler und Randgänger der Gesellschaft saßen, und prompt fragte ich mich auch schon, ob ich auch schon sozusagen am Rand entlangging. Irgendwie kam ich mir verloren vor, ich wollte gleichzeitig nach Hause und nach Kerava, egal wohin, nur raus aus diesem Treppenhaus, aber dann wollte ich doch einfach nur sitzen bleiben.

Ich blieb zwar nicht sitzen, ging aber auch nicht richtig weg.

Mit ein paar großen Schritten war ich im nächsten Stockwerk, wohl das dritte, und wischelte mit dem Blick über die Klingelschilder. Auch hier gab es reichlich Bündnisbildung und Vereinstätigkeit, Kinder wurden unterstützt und Arbeitermütter und sogar der Hausmeister. Ich brauchte eine Weile, bis ich das mit dem Hausmeister verstanden hatte, ich war bereits so sehr an witzige Vereinsnamen gewöhnt, dass ich *Hausmeister Virtanen* zunächst für ein Produkt gut gelaunter Ironie hielt.

Und im Grunde hatte ich in den paar läppischen Sekunden, die ich fürs Verstehen brauchte, eine Menge Dinge getan und erlebt: geklingelt, die Tür verwirrend schnell einen Spaltbreit aufgehen sehen, ihren Rand gepackt und sie ganz aufgerissen, mich an etwas Weichem, das nach Schweiß roch, vorbeigedrängt und die Tür hinter mir zugeschlagen. Da stand ich dann in einem engen, dunklen Flur, dessen Wände mit einer vor Muff strotzenden Textiltapete tapeziert waren und dessen Fußboden mit Gratiszeitungen und Pizzaschachteln, in denen hart gewordene Teigränder lagen, übersät war.

Infolge des Sturmangriffs stand der Bewohner jetzt hinter mir, und so musste ich meinen Rumpf drehen und mich der unsinnigen Konstellation stellen, dass ich, der Eindringling, den Mann anstarrte, der seinerseits bereits die Türklinke ergriffen hatte und alles in allem ganz danach aussah, als habe er die Absicht, aus der Wohnung zu fliehen. Mein Eindringen schien ihn gründlich erschüttert zu haben, und auch wenn mir seine Verwirrung natürlich fast ein bisschen zu Herzen ging, so ermunterte sie mich auch in gewisser Weise, und dadurch bekam ich meinen schon ziemlich baufällig gewordenen Zustand doch wieder in den Griff und trug mein Anliegen vor, wie es die Telefonverkäufer tun: schnell, plappernd und ohne den anderen zu Wort kommen zu lassen. Ein Gespräch kann dabei natürlich nicht zustande kommen, und das haben bestimmt beide Seiten schon oft bedauert.

Als das Wesen dann auf meine Litanei nur mit »ach ja« und »na ja« reagierte, veranlasste mich das, von meinem gerade eben im Schnellverfahren errichteten Amtsturm herabzusteigen. Ich sagte: »Ich heiße Irma«, und streckte forsch die Hand aus. Er zögerte einen Augenblick, griff dann aber zu. Anfangs fühlte sich sein Greiforgan schlaff und irgendwie widerwillig an, aber nachdem es meine Hand ergriffen hatte, fing es an, wie wild zu zittern oder eine irgendwie besonders raffinierte Form von Betatschen auszuführen. Keine der beiden Deutungsmöglichkeiten wirkte so recht verlockend.

Sie trafen sich und trennten sich zum Glück auch wieder, die Hände, aber der Mann sagte immer noch nichts, sondern schaute nur auf seine nackten Füße, an deren Zehen gelbe Nägel in alle Richtungen sprossen. Ich dachte, nun habe ich schon wieder einen Fehler gemacht. War ich zu schubsig? Übertrieben offiziell? Oder womöglich doch unnötig vertraulich? Oder hatte ich bloß undeutlich vor mich hin gemurmelt und nur atemlos geglaubt, Sortiertes ausgespuckt zu haben? Ich wagte es nicht, weiterzudenken und beschloss einfach, es noch einmal mit dem Vorstellen zu versuchen. Die Hand mochte ich nicht mehr anfassen, und ich fürchte, dass ich, als mir der bloße Gedanke daran durch den Kopf schoss, irgendwo in Hüfthöhe meine eigene Extremität etwas schröfflich schüttelte.

»Ja, also Irma«, gelang es mir dann doch zu sagen. »Irma von der Marktforschung.«

Im selben Moment begriff ich, dass ich neben Funktion und Vornamen keinerlei Nachnamen hervorgebracht hatte. Das war natürlich plump-vertraulich, das bloße Nennen des Vornamens, aber vielleicht war er von meiner Teil-Namenslosigkeit ein bisschen erschrocken, der Kunde, und misstrauisch geworden. Einen Nachnamen musste man schon haben, dachte ich, traute mich aber nicht, meinen eigenen zu nennen, ich musste mir etwas einfallen lassen, mir einen ausdenken, mir irgendwas zusammenspinnen. Und aus irgendeinem Grund kam ich nach all dem innerköpfigen Hin und Her dann auf die Idee, mir etwas Schwedisches auszudenken, vielleicht ein bisschen aus Gründen der Glaubwürdigkeit, es klang vornehmer, aber als ich die Entscheidung dann endlich fertiggedrechselt hatte, kam mir nichts Brauchbares in den Sinn, absolut nichts. Schließlich ähnelte das Einzige, das ich irgendwie herausmurscheln konnte, einer Lautfolge wie Güllenspähf, die ich so undeutlich aussprach, dass es garantiert klang, als wäre ich betrunken.

»Sollen wir uns nicht setzen?«, fragte ich dann so fragend wie ich konnte, auch wenn es in erster Linie ein Flehen war. »Es dauert nicht lange.«

»Setzen wir uns halt«, antwortete er sonderbar überabrupt, machte aber keinerlei Anstalten, na ja, Anstalten zu machen. Schließlich, als ich ihn eine Zeitlang angestarrt hatte, sicher überhaupt nicht böse, sondern eher verdutzt, wies er osteoporotisch schlaff in die Wohnung. Ich ging voran, ohne die Schuhe auszuziehen. Das schien meinen Gastgeber in keiner Weise zu empören, er schlurfte mir einfach hinterher und stieß dabei seltsame Geräusche aus, wie beim Räuspern oder leichten Erbrechen.

Der stumpfähnliche Flur machte eine enge Kurve, wonach schlagartig die eigentliche Höhle sichtbar wurde. Um eine Einzimmerwohnung handelte es sich, und das war mir natürlich keineswegs fremd. Mitten im Raum siechte eine Couch eher vor sich hin, als dass sie stand. Sie war in jeder denkbaren Richtung schief und am Zusammenbrechen unter ihrem verschnupften Grün und ihrer verblichenen Velourigkeit. Rund um die Zentralcouch lagen allerlei, wie soll man sagen, vielleicht sollte man sie asoziale Üblichkeiten nennen: weitere Pizzaschachteln, leere Flaschen, volle Aschenbecher und als Aschenbecherersatz eingespannte Notlösungen wie Dosen, Teller und ein konkav genagter Apfel. Papierknäuel, Zeitungen, Becher und Gläser, Strümpfe, ausgelaugte T-Shirts, löchrige Plastiktüten und verbogene Tütenverschlüsse. Und mitten in dem Chaos war auf einem verrenkt aussehenden Couchtisch ein alter Wecker auseinandergenommen worden, dessen Eingeweide, kleine Zahnräder, Federn und sonstigen Verzögerungsapparatürchen aussahen, als sei ihnen entweder eine sehr plötzliche Umwälzung widerfahren, oder aber schreckliche, langsame und neurotische Gewalteinwirkung.

Mehr mochte ich nicht registrieren, ich bekam ein unangenehmes Gefühl, als müsste ich etwas sehr Persönliches betrachten, Toilettensachen oder so etwas. Den Mann hätte ich eigentlich auch nicht näher in Augenschein nehmen wollen, aber ich war natürlich gezwungen, ihn anzuschauen, da er mir mit einer Handbewegung bedeutete, mich an den kleinen Tisch mit Kaffeeflecken zu setzen und sich selbst gegenüber auf die Couch plumpsen ließ wie ein Sack. Es verzog und verbog mir das Herz, wenn ich ihn ansah.

»Ja, ich wollte eigentlich gerade gehen«, sagte er mit staubiger und irgendwie fusseliger Stimme, wie man sie kriegt, wenn man tagelang mit keinem Menschen ein Wort gewechselt hat. Ich kannte das. »Da rüber«, fügte er hinzu und wedelte wieder quasi knochenlos mit der Hand in der Luft. »Also, als Sie kamen. Hierher. Sie.«

Wo will so einer denn barfuß hingehen, dachte ich, sagte aber trotzdem nur »ach so« und »Entschuldigung, dass ich störe«.

»Macht nichts«, muckte er, konnte mich aber noch immer nicht ansehen. Natürlich hatte er einen Kater, sie waren geradezu karikaturistisch klassisch, die Symptome, und da musste ich schmunzeln. Ich wagte es, ihn genauer zu betrachten, weil ich wusste, dass einer in dem Zustand keine Gefahr darstellte. Er hatte den geschwollenen, gleichzeitig bleichen und roten unrasierten Kopf eines Gewohnheitstrinkers mit Haarmaterial auf dem Scheitel, das so dünn war, dass es sich bei der geringsten Vibration von selbst aufrichtete. Die Lippen waren straff und dunkelrot. Aus den Ärmeln des bis zur Löchrigkeit abgelebten Unterhemds ragten überraschend massive Arme, weshalb er kein kompletter Schlappsack sein konnte. Aus den Augen wurde man allerdings überhaupt nicht schlau.

»Ich hätte da jetzt ein paar Fragen«, sagte ich, nahm die Unterlagen aus der Handtasche und raschelte eifrig damit, verlor mich dann aber in der Aussicht. Draußen sah man ein riesiges, häuserblockgroßes freies Areal, ein erstaunliches Refugium mitten in der lärmenden, staubigen Stadt. Ich war dort natürlich auch schon mal gewesen, aber die Perspektive war neu. Auf dem nassen, morastigen Rasen trat ein kleines Wesen im Overall mit frustriertem Ingrimm in die durchdrehenden Pedale eines Dreirads. Und mitten in diesem Universum zwischen den Häusern tanzte eine einsame Seifenblase.

Ich kam zu mir, als es irgendwo blip machte. Mein Gastgeber schien nichts bemerkt zu haben, er glotzte mit wässrigen Augen nach draußen und hatte wohl ebenfalls vergessen, dass hier gerade etwas in Gang kam. Unauffällig sah ich mich um. In der winzigen Kochnische tropfte zwar der Hahn auf den Geschirr- und Mischmüllberg, machte aber nicht blip. Dann kam ich auf die Idee, aufzublicken, und in dem Moment blippte es wieder, an der Decke: ein Brandmelder, der sich schmarotzerhaft an eine verlassen herabhängende Lüsterklemme saugte.

Der Kunde, also Virtanen, Kunde Virtanen stellte sich wieder taub. Wer weiß, wie lang er das Geräusch schon hörte. Der Hausmeister, dachte ich, das ist mir ein Hausmeister, der Hahn tropft und ein Batteriewechsel im Brandmelder überanstrengt ihn schon. Obwohl sie ja oft so gewesen waren, die Hausmeister, früher, als es noch welche gab.

»Ich dachte eigentlich, dass Hausmeister quasi eine ausgestorbene Spezies sind«, sagte ich dann, weil mir nichts Besseres einfiel, um die schon fast unter die Haut gehende Stille zu unterbrechen. Ich hätte natürlich auch einen Scherz machen können, aber ein Eisengürtel in der Nackengegend hinderte mich daran. »Man vermisst die alten Zeiten«, fügte ich hinzu.

Er drehte den Kopf und sah mir zum ersten Mal in die Augen. Ich erschrak. Es war schwer zu sagen, ob er einen Kater hatte oder noch betrunken war, und noch schwieriger wäre es für ihn selbst gewesen, die Grenze zu ziehen, falls er an so etwas Interesse gehabt hätte.

»Sind sie auch«, sagte er dann aschig. Er hatte die traurigen Augen einer Muhkuh. Um seine Stirn tanzte eine kleine schwarze Fruchtfliege, und er konnte offensichtlich nicht mit Sicherheit sagen, ob sich dort, am Rande seines Blickfelds, tatsächlich etwas bewegte oder ob da nur der Alkoholteufel sein kleines, aber grausam-schikanöses Spiel trieb. »Genau«, fuhr er dann trotzdem plötzlich atemlos fort, »ich bin gar kein Hausmeister, der ist vor über einem Jahr gestorben, da hängt nur immer noch das Schild an der Tür.«

»Aha«, sagte ich. Auf einmal war es schwer, sich etwas anderes auszudenken, gern hätte ich etwas Aufmunterndes zustande gebracht, weil ihm nun schon Schweißtropfen auf der Stirn wuchsen. Ich konnte bloß nicht.

»Also, das merkt man schon, dass der Hausmeister weg ist, die wechseln es einfach nicht aus, das Schild, aber was heißt die, heutzutage sind das wahrscheinlich irgendwelche Monteure, von einer Firma irgendwo in Kerava, was interessiert die das, wieso sollen die von dort hierherkommen, um bei irgendeinem Virtanen das Namensschild zu wechseln.«

Als er Kerava erwähnte, flutschte mir etwas Vielförmiges, nicht eindeutig Warmes durch den Kopf. Ich sah aus dem Fenster, wo wieder eine Seifenblase zum Himmel aufstieg, gefolgt von einem Schwarm gelber Blätter. Der Brandmelder machte blip. Ich richtete den Blick wieder auf den Mann, in dessen Gesicht sich plötzlich eine besondere Miene einmassiert hatte, irgendwie schüchtern schuldbewusst und gleichzeitig so schelmisch, wie es nur bei einem vom Alkohol ramponierten Gewissen möglich ist. Mir war diese Art erwachsener

Männer, manchmal wie kleine Jungen auszusehen, vertraut, aber jetzt war ich innerhalb einer Viertelstunde gleich zweien dieser Sorte im selben Treppenhaus begegnet.

»Ja, also«, fuhr er trotzdem fort, »ich muss aber schon sagen, dass ich Virtanen heiße. Wenn ich auch kein Hausmeister bin.«

Ich merkte, dass ich Virtanen, der immer mehr so aussah, als wäre er bei einem Schabernack erwischt worden, leicht schief anguckte. Wieder konnte ich nur »Ahaa« sagen, mit drei A, aber Virtanen schien es mir nicht übel zu nehmen, sondern redete einfach weiter und führte im Grunde sein eigenes Gespräch, wohlwollend unterstützt durch einige Rückpässe von mir, Besser man beschwert sich gar nicht erst darüber, Stimmt, Bloß dass einem die Omas in den Ohren liegen, Mhm, Meistens hat es mit den Rohren zu tun, Richtig, Mit dem Abfluss, Von denen gibt es ja genug, Oder mit dem Strom, Von dem natürlich auch, Gottverdammt noch mal, Verzeihung wie bitte, Nein Entschuldigung, Schon gut, Aber ab und zu geht es einem schon auf die Nerven, Klar, Wenn sie ständig vor der Tür stehen, Furchtbar so was, Ist es auch, Eben, Wo sie dann doch praktisch ihre ganze Hoffnung in mich setzen, Genau, Und ich dann doch nicht helfen kann.

Wieder sagte ich »eben«, ich weiß nicht warum, am liebsten hätte ich weiß Gott was für einen Unsinn ausgespuckt, da es nun einmal auf beiden Seiten lief. Aber dann ließ der Brandmelder wieder sein Blip fallen wie einen kalten Tropfen, und wir mussten beide zuerst zur Decke schauen und dann auf unseren jeweiligen Gesprächspartner und dann lachen; bei Virtanen blieb das Lachen dann sozusagen weiter eingeschaltet, wie es bei Leuten mit Kater bisweilen der Fall ist, und plötzlich fiel es ihm sichtlich schwer, das Kichern im Zaum zu halten.

»Und dabei bist du bloß ein gewöhnlicher Virtanen wie Hinz und Kunz«, sagte ich.

Ich weiß nicht, wo er eigentlich herkam, der Lachreiz, das spezielle Bläschen, aber der Lachdrang stellte sich ein, bei mir zum Glück weniger, bei Virtanen ziemlich massiv. Ich sah ihn an, seine Augen quollen hervor und auf der Stirn zuckte eine Ader, es war eigentlich nicht zum Hinschauen, er hatte seinen Spaß und zugleich seine liebe Not, und dann musste auch ich losprusten, sodass ich die Augen in Richtung Hof verrenken musste, dort allerdings passierte nichts, ich versuchte nur an etwas zu denken, an irgendetwas, woraus jedoch auch nichts wurde. Infolge der Anstrengung brachte ich die Hysteriesymptome zwar nicht ganz zum Verschwinden, drängte sie aber doch wenigstens etwas tiefer in die Röhre zurück.

Plötzlich stand Virtanen dann aber auf, reckte sich mit einem überlangen Schritt zum Kühlschrank und beförderte sich mit einem verblüffenden Schwung auf einem Bein sofort wieder in die Sitzposition zurück; in den zwei Sekunden hatte sich nichts Wesentliches geändert, abgesehen von der braunen Flasche, die in seiner Hand aufgetaucht war.

»Furchtbarer Zustand«, sagte er und bat um Entschuldigung mit einem Lächeln, das eine ganze Reihe von Mängeln im Bereich der Mundhygiene offenbarte. »Hoffentlich macht das nichts.«

Ich antwortete nicht, schüttelte nur den Kopf und lächelte entweder oder hatte möglicherweise die ganze Zeit schon gelächelt. Es war schön, bei diesem furchtbaren Mann zu sitzen und sich mit unnützem Zeug zu beschäftigen. Zwischen uns herrschte eine Art Einverständnis: In dem Moment spielte eigentlich nichts eine Rolle, auch wenn ich bei Virtanen womöglich einen größeren Streifen Hoffnungslosigkeit sah als er bei mir. Und als er dann noch sagte, der Hausmeister sei übrigens nicht durch Aussterben ums Leben gekommen, sondern durch Asbest, lächelte ich nur noch mehr, die Wangen taten mir schon weh von dem Gelächle, aber dann tropfte wieder ein einsames Blip von der Decke und bot mir die Gelegenheit, die Lächelbögen von den Wangen zu räumen, in die Höhe zu blicken und zu sagen: »Da muss die Batterie gewechselt werden.«

Er sagte, auch das sei ihm bewusst, und meinte dann wieder auf seine sowohl um Entschuldigung bittende wie ungezogene Art: »Da werde ich wohl mal einen Monteur rufen müssen.«

Darauf schwiegen wir eine Weile, es gab nichts zu sagen und auch keinen Bedarf. Vor dem Haus tauchte in dem Moment dermaßen symptomatisch das Fahrzeug einer Wartungsfirma auf, dass ich am liebsten eine Bemerkung gemacht hätte, aber als ich in Virtanens Richtung schaute, schien er es bereits in den Schutzhafen des ersten Schlucks geschafft zu haben, er zeigte einen ungrammatikalisch verträumten Blick, und ich mochte ihn nicht gleich wieder in die Welt zurückholen. Ein gelangweilt wirkender, magerer Monteur schlurfte in übergroßem, mit Schlüsseln und anderen schweren Werkzeugen befrachtetem Blaumann ins Nachbarhaus, kehrte wenig später kopfschüttelnd zu seinem Auto zurück und marschierte dann erneut ins Haus, in der Hand einen Werkzeugkasten, wobei er alles in allem so aussah, als wolle er jemandem die Giftschlangen, von denen es in seinem Kopf wimmelte, ins Gesicht speien. Durchs Doppelfenster hörte man, wie äußerst grob und mit massivem Gerät etwas irgendwo eingerammt wurde.

»Ja, aber Sie wollten ja Fragen stellen«, rief Virtanen dann plötzlich beinahe laut aus und erschrak wohl selbst über sein abruptes Zurückrutschen in die Welt.

Ich erwiderte, man könne sich von mir aus durchaus duzen, und ging wieder dazu über, mit den Unterlagen zu hantieren. Meine Entscheidung hatte ich bereits getroffen, trotzdem studierte ich eine Weile die offiziell wirkenden Schriftstücke, bevor ich sagte. »Ja, aber das ist ja erst mal nur vorläufig. Bei uns läuft gerade die sogenannte Zielgruppenkartierung, das ist die Phase, in der wir die geeigneten Personen für die Studie suchen. Vorläufig.«

»Ach«, sagte Virtanen scheu, als hätte er Angst, dafür nicht gut genug zu sein.

»Ja also, in dieser Phase besteht meine Aufgabe nur darin, einzuschätzen, wie gut ein Kunde sich einfügt in die, wie soll ich sagen, in die Großkunden- oder. Warte mal. Also in die Auftraggeber-, äh, wie soll ich das jetzt ausdrücken, sodass auch wir gewöhnlichen Menschen es verstehen, also quasi in die Sequenzerei. In die Sequenz.«

Mir wurde siedend heiß, ich hatte das Gefühl, gleich platzen sämtliche Zellen in meinem Körper. Hatte ich mich ein bisschen zu sehr auf Virtanens Rausch verlassen? Ich wusste, es würde mir nicht gelingen, auch nur einen einzigen Terminus aus dem schwülen Unsinn zu erklären, falls er genauere Angaben verlangte, der Kunde.

Virtanen schien sich in den Tiefen seiner Birne, in die mittels des Flascheninhalts langsam Bewegung kam, über etwas völlig anderes Gedanken zu machen. »Ich bin gar nicht auf die Idee gekommen, etwas anzubieten«, sagte er und starrte schuldbewusst auf die Flasche.

»Äh«, sagte ich – ich sagte es tatsächlich und ächzte es nicht bloß. »Bei meiner Arbeit trinkt man so viel Kaffee, dass man mittags schon das Zittern kriegt.«

»Kaffee hätte ich sowieso keinen«, sagte er und sah nachdenklich und in einer wie mit Schnüren umwickelten Haltung aus dem Fenster. »Gehabt.« Wieder atmete er eine Weile quasi lang gestreckt und fragte dann: »Hast du auch manchmal das Gefühl, dass alleine getrunkener Kaffee ein ziemlich einsames Getränk ist?«

Ich sah ihn an. Es war schwer zu glauben, dass er sich bewusst war, mit wem er sprach, er bemerkte vermutlich kaum, dass er laut redete. Am liebsten hätte ich gesagt, ja, das Gefühl kenne ich, aber gleichzeitig überkam mich die Hast. Ich wollte dieses Fass jetzt einfach nicht aufmachen, es war immerhin bis jetzt in ziemlich angenehmen Bahnen geblieben, das Gespräch. Ich versuchte die Papiere auf dem Tisch in akkurate Ordnung zu klopfen. Sie ließen sich einfach nicht auf Kante bringen, als stünden sie unter Strom. »Ja«, sagte ich. »Alles deutet darauf hin, dass Sie sich für die Testgruppe ausgezeichnet eignen.« Kurz hörte ich meine Stimme auf einem anderen Kanal als sonst, sie klang wieder irgendwie blechern und verzögert, wie kürzlich bei meinem Sohn am Handy; das war wohl die Rückkehr in die Welt der Maschinensprache.

Virtanen richtete den Blick auf mich. »Sollten wir uns nicht sozusagen duzen?«, fragte er. Dann begriff er endlich auch den Rest von dem, was ich gesagt hatte, und gab plötzlich geradezu sprudelnd von sich: »Ach so, aber Sie kommen dann, oder ich meine, du kommst wieder? Tschuldigung, das ist jetzt ein bisschen durcheinander alles. Ich meine bloß, also ich bin praktisch, wie sag ich das jetzt, geeignet?«

Ich nickte hebekranartig, lächelte wie eine Mundharmonika und wurde mir dann auf ziemlich unschöne Art der ganzen Künstlichkeit, die plötzlich in mich gefahren war, bewusst. Ich machte mich hastig an den Aufbruch, roboterte dabei noch schlimmer als zuvor und klang beim Rascheln mit den Papieren und beim Klimpern mit der Handtasche wahrscheinlich wie ein Spielautomat. Ich gelangte an der Couch vorbei zur Flurmündung, streckte die Hand aus und sagte: »Dann also bis zum baldigen Wiedersehen.« Den Fehler bemerkte ich zu spät, aber da konnte ich die Hand auch nicht wieder zurückziehen. Überraschenderweise war Virtanens Druck seit dem letzten Mal aber kräftiger geworden, womöglich hatte die Flasche ihren Anteil daran, aber ich konnte mir trotzdem nicht helfen: Die schweißige Teigigkeit seiner Pfote löste einen urtümlichen Horrorschauder bei mir aus. Ich fragte mich, ob die Reaktion auch eine Folge davon sein konnte, dass ich bei all dem Ekel trotzdem ein bisschen was Gutes empfunden hatte. Reine Abscheu zu verspüren ist ja schließlich leicht.

Dann ging ich. Auch das war letztlich ganz leicht. Virtanen kam nicht mit bis zur Tür, spähte aber überraschend mutig um die Flurecke und sagte: »Tschüs, bis bald.« Ich sagte ebenfalls Tschüs. Virtanen wiederholte es noch einmal. Und sie ging danach sogar noch weiter, die seltsame, schlecht riechende Vertraulichkeit in dem schmuddeligen Flur, Wir sehen uns, Und wann, Sobald ich aus dem Büro die nötigen Unterlagen bekommen habe, Alles klar, Nächste Woche vielleicht oder auf jeden Fall bald, Genau, Das geht sonst leicht unter, Eben,

Du kannst auch anrufen, wenn es so weit ist, Stimmt, Obwohl ich eigentlich die ganze Zeit hier bin.

Dann war ich auch schon auf dem Weg. Beim Öffnen der Tür kam mir jedoch noch eine Frage in den Sinn, ich musste mich noch einmal umdrehen und sie stellen, ich hoffte nur, dabei nicht, wie soll man das sagen, aus kulturellem Instinkt in eine columboartige Krümmung mit Augendefekt zu geraten. Von Virtanen war schwer zu sagen, was er in dem Moment hoffte, weil man von ihm nur einen Streifen Schulter und die glänzende Frucht seines Trinkerkopfes sah.

»Ach ja«, sagte ich. »Eine Frage noch. Was mögen Sie eigentlich ganz besonders? Also du.«

Sein im Halbdunkel schwebender Kopf zog das Überlegen schweißtreibend in die Länge. Ich hörte seinen schweren, rudernden Atem und aus dem Treppenhaus ein hartnäckiges, langsames Klacken.

»Alkohol«, sagte Virtanen schließlich mit matter Stimme, es klang, als würde ihm die eigene Ehrlichkeit und vielleicht noch manch anderes die Tränen in die Augen treiben. Ich weiß nicht, ob es so war. Bei mir war es so.

»Gut«, gelang es mir zu flüstern und obendrein ein bisschen wortlosen guten Willen und allgemeine Zuversicht in den Flur zu schicken. Dann hielt ich es schlicht und einfach nicht länger aus und öffnete die Tür, schloss sie hinter mir und ging die Treppe hinunter. Dort wäre ich fast gegen eine wacholderstrauchartig gekrümmte, mit Stock ausgerüstete Oma geprallt, die im Grunde fast die gleiche Kleidung trug wie ich, bloß kleiner und von den Farben her blasser; das ganze Wesen hatte vermutlich im Lauf der Jahre an Farbe verloren, außer in den Augen, die klein waren, stechend, schwarz und fordernd, solche, die darauf warteten, dass etwas passierte, worauf sie schon lange gelauert hatten. Man brauchte keine ausgeprägten hellseherischen Fähigkeiten, um zu kombinieren, dass sie auf dem Weg zu Virtanen war und eine Strom- oder Rohrbelästigung für ihn auf Lager hatte, für den armen Virtanen, dem ich selbst sicher schon mehr als genug zugesetzt hatte, für diesen Tag.

»Rufen Sie die Wartungsfirma an«, sagte ich und sauste die Treppe hinunter.

II

Die Tage stapften vor sich hin, wie sie es tun, wenn das Leben einigermaßen im Lot ist. Natürlich hatten sie nichts Denkwürdiges an sich, die Tage, fast unmerklich schob sich einer am anderen vorbei, seit langer Zeit brauchte ich auf ebendiese nicht zu achten, sie lief wie von selbst neben dem mürbe gewordenen Leben her. Es war ein bisschen wie früher, wenn nach den Sommerferien das neue Schuljahr anfing: Man war gespannt und konnte es kaum erwarten, und gleichzeitig bedrückte einen das Bewusstsein, dass viel Arbeit auf einen zukam.

Der Herbst machte Fortschritte, ein Blatt nach dem anderen fiel herab, nachts raschelte das Laub in den Hofecken. Die Wohnung war sauber, der Körper gut genährt, auf dem Markt wurde gehandelt, hin und wieder rief mein Sohn an. Etwas brannte ihm unter den Nägeln, aber ich legte immer auf, bevor er zur Sache kam.

Einmal fuhr ich nach Kerava, ging diesmal aber in ein anderes Haus, zu Übungszwecken sozusagen. Die letzte Tour, als ich bei den Jalkanens gelandet war, hatte mich vor einem weiteren Besuch bei Irja zurückschrecken lassen; ich hatte das Gefühl, mich auf den nächsten Besuch bei ihr erst vorbereiten zu müssen.

Eine kleine, runde, aber durchaus sportliche Frau im Jogginganzug war es, bei der ich läutete, Koiranen mit Namen, vielleicht etwas jünger als ich, ein kompakter Energieriegel. Es wurde ein angenehmer, sympathischer Frühnachmittag, wenn er mir auch nicht so bedeutsam vorkam wie jener erste bei Irja. Es wurde gefragt, geantwortet, Kaffee getrunken, aus dem Fenster geguckt, sich unterhalten, über dieses und jenes, Wie oft in der Woche gehen Sie einkaufen, Eigentlich jeden Tag, Auch sonntags, Sonntags auch wenn möglich, Ah ja, Immer geht es ja nicht, Dann schreiben wir einfach sechs Mal die Woche, Schreiben wir lieber sechseinhalb Mal, Stimmt man sollte schon genau sein, So ist es. Und was halten Sie allgemein von den Sonntagsöffnungszeiten, Na ja, Sind Sie dafür oder dagegen, Dafür auch wenn das natürlich nicht so einfach ist, Stimmt, Aber manchmal hat man vielleicht einfach nichts Besseres zu tun, Eben, Da kann man ein bisschen Zeit für sich verbringen, Ganz genau, Sich was kaufen falls ein größerer Supermarkt offen ist, Verstehe, Ja, Wo ich wohne sind sie ein bisschen dünn gesät, Wo wohnen Sie denn, Äh in Hakaniemi, Schöne Gegend, Schon ja aber ein bisschen trubelig vielleicht, Da gibt's ja auch Kaufhäuser, Na ja, In der Hauptstadt wird es doch Kaufhäuser geben, Natürlich natürlich aber, Was aber, Jetzt geht es um Ihr Leben kann ich die nächste Frage stellen, Fragen Sie nur, Mögen Sie Hühnerleber, Äh natürlich mag ich die, Oh das war jetzt das falsche Formular aber ich mag sie auch.

Und bevor ich mich wieder auf die Rückfahrt mit dem Bus machte, schlüpfte ich noch in eine Haustür hinein, die sich gerade anbot, aber darüber lasse ich mich nicht weiter aus, aus diplomatischen Gründen; dass es ein Fehler war, merkte ich schon, als ich den Flur einer Wohnung im ersten Stock betrat. Mir ist von dem Besuch nicht viel mehr in Erinnerung geblieben als ein unterbrochener Streit und eine abwehrende Haltung, aber seltsamerweise hing auch dort eine Uhr, ein über der Küchentür montierter neualtmodischer Kasten, dessen schwarze Plastikminuten mit bedrückendem Zucken umblätterten.

Viel Zeit verstrich trotzdem nicht, bis ich mich erneut auf dem Weg nach Kerava befand. Ich musste hin, um die angefangene Befragung zu Ende zu bringen, das war ich Irja schuldig.

Draußen schien die Sonne, aber die Luft war beißend, die Bucht sah blaugrau, reibeisenartig gelöchert und zerdellt aus. Auf dem Zebrastreifen zog ich mit einem Ruck den Schal enger und wäre fast unter einen Lastwagen geraten. Der Fahrer ließ die Hupe blöken und schüttelte den Kopf, lächelte aber dabei. An der Straßenbahnhaltestelle ballten sich fünf blau gekleidete Kontrolleure eng zu einem Plauderkreis zusammen. Sie wirkten entspannt. Ich fand sie nicht besonders furchterregend, im Gegensatz zu den meisten anderen Leuten, die waggonweise aufsprangen, wenn sie kamen. Dabei war es noch gar nicht so lange her, dass ich selbst erwischt worden war. Freundlich war sie gewesen, die Frau, ein bisschen jünger als ich, wir hatten sogar Gelegenheit, ein paar Worte übers Wetter zu wechseln und über die von Jahr zu Jahr schlimmer werdende Zerstreutheit zu lamentieren, angeblich vergaß sie selbst manchmal, eine Fahrkarte zu kaufen. »Ob Sommer oder Winter – der Kopf bleibt ein und derselbe«, sagte sie. Wir mussten lachen. Noch Stunden später hatte ich gute Laune wegen des angenehmen Umgangs und wegen des Plauderns, auch wenn sie mich natürlich teuer zu stehen gekommen war, diese zwischenmenschliche Begegnung.

An der Ampel überquerte ich im ungleichmäßig strudelnden Menschenschaum die Straße, ein mürrischer Penner bildete die Gegenströmung, aber ich konnte ihm ausweichen und gelangte ohne Kollision an die Haltestelle. Eine Viertelstunde musste ich auf den Bus warten, währenddessen driftete ich wieder in einen vollkommen gedankenlosen Zustand ab, genau genommen vergaß ich ganz und gar, wo ich mich befand. Ich kehrte erst in die Welt zurück, als ich vor dem Fahrer stand und nach den Münzen buddelte, aber den Geldbeutel nicht finden konnte, ich erschrak, denn es war zwar nicht viel Geld drin, aber irgendwie war er mir lieb, aus reiner Nostalgie, der uralte hässliche Geldbeutel von der Sparkasse, lieber als ein Portemonnaie, vielleicht war ich eben so etwas wie ein Geldbeutelmensch, und wozu bräuchte ich auch schon ein Multifunktionsportemonnaie, für meine paar Kröten und die beiden Plastikkarten.

Dann fand ich den Geldbeutel doch noch und setzte mich auf die nächstbeste Bank, um das Gefühl der Erleichterung zu genießen. Auf der Fahrt nickte ich ein. Mein Sohn rief einmal an, ich zischte: »Ich sitze im Bus, wir telefonieren später.« Die Aussicht wurde mir allmählich vertraut. In Kumpula riss der Wind einen Schwarm gelber Blätter aus einem Ahorn, sie sahen aus wie hilflose Kanarienvögel. Auf der Autobahn wurde am Asphalt gefräst, es gab Spurrinnen und Löcher, es flimmerte und schwappte nur so vor den Augen.

In Kerava war das Wetter etwas freundlicher, weil nicht ständig in nächster Nähe das Meer zeterte. Ich stieg aus dem Bus, blieb eine Weile auf dem Platz vor dem Busbahnhof stehen und betrachtete das Geflatter aus Blättern, Tauben und Menschen. Wäre ich Raucherin, hätte ich eine geraucht. Hätte mich auf eine Bank gesetzt und geraucht. Ich setzte mich nicht, ich rauchte nicht, sondern stand wie ein Gartenzwerg neben einem Blumentrog aus Beton. Die Pflanzen hatte der Herbst längst kahl gerupft.

Lange konnte ich so nicht verweilen. Ich schob mich zwischen Familien, Einsamen, Teenagern und sonstiger Menschenfülle hindurch und ging in Richtung der Geschäfte.

Eine Zeitlang zog ich durch die Straßen. Hier und da stand ein Shoppingkoloss, und schließlich saugte mich einer von ihnen in seinen Windfang. Geruchsspuren von Waschmittel, Plastik, Hamburgern, mantelweise eingeschleppter Frischluft und Hautcreme wehten mir entgegen. Ich schloss mich dem Menschenstrom an, der zu den Läden im Inneren drängte. Die meisten Leute steuerten den Supermarkt im Erdgeschoss an, ich landete auf der Rolltreppe und im ersten Stock, wo kleinere Geschäfte untergebracht waren. Lange musste ich nicht gehen, bis ich fand, was ich suchte. Es war so etwas wie ein Spezialgeschäft, und alle Verkaufsartikel schien der Umstand zu verbinden, dass sich für ihre Existenz nicht unbedingt vernünftige Gründe anführen ließen, jedenfalls nicht zu diesen Preisen. Da gab es Zierkissen, Lampenschirme, vielfältige Basteleien zum Aufhängen, Kerzen, Lampions, Süßigkeiten, Seife, in Form gebogenes Peddigrohr und sonstiges Gewurzel, das man auf den Tisch legen konnte; eigentlich so ziemlich alles, womit man die hässliche Welt ein bisschen verschönern oder verzieren konnte. Es hatte sogar einen leicht selbstironischen Namen, Spieluhr oder Mobile, oder hieß es am Ende gar Krimskrams, ich erinnere mich nicht genau, aber der Unterton, der mitschwang, besagte jedenfalls: Wir Frauen sind vielleicht ab und zu ein bisschen albern, aber das ist nun mal alles so entzückend.

Mein Sohn hätte über Geschäfte dieser Sorte wahrscheinlich gesagt, da gehen Männer nur unter Zwang oder als Teil eines Paars hinein.

Ich trödelte fünf Minuten zwischen den Regalen und vor unterschiedlichen Auftürmungen herum, mit schief gelegtem Kopf, was sich fast zwangsläufig ergibt, wenn die Ware so absolut vielförmig ist. Ich fand schnell, was ich brauchte, oder genauer gesagt begriff ich schnell, dass ich etwas ganz Bestimmtes brauchte. Mit den Sachen unterm Arm schlug ich den Weg zur Kasse ein, alles in allem herrschte eine stille Pirschatmosphäre. Die Glaswand pufferte die Einkaufszentrumsgeräusche ab, im Laden selbst befanden sich nur eine Handvoll einsamer Frauen und ein Duo, das sich, nachdem es etwas unwiderstehlich Reizendes gefunden hatte, auch nur flüsternd in Begeisterung auszubrechen traute. Die kleinen Lautsprecher an der Decke wisperten so leise, dass man unmöglich sagen konnte, ob gerade ein Wortbeitrag im Radio oder klassische Musik von der Platte lief.

Ich schlich zur Kasse und erledigte meine Angelegenheit bei einer Frau, die sich bewegte wie eine ehemalige Schönheitskönigin und dabei lächelte wie ein Killer. »Sind Sie Stammkundin?«, fragten ihre Lippen beinah widerwillig, obwohl sie garantiert wusste, dass ich keine war. Ich schüttelte den Kopf, steckte die winzige Plastiktüte raschelnd in meine Handtasche und ging. Es ärgerte mich, dass ich nicht zum Kontern fähig gewesen war, es ärgerte mich so sehr, dass ich nicht einmal richtig merkte, wie ich einige Meter neben der Kasse stehen blieb, um in kleinen rosa Zierkissen zu stochern, die in einer Kiste am Weg zum Ausgang standen. Die Kissen interessierten mich nicht, sie waren schweinchenrosa und durch und durch dämlich, aber ich war plötzlich in eine diffuse Düsterkeit abgeglitten, und wie ich da so den Finger in ein Kissen stieß, blieb für einen Moment ein Abdruck in der straffen Oberfläche zurück, der genau so aussah wie, na ja, die mittlere Zone eines Katzenhinterns.

Ich musste grinsen, aber dann schämte ich mich auch schon für mein kindisches Verhalten, ich musste aufhören, versuchen, anderswo hinzuschauen als auf die Kissen, die von jetzt auf gleich ungeheuer frivol geworden waren. Als ich dann schließlich aufblickte, hätte ich vor Schreck beinahe meine Zunge verschluckt.

Drei Meter vor mir stand Mari – Mari Jalkanen, jene Mari Jalkanen aus Kerava.

Natürlich empand ich das nicht mehr als allzu erstaunlichen Zufall, weil mir ja bewusst war, dass ich in Kerava war, aber aus irgendeinem Grund zuckte ich zusammen. Ich ging in die Hocke, um nicht vorhandene Schnürsenkel zu binden, und schickte Bittgebete gen Himmel, sie möge nicht ausgerechnet in meine Richtung gucken, die Mari Jalkanen. Sie hatte anderswo hingesehen, meinte ich mich zu erinnern, hatte mit kritischem Blick eine lange, spitz zulaufende und wacklig aussehende Vase hin- und hergedreht.

In einem Regal waren Badetücher in vielen Grüntönen gestapelt. Aus der Hocke heraus befingerte ich ihre Ränder und hoffte, den Eindruck zu erwecken, als versetzten mich die Textilien in Ekstase. So ungewöhnlich ist das ja wohl nicht. Da ich nicht den Mut hatte, allzu lange so zu knien und physisch dazu auch gar nicht in der Lage war, bewegte ich mich mit quietschenden Schuhsohlen im Entengang weiter und spähte um die Ecke. In direkter Sichtlinie war niemand außer der

Frau hinter der Kasse; als sie meinen Kopf in einem Meter Höhe hinter dem Regal auftauchen sah, klimperten ihre langen künstlichen Wimpern zweimal langsam, und ihr unangenehmer, freudloser Mund klappte auf.

Es war jedoch nicht möglich, sich mit dem einsetzenden Gackern auseinanderzusetzen, weil ich ja noch die junge Frau Jalkanen orten musste. Es dauerte eine Weile, bis ich sie ganz hinten im Laden entdeckte, in ziemlich sicherer Entfernung, beim Wühlen in den Sonderangeboten. Ich stand auf, lächelte der Frau an der Kasse aufmunternd zu, hielt meine Handtasche und schüttelte sie und verließ das Geschäft so würdevoll, wie es in einem Zustand möglich ist, in dem man am liebsten einfach nur rennen möchte.

Ich nahm die Rolltreppe und lief dann ohne mich umzublicken in den Nieselregen hinaus.

Ich marschierte den ganzen Weg, mit kalten Füßen und nass vom Sprühregen, den Kopf voller erhitzter Gedanken. Nirgendwo fand ich Halt, am liebsten hätte ich mich in ein Café gesetzt und den übermäßigen Dampf abgelassen. Ein Café fand ich nicht, und Kaffee konnte ich auch am Ziel bekommen, aber auf halbem Weg stieß ich auf einen Supermarkt, der kurz davor war, den Betrieb einzustellen, es gab Schlussverkauf mit Sonderangeboten und gähnend leeren Regalen. Dort gelang es mir, einen zum Schlürfen gedachten Joghurt als Proviant ausfindig zu machen, für alle Fälle, denn mein Frühstück lag schon eine Weile zurück, die Beine fühlten sich stellenweise bereits weich an, und dünne, dunkle Bewölkung schlich sich in den Blick.

Als ich das Häuserareal erreichte, das mein Ziel war, musste ich mich an der inzwischen schon fast vertrauten Kiefer abstützen, kurz durchatmen und die Stirn abtrocknen. Schließlich ging ich auf das Haus zu. Jenseits des Parkplatzes wirbelte der Hausmeister mit einem lauten Gebläse tote Blätter auf und sozusagen vorwärts, er trieb sie vor sich her, wohin genau, war schwer zu sagen. Aus Eingang B kam ein älterer Mann mit Schirmmütze auf der Krone und kleinem Hund an der Leine, der ein lustiges rotes Band am Schwanzstummel trug. Er schien darauf irgendwie stolz zu sein, der Hund. Rasch waren die beiden mit wippender Mütze und wippendem Stummelschwanz hinter den Autos verschwunden.

Auf der Rückseite des Hauses machte ich vorsichtig einen kleinen Umweg über den Rand des Rasens und blickte auf die Fenster im dritten Stock. Am Küchenfenster der Familie Jokipaltio huschte ein Schatten vorbei.

Ich eilte ins Treppenhaus. Es roch nach Essen, wonach genau, war unmöglich zu sagen, aber es war Hausmannskost, daran bestand kein Zweifel, was immer das Zusammengemengte auch beinhalten mochte. Ich ging die Treppe hinauf und fand mich trödelnd im ersten Stock wieder. Etwas ließ mich zögern. Andererseits hatte ich ja ein Geschenk in Aussicht gestellt, wenn auch nicht unbedingt Irja, die hatte danach nicht einmal gefragt, aber sie verdiente trotzdem eine Belohnung. Mir wurde heiß. Hinter der nächsten Tür, Jerkoff stand darauf, rumpelte eine Waschmaschine, es klang, als würde sie jeden Moment auf eigene Faust herauskommen.

Ich stieg weiter nach oben.

Vor der Tür der Jokipaltios war es mir dann unmöglich zu klingeln, sosehr ich mir auch ein Herz fassen mochte. In mir kam das Gefühl auf, als reichte es allmählich mit dem Stören unbekannter Menschen. Ich wühlte in der Plastiktüte, überlegte, das Päckchen an die Türklingel zu hängen, das war so eine altmodische geflügelte Klingelvorrichtung, an der die Schenkung gut gehangen hätte. Doch es gelang mir nicht. Kaum hatte ich die Päckchenschnur um das Ding drapiert, rutschte sie ab, das Mitbringsel polterte zu Boden und die Klingel ertönte.

Mich ergriff die Panik. Ich schnappte das Päckchen, dachte keine Sekunde darüber nach, wie es seinem Inhalt ergehen würde, und stopfte es hastig in den Briefschlitz, aus dem ich es gleich wieder mit Gewalt herauszog, weil es nicht durchpasste. Ich hatte das furchtbar kribbelnde Gefühl, jeden Moment bei einer durch und durch verkehrten Tat ertappt zu werden. Abwechselnd stieß und zog ich das Päckchen, unten ging eine Tür und schwere Schritte kamen die Treppe herauf, am liebsten hätte ich um Hilfe gerufen, aber was hätte das genützt. Ich machte einen letzten nutzlosen Versuch, schob die rechte Hand tief in den Briefschlitz und bekam das Päckchen gerade stabil genug in den Griff, um es herauszureißen, als ich im Flur Schritte hörte. Dann wurde auch schon energisch die Wohnungstür aufgestoßen.

»Großer Gott!«, hörte ich Irja noch ausrufen. Dann setzte in meiner Nase ein warmes Brausen ein.

Für eine Weile war alles klebrig-zäh und wirr. Zunächst begriff ich nur, dass ich vor der Tür halb auf die Knie gesunken war und mit beiden Händen am Briefschlitz hing. Die eine Hand umklammerte noch immer das Päckchen, die andere schien einfach so in der Öffnung festzustecken.

Das Blut kam mir im Schwall aus der Nase, ich konnte nicht einmal die Hände darunterhalten, weil sie eben feststeckten, und so versuchte ich nur, die Flüssigkeit an der Fußmatte und meinen Kleidern vorbei auf den Fußboden zu lenken. Auch aus den Augen floss mir etwas, und Nasenlöcher und Mund wurden von einer dicken, sirupartigen Sinneswahrnehmung verstopft, von der sich unmöglich sagen ließ, ob es Geruch oder Geschmack war.

»Ach du meine Güte«, sagte Irja gedehnt, aber dann gingen auch ihr die Worte aus. Als Nächstes spürte ich, wie sie auf der anderen Seite der Tür das Päckchen, das ich noch immer fest umklammert hielt, aus meinen Fingern befreite. »Entschuldigung, Entschuldigung«, sagte sie immer wieder. »Wie konnte mir das nur passieren, Entschuldigung, du meine Güte.«

Es gelang ihr, mir das Päckchen zu entwinden, worauf meine Hand tassenartig, leer und plötzlich vollkommen funktionslos in der Luft hängen blieb. Kurz darauf spürte ich, wie das Gelenk der linken Hand in eine neue Position gedreht und in die Freiheit zurückgeschoben wurde.

»Mein Gott«, prustete ich, worauf sich kleine dunkelrote Punkte an der Tür bildeten.

»Nicht sprechen«, flüsterte Irja und machte sich neben mir und hinter mir zu schaffen; es war schwer, sie zu orten, weil meine Augen voll waren von etwas Trübem, Brennendem, und es sich anfühlte, als stünde mein Kopf in nassen Flammen. »Nicht bewegen, wir holen dir Küchenpapier, oder was heißt wir, ich hole welches, von drinnen.«

Ich erkannte in ihrem Tuscheln etwas Vertrautes, es klang wie das Echo meiner eigenen Stimme. Wieder kam mir das aufgeschobene Telefonat mit meinem Sohn in den Sinn.

Irja verschwand, um Papier zu holen, ich kniete weiter im Treppenhaus, die rechte Hand noch immer am Briefschlitz, irgendwie traute sie sich nicht, den Rand loszulassen, obwohl sie theoretisch frei war, zu tun, was sie wollte. Schwere, sandsackartige Schritte stampften in nächster Nähe die Treppe herauf und legten dann eine Pause ein. Man hörte schwitziges Atmen, ein maskulines Räuspern und ein dröhnendes Istmitihnenallesinordnung. Ich dankte und sagte Ja, auch wenn das wahrscheinlich ziemlich unglaubwürdig klang. Dann setzte der nur aus seiner Stimme bestehende Mann ohne weitere Fragen stampfend seinen Weg fort und war wenig später hinter einer zufallenden Tür verschwunden. Er wurde sozusagen gegen Irja ausgewechselt, die angeschlittert kam, um mir mit dreilagigem Küchenpapier und Watte und wohl auch mit Mull das Gesicht abzutupfen. Dabei wiederholte sie in einem fort ihr Meinegüte.

»Meine Güte«, sagte ich ebenfalls. Ich schämte mich dermaßen, dass meine Stimme sich zu einem irrwitzigen Piepsen ausdünnte. »Wie konnte das, ich meine, ich …«

Mit auffordernd em und sicherem, aber auch besorgnisprallem Ton sagte Irja: »Jetzt aber Mund zu und Nase hoch.« Dann führte sie mich schnell in die Wohnung, setzte mich an den Küchentisch und befahl mir, mit zwei Fingern die Nasenwurzel zu fassen und an die Decke zu gucken, während sie die Spuren beseitigen würde. Da saß ich dann und wollte sterben. Die Blutung war zum Stillstand gekommen, in den Nasenlöchern bildete sich ein rasch erstarrender Brei, aber sogar durch den hindurch konnte ich Kaffee und Hefegebäck riechen. An der Wand tickten die Wurzeluhren. Der Kühlschrank gab ein schluckendes Geräusch von sich. Schließlich fiel die Wohnungstür zu, und wenig später tauchte in meinem Augenwinkel Irja auf, mit rötlich gefärbten Lappen in den Händen.

Ich schämte mich, denn jetzt waren die teuren Mikrofaserlappen bestimmt ruiniert, weshalb ich mit idiotischer, mit den Fingern zusammengedrückter Näselstimme knäkte, ich würde ihr neue Lappen kaufen. Sie sagte: »Pah, die kann man waschen, vor Blut haben wir keine Angst, schließlich bist du ja keine von denen, die Aids haben.« Dank dieses Vertrauens breitete sich etwas Gutes, Warmes in meiner Brust aus, aber ich blieb hartnäckig, man könne die doch in Gottes Namen nicht mehr benutzen, ich würde neue besorgen, man müsse doch anständiges Wischzeug im Haus haben, zumal man von allen Haushaltsartikeln sowieso immer genau die zu kaufen vergesse, Lappen und Tücher, warum auch immer. Irja antwortete, das sei allerdings wahr, ihr gehe es genauso, und ich knarzte noch: »Ob Sommer oder Winter – der Kopf bleibt ein und derselbe«, mehr fiel mir nicht ein als diese blöde Bemerkung, die mich einmal in der Straßenbahn zum Lachen gebracht hatte, und dann versuchte ich auch noch zu lachen, aber es tat bloß weh, und wieder brannten mir Tränen in den Augen.

»Jetzt bleib erst mal eine Weile schön sitzen«, sagte Irja dann. »Damit sich der Zinken beruhigt.« Dann drehte sie sich zur Spüle um und hantierte dort mit etwas.

»Geht wo ni angas«, sagte ich. So kam das heraus, in meinem Gesicht und meiner Nase tat sich nichts, was mich dazu gezwungen hätte, auf diese Art Laut zu geben, aber irgendwie schien es mir angebracht, ein bisschen was zu nuscheln, das lenkte sozusagen ein wenig von der Peinlichkeit ab.

»Nicht sprechen, sonst geht es nur wieder los.«

»Na da ehen ni.«

»Hä?«, meinte Irja ungehalten, musste aber trotzdem lachen, ich auch, aber die Nase tat für Belustigungen einfach zu weh.

Sie fing nun an, mit Geschirr zu klappern. Zwischen dem Kaffee- und Gebäckduft blubberte Zitronen-Fairy, ein Geruch, der nicht nur gut war, wie ich feststellte, irgendwie heimelig zwar, aber in seiner stumpfen Industrialität weit entfernt von echter Zitrone. Kurz darauf fragte ich mich unweigerlich, ob mit meinen Sinneswahrnehmungen oder mit meinem Empfangsapparat etwas nicht stimmte. Ich saß in einer fremden Küche und analysierte Gerüche, die meine von geronnenem Blut verstopfte Nase höchstwahrscheinlich gar nicht auseinanderhalten konnte. Damit war ich bereits bei dem Gedanken angelangt, was es jetzt eigentlich für eine verflixte Rolle spielte, was man überhaupt dachte, worauf sich sofort ein irgendwie schuldiges, geschwätziges Gefühl einstellte, obwohl ich gar nichts gesagt hatte, weil ich ja gezwungen war, still dazusitzen.

Es wurmte mich, nicht sprechen zu können. Ich hatte Lust, mich zu unterhalten.

Ich versuchte, all das Rauschen und Bauschen aus meinem Kopf zu verbannen und sah mühsam aus dem Fenster. Ich konnte gerade noch ein hellrotes Eichhörnchen wie einen Funken am Kiefernstamm nach oben spritzen sehen. Dann musste ich wieder vor mich hin schauen, weil mein rechtes Auge vom Zur-Seite-Schielen in Extremstellung zu schmerzen begann. Von da an begnügte ich mich mit dem beharrlichen Kreislauf der Wurzeluhren und mit dem Rücken der Geschirr spülenden Irja.

»Was treibt dich denn schon wieder hierher?«, fragte sie, wobei sie mit sicheren, kräftigen Griffen eine massive Soßenschüssel von Rörstrand abtrocknete, in deren Richtung ich, jedenfalls in diesem Moment, nicht einmal zu atmen gewagt hätte. Die Frage erschreckte mich. Schöpfte sie etwa Verdacht? Ich schaute sie aus komplizierter Kopfhaltung heraus an und sah garantiert bescheuert aus, mein Ausdruck war bestimmt mit der Art von Glotzen verwandt, das Rentiere mit Vorliebe dann praktizieren, wenn sie vor einem Auto davontraben. Ich sagte etwas Ähnliches wie »mnüügh«.

»Ja, stimmt, die Nase.«

»Nein, ich …«, fing ich noch einmal an, zur Abwechslung mit durchaus deutlichen Worten. Dann leerte sich mein Kopf schlagartig, und ich betupfte nur die Nasengegend mit dem Papierbausch und versuchte mit der anderen Hand die Sachen vom Tisch in die Handtasche zu raffen, die trübsinnig verschrumpelt auf meinen Knien lag wie eine schimmelnde Frucht, die in der Obstschale vergessen worden war. Und wie ich das alles so der Reihe nach durchführte, flutschte mir plötzlich eine Natursendung von vor ein paar Samstagen in den Sinn, darin war ein Vogel namens Stummelflagger vorgekommen, so ein cleverer kleiner Trippler, der irgendwie unnatürlich oder zumindest wie von Menschenhand gemacht aussah, sein schwarzes Federkleid war mit allen möglichen grellen Broschen, Troddeln, Rüschen und Hautlappen gespickt gewesen, und er balzte unaussprechlich einsam irgendwo tief im Regenwald vor sich hin, stellte kollernd all seine Auswüchse und Einzelteile zur Schau und fegte mit einem belaubten Zweig im Schnabel den Waldboden, und all das zusammen war offenbar das Stummelflaggen. Er machte den Wald sauber! Schon damals vorm Fernseher hatte ich mich schwer entscheiden können, ob ich weinen oder lachen sollte, und auch jetzt war es schwierig, ich konnte einfach nicht mehr den Mund halten, sondern musste Irja lautstark von der Kreatur erzählen, von ihrem komischen Aussehen, von dem energischen Getrippel, von den Farben, die an einen Bonbonladen denken ließen oder an eine übereifrige Werbeagentur mitten in der Natur.

Sie hörte brav zu, die Irja, aber ihr Gesichtsausdruck verriet, dass mein Vortrag wirr, umständlich, aufgedreht und überlang geraten war. Als ich schließlich dazu kam, mich über den Waldfegeteil zu echauffieren, sah sie mich einen Moment lang so an, als wäre sie auf der Hut, so wie man einen potenziellen Geisteskranken ansieht, aber dann fing sie auch schon an zu lachen.

Ich musste ebenfalls lachen, obwohl es wehtat, hauptsächlich brachte es mich zum Lachen und erleichterte es mich, dass Irja lachen musste, und so lachten wir dann, eigentlich war schwer zu sagen, worüber, und als wir dann kurz durchgeatmet hatten, ging es wie von selbst weiter, das Gespräch. Eine Braut für ihn ist nicht aufgetaucht, Natürlich nicht, Jedenfalls nicht so lange die Sendung gedauert hat, Ja, Aber vielleicht später das kann man ja nicht wissen, Hoffentlich, Ja, Die sind manchmal furchtbar anzuschauen, Was, Na diese Sendungen, Stimmt allerdings, Immer geht es einer Kreatur an den Kragen, Ach das ist grässlich, Wird von einem Raubtier gefressen oder ist eben in so einem Zustand, In so einem Zustand, Na so einsam eben, Stimmt, Was war das noch, Was denn, Na das Flaggen oder was der machte, Das Stummelflaggen, Meine Güte, Das kannst du laut sagen, Es kommen einem ja schon die Tränen wenn man nur das Wort hört, Und ich weiß nicht mal ob es ein Männchen oder ein Weibchen war, Ja, Oder müsste man sagen Hahn oder Henne, Eben, Weil es ja ein Vogel ist.

Irja schwieg eine Weile, dann sagte sie lediglich: »So, so.« Dann war plötzlich ein anderer Ausdruck in ihren Augen aufgetaucht, sie blickten weit in die Ferne, gleichzeitig nach innen und nach außen, über Bäume und Häuser und Gegenwart hinaus. Draußen war der Hausmeister inzwischen bis zum Unterstand für die Mülltonnen vorgedrungen. Hinter der grauen Bretterkonstruktion stoben gelbe Blätter auf wie ein lautloser Schrei.

»Wie fühlt sich die Nase an?«, wollte Irja dann wissen.

Ich antwortete, den Umständen entsprechend gut, und geriet auf der Stelle wieder in mannigfaltige und undeutliche Bitten um Entschuldigung, die ein ganzes Bündel von Anlässen betrafen, aber in erster Linie natürlich die Kollision von vorhin. Irja hörte zunächst geduldig zu, sagte dann aber: »So ein Quatsch, ich hab dir doch die Tür gegen die Nase geschlagen«, und da musste ich sie natürlich stoppen und quieken: »Neeiiin, auf keinen Fall, Irja, nicht du hast mich durch den Briefschlitz gezerrt, sondern ich hab selbst wie blöd versucht, das Päckchen durchzustopfen.« Da ging sie dann sofort dazu über, sich um das Päckchen Sorgen zu machen, ich hätte es nicht erwähnen sollen, es wurde mir alles immer nur peinlicher, Irja war schon drauf und dran, in den Flur zu gehen, um es zu holen, aber ich hielt sie auf, lamentierte, es sei bestimmt kaputt oder im Eimer oder so, und für den Augenblick gab Irja sich damit zufrieden und sagte: »Wir können es uns ja später ansehen, jetzt trinken wir erst mal Kaffee und kurieren die Nase.«

Sie ist ein guter Mensch, dachte ich, sie will mich nicht noch mehr in Verlegenheit bringen. Irgendwie wurde mir auch von dem »Später« ganz warm ums Herz. Ich hatte es nicht eilig, wegzukommen.

Der Kaffee war fertig, die Tassen schnell gefüllt. Was den Hefegebäckduft betraf, hatte ich mich getäuscht, es war Obstkuchen, Johannisbeeren, rot und schwarz gemischt. Auch der war schnell aus dem Ofen und auf dem Tisch. Wir guckten ein bisschen nach draußen, wo der Hausmeister auf die Knie gesunken war und sein Lärmgerät durch Zerren an einer Schnur wieder in Betrieb zu setzen versuchte, wir klirrten mit den Tassen, pusteten auf den heißen Kuchen und fingen dann an, ihn zu mümmeln, wir sahen uns nicht so viel an, ich war wahrscheinlich auch gar kein so angenehmer Anblick, vielleicht sollte ich mal ins Bad gehen, dachte ich, nachsehen, was für eine furchtbare Hässlichkeit aus ihr geworden ist, der Nase, aber jetzt bleiben wir erst noch ein bisschen bei diesem himmlischen Kuchen sitzen.

»Der Kuchen ist himmlisch«, sagte ich, und da ging es dann wieder, das Reden, weil die Nase nun nicht mehr tropfte. Es war nichts Besonderes, nur ein ganz normales, leises, langsames und wie von selbst seine Richtung einschlagendes Gespräch, Schön wenn's schmeckt, Und ob es schmeckt, Eigene Ernte vom Sommerhaus, Aha und wo steht das euer Häuschen, In Karjalohja, Schöne Gegend, Nicht wahr, Hügelig, Ziemlich, Auch schön grün, Wenn man nur öfter hinkäme, Was hindert dich denn daran, Die Familie, Ach so, Vor allem natürlich die Kinder weil Teenagern dort langweilig wird, Die haben ihre Freunde und alles hier, In dem Alter will man sie aber auch noch nicht alleine zu Hause lassen, Die Welt der jungen Leute kommt einem heutzutage so gefährlich vor, So ist es, Die ganzen Schießereien und Brände und alles, Das ist furchtbar, Ich will dir jetzt aber keine Angst machen, Mir ist das auch so klar, Trotzdem Entschuldigung, Du brauchst dich nicht zu entschuldigen, Na dann, Es ist bloß so dass man wegen all dieser entsetzlichen Sachen denkt man muss immer da sein, Das ist Schwerstarbeit, Du sagst es, Irgendwie hat man manchmal das Gefühl als wäre die ganze Welt aus den Angeln geraten.

Damit war mir etwas dermaßen Großes herausgerutscht, dass ich erst mal seufzen und lauschen musste, auf das Ticken der Uhren, auf das Knacksen des abkühlenden Backofens und auf das ferne Rauschen in der Wasserleitung; eine Zeitlang waren das die einzigen Geräusche in der Küche und vielleicht sogar im ganzen Haus. Der Redefluss war jedoch nicht erstarrt, beim Kaffeetrinken und Kuchenkauen kam er langsam wieder in Gang, führte über ein paar Schleifen zu leichteren Themen, zu kleinen Bemerkungen hier und da, über die Küche, über die Wohnung, über das Grundstück rundum, den Rasen, dessen Pelz die Höllenmaschine des Hausmeisters gerade sträubte. Und plötzlich waren wir auch schon wieder weiter und tiefer, nicht beklemmend, sondern eher angenehm und schwesterlich, gleichberechtigt baff vor dem seltsamen Problembündel des Lebens; ich erzählte ein bisschen von meinem Sohn, davon, dass ich mir Sorgen machte, ganz gleich wie erwachsen er war, oder vielleicht gerade deshalb, und Irja war natürlich voll und ganz meiner Meinung oder doch ziemlich meiner Meinung, wie sie sagte, und darüber lachten wir natürlich herzlich. Ich weiß nicht, wie es wieder ins Familienleben abglitt, das Gespräch, aber irgendwann waren wir an dem Punkt angelangt, an dem Irja seufzte und aus dem Fenster schaute und irgendwie völlig farblos sagte, jetzt hätten sie in der Werkstatt auch ihren Mann beurlaubt, einfach so, ganz überraschend, das war natürlich eine schreckliche Nachricht, und sie klang durch die fahle Sachlichkeit, mit der sie erzählt wurde, noch schrecklicher, sofort machte man sich Sorgen und musste fragen, ob sie denn über die Runden kämen, worauf Irja dann erwiderte, Na klar kommen wir über die Runden, Ganz sicher, Wir werden jedenfalls nicht gleich auf der Straße stehen, Ganz sicher, Ja ja glaub es mir einfach, Na dann, Was mir am meisten Sorgen macht ist dass der Kerl den ganzen Tag dasitzt und vor sich hin grummelt, Die Männer, Eben, Irgendwie würde ich gern helfen, Tja, Auch wenn wir uns nicht so gut kennen macht man sich doch Sorgen, Das ist schön dass es noch Leute gibt die sich um andere kümmern, Das müssen wir, Wir müssen das und irgendwie ist das wunderbar und schön, Wir sind schließlich immer noch Menschen, Das ist ja gerade das Schöne, Da stimme ich dir voll und ganz zu, Aha beantwortest du jetzt schon meine Fragen, Sieh an, Ja aber ich stimme trotzdem voll und ganz zu.

Diesmal lachten wir nicht, aber wir setzten ein würdevolles, leicht nach unten strebendes Lächeln auf, in dem ein Hauch von Melancholie lag.

Irja schenkte Kaffee nach, obwohl ich sagte: »Bald fang ich an zu zittern.« Wir installierten uns wieder in Trinkposition, ich lobte noch einmal den Kaffee, er war wirklich gut, dunkel, und er schmeckte fast ein bisschen verboten, Irja sagte, es sei zur Hälfte normaler Festmokka und zur Hälfte dunkle Röstung, Marke Parisienne. Gleich darauf erschrak ich dann aber, als sie mir aus ihren grauen und beinah eisernen Augen plötzlich einen tiefen und direkten Blick zuwarf und mit sozusagen schweißtreibendem Nachdruck sagte: »Irma. Irma heißt du doch?«

Das ängstliche Vibrieren meines Antwortlauts war schon zu hören, bevor er aus dem Mund gekrochen kam. »Ja«, brachte ich kleinlaut und rundlippig heraus wie ein Kind, das beschlossen hat, einen Streich zu gestehen, den es für ein nicht wiedergutzumachendes Verbrechen hält. Sofort rechnete ich mit Schwierigkeiten, es kam die Urangst auf, erwischt zu werden, wobei, war unmöglich zu sagen, trotzdem gab es da die Angst, alles könnte zu Ende gehen, der Tag, der Kaffee, der Kuchen, das ganze gemütliche Sitzen und Beisammensein. Und so wartete ich dann stocksteif darauf, dass Irja das Schreckliche sagte, oder noch schlimmer, fragte.

»Du siehst entsetzlich aus«, sagte sie schließlich.

Es dauerte eine Weile, bis ich fähig war, erleichtert zu sein. Und als das Lachen endlich kam, öffneten sich ungefähr alle Kanäle gleichzeitig. Und auch wenn Irja genauso lachen musste, wie ich mit meinem getrübten Blick sehen konnte, war sie dennoch imstande, mich ins Bad zu führen und mich mit meinem ramponierten Gesicht zu konfrontieren, über das Tränen und frisches Blut liefen und in dem es keinen einzigen hübschen Quadratmillimeter gab, das mich aber trotzdem noch fürchterlich zum Lachen brachte, als ich schon längst allein vor dem Spiegel stand.

Ziemlich lange stand ich dort. Die Nase sah so furchtbar aus, dass man es eigentlich nicht aushielt, sie zu betrachten oder auch nur an sie zu denken; ich wusch mich, tat mit Puder, was ich konnte, trug zu viel Lippenstift auf und kehrte in die Küche zurück. Irja saß am Tisch und hantierte mit ihrem Handy. Als sie aufblickte und mich sah, verzog sie zwar noch immer die Lippen im Zusammenhang mit dem SMS-Austausch, aber ihre Augen lächelten.

»Jetzt siehst du schon fast wieder wie ein Mensch aus«, sagte sie. »Soweit man hinter der Nase einen erkennen kann.«

Ich setzte mich an den Tisch und sagte so theatralisch düster, wie ich konnte, »ha, ha«. Sie bat um Entschuldigung und meinte, sie wäre wohl taktlos, aber ich brachte sie mit »äh« und »pah« zum Schweigen und ging dazu über, meine großzügige Belustigung zu präzisieren. War wohl etwas gezwungen. Als die Choreografie absolviert war, beugte ich mich einer weiteren Tasse Kaffee, plauderte mit Freuden ein bisschen über dies und das, fing wegen der vielen Kaffeetrinkerei aber bald an zu zittern und sozusagen im Sitzen zu torkeln.

»Ist alles in Ordnung mit dir?«, fragte Irja. Als ich ihr erzählte, das sei ich in letzter Zeit öfter gefragt worden, lächelte sie ein wenig wehmütig und fragte, ob wir wohl ein bisschen alt geworden seien. Ihr Tonfall klang sorglos und heiter, so einen hätte ich auch gern gehabt, und natürlich war es gut, bei ihr zu sein, gerade bei ihr, aber mich bekümmerte doch auch die Nase, sie war zum Kawentsmann geworden, es fühlte sich an, als klammerte sich ein verwachsenes Tier in meinem Gesicht fest. Es war nichts daran zu ändern, dass ich irgendwann wieder in die Öffentlichkeit musste, und was würden dann die Leute denken, über so eine Nasenäffin, ist das eine Säuferin oder ist sie geschlagen worden oder beides oder was.

Ich musste allmählich aufbrechen, dämmerte mir, ich konnte ja beim besten Willen nicht über Nacht bleiben. Langsam ging ich dazu über, den Stier bei den Hörnern zu packen und was von dem Geschenk zu fabulieren, von der Belohnung, dass ich sie beim letzten Mal vergessen hatte: »Oh je, wie es wohl aussieht, bestimmt ist es in Stücke gegangen, Entschuldigung, Entschuldigung, was für ein Durcheinander, ich mach das noch nicht lange. Diesen Job.« Während ich so vor mich hin lamentierte, schlich ich in den Flur, wo Irja mit einem »So ein Quatsch« für eine kurze Pause in meinem Jammern sorgte, das Päckchen von der Hutablage pflückte und mir verblüffend zielsicher reichte, völlig lautlos, wohingegen es in meinen Händen sogleich raschelte und rasselte. Ich sagte: »Das Ding ist wohl hin, da muss ich in den nächsten Tagen ein neues bringen, es gibt genug davon, Belohnungen, und eigentlich ist das hier auch eine schlechte Wahl gewesen, vielleicht eher ein Notbehelf, ursprünglich hatte ich an eine Wurzeluhr für die Küche gedacht, eine würde noch hinpassen, aber ich konnte schlecht auf die Geschenkwahl Einfluss nehmen, als kleiner Mensch, bei meinem letzten Besuch im Büro waren jedenfalls keine da gewesen, Wurzeluhren, meine ich.«

Mir war durchaus bewusst, was für eine fürchterliche Menge an Hölzchen und Stöckchen ich da produzierte, aber der Wortfluss wollte einfach nicht versiegen. Irja unterbrach mein Geschnatter jedoch plötzlich, fasste mich an der Schulter und flüsterte: »Die sind von meinen Schwiegereltern, die Uhren. Ich kann sie nicht ausstehen.«

Daraufhin schämte und freute ich mich gleichzeitig. Mehr war nicht nötig, und ich konnte mich ordnungsgemäß anziehen. Unter der tief hängenden kleinen Jugendstillampe, von der Glasperlen tropften, machte ich mich mit Mantel und Baskenmütze zum Pilz und schlappte zur Tür. Sobald ich die Klinke in der Hand hatte, drehte ich mich um und bedankte mich so herzlich, wie es nur irgendwie ging. Am liebsten hätte ich noch ein »Entschuldigung« hinzugefügt, aber die Stimmung machte Bemerkungen aus der Entschuldigungsabteilung überflüssig.

Ich ging hastig hinaus.

Draußen jagte ich einem Kind einen fürchterlichen Schreck ein, seinem Gesichtsausdruck nach sah ich tatsächlich wie ein Ungeheuer aus einem Märchen aus. Ich näselte ihm zu, es müsse keine Angst haben, keine Angst, alles ist gut, alles ist gut. Dabei hoffte ich inständig, es möge wirklich alles gut sein. Dann erst merkte ich, dass die Mutter des Kindes einige Meter entfernt auf einer Bank eine Frauenzeitschrift las. Aus unerfindlichem Grund marschierte ich zu ihr, wühlte dabei in meiner Handtasche, fand die Joghurtflasche und hielt sie dem jungen, rothaarigen Muttermenschen hin.

»Nimm das!«, sagte ich mit vollkommen überdimensionierter Resolutheit. »Das ist gut«, fuhr ich fort, ohne daran zu denken, dass ich mit meiner Nase vermutlich nach Hexe und Ränke aussah.

Langsam, argwöhnisch und widerwillig streckte sie die Hand nach der Flasche aus, als vermutete sie darin einen Sprengkörper. Sie nahm sie trotzdem, und ich trabte mit mehreren fröhlichen Tschüsis um die Ecke auf den Parkplatz und in vollem Tempo über diesen hinweg zum Waldrand.

Dann fingen die vielen Zusammenstöße an zu wirken, und ich musste mich an eine Kiefer lehnen und durchatmen. Sonderlich lange traute ich mich nicht, dort so zu lehnen, ich befürchtete, von jemandem beobachtet zu werden, fragte mich gleich darauf: Na und?, aber das war natürlich ein Fehler, das

Fragen, denn wenn man einmal damit angefangen hat, prasseln die Fragen nur so auf einen herab und kommen von allen Seiten angewalzt, klappernde, scheppernde, hüpfende und springende Argwöhnungen, als wenn eine aus Flaschen oder Dosen zusammengesetzte Konstruktion plötzlich ihre Ordnung und ihr Gleichgewicht verliert und den Hang hinunterkollert.

Auf einem klebrigen Teppich aus matschigen Blättern durchquerte ich das Waldstück. Die Nase tat mir weh, aber in Wangen und Brust kitzelte mich eine leicht erschrockene Wärme. Ich stieg in einen Bus und wenig später in einen anderen. Rasch verschmolz Kerava mit dem Herbst und wurde von der Autobahn abgelöst. Kiefernwald, die fast schon geräuschvollen Farben der Laubbäume, Autos, kleine Autos, große Autos, Autos in allen Farben, allerhand Verkehrs- und Gewerbevorrichtungen, und hier und da in der Ferne hinter den Bäumen ein Betonklotz voller Leben, Liebe, Streit und Einsamkeit, Familien zusammengedrängt auf der Couch, künftige Familien verwickelt und verknotet im Bett, Alte oder Senioren oder was sie heutzutage nun mal korrekterweise sind, Alte also, die aus dem Fenster in den Hof starren und auf etwas oder wen auch immer warten. Wir huschten an einem Schwarm kleiner Jungen vorbei, die am Straßenrand eine Hütte bauten. Zwei Kilometer weiter tauchte eine zweite Hütte auf, davor fegte ein Penner, den ein kräuseliger Bart verhüllte, mit einem rechenartigen Ast wie ein Hausbesitzer das Laub. Für einen Moment stolzierte mir der Stummelflagger durch die Gedanken. Dann blieb der Rauschebart zurück, und es folgten ins tiefe Grün des Nadelwalds geschleuderte, beinahe künstlich rote Vogelbeeren, es sah aus, als hätte jemand Farbe in den Wald gespritzt.

Erst irgendwo auf der Höhe von Jakomäki beruhigte ich mich allmählich, aber dann klingelte wieder mal das Handy. Natürlich war es mein Sohn, und einen Moment lang dachte ich, was soll ich mit dem jetzt reden, wo ich doch schon den ganzen Tag lang geschnattert habe, aber dann überwog plötzlich doch ein anderes Gefühl: Warum nicht, dann plärre ich eben im Bus herum. Ich legte das Handy ans Ohr und rief Hallo. Gleichzeitig schaute ich wieder aus dem Fenster, auf dem Seitenstreifen beugte sich ein Mann in den Schatten seiner Kühlerhaube, dann richtete er sich abrupt auf und schleuderte seinen Hut auf den Boden und trampelte darauf herum. Es dauerte eine Weile, bis ich begriff, dass so etwas im wirklichen Leben tatsächlich vorkommen konnte.

»Wo bist du?«, wollte mein Sohn wissen. »Furchtbarer Lärm.«

»Im Bus«, krakeelte ich, wie es Tausende und Abertausende Menschen in jeder Minute in unzähligen Bussen taten.

»Du brauchst nicht so zu schreien«, sagte mein Sohn wie zu einem Kind. Seine Stimme klang fern, als müsse sie durch ein Kabel unterm Meer hindurch und über allerhand Grenzen kriechen.

»Hallo«, sagte ich. Er sagte ebenfalls Hallo. Ich fügte hinzu: »Es klingt irgendwie komisch.«

»Ach so? Ich hab jetzt zwei Handys, das hier ist das eine, kann sein, dass da was nicht stimmt.«

»Und wieso?«, fragte ich meiner Meinung nach durchaus begründet. Was wollte er mit zwei Handys? Machte er sich jetzt wichtig?

»Hallo«, brüllte er, »ich hör dich so schlecht. Wo bist du?«

»Im Bus«, sagte ich.

»Ja, aber wo?«

»Auf der Autobahn«, sagte ich, und aus irgendeinem Grund oder Zwang flutschte mir unwiderstehlich und wie geschmiert die Idee in den Kopf, hinzuzufügen, ich käme aus Kerava. Mein Sohn wollte wissen, was ich dort zu suchen gehabt hätte. Neben mir saß niemand, aber ich blickte vorsichtig auf die andere Seite des Gangs, ob es dort ein Mitbürger missbilligte, dass in einem öffentlichen Verkehrsmittel ins mobile Kommunikationsmittel gebrüllt wurde. Nein. Ein nach Universitätsmensch aussehendes kleines, dünnes Wollpullovermännchen mit schütterem Schnurrbart – als ganzen Mann konnte man ihn nicht recht klassifizieren – flüsterte dort so erregt in sein Handy, dass sich das Flüstern letztlich lauter anhörte als richtiges Schreien. Seine Augen mit den seltsam gesträubten Wimpern klimperten förmlich hinter den runden Brillengläsern.

»Ich hab gearbeitet«, antwortete ich meinem Sohn. Nun klang auch meine Stimme fern und abweisend, ein bisschen so, als hätte man sich aus lauter Dummheit in eine Blechtonne gesetzt und wäre stecken geblieben und versuchte nun seine Würde zu bewahren, indem man rief, geht nur alle weiter, ich bin hier noch nicht fertig. Kurz fragte ich mich auch, woher dieses Gedankengebilde jetzt eigentlich wieder angerauscht war, vielleicht kam es daher, dass mein Sohn schwieg, schon lange und immer noch ein bisschen länger, bis er schließlich sagte: »Ajaa.« Da lagen drei A ziemlich dicht beieinander und dazwischen ein geschliffenes, misstrauisches J.

Die aufkommende Lust, ihn anzuschnauzen, war von der Sorte, die sämtliche Zellen zum Sieden bringt, aber ich beherrschte mich. »Also … genau … auch deshalb«, sagte er dann. Ich wartete auf die Fortsetzung. Inzwischen waren wir zügig durch Kumpula gekommen und jetzt drohte uns bereits die Paulskirche auf den Kopf zu fallen. Die Luft war plötzlich grau geworden, die Ahornbäume um die Kirche herum wirkten künstlich hell, als wären sie mit Licht besprüht worden.

»Ich muss gleich aussteigen«, sagte ich, als mein Sohn dann doch nichts weiter verlauten ließ. Ein angelschnurdünnes, bis zum Reißen gespanntes Gefühl dehnte sich in allen Gliedmaßen, und in Stirn und Nase pulsierte der Schmerz. »Du wolltest irgendwas.«

»Du, warte mal«, sagte er abrupt. »Nee, du, ich muss aufhören, ich ruf dich gleich zurück, ciao.«

Wieder hörte man ein kratzendes Geräusch und dann ein furchtbares Poltern, als wäre er zwischen leeren Blechkanistern hingefallen. Dann kam nur noch tuut-tuut. Draußen dämmerte es, das fand ich aus irgendeinem Grund jetzt nicht korrekt, so spät konnte es noch nicht sein und war es auch noch nicht; ich sah auf meinem verstummten Handy nach, es ging erst auf fünf zu. Ich blickte zum Himmel: Schwarze Wolken schäumten über den Dächern auf. Die ersten Regentropfen schlugen eben schräg gegen das Fenster, als ich auf den gelben Knopf drückte, aufstand und zur Tür taumelte, was nicht leicht war, die Hämeentie ging zu Ende, die anschließende Kurve kam sozusagen mit der wohlbekannten Überraschung, man vergaß sie einfach immer wieder. Der Fahrer wollte es unbedingt bei dieser Grünphase noch über die Ampel schaffen und schaffte es auch, aber ich plumpste auf einen freien Sitz und sagte aus dem einen oder anderen Grund Entschuldigung zu ihm. Der rund Bebrillte auf dem Nachbarsitz zischelte seinen Schuhen etwas zu, blickte dann auf und sah aus wie ein spärlich behaartes Fragezeichen.

Ohne weiteres Torkeln gelangte ich aus dem Bus und auf die Straße. Alle wollten schnell den in immer kürzeren Intervallen herabfallenden großen, schweren, eisigen Regentropfen entkommen. Die Dämmerung verdickte sich zwischen den zerfaserten kleinen Linden auf dem Bürgersteig, es sah aus, als hätte die Erde den schlecht gelaunt wirkenden Wolkenteppich an sich gezogen. Ich machte mich auf den Weg nach Hause und dachte, ich gehe später einkaufen, plötzlich hatte ich es eilig, heimzukommen, weg von den Menschen, mit dieser Nase. Die Leute sprangen auf ihrer Flucht vor dem plötzlichen Regenguss in die Hauseingänge, mich störte es eigentlich nicht, das kalte Wasser, es tat den überhitzten Wangen sogar fast gut, auch wenn es wehtat, sobald es die Nasenspitze traf. Dann fing das Handy in der Tasche wieder an zu düdeln. Offenbar hielt mein Sohn Wort und rief noch einmal an.

Ich hatte es inzwischen bis an die Ecke gegenüber dem Runden Haus geschafft, welches auch schon zur Hälfte von der düsteren Zuckerwatte, die sich vom Himmel herabsenkte, eingehüllt war. Hinter der Ecke stellte ich mich unter, dort war eine Art Überdachung oder ein Säulengangersatz oder was auch immer, ich drückte mich an der Wand entlang neben die gelben Flügel, die einen Geldautomaten rechts und links abschirmten, und murmelte mein Hallo ins Telefon. Die Stimme meines Sohnes klang wieder weit weg und hallte, als würde er in einem Kanal stecken. »Ontscholdigung, mür ist wos onderes dozwüschen gekommen«, sagte er.

Ich sagte: »Alles klar«, und wusste nicht, ob mein Sohn nun wieder schwieg, weil er mit seinem eigenen Kram beschäftigt war oder weil ihn meine verknappte Formulierung verwirrte, jedenfalls war er verstummt, und zwar für eine lange Weile. »Hallo, hallo!«, rief ich. »Bist du noch da? Ja? Du wolltest doch was, oder? Vorhin, meine ich. Ich war arbeiten.«

Mein Sohn sagte, er sei da, wo immer das auch sein mochte, und ich stand noch immer neben dem Geldautomaten, vor dem sich inzwischen eine Schlange gebildet hatte, die Leute starrten mich an, von wegen was steht die so stocksteif da und faselt, das heißt sie starrten nicht direkt, das wusste ich, aber es fühlte sich trotzdem so an. Jedenfalls war da wieder mein Sohn am Telefon und darauf musste ich mich konzentrieren, er sagte: »Hör zu, Mama, ich muss mit dir reden, wirklich, jetzt lass uns mal reden.«

»Verflixt noch mal, dann rede endlich«, fuhr ich ihn an, das war seltsam, wo kam das jetzt her, dass ich meinen eigenen Sohn anfauchte. Dennoch stand ich hinter meinem Verflixt und wartete auf eine Reaktion, mir lagen ein bisschen die Nerven blank, weil er einfach nicht zur Sache kam, die Nase tat weh und ich hatte es eilig, nach Hause zu gelangen, aber irgendwie reichten meine Ressourcen gerade nicht aus, um gleichzeitig zu gehen und zu reden.

»Warum klingst du so böse?«, fragte mein Sohn.

Ich wollte ihn schon wieder anfahren, nach dem Motto, das hab ich doch gerade gesagt, aber dann begriff ich, dass ich bloß in Gedanken gebellt hatte, nicht in Form echter Kommunikation. »War ein langer Tag«, sagte ich.

Mein Sohn schwieg erneut mehrere Zeigerzuckungen lang. Ganz in der Nähe befand sich ein Parkplatz, und während ich darauf wartete, dass mein Sohn seine Sprechfähigkeit wiederfand, sah ich zu, wie ein Mädchen, das bestimmt gerade erst den Führerschein gemacht hatte, in einem großen

Manöver versuchte, ein für sie viel zu großes Auto einzuparken. Man konnte von der Ärmsten fast nur Augenbrauen, Stirn und Scheitel erkennen. Nachdem sie den silbernen Van endlich zwischen zwei andere Autos gezwängt hatte, wollte sie dem während der Prozedur beklemmend eng gewordenen Fahrzeug allem Anschein nach möglichst schnell entfliehen, hatte sich aber mit der Fahrerseite zu dicht an das andere Auto herangeschoben und kam darum nicht heraus, auch wenn sie noch so sehr mit ihrem schmalen Bein im Türspalt wedelte. Darum musste sie erneut rückwärts heraussetzen und das Auto noch einmal zwischen die beiden anderen einreihen.

»Ja, also«, sagte mein Sohn schließlich. »Ich wollte bloß ... also, ich hätte ein Auto für dich.«

Meinem Mund entwich so etwas wie »hä«, aber ich bekam Gehirn und Mundwerk relativ schnell wieder unter Kontrolle und sagte dann, wenn auch nicht fies, so doch zumindest kühler als beabsichtigt: »Und wann habe ich um so etwas gebeten?«

»Ja, na ja, gar nicht. Aber du könntest es vielleicht gebrauchen. Das Auto. Du solltest eines haben, du kannst solche Strecken doch nicht ständig mit dem Bus fahren.«

Er schwieg einen Moment und sprach dann weiter: »Man kommt da zwar auch mit dem Zug hin, aber trotzdem.«

Mir war der Zug bis dahin nicht einmal in den Sinn gekommen, aber jetzt hatte ich keine Zeit, mir darüber Gedanken zu machen. »Mein Gott«, sagte ich. »Ein Auto. Was soll ich mit einem Auto anfangen? Nichts. Herrgott noch mal.«

Ich nörgelte mehr als nötig und klang dabei gottesfürchtiger, als ich war. Das Zwergenmädchen versuchte noch immer, das Auto einzuparken, diesmal rückwärts. Irgendwie gelang es ihr, das in ihrer Vorstellung inzwischen wahrscheinlich auf riesenhafte Ausmaße angeschwollene Heck ihres Gefährts im Trödeltempo rückwärts zwischen die beiden anderen Autos einzupassen, traute sich aber nicht, weiter zurückzustoßen, weil sie Angst hatte, dann wieder nicht aus der Tür zu kommen. Am liebsten hätte ich ihr geholfen oder sie wenigstens getröstet, aber was hätte ich schon tun können, außerdem zwängte sich die Stimme meines Sohnes wieder ins Bewusstsein, er schien etwas zu sagen wie: »Ja, aber ich mein ja nur.«

»Ich muss für einige Zeit weg, auf so 'ne Art Dienstreise«, nuschelte er. »Nimm doch das Auto einfach eine Zeitlang, ist bequem. Es ist bequem. Wenn man ein Auto hat. So quasi.«

Ich lauschte eine Weile, ob er mir noch mehr diffuses Zeug in Aussicht stellen würde, aber da mir nur schweres und ernst klingendes Atmen ans Ohr drang, richtete ich meine Aufmerksamkeit wieder darauf, dass ich ein Auto wirklich nicht vermisste. »Ich könnte ja auch gar nicht fahren«, sagte ich.

»Doch, ich erinnere mich, dass du es mal konntest. So was verlernt man doch nicht.«

Es regnete inzwischen unerhört heftig, man konnte kaum glauben, dass sich der Regen aus einzelnen Tropfen zusammensetzte, auch der Wind tobte in einer Kategorie, dass der Schutzwert des Säulengangs quasi nur noch auf dem Papier existierte. Das arme Mädchen auf dem Parkplatz hatte mittlerweile Gesellschaft von einem schnauzbärtigen Schurken bekommen, der durch und durch nach Autoexperte aussah und sich in zwei Metern Abstand mit den Händen in den Hüften aufgebaut hatte, um mit mädchenverachtender Bewegungsbahn den Kopf zu schütteln. Schließlich war es mit den Nerven am Ende, das Mädchen; sie ließ ihr Auto auf halbem Weg stehen, die Schnauze zwei Meter aus der Reihe ragend, und marschierte im Regen davon, wobei sie sich auf die Lippe biss.

»Ein Auto wäre schon gut für dich«, sagte mein Sohn trotzdem irgendwo. Wieder schepperte und rappelte er mit etwas und klang zerstreut. Das war ein rasanter Wechsel gegenüber dem autohändlerartigen Eifer von eben. »Und was ist das eigentlich für ein Job, den du da hast?«, wollte er wissen.

»Was für ein Job?«, fragte ich zurück, weil ich nicht zum Denken kam.

»Na, deine Arbeit, herrje.«

»Das ist nichts Besonderes, das erzähle ich dir schon noch bei Gelegenheit.«

Man hörte ein seltsam gedehntes, wie von beiden Seiten in die Länge gezogenes Schlucken.

Ich lehnte an der Glastür einer Immobilienfirma, aus der jetzt ein Mann mit Aktenkoffer herauswollte, ein eigenartig aussehendes Wesen mit grünen Bartstoppeln und Lippen so dunkelrot, dass sie aussahen wie aufgemalt. »Entschuldigung«, sagte ich, als die Kuriosität sich an mir vorbeiquetschte und glotzte.

»Keine Ursache«, sagte mein Sohn.

»Ich habe nicht mit dir geredet«, sagte ich, bereute es aber sogleich und beeilte mich hinzuzufügen: »Das heißt, ich hab doch mit dir geredet.«

»Okay, aber du, ich muss jetzt aufhören«, meinte er hastig. Wieder war merkwürdiges Gepolter zu hören. Dann brach der Lärm abrupt ab und er sagte: »Ja also, ich komm morgen vorbei, dann kannst du dir das Auto angucken.« Tuut-tuut.

Ich stand unter dem Vordach und starrte auf das Display, das nun ebenfalls verblasste und zu einem Bestandteil der Regendüsterkeit wurde. Der Wind blies Sprühregen auf den Geldautomaten. Zuerst dachte ich, ich wäre irgendwie verdutzt, aber das war es nicht, nicht so dramatisch, eher kam ich mir gerupft vor. Auf kindische Art schien es mir, als hätte mir mein Sohn das Gesprächsbeendigungsrecht geraubt, schließlich war ich diejenige, die hier bei dem Hundewetter und vor der Gruppe der Gaffer zitterte und sich nur dürftig geschützt die Aufdrängungsversuche anhören musste.

Aber als dann zufällig die Frau, die unter mir wohnte, in ihrem glockenartigen Mantel vorbeiwatschelte, einen Blick auf mich warf und ohne Anzeichen von besonderer Aufmerksamkeit weiterging, begriff ich drei Dinge.

Erstens: Ich hatte meinen Sohn grundlos angefahren. Zweitens: Ich war wieder in der Heimat und unter Leuten, die ich vom Sehen kannte. Drittens: Mein Gesicht war immer noch in erschütterndem Zustand.

Fast packte mich die Panik. Mit einem Ruck setzte ich mich in Bewegung, das Telefon noch immer in der Hand und in die Höhe gestreckt, als müsste ich damit den Weg nach Hause anpeilen, und als ich dann vom überdachten Teil auf den Bürgersteig trat, stellte sich bald heraus, dass ich bei dem Regen tatsächlich jemanden gebraucht hätte, der mich führt. Ich stapfte weiter, mit dem rotbunten, übergroßen Nervenbündel von Nase voran. Ich war erleichtert und entsetzt zugleich; erleichtert, weil die Nachbarin mich nicht erkannt hatte, entsetzt, weil ich mich allem Anschein nach selbst unkenntlich geschlagen hatte.

Und während ich mich durch den Regen kämpfte, erlaubte

ich mir kurz, über diesen langen Tag nachzudenken und über seine Folgen, hauptsächlich über die monströse Nase, die im peitschenden Regen sowohl kalt als auch heiß wurde. Und da begriff ich plötzlich, dass ich eine Pause brauchte, Zeit für mich, Faulenzen, etwas in der Art. Genesungsurlaub.

Die Nacht war voller ungeordneter Hirngespinste und geordneter Albträume. Jedes Mal wenn die Nase das Kopfkissen oder die Bettdecke berührte, wachte ich von dem Schmerz auf. Zwischenzeitlich hatte ich das Gefühl, er wäre gewachsen, der Klüver, zu einem echsenartigen Auswuchs geworden, der neben mir auf dem Kissen lag und wehtat und litt und die Schmerzen dann in mich hineinpumpte.

So ging das mehrere Tage. Es regnete wieder, als ich mich eines Morgens aus dem Bett hievte. Die blechernen Fensterbänke rappelten. Ich kochte Kaffee, versuchte die Zeitung zu lesen. Das klappte jedoch nicht so recht, die Nase schien noch stärker geschwollen zu sein, es war schwierig, über sie hinweg zu sehen. Bei jedem Schluck stieß sie gegen den Tassenrand, und dann waren die Augen wieder voller eintrübender, brennender, heißer Flüssigkeit.

Das Telefon klingelte drei Mal. Zuerst rief mein Sohn an, ich nahm nicht ab. Die nächste Nummer war unbekannt, vermutlich auch mein Sohn. Beim dritten Anruf wurde eine Nummer angezeigt, aber der Apparat kannte den Namen nicht.

Zwei Stunden saß ich da und starrte auf die Zeitung und das regengraue Fenster und wackelte mit der schmerzenden Nase, die sich zwischenzeitlich so anfühlte, als wüchse sie auch nach innen. Mit uneffektivem Grimm zog ich die Teppiche glatt, polierte den Spiegel im Flur und keulte die Sofakissen in Form. Irgendwann gegen Mittag beraschelte ich mich, es war tatsächlich eine Art Rascheln, kein Berappeln, ja, es war komisch, plötzlich merkte ich, dass ich abgedriftet und ganz woanders gelandet war, in Kerava, in Irjas Küche, in kleinen knubbeligen Erinnerungsbildern. Was war das Besondere daran? Sie waren gut, weil in ihnen alles enthalten war. Ich hatte das Gefühl, als würde die Nase gar keine große Rolle spielen, ganz vorsichtig wagte ich daran zu denken, dass da womöglich etwas Freundschaftsartiges aufkeimte, wer weiß, es hatte natürlich auch früher schon Freundinnen gegeben, die dann aber auch wieder verschwanden, sie hierhin, ich dorthin, dazu keine näheren Details, aus diplomatischen Gründen, und weil dann auch schon wieder das Telefon klingelte.

Es war mein Sohn. Ich schaute zwischen den Grünpflanzen hindurch nach draußen, dort war nicht groß was zu sehen, von dem dünner werdenden Regen und sonstigem Unschönen mal abgesehen, aber dann lief doch die Frau von unten in mein Blickfeld, die von ihrem Ausflug zurückgekeucht kam und so aussah, als könne sie ihren nassen Mantel keine Sekunde länger mehr tragen. Ich richtete den Blick wieder aufs Telefon, es zappelte und zitterte über den Tisch und wurde schließlich vom Rand der Zeitung aufgehalten, deren Blätter es zum Rascheln brachte. Eine Weile zerbröckelte ich mir darüber den Kopf, wie mein Sohn gesagt hätte, ob ich rangehen soll oder nicht, und meldete mich dann doch, weil das Surren überhaupt nicht mehr aufhören wollte.

»Hallo!«, schrie mein Sohn.

Ich sagte nichts. Plötzlich quoll mir alles Mögliche in den Kopf, die einzelnen Assoziationen waren schwer zu fassen, es kam mir ein bisschen so vor, als wäre mir das surrende Handy ins Ohr geschlüpft und zappelte dort weiter. Aber war jetzt etwa die passende Gelegenheit, sich mit solchen Dingen zu befassen? Nein, ich musste den Kopf schütteln und in die Welt zurückkehren.

»Hallo! Hallohallo! Bist du da? Ich bin hier.«

Ich seufzte ohne besonderen Unterton, manchmal darf ein Seufzer auch bloß ein Seufzer sein, zumal zwischen Mutter und Sohn. Auch er, mein Sohn, fing zum Glück nicht an, die Nuancen meines Ausatmens durchzuhecheln, sondern rumpelte erneut mit irgendetwas herum, als hätte er mich schon wieder vollkommen vergessen. Darum rief ich nun meinerseits ein Hallo und stellte eine Fortsetzungsfrage: »Was heißt hier?«

»Na, hier halt, verdammt, nee, sorry jetzt, ich meine Entschuldigung. Hier draußen, hier vor dir. Also jetzt nicht direkt vor dir, sondern vor deiner Wohnung, also vorm Haus.«

Dann kruschpelte wieder etwas, und auch ich war ein Momentchen still und raschelte mit der Zeitung, als Gegengewicht zum Geprokel meines Sohnes. Wieder fragte ich mich, was das für Geräusche waren, falls er tatsächlich unten vorm Haus auf der Straße stand, was gab es beim Telefonieren in der Kiste zu hantieren, aber wieso Kiste, dachte ich gleich darauf, was wusste ich denn von dem Auto; und schon überraschte ich mich bei dem Gedanken, dass sie alle mehr oder weniger gleich waren, mein Gott, die Personenkraftwagen, dass man sie alle guten Gewissens als Kisten bezeichnen konnte; und erst da begriff ich wieder einmal, dass ich abgedriftet und ganz woanders gelandet war.

Ich sagte: »Gut, ich komme runter.« Mein Sohn antwortete: »Mach dir keine Mühe, ich bin schon im Hof«, und als ich den Blick aus dem Fenster richtete, erkannte ich auch bereits seine energisch winkenden, von den Münzen des Geldbaums gesprenkelten Extremitäten.

Hastig zog ich mir was über, denn er würde jeden Moment vor der Tür stehen, und so war es auch, kaum dass ich die Strickjacke über den Schultern hatte. Natürlich musste er klingeln, obwohl er ganz genau wusste, dass ich ihm auch so aufgemacht hätte, aber er hatte nun mal beschlossen zu klingeln, und er klingelte ein zweites Mal, der elende Hund, und ich rannte fluchend zur Tür und fragte, sobald ich sie aufhatte, ob er unbedingt so einen Rabatz machen müsse, was denn die Nachbarn denken sollten. Dann blubberten mir aber all die lauten, blutreichen Erinnerungsbilder in den Sinn, von der Tür der Jokipaltios, und da wagte ich es natürlich nicht mehr, große Töne zu spucken, sondern nahm meinen Sohn einfach in Empfang.

Da stand er nun, genau so jungenhaft und blond und rotgesichtig und strubbelig wie immer. Oder doch nicht ganz wie immer.

»Wie hat aus so einem hübschen Kind ein so hässlicher Mann werden können«, sagte ich wie beinahe jedes Mal, das war so eine nett gemeinte Flachserei zwischen uns. »Komm, lass dich umarmen.«

Und da er weiterhin im halb dunklen Treppenhaus stand und mich mit schiefem, irgendwie angeschimmeltem Grinsen im Gesicht anstarrte, begriff ich, dass ich mit meiner Trollnase nicht gerade die geeignete Instanz war, um kritische Bemerkungen zu Fragen der optischen Erscheinung vorzubringen.

Sein Grinsen gefror im Nu, es erstarrte und wölbte sich nach unten, ein bisschen wie schmelzender Überbackkäse. Er brachte kein Wort heraus, der arme Junge, und das tat mir langsam schon für beide Seiten weh. Ich machte wilde Anstalten, ihn aus dem starren Glotzen heraus- und in die Wohnung hineinzuholen, zischte ihm zwischen den Zähnen hindurch zu, er sehe aus wie ein Geistesschwacher, bestimmt spähe schon jemand durch den Türspion und würde am Ende noch die Polizei rufen. Die Erwähnung der Amtsgewalt schien tatsächlich etwas Leben in ihn zu bringen, mit ziemlich schläfrigen Bewegungen trat er in den kleinen Flur, und ich stieß und drängte ihn weiter hinein.

Immerhin ließ er sich dann ein bisschen steif umarmen, obwohl er nach dem Vorabend müffelte. Ich schnupperte an seinem fadenscheinigen, karierten Flanellhemd und äußerte die Ansicht, er müsse sich was zum Anziehen kaufen, wie viele Jahre solle ich ihm das noch sagen. Ich entließ ihn trotzdem nicht aus dem Klammergriff, und so war er schließlich gezwungen, mir in die Haare zu brummen: »Was ist eigentlich mit deinem Gesicht passiert, Mensch.«

Da gab ich ihn frei. Er setzte sich an den Tisch und machte weiter Glotzaugen, den Kopf schief gelegt, den Mund einen Spalt offen. »Mama«, sagte er. »Im Ernst. Was ist mit deinem Gesicht passiert?«

»Sieht es so schlimm aus«, plapperte ich, »dass mein eigener Sohn beinah Angst vor mir hat, als erwachsener Mensch?« Ich versuchte einen großzügigen Gesamteindruck zu fabrizieren, indem ich in der Kehle ein düsteres, gezwungenes Lachen zusammenbastelte, das selbst in meinen Ohren ungefähr nach Angina klang. »Bloß ein kleiner Arbeitsunfall«, sagte ich.

Er schwieg lange. Von draußen drang ein Dröhnen und Gerüttel herein, das an den Zähnen kitzelte, weil die Mülltonnen gegen das Müllauto und wieder zurück geschmettert wurden. Der arme Teufel von Hausmeister stand vor der Tür seines Treppenaufgangs, die Hände in die Hüften gestemmt und mit argwöhnischem Blick, er sah aus, als hätte er den Verdacht, die Müllmänner könnten sich etwas von dem kostbaren Abfall in die eigene Tasche stecken. Dann galt es aber wieder, sich dem eigenen Sohn zuzuwenden, der tief Luft holte und unvermittelt mit bräsiger, aufdringlicher Stimme fragte: »Bei was für einer Fressenpoliererei arbeitest du eigentlich?«

»Pöh«, sagte ich. »Das war eine Tür.« In diesen Worten lag kein einziges Gran Lüge. Wieso packte mich trotzdem sofort das Gefühl, bloß eine Halbwahrheit aus der Tube gedrückt zu haben? Ich musste mich zum Weiterreden zwingen: »So blöd bin ich auch wieder nicht, ich weiß, wie sich das anhört, aber es war nun mal eine Tür, eine ganz normale Tür in Kerava, mit solchen habe ich neuerdings nämlich zu tun, arbeitsmäßig, mit solchen Türen, ich werde vor Türen vorstellig, weil ich, na ja, weil ich Forschung betreibe. An Türen.«

»Du erforschst Türen?«

»Nein, nicht Türen, sondern Menschen. Ihre Vorlieben. Gewohnheiten. Konsumgewohnheiten. Ganz normale Umfragen.«

»Ahaa«, sagte er und zog wieder die Vokale in die Länge. »Jetzt sag mal ganz ehrlich, Mama. Hat dich jemand geschlagen? Ein Kerl? Das war doch nicht etwa …?«

Er machte eine kleine Pause, als müsste etwas einrasten, dann schob er das Schlusswort hinterher und vervollständigte den Satz: »Papa.«

»Ich rede nicht über deinen Vater, das weißt du ganz genau. Damit du gar nicht erst auf die Idee kommst, ich würde mich mit dem abgeben.«

Die Mundpartie meines Sohnes formte sich zu einem Fischmaul, ich begriff, dass es ihm unangenehm war, obwohl seine Wangen von Natur aus rötlich sind, sodass man schwer erkennen kann, wann er rot wird, außer am Ansatz der blonden Haare. Jetzt bat er aber um Verzeihung, selten hörte man so etwas von ihm, aber wenn doch, hörte man auch, dass es von Herzen kam. Dann guckte er schüchtern und peinlich berührt auf seine Füße, und für einen Moment brachte mich dieses Verhalten auf den Gedanken, dass ich ihn viel zu streng erzogen hatte, wenn er sich so demütig geben konnte.

»Na dann«, seufzte er schließlich, streckte den Rücken durch und schlug die Hände zusammen. »Wenn du es sagst. Na. So. Ja. Wo war ich stehen geblieben? Genau, ob wir nicht mal runtergehen und uns das Auto ansehen sollen.«

Jetzt war ich an der Reihe, ihn verdattert anzugucken. Zu was für einem Wetterfähnchen war er denn mutiert? Litt er unter einer Geistesstörung? Ich machte mir Sorgen, wollte ihn rügen, alles zusammen, aber was konnte ich anderes tun, als ihm zu folgen, wo er schon auf dem Weg zur Tür war, nicht mal die Schuhe hatte er ausgezogen. Kaffee, versuchte ich es noch, Kaffee, setzen wir uns und trinken Kaffee, aber er hörte nicht mehr zu, sondern schnaubte nur etwas übel Riechendes wie: »Jetzt sehen wir uns das Auto an, es ist ein gutes Auto und steht direkt vor der Tür, ein gutes Auto, das musst du einfach nehmen, schon wegen der Arbeit, und wo soll ich es außerdem abstellen, jetzt, wo ich nach … also da hinmuss.« Und dann ging ihm plötzlich der Strom aus, als hätte er schlagartig gemerkt, dass er zu viel redete.

Trotzdem war er bereits auf dem Weg, seine Schritte knallten auf der Treppe, hallten nach und zerfielen, und ich hatte es eilig, die Schuhe anzuziehen, die Jacke überzuwerfen und die Mütze aufzusetzen. Als ich mir den Schal um den Hals schlang, stieß ich mit dem Arm gegen die Nase, und mir entfuhr ein Aufschrei, der durch die offene Tür ins Treppenhaus schnellte und das Trampeln meines Sohnes zum Pausieren brachte. Kurz darauf hörte man von unten, von weit weg, etwas in der Art von: »Ist alles in Ordnung?« Es klang allerdings eher so, als würde er voller Panik in einem Abflussrohr rumoren.

»Mach keinen Aufstand da unten«, tadelte ich ihn so energisch, wie ich konnte, obwohl die Nase so höllisch wehtat, dass ich hätte schreien können wie am Spieß. »Ich komme ja schon.«

Und ich kam auch und war im Nu draußen vor dem Haus. Jetzt war die kalte Luft an der Reihe, mir eins auf die Nase zu geben, ich hielt es jedoch ohne großes Gejammer aus, es musste forsch und zielstrebig vorwärts gegangen werden, weil der Teufel von Hausmeister immer noch auf seinem Posten war, bereit, auch Unschuldigen das Blut auszusaugen. Kurz fragte ich mich, wieso diese Formulierung plötzlich rot in meinem Gehirn glühte, ich wusste es nicht, aber es hatte zur Folge, dass ich ihm, dem Hausmeister, entgegen aller Vernunft zurief, ich hätte es eilig, mein Sohn gehe fort, was wahrscheinlich am ehesten nach der stark verknappten Anamnese einer Krankheit im finalen Stadium klang, ungeachtet der Tatsache, dass mein Sohn eine Sekunde zuvor in Fleisch und Blut über den Hof gerannt war. Und dann röterte auch wieder das verfluchte Handy irgendwo tief in meiner Tasche, und aus reiner Gedankenlosigkeit nahm ich den Anruf auch noch entgegen.

Es war dieselbe Nummer wie am Morgen, jedenfalls waren mir die letzten drei Zahlen im Gedächtnis geblieben, sieben,

sieben, sieben. Wieder rief ich mein Hallo ins Gerät – was für eine komische Angewohnheit war das eigentlich, dieses Hallogeschrei, früher war ich durchaus in der Lage gewesen, mich einfach mit meinem Namen zu melden.

»Hallo, ist da Irma?«, fragte eine Stimme. Ich erkannte sie sofort, auch wenn die Worte wieder seltsam klangen, als würde das Signal durch eine Tonne gejagt, bevor man es an mich weiterleitete. Und da ich keine Antwort herausbrachte, drang es erneut aus dem Hörer: »Hallo, hallo! Ist da Irma?«

»Ja«, krächzte ich schließlich. Meine Stimme troff tropfsteinhöhlenartig feucht und kalt von Telefon und Treppenhausgewölbe.

»Hier ist Irja, hallo«, kam es fidel aus dem Handy. »Irja Jokipaltio. Aus Kerava. Ich rufe doch nicht in einem ungünstigen Moment an?«

»Nein!«, schrie ich in den hallenden Tunnel und erschrak vor der aggressiven Akustik dermaßen, dass ich vor lauter Panik das uralte Eisentor zum Scheppern brachte, das aufzuhebeln auch dann schon jede Menge Arbeit machte, wenn man nicht gleichzeitig telefonierte. Jetzt hatte ich die Handtasche unterm Arm und das Handy am Ohr und dadurch an Händen nur ungefähr eine halbe zur Verfügung, weshalb es mit Sicherheit nach einem etwas ungünstigen Moment klang.

»Furchtbarer Lärm bei dir. Soll ich später noch mal anrufen, wenn es jetzt schwierig ist?«

»Nein!«, schrie ich ins Telefon, während ich mich durch den Torspalt ins Freie zwängte. Ich fürchtete, irgendwie ungehalten zu klingen. Mein Sohn stand auf der anderen Straßenseite zwischen den schräg geparkten Autos und drehte überrascht den Kopf. »Nein, nein«, fuhr ich an Irja gewandt fort, und zwar, als Gegengewicht zum Gebrüll von eben, so zirpend und zilpend und entspannt, wie es nur möglich war, wenn man »Nein, nein« rief. Ich schämte mich. Ich wäre an der geballten Fahrlässigkeit fast erstickt.

Irja schwieg eine Weile, dann fragte sie: »Was macht die Nase?«

Und obwohl ich mir gerade noch Sorgen über die Gemütsschwankungen meines Sohnes gemacht hatte, so brach ich nun in ein sicherlich irre klingendes Zwangslachen aus. Ich freute mich natürlich über Irjas vertraute Stimme und ihren unkomplizierten Wortgebrauch, aber gleichzeitig entsetzte mich auch etwas. Von der anderen Straßenseite aus sah mich mein Sohn verdattert an. Der Regen hatte abrupt aufgehört, der Wind war abgeflaut, die stille Bucht hinter meinem Sohn sah aus, als wäre sie auf der Stelle erstarrt, um auf das Eis zu warten. Die Bäume rings ums Stadttheater machten den Eindruck, als wären sie heimlich, still und leise an ihre Standorte gepirscht. Die Farben, die in ihnen noch immer hier und da loderten, wurden auf der Wasseroberfläche vervielfacht.

Irja hatte offenbar aus meinem Lachen nichts Besonderes herausgehört, da sie wieder Hallo rief. Ich fasste mich und berichtete, die Nase tue verflixt weh, aber der Schmerz sei nichts gegen die Pein, die auf den Blick in den Spiegel folge. Irja sagte, das Gefühl kenne sie. Mir wurde nicht klar, woher, aber ich hoffte, es hätte nichts mit ihrem Mann zu tun, wonach ich natürlich nicht fragen konnte, weshalb ich einfach kurz lachte und sagte, mit so einer Visage gibt man lieber keine Im-Sommer-wie-im-Winter-Sprüche von sich.

Ich hörte Irja entfernt lachen, in ihrer Küche und zugleich in dem seltsamen Fassäther, in der sonderbaren Substanz, die neuerdings alle Stimmen und Geräusche im Telefon zu stauchen schien. Dann wurde sie auf einmal still und sagte ernst: »Ich wollte dir etwas sagen.«

Ich hörte auf zu atmen und wartete.

»Bist du noch da?«, fragte Irja.

»Ja, ich bin noch da«, sagte ich mit foliendünner Stimme, die sogleich riss und in eine Art Schluckauf überging. Auf der anderen Straßenseite stiefelte mein Sohn ungeduldig hin und her.

»Du hast nämlich dein Portemonnaie bei uns liegen lassen.«

Schwer zu sagen, warum, aber an der Stelle verknitterten mir die Formulare, wie mein Sohn eventuell gesagt hätte. Etwas erschreckte mich; der Körper konzentrierte sich nach innen, als wollte er den Angriff aller denkbaren Missgeschicke verhindern; mein Blickfeld verengte sich zur Röhre, meine gesamte irdische Hülle sackte in sich zusammen, ich hatte das Gefühl, zerknautscht zu werden. Trotzdem mischte sich in all die Angst, die Irjas an sich schlichte Mitteilung ausgelöst hatte, eine Wärme, die aus den tiefsten Tiefen der Apparatur austrat: das gute Gefühl, dass sich jemand um einen kümmerte und einen nicht im Stich ließ.

Dennoch konnte ich nicht anders, als ins Telefon zu rufen: »Irja, meine Gute, entschuldige vielmals«, und dann: »Ichkanndichauchgleichzurückrufentschüsbisgleichtuut-tuut.« Das Tuut-tuut sagte ich sicherheitshalber selbst, was ich aber schon nicht mehr gut fand, als ich per Daumendruck das Gespräch beendete.

»Wo bleibst du denn?«, rief mein Sohn über die Straße hinweg. »Komm her und sieh dir diese Schönheit an!«

Mit schwachen Knien stakste ich über die Straße. Mein Sohn stand straff vor Stolz neben einem Auto, das wie ein Auto aussah, und glühte rot. Sein Kopf befand sich exakt auf der Höhe der Baumkronen am Ufer drüben, es sah ein bisschen so aus, als würde da gerade irgendeine glücklich-doofe Sonne untergehen, doch sie schaukelte vor lauter Begeisterung auf Höhe des Gewipfels weiter.

»Hier ist es nun«, sagte mein Sohn, als ich das Auto erreicht hatte.

»Aha.«

»Nun schau's dir einfach mal an«, drängte er. Gut, dass er mir nicht auch noch befahl, es anzufassen. »Das ist kein Jaguar, aber es läuft bestens für sein Alter, gut gepflegt, hab selbst ein bisschen was dran gemacht, und ein Kumpel von mir, der kann so was.«

Dann zeigte er mir die Einzelheiten. In mir herrschte allerdings noch so viel breiartiges Rauschen, dass mein Sohn samt seinem Gerede und seinen Gebrauchthändlergebärden ziemlich schnell im Nebel versank. Zuerst starrte ich nur auf das schwarze Wasser und die Stadt, die sich darin spiegelte, auf den Hesperia-Park, auf den Turm des Nationalmuseums, auf dessen Spitze ich seit den Achtzigerjahren immer einen Stern sah, eine scharfe Ecke des Zuckerwürfelarrangements namens Finlandia-Halle. Als dann eine einsame rote Lokomotive die ansonsten eher gelbschwarze Landschaft durchschnitt und kurz hupte, kam ich einigermaßen zu mir und tat wenigstens so, als würde ich mir das Auto anschauen. Von dem Vortrag meines Sohnes verstand ich nichts, es war eine Art Geplapper, das wie unter Filz hervordrang, es schien sich mit den Türen und anderen Öffnungen zu befassen, und mit einem Drittelohr schnappte ich auf, mit einer davon sei es allerdings ein bisschen heikel. Vom Auto selbst sprang mir noch immer nichts Besonderes ins Auge außer der Fahrertür, die hellgrün war, im Gegensatz zum blauen Rest; und selbst nach dieser Wahrnehmung war ich bald schon wieder ganz woanders, inmitten leichter Gedankendaunen oder wie in einem kleinen Zimmer voller weicher Dinge aller Art. Irgendwo nahm irgendetwas Form an.

»Also, was sagst du?«, juchzte mein Sohn schließlich und grinste und schlug die Hände zusammen. Ich musterte ihn. Wo hatte er solche Marktschreiergesten gelernt? Soweit ich wusste, hatte er nie etwas verkauft.

»Ich brauch das nicht«, sagte ich, »das weißt du genau.« Allerdings, fügte ich hinzu, könne ich eine Mitfahrgelegenheit gebrauchen.

»Müsstest du nicht krankgeschrieben sein oder so?«, fragte mein Sohn und rammte den zweiten Gang rein. Wir fuhren ums Runde Haus herum, mein Sohn war irgendwo falsch abgebogen und fand beim besten Willen die Hämeentie nicht. Das alte Auto klapperte und quietschte, als es auf die Temposchwelle vor dem Zebrastreifen traf.

»Ja, ja«, brummelte ich wie ein Kind. »Ich muss nur was erledigen.« Auch ohne hinzuschauen wusste ich, dass mein Sohn misstrauisch in meine Richtung linste.

Ich blickte durchs Seitenfenster auf Geschäfte, Kneipen, Cafés, Lebensmittelläden, Bäume, Büsche, Hunde und ihre Ausführer, Tauben, Möwen, auf alles, was da kam und dann sozusagen wieder weggerissen wurde. Man brauchte an keinem Gedanken lange zu kleben. An der Kreuzung von Porthaninkatu und Zweiter Zeile schob mitten auf der Fahrbahn ein selbst schon ziemlich wackliger Mensch weiblichen Geschlechts einen im Suff eingenickten Mann im Kinderwagen vor sich her. Dem Fahrgast war der Kopf auf die Brust gesunken, und von der Unterlippe führte ein zitternder Speichelfaden zu der Bierflasche, die zwischen seinen Beinen aufragte. Die Autohupen lärmten, die Straßenbahn bimmelte, die Leute riefen. Ein Taxifahrer schwenkte wie von Amts wegen die Faust, konnte gegen die menschliche Naturgewalt jedoch nichts ausrichten und brach darum in Gelächter aus.

»Ist das jetzt die Zweierzeile?«, fragte mein Sohn in der Zweiten Zeile. Ich verbesserte mütterlich seinen Sprachgebrauch und befahl ihm, die Nächste links abzubiegen. Er tat, wie ihm geheißen, aber unnötig temporeich und zackig, wie um sein aufgeplatztes Selbstwertgefühl zu flicken; für Männer scheint es immer ein schwerer Schlag zu sein, wenn beim Autofahren mal was schiefgeht. Die leeren Dosen und Flaschen im Kofferraum rollten scheppernd hin und her, aus irgendeinem Grund schob sich mir das Bild von der Tanzfläche im Nachtclub eines Fährschiffes bei Sturm vors innere Auge.

Es herrschte keine Stoßzeit, aber auf der Hämeentie krampfte sich der Verkehr trotzdem immer wieder zusammen und kam nur zuckend vorwärts, er erinnerte an ein sehr langes und todesqualhaftes ... na ja ... Etwas. Schwer zu sagen, was genau, was es halt so gab an Viehzeugs, an langen sterblichen Kreaturen, Schlangen, vielleicht Aale, vielleicht auch eine Pflanze, falls man die mitzählen durfte, solche Dinge gingen mir durch den Kopf, dann aber fing mein Sohn wieder an zu reden, und ich konnte oder musste mich von den nutzlosen Gedanken verabschieden.

»Im Ernst, Mama«, sagte er. »Ist bei dir alles in Ordnung?«

Ich blickte in seine Richtung. Er blickte nicht zurück, sondern konzentrierte sich aufs Fahren, es schien tatsächlich Konzentration zu verlangen, das Lenkrad war irgendwie schief, die Gänge machten einen brutalen Lärm, und überhaupt ging es die ganze Zeit wie im Schluckauf vorwärts.

»Wo kommt es her?«, fragte ich nun. »Das Auto.« Und da er nicht antwortete, sondern nur anlässlich der nächsten Verstopfung hüpfend bremste, weil eine Spur gesperrt und durch ein schlundartiges, dampfendes Loch ersetzt worden war, fuhr ich fort: »Es scheint nicht so wahnsinnig gut in Schuss zu sein.«

»Es gehört mir«, sagte mein Sohn und schien dabei auf die Stoßstange des vor uns kriechenden Lieferwagens zu starren. »Das meine ich ja gerade; alles läuft auf meinen Namen, Zulassung, Versicherung, alles halt. Da hättest du eine Zeitlang ein gutes Auto, weil ...«

»Wo hast du das ...?«, wollte ich wissen. Mir war bewusst, dass sie unvollendet blieb, die Frage, aber ich brachte plötzlich nicht mehr den Willen auf, sie zu Ende zu bringen.

»Das gehörte einem Bekannten«, antwortete mein Sohn. »Einem guten Bekannten, der gut aufgepasst hat, der Bekannte, auf das Auto. Und jetzt übernimmst du es eine Zeitlang, weil ich wegmuss.«

»Weg«, sagte ich eisiger als beabsichtigt. Aus irgendeinem Grund erinnerte mich meine eigene Stimme an den bereiften Grund eines Drainagegrabens in einer Frostnacht, obwohl ich eigentlich nicht besonders viel Erfahrung mit Drainagegräben und deren Böden habe.

»Das ist bloß so eine Art Reise«, nuschelte er schnell aus dem Mundwinkel heraus und wechselte dann gleich das Gesprächsthema: »Wo fahr'n wir eigentlich hin?«

»Nach Kerava. War das nicht klar?«

»Ich meine, wohin dort? Aber das reicht wahrscheinlich. Kerava.«

»Und wo musst du hin? Und für wie lange?«

»Das ist bloß so eine Art Dienstreise«, sagte er trocken und ein wenig hitzig. Dann bog er plötzlich von der Hämeentie in die Mäkelänkatu ab, viel zu abrupt und offenbar von der falschen Spur aus, weil hinter uns gehupt wurde. »Das Übliche.«

»Ich weiß nicht, was das Übliche ist«, sagte ich und hielt mich instinktiv am Griff fest. »Jedenfalls nicht bei dir.«

»Doch, du weißt es schon«, sagte er und versuchte, einen anderen Gang reinzurammen. Ein fürchterlich gequältes Geräusch war zu hören. »Wenn man am Leben bleiben will, muss man alles Mögliche tun.«

Ich sah ihn wahrscheinlich ziemlich missmutig an, in meinem Versuch, die strenge Mutter zu spielen. Hinter seinem Profil ratterten die gelblichen Häuser von Vallila vorbei, als rollte draußen ruckartig eine Hintergrundkulisse vorüber, obwohl in Wirklichkeit natürlich das Auto ruckelte, oder war es der Fahrer oder das Auge, plötzlich war das schwer zu entscheiden, wieder einmal verschwamm alles irgendwie. Um die schlimmsten Täuschungen zu vermeiden, fragte ich oder konstatierte ich vielmehr, was er mit »alles Mögliche« denn so meine, und fügte gleich hinzu: »Wo fahren wir eigentlich hin, soweit ich weiß, ist das die völlig falsche Richtung.«

»Ich muss tanken«, sagte mein Sohn. »Ich hab in Käpylä an der Esso-Tankstelle, oder wie sie neuerdings heißt, irgendwie anders, aber egal, auf jeden Fall hab ich da einen Kumpel und krieg das Benzin billiger.«

An der Kreuzung Sturenkatu hatte eine Straßenbahn einem Krankenwagen eine Beule in die Flanke gerammt. Das Blaulicht des Sanitätsautos blinkte noch, man konnte unmöglich sagen, wie die Lage war, ob hinten drin jemand im Sterben lag oder was, und es wurde auch nicht weiter deutlich, weil mein Sohn sich in haarsträubendem Tempo an dem Stau vorbeischlängelte, dabei sogar einen Haken über den Bürgersteig schlug und nach der Kreuzung auf der leeren Mäkelänkatu weiterfuhr, über die ein plötzlicher Windstoß Blätter aus Linden und Ahornbäumen flattern ließ wie einen Zierschleier.

»Da war ein Unfall«, sagte ich. »Man hätte hingehen und gucken sollen.«

»Also, was ist das jetzt für eine Arbeit, die du machst?«, fragte mein Sohn. »Ich mein bloß, ob ich nicht deinen Chef anrufen sollte, falls du einen hast, und ihn fragen, was das eigentlich für eine abartige Firma ist, wo man sich nicht mal krankschreiben lassen darf. Ist dir eigentlich klar, wie du aussiehst?«

Heftiger Zorn wallte in mir auf. »Hast du gehört?«, kreischte ich. »Da hat es womöglich Verletzte gegeben.«

»Mama, das war ein Krankenwagen.«

»Ach, und Leute in einem Krankenwagen überleben alles, oder wie?«, zischte ich und klang schon wieder deutlich giftiger, als ich wollte.

»Mama. Was ist das für ein Job, den du da hast? Was ist mit deinem Gesicht passiert?«

»Wo ist das Auto her?«

Da saß ich also, mit meinem Sohn, meinem eigenen Sohn, und wir verdächtigten und belauerten uns und guckten uns misstrauisch an. Das Schwimmbad Mäkelänrinne zog vorbei, Kinder in bunten Trauben und sehnige, hauptsächlich einzelne Erwachsene wanderten ihm entgegen, dann kamen die großen, gelben Mietshäuser von Sofianlehto und die Hebammenschule mit der Geburtsklinik, die wir beide natürlich kannten, aber wegen der gerade vorherrschenden Stimmung dachte man lieber nicht an einen bestimmten, unglaublich warmen Apriltag anno dazumal zurück; dann wurde der Klinikturm auch schon von der gelben Gischt der Birken, Ahornbäume, Linden und Eichen abgelöst sowie von einem ernüchternd feuchten Felsdurchbruch, der auf einer Strecke von mehreren Hundert Metern von zwei Fortbewegern im Sportdress und einem zur Geschäftsverrichtung stehen gebliebenen Hunde-Mensch-Leinengespann gepunktet wurde.

Mein Sohn blinkte rechts. Der Blinker klackerte nicht wie üblicherweise, sondern tickte, und zwar quälend unregelmäßig. Fünf Meter bevor er in die Seitenstraße und zur Tankstelle abbog, bat er um Entschuldigung, mein Sohn.

»Entschuldigung«, sagte ich ebenfalls.

Damit war die Angelegenheit zumindest für eine Weile aus der Welt. Wir schwiegen, mein Sohn fuhr das Auto holpernd an die Tankstelle, Esso hieß sie tatsächlich nicht, man hatte sie mit einer Buchstabenkombination benannt, die man sich unmöglich einprägen konnte. Es dauerte eine Weile, bis mein Sohn dann wirklich zum Tanken kam. Zuerst fuhr er auf die falsche Seite der Zapfsäule und musste noch eine Runde drehen; dann bemerkte er, dass der Schlauch nicht bis zum Tank reichte und musste noch einmal rangieren; danach gelang es ihm beim besten Willen nicht, der Pistole auch nur einen Tropfen abzuringen. Schließlich bemerkte er an irgendeinem Kasten einen Knopf, drückte ihn und bekam sein Benzin, für zwölf Euro und vierzig Cent, stellte ich fest, er schien nicht gut bei Kasse zu sein, ich allerdings auch nicht, weshalb ich als Mutter in der Hinsicht keine große Hilfe war. Das tat weh.

Am schlimmsten war, dass ich an der Tankstelle noch gründlicher verloren gewesen wäre. Es riss und knirschte in meiner Herzgegend, während ich dem unsicheren Gefummle und hektischen Hin und Her meines Sohnes zuschaute.

Er ging zur Kasse, um seinen kärglichen Einkauf bezahlen, ich blieb mit steifer Rückengräte im Auto sitzen. An der Zapfsäule nebenan ließ sich ein etwa dreißigjähriges Paar dazu hinreißen, über den Einsatz einer Zahl- oder Bonuskarte zu streiten. Der igelköpfige Mann wedelte zuerst mit den Händen und raufte sich dann theatralisch die Haare – offensichtlich hatte er vergessen, dass sie geschoren worden waren, seine Frau lachte aus vollem Herzen über sein ziemlich dürftiges Raufen. Auf dem Beifahrersitz ihres Autos saß im Kindersitz ein Sprössling, von dem man lediglich den Hinterkopf und die zwei flügelartigen Gläser einer übergroßen Sonnenbrille mit rosa Plastikgestell sah.

Und als ich dann wieder einmal in einen gedankenlosen Zustand abgedriftet war, zog ich unbewusst das Telefon heraus und rief Irja zurück. Sie meldete sich nach dem fünften Klingeln. »Hallo Irma«, sagte sie, und ich war einen Moment lang verdattert, weil sie meine Nummer im Telefon gespeichert hatte. Ohne etwas zu sagen schaute ich aus dem Fenster, mein Sohn war noch nicht einmal bis zur Kassenschlange vorgedrungen, sondern drückte sich noch zwischen den Regalen herum und betrachtete verträumt etwas, von dem man unmöglich erkennen konnte, ob es sich um Motoröl, Bier oder eine Nackedei-Publikation handelte. Aber sobald ich das erste Hallo herausbekommen hatte, lief der Rest wie geschmiert. Ich dachte ich ruf dich jetzt zurück, Sehr schön, Ja, Ich dachte schon du sitzt in der Klemme, Wieso denn das, Weil es vorhin so klang als wäre es doch ziemlich ungünstig, Da war auch was mit meinem Sohn, Mit Söhnen hat man's nicht leicht, Jetzt sind wir aber in Käpylä, Wo, In Käpylä, Was macht ihr denn in Käpylä, Mein Sohn bringt mich nach Kerava, Was wollt ihr denn in

Kerava, Na rate mal, Ach ja das Portemonnaie natürlich, Genau, Aber dein Sohn fährt, Was, Dein Sohn fährt, Soweit man das Fahren nennen kann, Ich mein bloß weil du ja kein Auto hast, Stimmt wieso, Du fährst doch mit dem Zug zur Arbeit, Na ja nein mit dem Bus, Ach so, Das heißt gerade hab ich mir ein Auto angesehen.

Ich weiß nicht, woher die letzte Bemerkung kam, schon beim Ausspucken der Wörter war klar, dass ich für dieses dumme Gerede früher oder später noch zu bezahlen hätte. Immerhin konnte ich noch ein abschwächendes Schwänzchen anhängen, so etwas wie: aber erst mal gucken.

»Hoffentlich ein guter Kauf«, sagte Irja dann ein bisschen so, als würde ich gerade auf einem abgeschiedenen Parkplatz einen zweifelhaften Autodeal einfädeln.

Durchs Fenster sah ich, dass mein Sohn inzwischen die Schlange hinter sich gebracht hatte und nun versuchte, ins Freie zu gelangen. Dieser an sich einfache Vorgang wurde dadurch erschwert, dass er im Windfang mit einem untersetzten, rußgesichtigen Blaumannträger in eine Ausweichchoreografie geriet. Am Telefon fragte Irja: »Bis wann seid ihr denn hier?«, während es mein Sohn in der wirklichen Welt endlich durch die Tür schaffte. Erleichtert kam er auf das Auto zu, zwei unscheinbare Eistüten in den fleischigen Händen. »Weiß ich noch nicht«, sagte ich schnell zu Irja, keine Ahnung, warum dieser Bär nun aufgetaucht war, um Irja aufgebunden zu werden, irgendwie glaubte ich auf Zeit spielen zu müssen, sicherheitshalber. »Mein Sohn muss noch was erledigen.«

»Na, ich bin ja hier auf dem Posten«, sagte Irja, »wenn du kommst, bist du da.« Wir verabschiedeten uns, und am liebsten hätte ich noch etwas herausposaunt wie: War nett, mit dir zu plaudern, aber da faltete sich mein Sohn bereits ins Auto, die Eiswaffeln in den Pranken wie bedauernswert kleine afrikanische Rasseln. Außerdem kam von Irja bereits tuut-tuut.

Sobald er sich im Auto untergebracht hatte, reichte mir mein Sohn ein Eis und sagte: »Es gab keine Blumen, da hab ich die gekauft.« Dann saß er eine Weile schüchternlippig schweigend da und sagte schließlich: »Vertragen wir uns wieder, ja?«

Ich nahm die Tüte zwischen Zeigefinger und Daumen. Es war die Sorte »Königin«, vertraut von früher, aus einer Zeit, als ich wegen meines Sohnes alle möglichen süßen Sachen genascht hatte. Aber wieso war die Tüte nur noch halb so groß wie damals? Gab es neuerdings einen Gesundheitsparagrafen, Speiseeis betreffend? Als ich das klebrige Einwickelpapier von dem bereits zu schmelzen beginnenden Eis riss, bemerkte ich die mit stilisiertem Lorbeerkranz versehene Jubiläumsklassifizierung auf dem Pappdeckel, der den Gipfel des Eises abdeckte, und begriff, dass mich mein armer Sohn mit einer kostenlos verteilten Probe zu besänftigen versuchte. Aber warum auch nicht? Bei aller peinlichen Ungehobeltheit hatte es doch etwas Rührendes und Schönes. Fast wären mir die Tränen gekommen.

Am liebsten hätte ich ihm gesagt, du bist ein guter Junge. Aus meinem Mund kam aber nur »guter Junge« heraus. Es klang, als redete ich zu einem Hund.

Er schien es nicht zu bemerken, mein Junge, sondern lächelte gewissermaßen in sich hinein und kurvte dann, die Tüte im Mund, was gefährlich aussah, auf die Mäkelänkatu zurück. Binnen wenigen Sekunden rannen ihm weiße Schmelzbäche aus den Mundwinkeln, aber trotz allem gelang es ihm, sich zwischen Lastern und Bussen einzufädeln und unter Streifung einer Verkehrsinsel auf die mittlere Spur zu gelangen, die uns ziemlich bald auf die Autobahn brachte. Von der war mehr als genug da, von nennenswerter Landschaft rechts und links jedoch nur wenig, auch redeten wir nicht viel, wir befanden uns im Waffenstillstand, den tastete man besser nicht an. Als mein Sohn sein Eis vertilgt hatte und durch Korso hindurch zur Autobahn nach Kerava abkürzte, sprang mir an der Kreuzung ein kleines altes Auto ins Auge, das an einem Schild sein Leben ausgehaucht hatte. Gelbe Luftschlangen der Polizei flatterten im Wind, die Scheiben waren eingeschlagen, Spiegel und Räder und wahrscheinlich auch alles andere nicht Niet- und Nagelfeste gestohlen. Auf dem verbogenen blauen Schild stand in weißen Buchstaben »Alakulomäki«, ich konnte nicht sehen, ob ein Bindestrich zwischen »Ala« und »Kulomäki« in einer Blechfalte verschwunden war, wahrscheinlich schon, denn »Unter-Rodungsberg« klang wahrscheinlicher als »Wehmutsberg«, trotzdem passte das alles derart gut zu der zwar regenlosen, aber nassen, melancholischen Herbstszenerie, dass mir der Gedanke kam, noch einmal herzufahren und ein bisschen durch die Umgebung zu streifen.

Sobald wir wieder auf der Autobahn waren, wurde ich Zeugin, wie auf dem verlassenen Parkplatz einer scheinbar aufgegebenen Gewerbehalle ein kleiner Luftwirbel einen Zylinder aus gelben Blättern formte. Dann ermüdete das Wetterphänomen abrupt, und die Laubskulptur fiel in sich zusammen wie ein Mensch, der von plötzlichen Magenkrämpfen befallen wird, und sackte zu Boden. Dann – ich weiß nicht, was ich schon wieder für einen Aussetzer hatte – waren wir auch schon in Kerava.

»Wo soll ich dich absetzen?«, fragte mein Sohn, beim Bremsen auf der Abfahrt.

»Wo sind wir denn?«, fragte ich zurück. Ich kam mir vor wie aus einem Tagtraum erwacht. Mein Sohn sagte, wir seien praktisch in Kerava, dabei klang wieder dieser stichelnde Unterton durch. Hatte er unsere Versöhnung schon wieder vergessen?

Ich schimpfte deswegen aber nicht mit ihm, sicher war auch er bloß in Gedanken. Ich sagte: »Wir fahren weiter«, und er sagte: »Das tun wir doch die ganze Zeit«, was ich gar nicht erst kommentierte; ich blickte bloß nach vorn, wo Familienautos und der flache Teil von Kerava auftauchten und über allem der wie ein altes Hemd ausgebleichte Himmel. Wir erreichten eine Kreuzung, mein Sohn fragte streng, ob Unter-Kerava oder Ober-Kerava, woher sollte ich das wissen, überhaupt fing es in mir an zu zwicken, als steuerten wir eine Notsituation an, aus der jemand gerettet werden musste, mein Sohn vor Irja, Irja vor meinem Sohn, jeder vor jedem; die Lage war so heikel, dass man besser nichts durcheinanderbrachte, bevor, na ja, sich alles irgendwie beruhigt hätte und wir zum Beispiel Kaffee tranken, alle zusammen, oder was auch immer. Auf jeden Fall hatte ich das Gefühl, dass ich meinen Sohn jetzt nichts kaputt machen lassen durfte, auch wenn er noch so ein guter Junge war.

»Fahr nur weiter, immer weiter«, ermunterte ich ihn, während wir ohnehin weiterfuhren, und so fuhren wir geradeaus weiter, obwohl wir dabei ziemlich oft abbiegen mussten. Wir passierten das Zentrum, fuhren schließlich nach rechts und befanden uns auf einer Straße, die mir andeutungsweise bekannt vorkam, weshalb ich meinen Sohn anhielt, geradeaus weiterzufahren, dann aber auch rechts und links abzubiegen, und gerade als ich glaubte, mich komplett verirrt zu haben, merkte ich, dass wir doch durch eine vertraute Gegend rollten, vermutlich waren wir im Kreis gefahren und genau zu der Bushaltestelle gekommen, von der aus der Fußweg zum Parkplatz vor dem Haus der Jokipaltios und Jalkanens und zu der altbekannten Kiefer führte. Schon überkam mich die Lust, mich in aller Ruhe an den Baum zu lehnen, aber ich traute mich nicht, meinen Sohn so dicht vorm Haus anhalten zu lassen.

»Hier!«, kreischte ich, als wir noch einmal links abgebogen und ein Stück die Straße entlanggefahren waren, auf der es rechts und links genau so aussah wie in allen Wohnblockvierteln im Süden Finnlands. Es kam eine Haltestelle, und in einiger Entfernung sah man den inzwischen vertrauten Betonklotz durch das Wäldchen hindurchschimmern. Zwischen den Bäumen quälte sich eine Schar kleiner Kinder auf kleinen Fahrrädern voran. Sie trugen neongelbe Westen, und bei den meisten ragte hinter dem Sattel eine Stange mit orange leuchtendem Wimpel auf.

»Aha«, sagte mein Sohn, nachdem er das Auto zum Stehen gebracht hatte, eher abschätzig als wertschätzend, worauf seine Unterlippe sich zu einer unzufriedenen Schippe vorschob. »Wie lange brauchst du?«

Ich ächzte und sagte, es könne länger dauern, worauf er wissen wollte, wo. Ich erwiderte, ich müsse das eine oder andere erledigen, er solle einfach nach Hause fahren und alles vergessen, was er gesehen und gehört habe, und darüber schweigen, diese Abmachung sei gegenseitig, auch ich würde kein Wort verlauten lassen, sondern stillschweigend mit dem Bus nach Hause fahren. Er guckte mich mit wässrigen Augen an und sagte bloß: »Ach.« Und es war unmöglich zu entscheiden, ob sein Ach für etwas Unfreundliches stand oder ob ihm etwas wehtat.

»Verstehst du jetzt keinen Spaß mehr?«, fragte ich so heiter wie möglich, klopfte ihm auf die Schulter und sprang aus dem Auto. Allerdings ließ ich die Tür offen, und da ich ohnehin nicht genau wusste, wo ich hingehen sollte, blieb ich an der Bushaltestelle stehen, kramte in der Handtasche und fummelte an meinem Handy herum und versuchte, wichtig zu wirken. Ich wartete, wartete und wartete, dass mein Sohn endlich auf die Idee käme, loszufahren.

Irgendwann kam er auch darauf. »Wir telefonieren morgen«, rief er übertrieben munter und knallte dann die alte Autotür mit Gewalt zu. Er musste erst den hüstelnden Motor aufheulen lassen, dann drehte er um, tuckerte davon und ließ mich allein an der Bushaltestelle stehen, an einem fremden Ort, von dem sich unmöglich sagen ließ, ob er sich nun in Ober-, Unter- oder Mittel-Kerava befand, der aber den Eindruck machte, als stünde er in jeder Hinsicht still und wartete auf etwas.

Ich weiß nicht genau, warum ich nicht wollte, dass mein Sohn näher an Irjas Haus herankam, ich wollte die Dinge einfach nicht miteinander vermengen, aber mich beschlich der Verdacht, er könne noch in der Gegend herumgurken, mein Sohn, mit seinem Auto, und darum traute ich mich nicht, direkt zu Irja zu gehen, sondern steuerte geradewegs das nächste Haus an. Es thronte in vielleicht hundert Metern Entfernung und sah auf den ersten Blick so viereckig, glattfassadig und vergessensgrau aus, dass man sich in seiner Farblosigkeit und rechteckigen Einsilbigkeit keinerlei Leben vorstellen konnte.

Er stand inmitten eines spärlichen Kiefernwäldchens, der vierstöckige Klotz. Die gleichförmigen schwarzen Fenster schmollten in gleichförmigen Reihen vor sich hin. Ich ging über die Anhöhe mit dem Wäldchen, dort strampelten kleine Jungen wie wild auf ihren Fahrrädern über die Wurzeln und machten mit den Lippen Motorengeräusche, einer von ihnen verlor das Gleichgewicht und kippte um. Er blieb liegen, verzog den Mund und sah mich so düster an, als hätte ich den Unfall verursacht.

»Böser Onkel«, sagte er.

»Nein, liebe Tante«, sagte ich und half ihm auf. Er murmelte okay, und ich tätschelte ihm den kleinen eierförmigen Kopf. Dann flitzte er schon wieder mit seinem Rädchen los, und ich setzte mich ebenfalls in Bewegung.

Als ich den Parkplatz erreichte, gab das Haus ein Lebenszeichen von sich, in Gestalt eines Fensters, das im dritten Stock aufging. Eine Weile stand ich verwundert an der Parkplatzecke, weil auf keiner Seite des Hauses ein Haupteingang zu entdecken war. Um die Ecke, seltsamerweise auf der Waldseite, fand sie sich dann aber, die Tür. Zwischen Haus und Wald hatte man so etwas wie einen kleinen Spielplatz hineingezwängt, es gab einen Sandkasten und eine Schaukel mit Autoreifen und ein kleines Karussell, das sich langsam drehte, als hätten dort gerade erst riesige Finger ein kleines Kind abgepflückt und in den Himmel gehoben. Im Sandkasten lag ein zerbrochener roter Eimer und daneben ein alter Schaumlöffel, von dem das Email abgeplatzt war und dessen Griff jemand zum Schwan verbogen hatte.

Ich berührte die Tür, die sogleich aufging. Meine Nase schien sich noch gut an den letzten Türunfall zu erinnern und sendete einen scharfen, heißen und roten Warnschmerz in den ganzen Körper aus. Ich verstand die Botschaft, nämlich dass ich mit dem Riechorgan nicht weiter beziehungsweise genau genommen nirgendwo hingehen sollte. Aber dann kam ein dünner, beinah durchsichtig wirkender Teenagerjunge in einem umhangartig großen Kapuzenpulli aus der Tür. Aus irgendeinem Grund vergaß ich alles andere und fragte mich schon, ob es hier überhaupt Erwachsene gab oder was für ein seltsames Kinderghetto das eigentlich war, und offenbar versank ich so sehr in Gedanken, dass der Junge es für nötig hielt, sich zu räuspern. Als ich mich mit einem Ruck wieder in die Welt zurückbegab, begriff ich, dass er pfahlgerade dastand und mir die Tür aufhielt.

»Danke«, sagte ich und lächelte ein zweites Danke hinterher. Er schaute mir tapfer in die Augen; die seinen waren aus demselben durchsichtigen Material wie der Rest seines Körpers, sie ähnelten zwei Wassertropfen im schwerelosen Zustand.

»Bitte sehr«, sagte der Junge.

Verwirrt von all den höflichen Kindern und Jugendlichen, auf die ich neuerdings alle naslang stieß, schlüpfte ich hinein. Im Treppenhaus war es dämmrig, fast dunkel. Ich drückte den orange glühenden Schalter, der ein leicht furchterregendes, britzelndes Geräusch von sich gab, bevor das Licht anging. Eine Art Eingangshalle gab es nicht, die Treppe führte fast unmittelbar hinter der Tür nach oben. Gleich beim ersten Fenster erschrak ich vor meinem eigenen Spiegelbild, die Nase sah entsetzlich aus, am ehesten ähnelte sie einer Rosamunde-Kartoffel mit schwarzen Stellen, und diese Feststellung steigerte in keiner Weise die Motivation, weiter hinaufzugehen, vielmehr überkam mich das Bedürfnis: Nichts wie nach Hause. Aber dann fiel mir doch ein, warum ich eigentlich hier war, nämlich um zu warten, bis mein Sohn weit genug weggefahren war und sich nicht mehr einmischen würde, genau, was also war zu tun, am naheliegendsten war es, sich mit so einer Nase von anderen Leuten fernzuhalten, aber ich dachte auch so etwas wie, ich sehe mir noch ein bisschen das Treppenhaus hier an, so lange, bis mein Sohn garantiert über alle Berge ist, vielleicht werfe ich bei der Gelegenheit einen Blick auf die Namen, für alle Fälle, außerdem ist es immer schön, einen Blick darauf zu werfen, auf die Namen, meine ich, sich zu überlegen, was für ein Mensch sich hinter der jeweiligen Buchstabenfolge verbirgt.

Allem Nachdenken zum Trotz ging ich wie an der Leine

gezogen weiter. Im ersten Stock roch es nach gebackenem Fisch, und zwar nicht nach verlässlichem Familienlachs, sondern nach einem verdächtigen Großküchenflossentier, wie man sie in den Aluformen im Kühlregal schwimmen sehen kann, mit Fettaugen gesprenkelt und in fahler Tunke. Ich stapfte durch das übel riechende zweite Geschoss, auch hier gab es Türen mit Birkenfurnier und spärlich gepunktetem grauem Steinfußboden sowie natürlich Namen, zwei Mal Virtanen nebeneinander, ein Korhonen und ein einzelner Nieminen, der in dieser Umgebung wirkte wie einer, der was ganz Besonderes sein will. Dann war ich auch schon im dritten, wo Laine, Kerosuo, Maksimainen und Vähälä wohnten, wobei Letzteren bestimmt der großspurige Nachname des Vorletzten wurmte, und schließlich überflog ich im vierten die Türen von Merikoski, -kallio und -kanto und stand schließlich vor einer Tür, auf deren Briefklappe der Name Hätilä zu lesen war.

Schwer zu sagen, ob es an den Namen lag oder an was sonst, aber plötzlich hatte ich die Nase und alles andere völlig vergessen und klingelte.

Es ertönte ein weiches Bimbambom, als bimmelte eine Glocke unter einem dicken Berg von Decken. Die Briefklappe stand einen Spaltbreit offen, von dort strömte mir ein schwacher Fettgeruch entgegen. Hätilä hieß so viel wie »Hastiger«, und ich dachte kurz, da wohnt bestimmt jemand, der es immer eilig hat, was mich dann zwangsläufig zum Grinsen brachte, obwohl es ein blöder Witz war, mit Irja wäre es sicher leicht gewesen, albern-befreiend darüber zu lachen, aber in dem Treppenhaus und vor der fremden Tür wurde mir die Aussicht, allein vor mich hinzulachen, unheimlich, was mich allerdings erst recht zum Lachen reizte.

Zum Glück hatte ich noch keinen entsprechenden Anfall bekommen, als hinter der Tür zuerst ein luftiges Tappen erklang und dann ein langmütiges Stochern in den Schlössern. Schließlich ging die Tür schleppend langsam auf.

Der alte Mann wirkte alles andere als eilig und sah auch nicht im Entferntesten wie ein Hastiger aus. Er war kleiner als ich, gefangenenlagerhaft ausgemergelt und krumm wie eine runzlig getrocknete Chilischote. Sein wurmiger Faltenreichtum und die unglaublich langsam blinzelnden Lider erinnerten an E.T. Er trug eine viereckige Brille mit Bernsteingestell aus längst vergangenen Jahrzehnten, die eine weitere Variation der gründlichen Kastenförmigkeit zu sein schien, die dieses Haus verhext hatte; ins Gestell waren dicke Gläser gezwängt worden, durch die der abgenutzte Mann derart unmerklich linste, dass in seinem Blick kein Krümelchen Bosheit oder Berechnung zu erkennen war, ja nicht einmal etwa Abschätzendes. Wenn man so schlecht sah, musste man sich auf das Gute im Menschen verlassen, kam mir in den Sinn.

Am liebsten hätte ich ihn in den Arm genommen, aber ich war nicht fix genug.

»Kommen Sie rein«, sagte er mit raschelnder Stimme, die allerdings über einen außergewöhnlichen Resonanzraum verfügte. Dann öffnete er die Tür so weit, dass ein Mensch meiner Größe durchpasste.

»Danke, gern«, sagte ich. Den Wörtern haftete ein so dankbarer Ton an, als wäre ich meilenweit durch feindliche Wildnis gestapft und hätte schließlich eine Kate gefunden, in der man mich herzlich willkommen hieß, obwohl es weder Platz noch Vorräte gab. Ich kam mir plötzlich wie frisch aufgefädelt vor, weil ich keine Halbwahrheiten von mir geben musste, sondern einfach so mit einem Ruck hineingezerrt wurde. Obschon es bei dem durch und durch langsamen Opa mit dem ruckartigen Zerren nicht sonderlich weit her war.

Dennoch lotste er mich per Handzeichen und Ärmelzupfen ziemlich schnell durch den unauffällig kleinen Flur in die Küche. »Und?«, röchelte er und schlug die Hände so langsam zusammen, dass sie, als sie sich endlich trafen, eigentlich allem Ermessen nach teigartig miteinander hätten verschmelzen müssen. »Soll ich Ihnen alles zeigen?«

Ich räusperte mich und sagte: »Ähm.«

Der Alte legte den Kopf zwei Zentimeter zur Seite und fasste mich durch seine Brille hindurch ins Auge, sie sah aus, als wäre sie angefertigt worden, um die Sicht zu beeinträchtigen, als hätte sich jemand einen lustigen Streich erlaubt, das Ganze dann aber vergessen, worauf der arme alte Mann seit Jahrzehnten gegen die Wände stieß. »Ach ja«, sagte er und streckte im Schneckentempo die Hand aus. »Ich habe vergessen, mich vorzustellen.«

Seine Hand fühlte sich an wie eine Bonbontüte aus Leder. Vorsichtig schüttelte ich die losen Knochen eine Weile, stellte mich vor und erfuhr, dass der Mann mit Vornamen Ilmari hieß, und da er in keiner Weise zu verstehen schien, in welcher Angelegenheit ich unterwegs war, trug ich meine Litanei vor, die mir inzwischen schon keine Probleme mehr bereitete, und präzisierte, ich wäre außerordentlich dankbar, wenn er ein wenig Zeit aufbringen könnte, einen winzig kleinen Moment.

»Und ich dachte, Sie sind das Mädchen von der Sozialstation«, sagte er plötzlich verblüffend energisch, mit klassischer Opastimme. »Weil Sie genau so ein hübsches Fohlen sind wie die anderen.«

Dann schwieg er einen Moment, schaute mich an, ohne etwas zu sehen, und krächzte schließlich melancholisch: »Also die.«

Ich ließ mich auf keine Diskussion ein, sondern schlich mich weiter in die Wohnung hinein und setzte uns beide an den Tisch. Kaum spürte ich den geflochtenen Stuhl unter meinem Hinterteil, packten mich Erleichterung und Entsetzen zugleich. Einerseits war es schlicht und einfach angenehm, zu sitzen, andererseits hatte ich keine Ahnung, wie es jetzt weitergehen sollte. Ich hatte ja eigentlich absolut nicht an der Tür klingeln wollen, und jetzt saß ich in dieser Küche, mit meiner Nase und allem Drum und Dran, es war schwer zu begreifen, wie es dazu hatte kommen können.

Trotzdem blieb ich sitzen. Der Alte auf der anderen Seite des Tisches atmete schwer, aber ruhig, und ein bisschen so, als vegetierte er bloß. Und da er es tatsächlich nicht eilig zu haben schien, betrachtete ich wieder einmal eine weitere Küche in Kerava. Auch hier waren Uhren im Überfluss vorhanden, eine ganze Wand voll, Souvenirteller, auf denen Zeiger Scheiben schnitten. Es gab Städte und Länder, London, Paris, Madrid und Casablanca, Malta, Ägypten, Brasilien und etwas, das chinesisch aussah, dazu dann auch all die vergessenen, unter anderem Jugoslawien, die Tschechoslowakei, Bulgarien. Nach kurzem Überlegen wurde mir peinlich bewusst, ziemlich lange in dem Glauben gelebt zu haben, dass letztgenanntes Land schon irgendwann Anfang der Neunzigerjahre durch Umwälzung von der Landkarte verschwunden war.

Was sie gemeinsam hatten, die Uhren, war, dass sie alle unterschiedliche Zeiten anzeigten. Soweit ich es verstand, handelte es dabei ganz und gar nicht um Zeitunterschiede, sondern um den haltlosen Wankelmut auch der Sekunden- und Minutenzeiger.

Der Alte riss mich jedoch aus meinen Gedanken. »Ein nettes Mädchen biste schon«, formulierte er auf einmal mit deutlicher Stimme und lächelte mit dem rechten Mundwinkel, wobei er durch seine dicken Gläser ungefähr in meine Richtung spähte.

»Sie sind aber auch nett«, sagte ich; mehr konnte ich nicht, wagte ich nicht, ich fragte mich allmählich, was er sich so dachte, woher bei ihm der Wind wehte. Oder ging dieser Wind nur durch meinen Kopf? Womöglich hatten wir das Wetter, die Tagespolitik, die wichtigsten Serien und all das schon durchgekaut, und ich nahm bloß an, wir hätten die ganze Zeit still am Tisch gesessen?

»Ja, ja«, sagte der Mann. »Das kann gut sein.«

Ich wagte es nun, ihn etwas länger anzuschauen, weil ich wusste, er bemerkt es gar nicht. Seine im Vergleich zur übrigen verdorrten Erscheinung ziemlich dicken Schmatzlippen lächelten verstohlen. Das Gesicht war um den Mund herum jahresringartig gefältelt, als wäre mitten in die Gesichtspfütze hinein ein Stein geworfen worden. Über der Stirn spross gerade so viel schwarzes Angelschnurhaar, dass man mit Wasserkammtechnik ein paar dünne Streifen hinbekam, die über den lebergefleckten Kopf liefen. Dann, als ich längst in die Betrachtung seines verknitterten, bis oben zugeknöpften grün und schwarz karierten Hemdes versunken war, bemerkte ich eine Regung in der Mitte des linken Brillenglases.

Es dauerte eine Weile, bis ich begriff, dass er mir zuzwinkerte.

»Ja, ich hätte da ein paar Fragen«, beeilte ich mich zu stammeln, streckte den Rücken durch und strich den Rocksaum glatt. Meine Wangen glühten.

»In einer Stunde regnet es«, hörte ich den Alten wie aus weiter Ferne sagen, er hatte offenbar bereits vergessen, wo er stehen geblieben war. »Das Licht ändert sich, daran merkt man es.«

»Genau«, entgegnete ich irgendwie schmallippig, es war schwer zu sagen, ob der Mann eher alt oder eher weise oder beides zugleich war. Da mir nichts anderes einfiel, suchte ich in meiner Tasche nach den Unterlagen. Ich kam aber nicht einmal dazu, das Formular für die Angaben zur Person hervorzuziehen, als Hätilä schon mit einer steinsockelartigen Stimme, der plötzlich alles Bröckelnde fehlte, fortfuhr: »Es ist heutzutage so still.«

Ich flüsterte, das wisse ich. Aus irgendeinem Grund hatte ich plötzlich das Gefühl, es zu wissen.

Der Hausherr richtete seine in die Ferne gerückten Augen aufs Fenster, vor dem der Wind einen grellgrünen Drachenfetzen flattern ließ, der am Ast einer Kiefer hängen geblieben war. »Man spürt alles Mögliche, wenn es so still ist«, sagte er und lächelte matt und wehmütig. Dann redete er weiter, man spüre den Regen, den Regen spüre man, und seine Stimme hatte einen Unterton, als würde er tief in seinem Inneren lächeln.

»Soll ich Kaffee kochen?«, fragte ich.

»Ja, Mensch«, antwortete Hätilä.

Und so kochte ich Kaffee. Gemächlich hantierte ich in der fremden Küche und nutzte die Gelegenheit, um mich umzusehen. Auf einmal störte mich etwas. Mir fiel ein drittklassiger Krimi ein, in dem ständig wiederholt wurde, dass etwas nicht stimme; und diese Assoziation machte mir bewusst, dass ich vergessen hatte, die Bücher in die Bibliothek zurückzubringen. Jetzt war daran allerdings nichts zu ändern. Etwas stimmte nicht.

Als ich all diese Dinge betrachtete, die in der Küche untergebracht waren, die Duftkerze, das Glasflittergehängsel, die Fernostleuchte, die Sternkarte, den Flimmerglanzkram, das Bergkristall-Arrangement und den Zaubersteinhaufen auf dem Messingteller, kam es mir vor, als deute nichts von allem darauf hin, dass hier ein alter einsamer Mann wohnte, wofür ich den Hausherrn auf den ersten Blick gehalten hatte. Am liebsten hätte ich ihn gefragt, ob er irgendwo eine Frau habe, nicht unbedingt versteckt, aber vielleicht auf der Arbeit. Dann wurde mir bewusst, dass er mich für ein Mädchen von der Sozialstation gehalten hatte, weshalb schwerlich eine Ehefrau vorhanden sein dürfte, jedenfalls keine im erwerbsfähigen Alter, falls er nicht ein grässlicher alter Bock war, der sich ein junges Flittchen hielt, auch wenn ich das nicht glauben konnte, irgendwie schimmerte durch, dass er eine gute Haut war, der Ilmari Hätilä, ein sympathisch-verschrobener alter Mann.

»Hören Sie«, fing ich dann doch an, denn mich überkam das Bedürfnis, etwas zu fragen, aus Neugier zwar, aber es war auch Fürsorgebedürfnis dabei. »Herr Hätilä. Ilmari.«

Er antwortete nicht. Ich stand an der zerkratzten Spüle und drehte mich zu ihm um. Sein gestreifter und fleckiger kleiner Kopf war nach hinten gekippt, als zöge ihn jemand heftig an den Haaren. Die Augen und der Mund standen offen, die kleine dunkelrote Zunge ragte zwischen den gelben, aber immer noch hartnäckig im Zahnfleisch verharrenden Zähnen hervor. Jesusmariaundjosef, dachte ich, und schon war mein Kopf voller fremdartiger Lamentos, wo kamen die jetzt wieder her, all die Ausdrücke wie Herr im Himmel, Gütiger Gott, Herr Zebaoth und Frau des Potiphar; aber dann geriet auch das schnell außer Sicht, dieser ganze religiöse Bilderatlas, und in meinem Kopf toste nur noch der Gedanke, jetzt ist er gestorben, der Alte, was soll ich mit dem jetzt machen. Und dann, nach zwei weiteren Umgotteswillen, dachte ich, wie soll ich das denn alles erklären.

Da schnarchte er auf, machte Schmatzgeräusche und stöhnte.

Ich musste an der Spüle Halt suchen, das Aufjaulen in der Kehle unterdrücken und mein Herz beruhigen, das durch den Schreck gewaltig losgaloppiert war. Ich hatte mich allerdings schnell wieder gefasst, obwohl ich mich gerade noch wie ein knochenloser Haufen gefühlt hatte, wie ein Sack voll Menschenmüll, zum Untergang verdammt. Ich beförderte die Tassen in übertrieben langer Bewegungsbahn auf den Tisch und schwafelte etwas Wirres vom herrlichen Kaffeeduft und vom schönen Wetter. Als ich mich zu Hätilä vorneigte, um seine Tasse zu füllen, fuhr er aufschnarchend hoch und brüllte: »Schön! Ja. Schön, schön, genau. Schön. Und wie schön. Aber bald regnet's.«

Und da er selbst mit keinem Wort seinen Schlaf oder sein wirres Gerede kommentierte, sondern sich über seine Tasse beugte, die Lippen zur Saugtüte spitzte und den Kaffee einschlürfte, als würde er etwas schnupfen, beschloss auch ich, es locker zu nehmen, und setzte mich. Wir tranken den heißen Kaffee und mümmelten von dem Hefezopf, den ich im Kühlschrank gefunden und fix in die Mikrowelle geschoben hatte, nachdem ich auf der einen Seite den Schimmel abgekratzt hatte. Ein angenehmer Nachmittag entspann sich dabei, das konnte man irgendwie spüren, nach dem Schreck von eben ging es nun wieder ruhig und gemächlich zu, es war gut, bei dem seltsamen Väterchen zu sitzen, zusammen und zugleich jeder für sich.

So verstrich eine ganze Weile, aber dann ging ich in kleinen Raten dazu über, meine Angelegenheit in Angriff zu nehmen, ich raschelte wieder in der Handtasche, als suchte ich intensiv nach etwas, fände es aber nicht, denn bei Hätilä hatte ich irgendwie das Gefühl, kein Papier zu brauchen, es war sinnlos, natürliche Ressourcen an ihn zu verschwenden, was womöglich etwas boshaft gedacht war, weshalb ich den Gedanken auch zurückzog, aber es stimmte, dass ich mit ihm nicht so förmlich werden wollte, sondern einfach nur da sein, und schließlich war es ja auch der erste Besuch, ich sondierte erst mal nur das Kundenpotenzial, das war ein gutes Muster. Es kam ein stiller Augenblick, die Uhren tickten vor sich hin, in einigen Städten und Ländern war die Zeit komplett stehen geblieben. Ich fing an, Fragen zu stellen, ich dachte, ich mache das alles möglichst entspannt, aber so ganz funktionierte es nicht, auf einfache Fragen kamen zwar Antworten, doch waren sie ziemlich arrangierter Natur, Name, Ilmari Ensio Hätilä geborener Hätilä noch immer, Aha, Hihi, Familie, So gut wie keine, Familienstand, Witwer, Mein Beileid, Ja aber Kinder gibt's, Wie viele, Sagen wir so: Ich kann mich nicht erinnern, Aha, Genau, Dann reden wir kurz über den Schulabschluss und den beruflichen Werdegang, Unbedingt, Eben also nach Schulabschluss und beruflichem Werdegang habe ich gefragt, Ich habe geglaubt wir sollen darüber reden, Da hab ich mich vielleicht etwas ungenau ausgedrückt, Das haben Sie aber wieso sieze ich dich schon wieder, Ist nicht nötig, Eben, Und wie war das mit dem Schulabschluss, Ja also eine Prise Gymnasium und vom Rest ein paar Krümel, Aha, Und unterrichtet hab ich das Volk wie auch das Volksschulvolk, Großartig, Wieso, Na das finde ich halt, Von mir aus, Mögen Sie Hühnerleber, Ganz bestimmt nicht aber was für eine Fangfrage ist das jetzt.

So unsinnig ging es weiter, aber dabei irgendwie im gegenseitigen Einverständnis, ein bisschen wie bei einem Spiel. Beide begriffen wir, wie plemplem das Ganze war, wie Hätilä sich ausdrückte, aber es gefiel uns beiden eben, einfach dazusitzen und dummes Zeug zu reden.

»Und du?«, fragte der Alte dann, nachdem wieder ein bisschen was Fragenartiges hin- und hergehüpft war. »Wie ist denn Ihr, oder dein, Leben.«

»Na ja«, sagte ich und schaute auf sein linkes Glas, in dem sich in dem Moment die vergoldete Maske, die hinter mir an der Wand hing, spiegelte.

»Ich verstehe.«

»Äh, wie bitte?«

»Es schleudert einen hin und her wie Gott den Bettler.«

»Äh, wie bitte?«, fragte ich noch einmal. Es machte mir Angst, dass der Alte offensichtlich weitaus mehr sah, als es den Anschein hatte. Mir blieb jedoch keine Zeit, länger in Unheimlichkeit zu schwelgen, denn ich vernahm Geräusche aus Richtung Tür.

Zweifellos wollte jemand die Wohnung betreten.

Die Tür wurde rasch aufgesperrt, dann hörte man, wie ein Kleidungsstück irgendwie unwillig auf einen Bügel und dann an die Stange geraschelt wurde. Und auch wenn ich noch so gern bloß aus dem Fenster geschaut hätte, auf die überraschend zur Zuflucht gewordene Universalkiefer, so war ich über kurz oder lang doch gezwungen, den Kopf wieder in die Wirklichkeit zu drehen und die Aufmerksamkeit auf die plötzlich in der Küche auftauchende ernste Präsenz zu richten, die ich im Rücken und im Nacken spürte, als wäre ein Gespenst hereingehuscht.

Ich blickte kurz zu Hätilä, dessen kleine Augen sich verrenkt hatten, um weit ins Innere zu schauen. Da von ihm keine Hilfe zu erwarten war, musste ich schließlich allen Mut zusammenraffen und den Ankömmling ansehen.

Dieser stand vor dem Geschirrschrank, hatte die Hände in die Hüften gestemmt und sah aus wie eine in Wallung geratene Bäuerin, die einem Fünfzigerjahrefilm entsprungen war. Ansonsten hatte sie nichts Bäuerinnenhaftes an sich. Sie war ebenso groß wie drall und unübersehbar eifersüchtig. Unter ihrer Nase schimmerte ein dunkler Schatten, wodurch mir unmittelbar der Gedanke kam, dass unter ihren Achseln wahrscheinlich üppiges Gestrüpp wucherte, und da ich den Gedanken nun mal in den Kopf gelassen hatte, brachte er mich zuerst zum Lachen und gleich darauf zum Schämen. Sie starrte mit erzürnten, eisigen Augen zurück. Diese standen in grundlegendem Widerspruch zu ihrer Mutter-Erde-Erscheinung, welche nicht nur durch ihre Rundheit, sondern auch durch den bis zu den Knöcheln reichenden, in Gelb und Orange sprühenden Batik-Kaftan und die erkleckliche Menge an orientalisch angehauchtem Glitter um den Hals betont wurde. Ihre Nüstern blähten sich und bebten.

»Sieh an«, sagte sie mit fahler, aber massiger Stimme und

hielt es für das Beste, dieses »Sieh an« einen Moment später noch einmal zu wiederholen.

Dann setzte sie einfach das quälende Starren fort. Ihr Zorn schien ein grausames Urteil zu enthalten, fast kam es mir vor, als hätte sie mich mit dem Alten, der mir gegenübersaß, im Bett oder bei sonst etwas Schrecklichem erwischt, ich wollte alles erklären, um Entschuldigung bitten, für was auch immer, bei dem sie mich erwischt hatte. Zu weiterem Entsetzen kam ich fürs Erste jedoch nicht, denn der Alte schien die Besucherin nun endlich zu bemerken und schmatzte, als setze er zu einer längeren Rede an, sagte dann aber bloß: »Ja, ja, das ist das Mädchen von der Sozialstation, Entschuldigung, der Wind hat den Namen schon verweht, Entschuldigung.« Seine Bitten um Entschuldigung waren schwer zu interpretieren, also wen er eigentlich darum bat, aber er meinte es eindeutig ernst, und für einen Moment sah er schrecklich traurig aus, sein Gesicht knitterte noch mehr und wurde um den Mund herum quasi abgeschnürt, und schreckensstarr rechnete ich bereits damit, er werde gleich anfangen zu weinen. Dann wurde plötzlich wieder ein Schalter umgelegt, er fuhr in Zeitlupe den Arm aus, deutete auf die Frau und sagte: »Das hier ist meine Tochter.«

Nun hatte ich es eilig zu erzählen, ich heiße Irma und sei ganz und gar kein Mädchen von der Sozialstation, auch wenn Herr Hätilä das irrtümlicherweise behaupte. Dann hatte ich plötzlich wieder den Mund dermaßen voller Dinge, dass gar nichts mehr herauskommen wollte, ich wollte unbedingt etwas erklären, egal was, nur um der Urteilsschlinge der großen Frau zu entrinnen, wollte einfach vernünftig und sachlich erklären, weshalb ich da war, in einer Forschungsangelegenheit, das dauert nur einen Moment, im Grunde sind wir schon so gut wie fertig, vielen Dank auch. Aber bis zum Mund gelangte all das schön Beabsichtigte einfach nicht, es war mehr ein wildes Räuspern, was da kam; mir schien, als läge den Worten etwas furchtbar Trockenes und Widerborstiges im Weg, Glaswolle oder Tang.

»Was sind Sie denn für eine«, stellte die Tochter schließlich mehr fest, als sie es fragte.

Es gelang mir, etwas von Umfrageforschung zu schwatzen. »Ich forsche beziehungsweise frage. Nach dem Verbrauch. Nach Verbrauchsgewohnheiten. Fragen. Umfrage. Marktforschung.«

»So, so«, sagte sie selbstzufrieden und irgendwie fast triumphierend düster, riss einen Stuhl an sich und setzte sich an den Tisch. »Der da verbraucht nichts, fragen Sie mich.«

Entsetzt sah ich in das zugleich eckige wie runde Gesicht, unter dessen quasi dunkelblasser Haut ein rotes Feuer loderte. Sie war wohl so etwas wie ein widersprüchlicher Mensch, diese Frau, aber mir blieb nicht viel Zeit, darüber nachzudenken, denn irgendetwas musste ich sagen. »Ja, äh«, lautmalte ich. »Als Erstes müsste so etwas wie eine Zielgruppenkartierung vorgenommen werden, einfach damit. Weil. Man braucht. Eine Zielgruppenkartierung.«

»Nun fragen Sie schon.«

»Morgenstund und schon geht's rund«, sagte Herr Hätilä.

»Quatsch«, fuhr die Frau ihn an.

»Doch«, sagte Hätilä. »Rund.« Zum Abschluss seines etwas rätselhaften Redebeitrags schaute er wieder weit in die Ferne, mit einem Blick, der zu sagen schien, dass Sterbliche dort, in der Ferne, wo immer dies auch war, nichts zu suchen hatten. Falls es sich nicht darum handelte, dass gerade die

Sterblichen, gewissermaßen die sozusagen hier und jetzt im Sterben Liegenden ständig etwas sahen, das uns, die wir noch mit einem Bein wacklig im Leben standen, nicht zugänglich war.

Der Kühlschrank hinter dem Alten gab ein kurzes Rumpeln von sich, stieß ein langes, pferdeartiges Prrr aus und sirrte dann weiter vor sich hin. Ich sagte »ja, also« und fuhr nach einer kurzen kunst- oder atempausenartigen Unterbrechung fort: »Das ist jetzt ein bisschen schwierig, man müsste mit den ganz grundlegenden Informationen anfangen, mit der Geburt der Kundin, also wann und wo.«

»In der Hebammenschule in Helsinki am fünften September neunundfünfzig«, kam es wie aus der Pistole geschossen. Abgesehen von dem quasi tiefgekühlten Blick sah die Frau beinahe glücklich aus.

»Das ist ja fast ein Gedicht!«, bellte der Alte plötzlich, worauf er mit recyclingpapierhafter Raschelstimme fortfuhr: »Morgenstund und es geht rund. Morgen, rund und bunt.«

»Also, ich weiß nicht recht, vielleicht machen wir beim nächsten Mal weiter, ich bin bald mit dem nächsten Kunden verabredet, eigentlich müsste ich gehen, und Sie haben bestimmt auch. Alles Mögliche zu tun.«

»Morgenschlund!«

Die Frau sah mich auf eine Art an, die pure, glühende Peinlichkeit auslöste. Ich musste wegsehen, dabei fiel mein Blick auf die Uhrenwand, die in sonderbarem Gewöhnlichkeitskontrast zu all dem Hippiekitsch stand, der die Küche dominierte. Ich starrte auf einen Teller, in dessen Mitte zwei erstarrte Zeiger aus der Insel Zypern ragten wie zwei nicht zueinanderpassende Schnurrbarthälften. Gemeinsam behaupteten sie, es wäre zehn vor vier; mir war das Zeitgefühl inzwischen vollkommen abhandengekommen bei all den taktungleichen Uhren inmitten der peinlichen Situation. Irgendwo rauschte es in einem Rohr. Opa Hätilä tippte nervenaufreibend mit der Pantoffelsohle auf den Fußboden.

»Sind Sie hinter dem Geld meines Vaters her?«, fragte die fürchterliche Frau dann unvermittelt.

Stumm sah ich sie an. Sie beugte sich beinah triumphierend über den Tisch. Der Alte hingegen produzierte weiterhin ein Tiefenlächeln und hatte allem Anschein nach nichts mitbekommen. Von draußen war das Gezanke kleiner Jungen zu hören, drinnen überfiel den Kühlschrank ein neuer Kälteschauer, aber dann setzte die Frau ihre Inquisition fort, wahrscheinlich hatte sie irgendwo eine Folterausbildung gemacht, weil sie ihre Frage von eben einfach überging und stattdessen sagte: »Ach ja, was Ihre Fragen betrifft, bestimmt haben Sie die entsprechenden Unterlagen dabei, fangen wir ruhig an.« Einige Zeit verging, bevor ich überhaupt etwas herausbrachte, aber als die Wörter dann kamen, stiegen sie erstaunlich stabil und klar in die Zimmerluft auf; ich sagte, ich sei erfahren genug, um meine Fragen bei Bedarf auswendig zu wissen, fügte allerdings hinzu, ich könne gern auch ein Blatt Papier zur Hand nehmen, falls die Dame dies wünsche. Dann wühlte ich wichtig in meiner Handtasche und erkannte sehr bald, dass sie nichts weiter enthielt als ein paar lächerliche alte, zerknitterte Zettel, die aktuellen Blätter hatte ich allesamt daheim liegen lassen.

Das einzige Ding in der Tasche, das wenigstens ein bisschen nach Angelegenheitserledigung aussah, war der Kalender, in dem ich dann auch möglichst eilfertig blätterte. Es stand nichts darin. Heftig schlug ich die Seiten des Büchleins hin und her, ein seltsamer, gedämpfter rollender Ton drang mir aus der Kehle, meine Hände fingen an zu zittern. Schließlich hielt ich ganz hinten in der Notizabteilung an und glotzte ohne etwas zu verstehen auf die ziemlich sinnlosen Fragen, die ich irgendwann im Halbschlaf aufgeschrieben und wohl als eine Art Notbehelf vorgesehen hatte. Jetzt allerdings halfen sie nicht im Geringsten.

Sind Sie in Ihrer Familie der Hauptentscheidungsträger bei Anschaffungen im Bereich der Automobilität?

Ich blickte vom Kalender auf und war schon kurz davor, über die nahezu vollkommene Unangemessenheit der Frage zu lächeln, da traf mich der düstere Blick der Furcht einflößenden Frau, der binnen vernichtend kurzer Zeit verriet, dass sie mich mindestens für eine Gaunerin, Schwindlerin, Dummköpfin und irgendwie auch für eine Irre hielt. Im Hinblick auf die letztgenannte Bestimmung erwachte in mir sogleich die Befürchtung, ich könne meine Frage versehentlich vor mich hingenuschelt haben, und je länger die lastende Stille anhielt, desto sicherer war ich mir.

Ich suchte Hilfe bei dem Alten, mit dem es schließlich angenehm und entspannt zugegangen war, trotz seiner Jenseitigkeit und meiner Inkompetenz, aber er taugte kein bisschen zum Retter, er lächelte bloß über irgendeinen unbekannten Faktor und sah aus, als würde er am liebsten lachen, traute sich aber nicht. Ich versuchte aus dem Fenster zu schauen, als wäre nichts. Da ich es aber auch nicht wagte, allzu lange die blöde Kiefer anzustarren, musste ich mich richtig strecken, um von so weit oben bis auf den Erdboden hinunter sehen zu können. Ein kleiner Junge stellte einen roten Plastikeimer aufs Karussell und gab Schwung. Als das Tempo zunahm und der Eimer von seiner Untertasse schoss, reckte der Knirps die Arme und jubelte und hüpfte auf der Stelle und jauchzte dermaßen, dass man es bis hier oben hörte.

Dann musste ich aber doch in die Welt und an den Tisch zurückkehren und den Blick auf die Furcht einflößende Frau richten.

»Verschwinde!«, zischte sie.

anlegte und sich ins Bushäuschen verzog. Genugtuung bereitete es mir nicht, das gelungene Anfunkeln, weil das Starren des Passanten natürlich nur bestätigte, dass ich anscheinend aussah, als sei ich ziemlich neben der Spur.

Ich blieb noch eine Weile stehen, stierte auf die platt gefahrene, wie ein Möwenkadaver aussehende Plastiktüte auf der Fahrbahn, von der sich jedes Mal ein flügelartiger Fetzen hob, wenn ein Auto vorüberfuhr, aber kaum war ich weitergegangen, stand ich auf einmal so unvermittelt vor der Tür der Jokipaltios, dass es mir vorkam, als hätte ich einen Zeitsprung gemacht. Irgendwie schreckte ich davor zurück zu klingeln, weil mir die böse Ahnung geblieben war, dass dies unweigerlich zu unheimlichen Begegnungen führen musste, aber ich klingelte trotzdem und bemühte mich, mir eine Art Ausdruckslosigkeit ins Gesicht zu zwingen.

Schnell ging sie auf, die Tür, und Irja stand vor mir. Sie trug die überraschend kurzen Haare glänzend und frisch gefärbt, aber ansonsten war sie alles in allem heimelig alltäglich, in grauen Jogginghosen und dunkelblauem, im Lauf der Zeit zeltartig ausgeleiertem T-Shirt. Zum ersten Mal fiel mir auf, dass sie reichlich sommersprossenartige Muttermale auf den schmalen Armen hatte.

»Du hast dich zurechtgemacht«, sagte ich irgendwie vollkommen farblos, wie man es tut, wenn man überhaupt nicht weiß, in welchem Ton man sich äußern soll. Einerseits kam es mir so vor, als wäre ich nun quasi in Sicherheit, an einem Ort, an dem ich willkommen war, aber gleichzeitig befürchtete ich doch, zu stören, ins Zuhause anderer Leute einzudringen und allerlei Kopfzerbrechen zu verursachen, mit all den unübersehbaren Folgen von Baffsein und Erschütterung.

»Muss ja«, sagte Irja jedoch. »Wo so hoher Besuch kommt.«

Während ich mich auf ihre auffordernde Geste hin in den Flur vortastete, wagte ich es zu fragen, ob sie gar beim Friseur gewesen sei. Irja erwiderte: »Scheibenkleister, sieht das so aus, ist nichts als Giftzeug aus dem Supermarkt, aber du wolltest es ja unbedingt wissen. Das ganze Bad ist voller Schwaden.«

»Gut sieht es aus«, ächzte ich, während ich die Stiefel auszog. Auch den Mantel musste ich noch loswerden, das dauerte ein bisschen, weil vom Regen alles klamm war und mir auch sonst die Koordinaten abhandengekommen waren. Irja half mir jedoch, ohne große Worte. Dabei sagte sie: »Die Nase sieht übrigens auch gut aus.«

»Ach ja«, sagte ich wieder mit der betonungsfreien gepressten Stimme, weil ich einfach nicht herausfand, in welchem Ton sie mit mir redete. Dann lächelte sie jedoch leicht, und da konnte ich dann selbst nicht anders, als mich an einem Lächeln zu versuchen, obwohl bereits eine kühle beleidigte Böe kurz meine Fingerspitzen aufgesucht hatte, aus irgendeinem Grund ausgerechnet die Fingerspitzen, als wäre dort ein schrecklicher Würgeimpuls hineingehuscht, ein unheimlicher Gedanke, ich stieß ihn sogleich von mir. Dann begaben wir uns auch schon tiefer in die Wohnung hinein, der Küche entgegen, aber auf Höhe der Wohnzimmertür gerieten wir ins Stocken, sie stand offen, die Tür, aus dem Fernseher drang undeutliches Gemurmel. Irja wurde offensichtlich kurz von Verwirrung erfasst, weil sie mir nicht den bei zugezogenen Vorhängen im bläulichen Fernsehschimmer auf der Couch liegenden Mann vorstellte, sondern lediglich halb schlaff ins Wohnzimmer wies, als wollte sie sagen, das wäre dann also der da. Ich stand regungslos an der Tür, starrte in den dämmrigen

Raum und wartete auf eine Gebrauchsanweisung für die Situation. Es roch ein wenig so, als wäre hier gerade erst gestritten worden, solche Nachspannungen wittert man immer, mir wurde unheimlich zumute, in der Magengegend bildete sich ein Loch, eines, bei dem man nicht wusste, war es Hunger oder nur bodenlose Hohlheit, so ein totales Fehlamplatzsein.

»Der sieht vielleicht scheiße aus, der Flegel«, knurrte der Mann dann unvermittelt. Er hatte einen wässrigen Blick und trug die Kriegsausrüstung wenn nicht eines Frauenverprüglers, so doch eines gewöhnlichen Scheusals: ärmelloses Unterhemd und ausgebeulte Trainingshose. Die weißen Tennissocken leuchteten unter dem gläsernen Couchtisch.

Jetzt geriet ich erst recht aus dem Konzept. Ich erschrak, als würde ich ständig irgendwo anrempeln, obwohl ich die ganze Zeit auf der Stelle stand. Was wollte er damit sagen, der Mann? Irgendwie dachte ich gleich, dass er mich mit seiner Äußerung meinte, obwohl das nicht sein konnte, auch wenn man mich innerhalb von knapp zwei Stunden schon als Mädchen und als Onkel bezeichnet hatte. Ich fühlte mich, als hätte ich Vasen, Fotos und sonstige wichtige Dinge von Kommoden und Tischen gestoßen. Da konnte man nichts weiter tun, als zu hoffen, dass sich der Mann auf der Couch nicht als Ungeheuer entpuppte, das wäre einfach zu viel gewesen, ganz und gar zu viel, so kurz nach der Begegnung mit der schrecklichen Frau bei Hätilä. Und je mehr ich hoffte, Irjas Mann sei ein guter Kerl, umso größere Angst hatte ich, er könne vollkommen vergeblich sein, dieser Wunsch.

Da er weiterhin nicht zu bemerken schien, dass Besuch im Haus war, und da es auch bei Irja nun irgendwo klemmte, produzierte ich ein klunksendes Räuspern.

»Jetzt aber«, posaunte der Kerl und drehte seinen eckigen, stoppeligen Kopf in Richtung Tür, weil er nun merkte, dass dort Leute standen.

»Das ist Irma«, sagte Irja.

»Tag«, sagte ich.

»Tag. Und äh, Entschuldigung, äh, wegen eben, ich hab nicht gemerkt, dass ihr da steht. Aber guckt euch das an.«

Wieder hakte er seinen Blick in dem flachen Fernsehschirm ein, der in einem buchfreien Bücherregal stand. Ich konnte darin nichts Außergewöhnliches entdecken, weder im Fernseher noch im Programminhalt, irgendeinen siebzehn- oder achtzehnjährigen Bengel hatte man im schwarzen Anzug an einen Flügel gesetzt, mir sprang daran nichts weiter ins Auge außer der steifen, vom Anzug erzwungenen Körpersprache des Jungen. Den Hausherrn schien dessen Benehmen jedoch irgendwie aufzuregen, mir blieb völlig unklar, was an dem Burschen ihn so in Rage brachte. Und als Irja dann sagte: »Komm, wir gehen Kaffee kochen«, folgte ich ihr wankend, aber dankbar in die Küche.

»Das war Reino«, sagte Irja dann, als wir am Tisch saßen. »Er ist gerade beurlaubt.«

»Autsch«, quiekste ich. Von den Jalkanens nebenan drang ein betongedämpfter Schrei herüber und wenig später ein Poltern, das eine der Wurzeluhren um einen Zentimeter verrutschen ließ, worauf mir prompt der Gedanke im Kopf herumgeisterte, ob da drüben gerade die Familienhölle ausbrach. Bei den Jalkanens, den netten Jalkanens. »Ich hatte es ganz vergessen«, sagte ich dann zu Irja, die den Geschehnissen jenseits der Wand keinerlei Aufmerksamkeit schenkte. »Entschuldigung, ich meine, dass er krank war oder so.«

»Das macht einen schon krank, wenn man es gewohnt ist zu arbeiten.«

»Leicht ist das nicht«, sagte ich steif. »Den ganzen Tag zu Hause rumzuhocken.« Am letzten Satz klammerte sich ein Unterton fest, den mein Sohn wahrscheinlich als diplomatistisch charakterisiert hätte, und aus irgendeinem Grund war ich sofort entsetzt über alles, was ich gesagt hatte, und fragte mich, ob ich im Quasseldruck ins Fettnäpfchen getreten war oder sie beleidigt hatte, wo sie doch immer den ganzen Tag zu Hause war, die Irja. Da half es auch nichts, dass man mich selbst geradezu als Professorin, Rätin, Direktorin oder Expertin im Daheim-Herumhocken hätte bezeichnen können, denn Irja wusste ja nichts davon, und selbst wenn ich noch so gern mit ihr auf Augenhöhe über all die langen, staubigen, stillen Tage allein zu Hause gesprochen hätte, so war ich für sie im Moment doch quasi auf der Arbeit. Ich musste mich also damit begnügen, das Gesagte zu glätten: »Nicht dass daran etwas falsch wäre. Am Daheim-Herumhocken. Aber natürlich nur, wenn man es gewohnt ist.«

»Eben«, seufzte Irja. Etwas bedrückte sie, man sah es am Blick, der die ganze Zeit auswich.

»Etwas anderes ist es natürlich, wenn man es nicht gewohnt ist. Oder was sage ich da eigentlich, Entschuldigung, irgendwie haben sich bei mir gerade die Gedanken verknotet. Also. Ich denke mir bloß, dass man praktisch, also dass man nicht immer bloß arbeiten kann. Auch. Manchmal ist es angenehm zu Hause. Auch.«

»Stimmt.«

»Ist noch Kaffee da?«, kam es aus dem Wohnzimmer.

»Ja!«, rief Irja so unvermutet energisch, dass ich erschrak.

Unter meinem Herzen schwappte es kurz kalt auf, als hätte sich eine eisige Flüssigkeit in den Eingeweiden ausgebreitet.

»Aber einer muss ja die Arbeit machen.«

»Eben«, sagte Irja erneut, und ich fragte mich noch erschrockener als zuvor, ob sie beleidigt oder voller Kummer war oder sonstwie in der Klemme steckte, aber dann stand sie auf, goss Kaffee ein und brachte die Marienkäfertasse ihrem Mann, und ich konnte eine Weile meine Gedanken sortieren und der Reihe nach ordnen und war dankbar dafür, ich hatte das Gefühl, aus rohen Eiern etwas Ganzes und Dauerhaftes zusammensetzen zu müssen. Darum versuchte ich mich auf das pure Dasein zu konzentrieren, was letztlich gar nicht so schrecklich schwer war, man musste nur auf das Puh und Höh der Kaffeemaschine und das Ticken der Wurzeluhren lauschen; nach den Teller-Chronografen von vorhin kamen die einem geradezu heimelig vor, auch wenn sie natürlich nach wie vor schauderhaft hässlich waren. Auch dieser hässliche Gedanke kam mir also, und das war sogar ein bisschen amüsant, jetzt, da ich wusste, was Irja selbst von den Uhren hielt; andererseits überlegte ich mir selbstredend auch, ob sie unter ihnen irgendwie litt, ob sie bei ihr Beklemmung auslösten, zumal die Stimmung ohnehin ein bisschen angespannt war.

Dann tauchte Irja völlig lautlos hinter meinem Rücken in der Küche auf. Während sie Kaffee eingoss, murmelte sie etwas von wegen ein guter Mann sei er trotz allem. Es dauerte einen Moment, bis ich begriff, worauf sie anspielte. Dann machte sich abrupt das Verständnis wie ein großer, gespenstischer Unterwasserschatten breit. »Ganz bestimmt!«, rief ich daraufhin mit so unnötigem Eifer aus, dass es mir in meinen eigenen Ohren wehtat.

Irja reagierte jedoch in keiner Weise auf den Schuss übers Ziel hinaus, sondern setzte sich, trank einen Schluck Kaffee, schaute aus dem Fenster und sagte: »Zum Glück weiß er nicht, wie man trinkt. Die meisten seiner Kollegen sind seit Freitag mit vollen Segeln unterwegs und rufen alle halbe Stunde an aus irgendwelchen Kneipen, die ›Auf gut Glück!‹ oder so ähnlich heißen, und reden auf ihn ein, er soll ihnen Gesellschaft leisten.«

Ich musste erst die Dauer der Schlucksträhne bemessen und kam zu dem Ergebnis, dass sie noch relativ kurz war, soweit ich es beurteilen konnte, aber mehrere Wochen beurlaubte Sauferei wären schon was anderes, und aus irgendeinem Grund wollte ich dieses bedrohliche Szenario überstürzt in Worte kleiden, doch schon im nächsten Moment knickte ich ein und suchte dafür eine angemessen sichere Form und verlor mich auf diesem Weg; als ich in die Welt zurückkam, merkte ich, dass sich im rechten Augenwinkel etwas Quecksilbriges einen Weg bahnte. Ich schaute hin und sah im Fenster ein Eichhörnchen einen Baumstamm hinaufflitzen.

»Ach ja, das Portemonnaichen«, sagte Irja plötzlich.

»Das Portemonnaichen?«

»Ja, was?«, fragte Irja und blickte vom dunklen, kalten Backofenfenster auf, das sie eine Zeitlang angestarrt hatte, und zur Abwechslung sah nun sie aus, als hätte sie gerade ganz anderen Gefilden einen Besuch abgestattet. Durch all das wurde mir klar, dass die Beurlaubung für diesen Haushalt hier alles andere als einfach war, allen Beteuerungen zum Trotz. Und auch wenn ich einerseits gern mit meiner Aufdringlichkeit Schluss gemacht und die beiden in Ruhe gelassen hätte, so holte ich sie mir doch ins Reich des Existierenden zurück, die Irja, stellte fest, sie habe von einem Portemonnaichen gesprochen, und sie erwiderte etwas wehmütig, bei ihr seien im Moment wohl nicht alle Oberstübchen beheizt, und dann setzten wir für eine Weile ein schwach beleuchtetes Lächeln auf. Jedenfalls war jetzt das Portemonnaie da, ich weiß nicht, wo sie es hervorgekramt hatte, aber es lag plötzlich auf dem Tisch, ein schwarzer Fladen, der aussah wie ein inneres Organ, dem man übel mitgespielt hatte, auf einer Wachstischdecke im schlichten Marimekko-Design, dessen Blumen wie heruntergefallene rohe Eier wirkten. Einige Sekunden nachdem Irja das Portemonnaie hingelegt hatte, sackte das Ding ein wenig in sich zusammen, als suchte es eine bequemere Haltung.

Wir starrten beide auf das Portmännchen. Der Regen, den der alte Hätilä heraufbeschworen hatte, prasselte in aufgeregten Salven gegen das Fenster. Ich nahm den Geldbehälter in die Hand und stocherte darin herum, er war recht leer, abgesehen von Führerschein, verblichenen Quittungen und sonstigem unnützem Zeug. »Damit hätte es nicht geeilt«, feixte ich, ohne Grinsen allerdings.

Irja glaubte offenbar, ich würde lamentieren, und beeilte sich, zu widersprechen, vielleicht meinte sie, ich wäre über das ins Auge stechende finanzielle Defizit im Portemonnaie verbittert. Da musste ich meinerseits hastig sagen: »Mach dir bloß keine Gedanken, ich benutz das sowieso nie, das Portemonnaie, ich bin ein Geldbeutelmensch, guck hier.« Ich zog ein krumpeliges Täschchen aus der Handtasche und schüttelte es wie ein Schiffsmusikant, und Irja lachte und sagte: »Ach, du auch«, und dann brachte sie ihren Geldbeutel zum Vorschein, es war ein Modell von der Volksbank, aber garantiert ebenso uralt wie meines. Und so rappelten wir mit den dämlichen

Geldbeuteln wie zum Zeichen des Triumphs und lachten ein wenig melancholisch, aber immerhin einträchtig.

Eine Weile saßen wir still da. Wir sahen einer Krähe zu, die im Ahorn herumturnte, rührten in den Tassen und räusperten uns ab und zu. Reino kam einmal herein, um sich Kaffee zu holen, fing aber nicht groß an zu reden, wieder stellte sich das Hohlheitsgefühl im Bauch ein, ich musste mir als Gegenmaßnahme etwas von dem Hefezopf in den Mund stopfen. Dadurch dass ich mitten in das angespannte Zusammensein der beiden hineingeraten war, hatte ich im Nacken und am Rücken ein klebriges Gefühl, als hätte mich jemand mit einer kalten, sämigen Soße überschüttet.

Dann, eigentlich genau in dem Moment, als sich die Stille so weit in die Länge gezogen hatte, dass es allmählich Zeit wurde, etwas zu sagen oder eben zu gehen, klingelte das Handy. Mein Sohn rief an, ich war ihm dankbar dafür, meldete mich aber nicht, ich dachte, da habe ich jetzt einen guten Grund zu gehen, ich ließ es schnurren, tastete nach dem Portemonnaie, um es in der Handtasche zu verstauen, und versuchte gleichzeitig Irja zu erklären, mein Sohn rufe an, er komme mich abholen, habe inzwischen anderswo etwas erledigt, wir hätten ausgemacht, er solle es ein paarmal klingeln lassen, sobald er vor dem Haus stehe. Die Worte erstarrten mir in der Kehle, die plötzlich eng und dornig zu sein schien, anfangs kamen nur trockene, pelletartige Ächzer heraus, aber schließlich gelang es mir doch, die Mitteilung zustande zu bringen und mich zum Aufbruch anzuschicken.

Irja stand mitten in der Küche, drehte ein rot-weiß kariertes Handtuch in einer Tasse herum und starrte seltsam förmlich auf die ausgeschaltete Kaffeemaschine. Ich unternahm erste verhaltene Schritte in Richtung Flur. Irja kam zu sich und begleitete mich zur Tür. Im Wohnzimmer saß der Hausherr mit der Fernbedienung in der Hand auf der Couch und starrte mit erschreckender Intensität auf den dunklen Fernsehschirm. Beide taten mir leid.

An der Tür umarmten wir uns. Das geschah ganz selbstverständlich, ohne bemühte Choreografie, so wie unter Freunden oder mindestens guten Bekannten.

Draußen setzte bereits die Dämmerung ein. Der Regen des alten Hätilä war dichter und düsterer geworden und verwandelte sich in Schneeregen, als ich den Parkplatz überquerte. Die Nase tat mir weh. Auf dem kleinen Rasenfleck zwischen Autos und Häusern wuchs die weiße Überzuckerung. Während ich geduckt zur Straße rannte, kam mir kein Mensch entgegen, aber als ich zur Bushaltestelle gelangte, fläzte dort eine Abteilung von drei gelangweilten Teenagern. Als sie kapierten, dass sie erwachsene Gesellschaft bekommen hatten, gingen sie dazu über, heftig an ihren Zigaretten zu ziehen, ständig auszuspucken und Scheiße zu sagen. Sofort kam mir in den Sinn, dass es zum Glück außer all den Siezern mit den guten Manieren auch noch echte Jugendliche gab.

Ich stemmte mich gegen den Schneeregen und stapfte weiter, bei dem Wetter dauerte es, aber schließlich erreichte ich den Bahnhof. Wie ein Stein blieb ich mitten im Menschenstrom stehen, rechts und links huschte das Volk an mir vorbei, auf Mützen, Schultern, Schals und Wimpern lagen schwere, nasse Schneeregenspäne. Im Eingang zu einer Art Kneipe zog ein fassrunder Trunkenbold an einer feuchten Zigarette und fing immer wieder an, die Passanten zu zählen. Bei zehn gerieten ihm jedes Mal die Zahlen durcheinander und er musste von vorne beginnen. Seine frustrierten Flüche schnarrten im Schneeregen wie die aus Pappe gebastelten Krachmacher, die von Jungen, jedenfalls als mein Sohn noch klein war, zwischen die Fahrradspeichen gesteckt wurden, um ein Motorgeräusch zu simulieren.

Ich zockelte ein Stück weiter und betrachtete dann das prächtige Bahnhofsgebäude aus Holz, ja, es war ein Eisenbahnhof, ich hatte ihn früher nur nicht bemerkt, so unmittelbar neben den Bussteigen. Oder ich hatte ihn auf irgendeiner Bewusstseinsebene registriert, es konnte gar nicht anders sein, aber vielleicht hatte ich irgendwie gedacht, die fahren da in die andere Richtung oder so, die Züge. Und auch diesmal ging ich zum Bus.

Zehn Minuten lang fror ich auf dem zugigen Bussteig und hatte ein unklares Gefühl, ein leeres Unwohlsein. Von der grässlichen Frau und dem Unglück der Jokipaltios war ein kraftloser Unmut über die Ungerechtigkeit der Welt in mir zurückgeblieben, und vor meinen Augen zuckte der gleiche traurige Schatten, den ich an der Wohnungstür auf Irjas Gesicht bemerkt hatte. Als ich im Bus saß, schlief ich fast sofort ein, trotz all der überschäumenden Schüler, die das Fahrzeug mit ihrer Unruhe und dem Muff ihrer feuchten Kleider erfüllten. Gerade noch rechtzeitig vor meiner Haltestelle wachte ich auf, weil die Nase in der Kurve auf der Hämeentie schmerzhaft gegen die Fensterscheibe stieß.

Auf der Straße stachelte mir der Regen hart und eisig ins Gesicht, aber es war nur Wasser, hier in Helsinki herrschte eine andere Jahreszeit. Plötzlich kam mir die Gegend rund um den Hakaniemi-Markt ein bisschen hässlich vor, die Menschen waren schwerfälliger hier, schlecht gelaunt, selbst die

Penner schienen es eilig zu haben. Unter der Markise eines Geldautomaten stieß mir der Kerl mit dem Stock, der aussah wie ein Wichtelmännchen und den ich kannte, seinen Ellbogen in die Seite, pumpte mich nicht einmal um Geld an, sondern knuffte mich nur und gab ein paar undeutliche Verwünschungen von sich. Ich floh auf den Bürgersteig, stieß dort sogleich auf die filmtaugliche Bürodame aus der Viherniemenkatu und musste mit einem Sprung hinter einen schmächtigen, vom Regen glitschigen Lindenstamm Deckung suchen. Die Frau putzte ihre Brille und hätte mich wahrscheinlich ohnehin nicht bemerkt, selbst wenn ich sie am Ärmel gezupft hätte.

Ich beeilte mich, nach Hause zu kommen. Regentropfen, einzelne Ahornblätter und eine schmutzige Obsttüte schlugen mir ins Gesicht. Vom Schlafen im Bus hatte ich einen unfreundlichen Belag im Mund, darum machte ich einen Abstecher in den R-Kiosk, um mir Kaugummi zu kaufen. Die Schlange ließ an die Hungerjahre denken, aber ich wagte es nicht, den Rückzug anzutreten, weil sich sofort hinter mir Volk angestaut hatte.

Als ich schließlich bei der Kasse anlangte, fragte mich die Verkäuferin, die wie eine Gymnasiastin aussah, beim Zählen meiner Münzen unbeteiligt: »Wissen Sie, was der Tag der roten Nase ist?« Ich verneinte tonlos. Sie blickte von der Kasse auf und glotzte mir kurz perplex mitten ins Gesicht, wurde rot und sah irgendwie so aus, als hätte sie gerade etwas viel zu Saures oder Scharfes oder sonstwie Starkes schlucken müssen. Und ich sah, wie sie das unbändige Bedürfnis überkam, um Entschuldigung zu bitten, aber so etwas tut man nicht, das versteht auch ein junger Mensch, mit Worten ändert man nichts, was ja doch beide sehen und wissen, und ich konnte ihr unmöglich helfen, da ich keine Vorstellung von diesem verflixten Tag der roten Nase hatte, ich wusste nur, dass meine Nase schlimm aussah und dass sie wehtat und dass ich auch sonst am Boden war.

Da blieb nicht mehr zu tun, als gequälte Danke-und-auf-Wiedersehns zu wechseln und sich durch die Warteschlange in den Regen hinaus zu verdrücken.

III

Zwei Wochen vergingen, dann wurde es richtig ernst. Es gab allerhand an Wetter, Sonne, Wind, Regen, Schneeregen und Nebel, der sich dermaßen in den Hof zwängte, dass einem sogar die Wohnung vollgestopft erschien. Es gab das Herumsitzen zu Hause, die Ausflüge in Geschäfte und auf den Markt, den Nasenschmerz, den Verdruss über die hartnäckig geschwollene und immer düsterere Farben annehmende Nase. Es gab den Tag der roten Nase, der in Geschäften und Kiosken, in Radio und Fernsehen angekündigt wurde, aus dem ich aber immer noch nicht schlau geworden war.

Es kamen sorgenschwere Tage, an denen ich nur an die Unannehmlichkeiten in Kerava dachte, an den schrecklich verunglückten Besuch bei Hätilä und vor allem natürlich an Irja und ihre Familie, ich fragte mich, wie sie wohl zurechtkamen, ob die Lage womöglich völlig verfahren war. Ich hatte mit Irja ein paar SMS getauscht, in denen die heiklen Themen jedoch nicht einmal gestreift wurden, weder die Beurlaubung noch die Nase, vom Wetter war die Rede, und dieses Thema löste bei mir einerseits zwar Erleichterung, andererseits aber auch noch mehr Sorgen aus.

Mit dieser grauenhaften Nase hätte ich ins Krankenhaus oder wenigstens zu irgendeiner Gesundheitsschwester gehen müssen. Ich ging nicht hin, weil sie allem Anschein nach nicht gebrochen war. Ich dachte, mit alten Hausmitteln wird sie schon wieder abschwellen, mit kalten Teebeuteln und emsigem Kaffeetrinken. Dann kam der Tag der roten Nase. Meine Nase stand noch immer in Flammen, und im Radio wurde vom frühen Morgen an dieser verfluchte Nasentag angepriesen, in einem Ausmaß, dass man gar nicht umhinkonnte, wenigstens ungefähr zu kapieren, worum es sich handelte, nämlich um etwas Wohltätiges, ich verstand bloß nicht, um was genau; ich hätte mich ja gern daran beteiligt, aber nirgends wurde präzisiert, wem oder was auf diese Art denn nun geholfen wurde. Ich war auch nicht die Richtige, um es herauszufinden, ich begnügte mich mit schlaffem, stumpfem Unmut, dachte, nun ist der gute alte Hungertag durch diesen verdammten Nasentag ersetzt worden, so ist das heutzutage, nicht mal das Wort Hunger darf man mehr in den Mund nehmen, alles muss immer mit Spaß zu tun haben.

Und als ich alle Schwefelgedanken gedacht hatte, schämte ich mich nur noch. Aber es war schwierig, etwas zu tun, ganz zu schweigen davon, dass es die reinste Selbstfolter gewesen wäre, wenn ich mir eine Clownsnase über den ramponierten Zinken gestülpt hätte, wie es die Gesundnasigen hier und da zu tun schienen. Immerhin hatte jemand in einem früheren Leben mein Riechorgan mal als aristokratisch bezeichnet.

Auch wenn ich mich für noch so krankschreibungsbedürftig hielt, fuhr ich doch einmal nach Kerava. Ich machte mir Sorgen um die Jokipaltios, ich dachte, ich fahr einfach mal hin, um Irja aufzumuntern. Im Treppenhaus überkam mich dann die Hemmung, ich hatte das Gefühl, auf keinen Fall unangemeldet hineinplatzen zu können, es konnte bei ihnen ja Gott weiß was im Schwange sein, und womöglich war Irja einkaufen oder sonstwo und nur ihr Mann daheim – bei dem konnte man nicht wissen, der konnte vielleicht unfreundlich sein. Trotzdem wollte ich wenigstens eine Spur meines Besuchs hinterlassen, ich weiß nicht, warum, irgendwie hatte ich das Gefühl, Irja mitteilen zu wollen, dass sie nicht allein war, dass es auf der Welt noch Mitgefühl gab. In meiner Handtasche fand ich nichts, was auch nur annähernd geeignet gewesen wäre, außer einer alten, an den Ecken schon etwas mürbe gewordenen Postkarte, mein Sohn hatte sie mir im Sommer mal geschickt, keine Ahnung, warum, er war überhaupt nicht so der Postkartenverschicker. »Der Puuhamaa-Vergnügungspark macht Spaß« stand darauf, und als Illustration hatte man kreischende Kinder in verschiedenen Apparaturen und einen überdimensionalen Teddy gewählt. Ins Textfeld auf der Rückseite hatte mein Sohn Augen und einen breit grinsenden Mund gemalt; ich wiederum schrieb etwas hinein: »Alles Gute! Mit herzlichen Urlaubsgrüßen, Irma.«

Noch während ich die Karte durch den Briefschlitz steckte, schien mir das eine gute Idee zu sein, das mit dem Urlaub, ich dachte, das würde erklären, warum ich eine Zeitlang ferngeblieben war. Erst als ich mich draußen an den Baum lehnte, fiel mir die Beurlaubung des Familienoberhauptes ein.

Ich verbot mir, darüber nachzudenken, und fasste dann den Entschluss, ein paar weitere Kundenbesuche zu machen. Bei der ersten Adresse wollte ein krummer Omamensch die Umfragepapiere sehen, die ich mich aber nicht zu zeigen traute; von der zweiten Adresse blieb mir nur die mucksmäuschenstille Zweikindfamilie und das wütende rote Leuchten eines Radioweckers in Erinnerung, der aus irgendeinem Grund die einzige Lichtquelle der Dreizimmerwohnung an diesem grauen Nachmittag war; in der dritten Wohnung blieb es bei einer kurzen Unterhaltung mit einem Mann, der auf dem Wohnzimmerteppich mit wildem Blick seinen Fernseher auseinanderbaute, Mögen Sie Hühnerleber, Pfui Teufel, Ich finde sie gut und billig, Hat Sie jemand gefragt, Na ich muss dann mal weiter, auf Wiedersehen. Nach dem letzten Besuch kehrte ich zur Abwechslung mit dem Zug nach Hause zurück, ich dachte, zumindest davon könnten kleine Abdrücke im Gedächtnis bleiben, aber als ich zum Zug kam, war die Sonne bereits untergegangen und ich sah während der ganzen Fahrt praktisch nichts anderes als mein Spiegelbild im Fenster und den kolossal dicken Mann auf dem Sitz gegenüber, der ständig auf meine Nase schielte und sich auf abstoßende Weise die Lippen leckte, als würde er ein leckeres Erdbeersorbet aus mir herausragen sehen.

Und dann stand eines Tages mein Sohn ohne Vorwarnung vor der Tür. Beim ersten Klingeln fuhr ich automatisch auf, um zu öffnen, aber ich kam nicht weiter als zehn Zentimeter vom Stuhl hoch, weil ich mich plötzlich darin verlor, den schwabbeligen Sonnenfleck anzustarren, der auf der Zeitung vor mir aufgetaucht war, es sah aus, als wäre eine Pfütze gelbe Farbe aufs Papier geklatscht worden. Dann wurde irgendwo ein Fenster knirschend geschlossen, und das Lichtphänomen war ausgemerzt. Es klingelte erneut, aber ich blieb noch eine Weile müde sitzen und dachte, was, wenn vor der Tür so eine Fragerin wie ich steht. Als ich merkte, dass diese Vorstellung absolut nichts frohgemut Schelmisches an sich hatte, wie ich es mir gewünscht hätte, stand ich auf.

Da rief mein Sohn bereits vor der Wohnungstür: »Mach auf, Mama, ich bin's, der hier schreit.« Energisch stieß ich die Tür auf und zog den Jungen herein und fauchte ihn an: »Was schreist du so herum? Herrje, die Nachbarn glauben noch, hier finden zwielichtige Machenschaften statt.« Mein Sohn folgte mir mit angelegten Ohren, soweit das bei deren Ausmaßen möglich war, und stieß abgehackte Bitten um Entschuldigung aus. Innerhalb von zwei Sekunden war ich auf lauwarme Temperatur heruntergekühlt und irgendwie schlaff geworden.

Ich nahm sein rot glühendes, fleischiges Gesicht zwischen die Hände und rubbelte es. Ich wusste, dass er das hasste, und verzichtete deswegen darauf, ihn auch noch liebevoll »mein hässlicher Junge« zu nennen.

»Mama«, sagte er, wobei sein linker Augenwinkel zuckte. »Warum gehst du nicht ans Telefon? Ich hab mir Sorgen gemacht.«

»Willst du einen Kaffee?«

»Hast du gehört, Mama?«

»Ich habe gerade welchen getrunken«, sagte ich. »Aber ich koche frischen«, redete ich rührig weiter und war mit einem Satz an der Spüle, um den feuchten Kaffeesatz in den Mülleimer zu knatschen und Wasser in die Maschine laufen zu lassen. »Und was für ein Quatsch. Von wegen Sorgen gemacht.«

Mein Sohn sah sich mein Herumgefuhrwerke fast ängstlich an und drosch sich mit frustrierten Bewegungen das Kinn oder eher den autoreifenartigen Kehlsack, der unter seinem Kinn hing. Dann seufzte er. Ich bekam ein schlechtes Gewissen, was musste ich ihn auch ärgern, als dürfte er sich keine Sorgen machen, wenn die eigene Mutter auf einmal komisch wird, schwer zu erreichen ist und eine Nase spazieren trägt, die einem Angst einjagen konnte. Per Knopfdruck brachte ich die Kaffeemaschine zum Tröpfeln und per Kopfnicken den Jungen an den Tisch.

Er ließ sich auf einen Stuhl fallen und ich setzte mich ihm gegenüber vor die Zeitung. Energisch raschelte ich mit den Seiten und knüllte dazu mein Gesicht zum Denkknäuel, als hätte ich in dem Blatt unvermutet eine besonders interessante Nachricht entdeckt. In möglichst sorglosem Ton fragte ich: »Worüber glaubst du dir denn Sorgen machen zu müssen, mein armer Junge?«

Er schaute aus dem Fenster und sah nun seinerseits so aus, als wäre er da draußen an allem Möglichen interessiert. Ich wusste aus Erfahrung, dass es dort nichts Aufregendes zu sehen gab, aber natürlich sollte er Gelegenheit zum Zeitgewinn haben, und darum gab ich ihm eine Frist und konzentrierte mich inzwischen auf das unfassbare Buchstaben-Bild-Gestrüpp der aufgeschlagenen Zeitung.

»Warum gehst du nicht ans Telefon?«, fragte er dann erneut, nachdem er die gegenüberliegende Mauer lange genug oberserviert hatte.

»Wenn ich Zeit habe, gehe ich auch ran«, sagte ich und blickte von der Zeitung auf. Mein Sohn zuckte zusammen, als hätte ich ihm mit meiner massiven Nase eins verpasst. »Du weißt doch, dass ich arbeite.«

»Vielleicht wäre es besser gewesen, daheim zu bleiben«, murmelte er ganz leise, es kam fast nur ein Zischeln durch die Zähne. Dann merkte er wohl, dass er einen Hauch zu weit gegangen war, aber anstatt um Entschuldigung zu bitten, vertiefte sich die Röte in seinem Gesicht nur noch. Als ich das Thema lediglich kommentierte, indem ich eine neue autistische Zeitungsseite aufschlug, redete er weiter: »Aber es geht noch immer um dasselbe Thema. Aber was heißt hier Thema, ich meine, mich.«

Dann sog er so viel Luft in die Lungen ein, dass die roten und schwarzen Karos sich auf seinem Hemd blähten wie Blasen auf glühender Lava, und er fuhr mich an: »Mama, ich muss jetzt echt das Auto irgendwo unterbringen.«

Sobald er seine Angelegenheit losgeworden war, erschlafften die aufgeblähten Stellen unter seinem Hemd. Draußen knallte jemand den Mülltonnendeckel mit grollender Wucht zu, ein paar erschrockene Tauben flatterten am Fenster vorbei. Ich sah meinen Sohn an. Er hatte die Augen eines Übeltäters, sie konnten mich nicht anschauen, der Blick schien sich um die blutunterlaufenen Augäpfel zu wickeln. Mit den Fingern wischte er die Schweißbläschen, die sich unter seiner Nase gebildet hatten, weg und trocknete sich anschließend die Hand an der Jeans. Erst jetzt bemerkte ich, dass ihm offenbar mitten beim Rasieren ein Gedanke abgelenkt haben musste: Im rechten Lichteinfall sah man auf der linken Gesichtsseite einen blonden, flaumigen und durch und durch einsamen Schnurrbart sprießen. Keine einzelnen Härchen, sondern einen veritablen halben Schnurrbart. Ich hätte ihn schon gern ein bisschen wegen seiner Nachlässigkeit gerüffelt, aber ich ließ ihn in Ruhe, weil er sowieso schon so gequält aussah.

Ich konnte es aber nicht ändern, seine Machenschaften waren mir nach wie vor suspekt. Und so feuerte mein Mund unvermittelt eine ganze Salve von Fragen ab, von der Sorte, die auch einen Unschuldigen dazu gebracht hätten, sich schuldig zu fühlen. Warum musste der Wagen ausgerechnet mir aufgedrängt werden? Konnte der nicht in Gottes Namen auf irgendeinem Parkplatz stehen? Und was spielte das überhaupt für eine Rolle, wo wollte er überhaupt hin, mein Sohn?

Mit einer Art hölzerner Genugtuung nahm ich zur Kenntnis, dass ich trotz allem, was in letzter Zeit passiert war, noch immer zu vollmütterlichem Einsatz fähig war.

Der Junge brauchte eine Weile, bis er sich gefasst hatte. »Mama«, sagte er dann. »Liebe, gute Mama, ich hab dir doch gesagt, ich muss eine Zeitlang weg, wie oft soll ich dir das noch erklären, es ist bloß was Berufliches, eine gute Gelegenheit, richtig gut.«

»Steckst du in irgendwelchen Schwierigkeiten?«, fragte ich, ohne mich um sein Aufschäumen zu scheren, das sicherlich noch länger angedauert hätte, wenn ihm nicht die Luft ausgegangen wäre. »Nein«, erwiderte er schnell und ein wenig stumpf, und dann setzten wir das Wortgestocher noch ein Weilchen fort: Was soll ich mit einem Auto, Du behältst es, Ach ja, Du behältst es und fährst, So so, Genau.

»Ich will ja nicht gemein sein«, sagte ich dann und fügte hinzu: »Aber jetzt muss ich doch mal fragen, ob man es ständig hätscheln muss oder ob es auch mal eine Zeitlang alleine auf der Straße stehen kann, das erwachsene Auto.« Unvermutet kamen mir die Worte so sarkastisch und mit seltsam bürokratischem Anstrich aus dem Mund, dass ich kurz das Gefühl hatte, ein anderer Mensch hätte sie ausgesprochen, ein garstiger Mann, der sich hinter meinem Rücken verschanzte und mir falsch eingefärbte und fehltemperierte Wörter einsagte.

»Moment mal«, sagte mein Sohn. »Jetzt hörst du mir zu.«

Und dann produzierte er so nachdrückliche und gewichtige Wörter, dass ich stocksteif zuhörte.

»Mama. Ich muss für längere Zeit weg. Im Ernst.«

Ich kam lediglich dazu, »ach ja« zu sagen, da sprach er auch schon irgendwie erhitzt weiter, er könne mich eine Zeitlang nicht ohne Weiteres besuchen, es könnte teuer werden, wenn er die ganze Zeit irgendwo rumstehe, also der Wagen, außerdem falle er dann vielleicht einer Baustelle oder Vandalen zum Opfer oder so, Jugendliche könnten ihm Schaden zufügen oder jemand ihn stehlen. Jemand müsse also aufpassen, dass er nicht abhandenkomme, der arme kleine Wagen, immerhin ein gutes Auto. »Du musst gar nicht selbst damit durch die Gegend cruisen. Es reicht, wenn du ein Auge darauf hast.«

»Aha«, sagte ich.

»Was heißt ein Auge … von selbst fährt es ja nicht weg, aber wenn du eben. Ein bisschen.«

»Du hast dich doch nicht in irgendwas Dubioses hineinziehen lassen?«, fragte ich.

Er verdrehte die Augen und sagte mit noch dünner und brüchiger Stimme: »Bestimmt nicht«, und schaute wieder nach draußen in die klare Luft, die aussah wie Wasser. Das war wohl auch besser so, ich hatte plötzlich das Gefühl, dass ich das Thema wechseln musste, und zwar schnell. Eine Mutter brauchte keine Einzelheiten zu wissen, eine Mutter durfte sich auch ungenaue Sorgen machen.

»Du bist ein guter Junge«, sagte ich und dachte, dass ich in letzter Zeit häufiger als früher so etwas von mir gab, wieso eigentlich? Andererseits war ich auch überraschend oft und auf ganz ungewohnte Art ins Sticheln verfallen.

»Ja, ja, ich weiß«, sagte er, wenn nicht gerade überdrüssig, so doch zumindest irgendwie gedämpft. Ein paar leidende und erlittene Falten frästen sich in seine Wangen. Plötzlich wurde mir klar, dass er kein Teenager mehr war.

»Wie geht's dir denn so?«, fragte ich.

»Ganz gut, allerdings müsste das mit dem Auto jetzt relativ schnell erledigt werden.«

»Schön. Und wie geht's Rosmarie?«

»Wem?«, fragte er, nun völlig abwesend.

»Ach so«, sagte ich und murmelte, der Name hätte sich sowieso mehr nach einem Gewürz als nach einer lebenden Person angehört.

»Äh, was?«, fragte mein Sohn und kratzte sich den einsamen Schnurrbartstumpf. Durch die Briefklappe kam ein Stoß gewerbliche Informationen geflattert, zwei Mal die Woche um die gleiche Zeit fielen sie mir in die Diele, es war ein bestimmt schon sechzigjähriger Mann, der wie ein depressiver Pfadfinder aussah und mit seiner aufgequollenen Resignation als Jesuszettelverteiler ungleich effektiver gewesen wäre. Durch das Rauschen meines Blutes und den rasselnden Atem meines Sohnes hindurch hörte ich, wie er im Treppenhaus seufzte, nachdem er ein weiteres Blatt mit unfassbar in die Länge gezogener Mühe durch den Briefschlitz geschoben hatte.

Als mein Sohn sich räusperte, fuhr ich zusammen und fragte nun meinerseits »äh, was«, worauf er etwas Fragenartiges bölkte, und nach einer kurzen Stille kam es dann wieder zu einem halb stichelnden, na, Halbgefecht, Also was jetzt, Ich war in Gedanken, Also ich hatte gefragt also was jetzt, Stimmt das hast du jetzt schon zwei Mal gesagt, Das heißt genau genommen habe ich äh was gefragt, Das war jetzt schon die Verdreifachung, Aha, Genau, Aber warum, Was warum, Na ich weiß ja nicht aber nimmst du jetzt das Auto oder nicht, Nein, Verdammte Scheiße, Du brauchst in meiner Gegenwart keine Kraftausdrücke zu benutzen, Ja ja, Genau, Habe ich mich denn nicht deutlich genug ausgedrückt, Ehrlich gesagt nicht besonders, Was, Deutlich, So langsam fange ich an, Ja,

Fange ich an ein bisschen Probleme zu kriegen, Ach ja, Würdest du mir jetzt einfach mal sagen ob du das Auto nimmst oder nicht.

»Also gut, ich nehme es, verflixt noch mal«, sagte ich. »Kannst du nicht mal eine andere Platte auflegen?« Dann schweifte ich auch schon wieder vollkommen selig ab und fragte: »Also wie geht's dir denn?«

»Das hast du mich schon gefragt«, antwortete er patzig.

»Dann habe ich sicher die Antwort nicht gehört.«

»So, so«, sagte er und fing an zu erzählen.

Er erzählte mir tatsächlich etwas, hauptsächlich Lügen, schien mir, aber ich hatte keine Lust, sie zu durchleuchten. Ich hörte mir die ganze wirre, irgendwie unangenehm detaillierte und deshalb durchdacht klingende Story an, von diversen Quartierwechseln, zwei Freundinnen, von denen keine bereit war, sich fest zu binden, von Arbeit, die es angeblich so reichlich und in verschiedenen Bereichen gab, dass er sie kaum schaffte. Auch von zwei Freunden gab es einiges zu berichten, allem Anschein nach waren sie ganz groß im Organisieren, aber als mein Sohn dann dazu überging, all deren wahnsinnig tolle Systeme, wie er es ausdrückte, aufzuzählen, verfiel ich in taubstummes Glotzen, bei dem ich mich quasi langsam entfernte. Zuerst schaute ich auf die in der Hofecke in ihrem Brettergefängnis zitternde Geranie und glitt dann plötzlich in gedankliche Landschaftsbildung ab, zur Töölö-Bucht und über ihre wie maschinengebohnert wirkende Wasserfläche, zur Bahnlinie und dieser entlang nach Malmi, Korso und Kerava; und als ich schließlich dort ankam, rieselte so viel Schmerzliches ins Bild, dass ich mich mit einem Ruck wieder in die wirkliche Welt zurückbegeben musste, wo mein Sohn immer noch mit seiner inzwischen zum Nuscheln erschlafften Erklärung beschäftigt war.

»Mein Kumpel meint auch, es wäre furchtbare Verschwendung, so ein gutes Fahrzeug zu entsorgen, der Austauschmotor und die Reifen sind auch noch ganz okay.«

»Was? Wer?«

Mein Sohn sah mich müde an und sagte: »Komm, wir gehen uns jetzt das Auto angucken.« Dann setzte er sich die Mütze auf, es war schwer zu sagen, woher die so plötzlich aufgetaucht war; als er kam, hatte er meiner Meinung nach keine getragen, aber vielleicht lag das daran, dass sie komischerweise genau die gleiche Farbe hatte wie seine Haare.

»Was?«, fragte ich wieder.

»Gehen wir jetzt das Auto angucken.«

»Was?«

»Gehen wir jetzt das Auto angucken«, sagte er, diesmal quasi in den Großbuchstaben eines erwachsenen Menschen, sodass es mir, wenn es nicht mein eigener Sohn gewesen wäre, wahrscheinlich die Nackenhaare aufgestellt hätte, wie in einem miesen Roman. Ich sah ihn an, er stand als rötliche, weiche Skulptur vor mir. Ich schaute nach draußen, auf das Fenster gegenüber, wo die Ingenieursfrau gerade mit operettenhaft ausladender Geste die Vorhänge zuzog, was bedeutete, dass sie vermutlich schon eine Weile spioniert hatte.

Dann sah ich wieder meinen Sohn an. Aus seinem Leben wurde ich nicht schlau, aber ich merkte, dass er nervös war. Seine von schmutzig-weißen Turnschuhen zusammengepressten Füße kneteten den Fußboden und wirkten irgendwie schmal.

Man musste ihm helfen.

Da ging er hin, mein Sohn, im Schlenkerschritt am Ufer entlang, inmitten der inzwischen schwarz-weißen Stadtlandschaft schrumpfte er zu einem rötlichen Punkt und verschwand schließlich in der Öffnung, die man ins fassartige Runde Haus gesägt hatte. Schwer zu sagen, ob ich ihm nun wirklich geholfen hatte, mir selbst hatte ich garantiert keinen Gefallen getan.

Ich stand eine Weile zwischen der noch immer auf ihre Eisdecke wartenden, fettig aussehenden Bucht und der hässlichen, alten, kastenförmigen Rostlaube und versuchte eine Erklärung für all das zu finden. Ich wurde nicht fündig. Irgendwie war ich einfach so schnell und gedankenlos hinter meinem Sohn zu dem Auto gehektikt, dass es mir jetzt schwerfiel, etwas anderes zu tun, als auf den grauen, allmählich aufschäumenden Himmel zu starren und mit müden Bewegungen die melancholisch klimpernden Autoschlüssel in der hohlen Hand hüpfen zu lassen.

Dann ging ich los.

Ich überquerte die Straße, hackte den Code in die Tastatur, gelangte, begleitet von einem barschen Schnarren, ins Haus, ich ging heim, einfach so, schlicht und einfach, rannte die ausgetretene Steintreppe hinauf und ging heim, was wollte ich dort, nichts, ich setzte mich auf einen Stuhl, die Schuhe noch an, begriff, dass ich die Schuhe noch anhatte, riss sie mir von den Füßen und zog sie wieder an, vergaß die Schuhe, betrachtete mein Heim, das war immer eine sichere Sache, das eigene Heim zu betrachten, ich setzte mich auf den besten Platz, an den Tisch, von da aus sah ich beide Fenster, es war hell, eigentlich schön, ja, alles leuchtete, alles war in bester Ordnung, das eigene Leben auch, in bester Ordnung, und als ich dann auch noch das Radio einschaltete und den Seewetterbericht hörte, da kamen Körper und Geist zur Ruhe, was hatte das nur an sich, das Seewetter, dass es immer irgendwie beruhigte, man hatte das Gefühl, mit der Welt auf du und du zu sein, gerade so als wäre unsereiner jemals in Berührung mit der Seefahrt gewesen.

Die Inseln – Kuuskajaskari, Kylmäpihlaja, Nahkiainen, Valassaari – glitten vor meinem inneren Auge vorüber und verschwanden im Nebel. Ich saß noch eine Weile da und starrte auf die weißen Tassen, die auf der roten Wachstuchtischdecke stehen geblieben waren, zwei fettige Kaffeeaugen glotzten zurück, dann sprang ich mit einem besonders schnellen Ruck auf und war im nächsten Moment im Treppenhaus, im Hof, in der Einfahrt, auf der Straße, auf zermatschten Lindenblättern, auf dem Zebrastreifen, einen Block weiter, wieder auf einem Zebrastreifen, an einer Ampel, in Hakaniemi. Und nachdem ich das zänkische Gerangel auf der Hämeentie mit einigermaßen heiler Haut überstanden hatte, fand ich mich auch schon auf dem Markt wieder, beim orange flatternden Zeltstoff der Stände, im lauen Kreuzfeuer der rufenden Händler, im Geruchsspektrum von Buden und Passanten, so zügig war ich gegangen. Und plötzlich stand ich an der Ecke Viherniemenkatu, starrte einer Gurken abwiegenden Anorakfrau im Eckladen direkt in die Augen und kam erst wieder zu mir, als sie vor meinem Idiotenglotzen sichtlich verängstigt zwischen die Regale floh.

Auf dem Weg zu Virtanens grünem Haus riss eine Windbö auch die letzten Blätter aus den rechteckig gestutzten Linden. An der Haustür klingelte ich ohne nachzudenken und trat gleich darauf ins warme Treppenhaus, wo ein türkis angemalter Heizkörper vor sich hin rauschte und gluckerte und mich mit einer kleinen Welle heißer Luft anhauchte, als ich daran vorbeiging.

Den Fahrstuhl brauchte ich nicht. Die filmreife Sekretärin und die riesige Laune der Natur in den oberen Stockwerken durften diesmal unter sich bleiben.

Ich ging flatschend die paar Stockwerke zu Fuß, tatsächlich flatschend, denn ich trug die Vernunftschuhe, weiße Turnschuhe. Umstandslos klingelte ich bei Virtanen. Laut und geradezu flüssig schwappte das Geräusch an der Wand. Ich konnte gerade noch erschrecken, aber in die Luft springen konnte ich nicht mehr, denn da ging die Tür bereits einen Spaltbreit auf.

»Hallo«, flüsterte es schmal aus dem Spalt. Im trüben Halbdunkel war ein feuchtes Auge zu sehen.

»Hallo«, sagte ich.

»Hallo«, flüsterte das Auge und zuckte. »Wer ist da?«

»Ich bin's nur, Irma.«

Das Auge, das Virtanens Grabesstimme hatte, schwieg eine Weile und sah so aus, als hinge es an einem schwarzen Stück Stoff. Hinter meinem Rücken bestellte jemand den Lift in die oberen Etagen und verursachte einen kalten Schauer aus dem Hinterhalt.

»Irma von der Umfrageforschung«, sagte ich schließlich, da

Virtanens Auge keine weiterführende Kommunikation zustande zu bringen schien. Er erinnerte sich wahrscheinlich einfach nicht mehr daran, dass ich schon mal bei ihm gewesen war.

»Ach ja«, sagte er kurz darauf dann doch und öffnete die Tür, worauf ich ihn komplett vor mir sah. Er trug lange schwarze Unterhosen und ein graues, übergroßes T-Shirt, das seinen Bauch vermutlich umfangreicher aussehen ließ, als er war. Alles in allem machte er den Eindruck, als hätte er einen vereinbarten Termin vergessen.

Auf seine bibbernde Art bat er mich herein. Im eigentlichen Wohnraum hatte sich seit meinem letzten Besuch nicht viel verändert, außer dass vielleicht eine neue Schicht aus allerhand bräunlichen Überresten des Lebens die Flächen bedeckte. Ich blieb mitten im Raum vor der Couch stehen und wagte es nicht, mich zu setzen, sie sah noch einsturzgefährdeter aus als neulich, als warte sie bloß auf ihren letzten Sitzer, um sich von der irdischen Mühsal verabschieden und fortan mit vier gesunden Beinen auf den grünen Wiesen des Sofahimmels umhertollen zu können. Virtanen buckelte an mir vorbei und bedeutete mir ansatzweise, am Tisch Platz zu nehmen. Er zog eine Geruchsschleppe aus altem Alkohol und Penizillin hinter sich her.

»Ja, also«, sagte er, sobald er selbst saß, und machte seinen Kopf durch mehrmaliges Schütteln einigermaßen funktionstüchtig. Seine stoppeligen Backen schwabbelten. »Tschuldigung, dass ich, dass ich. Ich bin ein bisschen krank. Wir hatten, glaube ich, noch ein paar Fragen offen.«

»Eigentlich nicht«, sagte ich.

Er sah mich so entsetzt an, wie es nur ein Mann mittleren

Alters kann, der einen Kater hat und sich vor bösen Überraschungen fürchtet. Graues Nachmittagslicht stach durchs Fenster, es war so scharfkantig, dass es regelrecht metallisch schmeckte. Auch gedämpftes Rumpeln drang durch die Scheibe, weil auf dem Marktplatz der Müll zusammengeschoben wurde. Ich saß da und erwiderte Virtanens Blick und wunderte mich über die irgendwie unfreundliche Wortkargheit, die ich neuerdings kultivierte, eigentlich seit dem einen langen Tag, an dem ich bei den Hätiläs und danach bei den gequält wirkenden Jokipaltios gewesen war. Jetzt sehnte ich mich nach Wärme und Sicherheit, und wie es aussah, setzte ich dabei ausgerechnet auf den Gerümpelhaufen bei Virtanen. Abweisend wollte ich auf keinen Fall wirken.

Nach einer Weile gab Virtanen ein Aha von sich und machte den Eindruck, als würde er es nicht wagen, weitere Fragen zu stellen. Ich meinerseits konnte ebenso wenig fragen oder sagen, mir schienen die Zähne zusammengeschmolzen zu sein. Ich atmete pfeifend heiße Luft durch die Nase ein und aus und befingerte und fältelte einen Kassenbon, den ich vom Tisch gepflückt hatte. Als ich ihn auf Stecknadelkopfgröße zusammengeknüllt hatte, faltete ich ihn wieder auseinander. Die Liste der Einkäufe war flüssiger Natur: ein Sechserpack Bier, verfallsdatumsreduzierter Joghurt und ein Liter Rohrreiniger. Da erwachte sogleich die hoffnungsfrohe Gewissheit, dass der arme Mann wenigstens Letzteren nicht die Kehle heruntergespült hatte.

»Ja, eigentlich weiß ich gar nicht«, sagte ich dann. Zwar hätte ich gern eine Kulisse aufgestellt und überhaupt alles schön zusammengehalten, aber gleichzeitig hatte ich Lust, einfach nur ehrlich zu sein; mir schien, dass man vor Virtanen nicht unbedingt Angst haben musste. »Ich weiß übrigens selber nicht«, redete ich weiter und starrte auf die Tischplatte, wo die klebrigen Spuren von Flaschenböden immer mehr wie olympische Ringe aussahen. »Ich wollte heimgehen. Bin dann auch heimgegangen. Und dann doch hierhergekommen.«

Er sah mich mit seinen mitfühlenden, halb betrunkenen Kuhaugen an und sagte verdattert: »Ach.«

»Eigentlich hab ich nicht mal irgendwelche Unterlagen dabei.«

»Äh, Unterlagen?«

»Weißt du überhaupt noch, wer ich bin?«

Er baggerte in seinen vor Schmutz verschieferten Haaren. Schuppen rieselten ihm auf die Schultern. »Doch, schon«, sagte er dann abrupt. »Es ist doch nichts Schlimmes oder so passiert?«

Einen Moment lang tanzte ein diffuser Gedankenkreis in meinem Kopf Polka. Beteiligt waren Einschätzung, Abwägung, Angst und Hoffnung, und hinein passte auch die linde Genugtuung, dass er immerhin nicht gefragt hatte, ob alles okay war mit mir, und gleichzeitig wusste ich, dass er, Virtanen, doch irgendwie mich meinte. »Genau«, sagte ich. »Ja. Das heißt nein. Also nein.«

Nichts an Virtanens Gestalt regte sich, aber irgendwie merkte man, dass er wartete.

»Ich weiß eigentlich nicht«, sagte ich und fügte hastig hinzu: »Mein Sohn hat mir ein Auto gebracht.« Es war schwer zu sagen, warum von allen Dingen auf der Welt nun ausgerechnet das aufs Tapet gezerrt werden musste, aber mir fiel nichts anderes ein, irgendetwas bedrückte mich, und das hatte auf irritierend ungeordnete Weise mit Irja und ihrem Mann zu tun, unmöglich zu sagen, woher plötzlich die Sorge um Leute kam, die man kaum kannte, aber es bereitete mir trotzdem Sorgen, das ganze Kerava, diffuse schwarze Staubschwaden waberten mir im Kopf herum, schlimme Vorahnungen. Unmöglich, davon so zu erzählen, dass der andere es verstand.

»So, so«, sagte Virtanen. »Aber das ist doch eigentlich gut, oder?«

»Was?«, fragte ich. Für einen Moment fürchtete ich, laut gedacht zu haben.

»Na, das Auto. Dass ein Auto da ist. Dass man ein bisschen was von einem Auto hat.«

Er klang ganz nach dem Jungen, dieser Virtanen, also nach meinem Jungen, nicht nach einem kleinen Jungen wie bei meinem letzten Besuch, und schon wälzte ich im Kopf wieder allerlei Verdächtigungen, dachte dann aber, dass sie sich einfach wie Männer anhören, die Männer. »Mhm«, sagte ich, »ich weiß bloß überhaupt nicht, was ich damit soll.«

»Mhm«, sagte Virtanen und kratzte sich den Bauch. »Man könnte damit vielleicht ein bisschen rumfahren.«

»Mhm, natürlich.«

»Also, ich versuch jetzt bloß so ein bisschen Smalltalk zu machen«, sagte er schüchtern. »Oder. Ich weiß nicht, ob es das ist, na ja, irgendwas halt, man muss ja reden. Irgendwas. Aber es schadet doch sicher auch nichts, das Auto, meine ich.«

Ich brummte zur Bestätigung ein Mhm, es ging mir allmählich selbst auf die Nerven, das ewige Mhm, irgendwie war das jetzt eingerissen, obwohl ich gerade diese unfreundliche Abgehacktheit vermeiden wollte. Man verschaffte sich damit natürlich immerhin eine Sekunde Bedenkzeit, mit so einem Mhm, ich wusste bloß nicht, was ich hätte bedenken sollen.

Ich fühlte mich nur irgendwie komisch. Dann redete ich aber doch weiter, sagte, man hätte halt gleich das Gefühl, dass sie einem nichts als Sorgen machte, so eine Karre, und dabei wisse ich eigentlich nicht mal, wo ich damit überhaupt hinfahren solle.

»Auch wieder wahr«, sagte Virtanen zerstreut, stand auf, streckte sich zum Kühlschrank und angelte sich eine hellblaue Dose mit fertiger Gin-Tonic-Mischung aus der Tür. »Das stört doch nicht, oder?«, fragte er kurz, knackste dabei aber schon die Büchse auf, führte sie schlackernd an die aufgesprungenen Lippen und ließ die Flüssigkeit in die Kehle rinnen.

»Überhaupt nicht«, sagte ich.

Dann kam plötzlich etwas aus seinem Mund, das wie »glägr« klang, vermutlich versuchte er es anders zu formulieren, hatte aber Flüssigkeit in der Kehle. Er gurgelte eine Zeitlang vor sich hin, fing dann an zu husten und zu keuchen, schaffte es aber schließlich, die Gin-Tonic-Mischung in den Magen zu befördern, und sprach dann schlagartig mit wunder Stimme: »Entschuldigung, ist mir in die falsche Röhre geraten. Das Getränk hier. Was wollte ich sagen, ach ja, hast du eine Erlaubnis?«

»Hä?«, machte ich. Auf einmal kam es mir vor, als würde mich ein Behördenvertreter arglistig mit unverständlichen Ausdrücken verhören, was natürlich in ziemlich traurigem Widerspruch zu der Tatsache stand, dass ich ja gekommen war, um eine Art Zuflucht zu suchen, bei Virtanen, unter allen Menschen auf der ganzen Welt ausgerechnet bei Virtanen.

»Anwohner!«, juchzte er plötzlich und angesichts seiner ramponierten Erscheinung uncharakteristisch schwungvoll. Er stand noch immer vor dem Kühlschrank und sah auf schwachsinnige Art begeistert aus. Mein Grauen wurde stärker, ich kapierte immer weniger und wimmerte »Entschuldigung«. Auf Anhieb war schwer zu sagen, ob ich damit wirklich um Entschuldigung bat oder doch eher um ein Aufklärung.

»Anwohner!«, rief er jedoch erneut. »Anwohnerparken! Anwohnerparkerlaubnis! Schein!«

»Alles klar«, sagte ich ein bisschen so, als wollte ich einen Durchgedrehten, der ein Gewehr im Anschlag hielt, besänftigen.

»Anwohnerparkerlaubnisschein!«

Endlich begriff ich, was er meinte, zumindest teilweise, und auch in Virtanens Hirn schien etwas anzukommen. Vielleicht wurde ihm bewusst, dass er sich ein bisschen übertrieben laut geäußert hatte, wer konnte das wissen, jedenfalls sah er ziemlich schnell so aus, als hätte sich in seinem Inneren eine Feder gelockert, und so fing er dann an zu erklären, sagte, gute Frau du kannst das nicht einfach so da stehen lassen da kriegst du ein Knöllchen, Was für ein Knöllchen, Na ein Knöllchen eben, ein Bußgeld wegen Falschparkens, Aha, Du brauchst einen Erlaubnisschein, Mhm, Einen Anwohnerparkerlaubnisschein, Wo krieg ich so was denn her, Das will ich ja die ganze Zeit sagen ich hab nämlich einen, Ach so, Hier beziehungweise da, Ach so, Weil ich hab nämlich ein Auto, Aha, Das heißt ich hatte eins, Mhm, Jetzt hab ich keins mehr weil es mir weggenommen worden ist, Du Ärmster, Aber den Schein hab ich noch, Den Anwohnerparkerlaubnisschein, Ich hab ihn rechtzeitig rausgenommen weil ich irgendwie schon geahnt hab dass sie kommen werden, Sie, Das heißt er, Das verstehe ich jetzt nicht so ganz, Na der GV, Das verstehe ich jetzt auch wieder nicht so ganz, Na der Gerichtsvollzieher beziehungsweise eine Vollzieherin war es ja, Aha, Die hat es vor zwei Wochen mitgenommen, So was, Aber der Schein ist noch bis Ende des Jahres gültig, Ach du Ärmster, Nee ich meine du kriegst den Schein, Das ist lieb von dir, Ich kann damit ja nichts anfangen, Stimmt, Der liegt hier irgendwo ich muss bloß ein bisschen suchen.

Und mochte er seine Suchbereitschaft auch noch so beteuern, er musste doch sitzen bleiben und einen Schluck nehmen, aber nach zehn Sekunden Geschnaufe war er anscheinend doch tatkräftig genug, um aufzustehen und in den Flur zu gehen, um dort zu wühlen und zu rascheln. Ich blieb am Tisch sitzen und nahm die eigenartige Wärme wahr, es bereitete mir gute Laune, dass er mir helfen wollte, und endlich war sie kurz da, zwischen all den bösen Ahnungen, die Zuflucht, nach der ich mich als Gegengewicht zu all den Unannehmlichkeiten in Kerava gesehnt hatte. Ich blickte über den Tisch hinweg in die Kochnische, wo sich ein hartnäckiger Berg aus nicht zusammenpassendem Geschirr allem nachlässigen Stapeln zum Trotz so kompakt erhob, dass es schon wieder etwas Imposantes an sich hatte. Plötzlich geriet der Stapel in Bewegung, ich dachte schon, ich hätte ihn allein durch meinen Blick zum Erzittern gebracht, dabei war der wahre Grund vermutlich die Kiste, die Virtanen im Flur auf den Fußboden krachen ließ. Jedenfalls geriet der auf einem Fundament aus mehreren Tellern findig errichtete Turm bedrohlich ins Wanken und entsandte einen Schwarm Fruchtfliegen, was prompt das Gefühl auslöste, etwas mitansehen zu müssen, dessen Beobachtung oder Beurteilung absolut nicht zu meinen Aufgaben gehörte.

Ich spähte aus dem Fenster. Auch draußen passierte nichts Besonderes, die großen alten Ahornbäume standen schwarz und trist da, wo sie hingehörten, nur noch vereinzelte Blattreste an den Zweigen. Im Haus gegenüber ging ein Fenster auf und eine Frau, die ihren Kopf mit einem Tuch schützte, tauchte auf sowie eine winkende Hand, von der man unmöglich sagen konnte, ob ihre Bewegungsabfolge jemanden einladen oder verscheuchen sollte. Auf dem Rasen stand ein kleiner Junge, von dessen tüchtig gerecktem Mittelfinger man ebenso schwer sagen konnte, ob er der zum Essen rufenden Mutter oder einer fremden, zeternden Tante galt.

Da es beim Hausherrn noch zu dauern schien, schlug ich die Zeitung auf, die zuoberst auf dem Tisch lag, und blätterte zerstreut ein paar Seiten um. Und da stand es.

Da stand es, in der Zeitung, auf der Seite, es, unmöglich anders zu fassen als mit dem Wort »es«, Es, das Schreckliche, das schreckliche Etwas, das innerhalb eines winzigen Augenblicks alles irgendwie zum Einstürzen zu bringen drohte.

Ich starrte auf die Seite, auf die Zeichen, die dort standen. Sie glitten aufeinander zu und bildeten etwas Schwarzes und Gefährliches, etwas Großes, sich quälend langsam Aufhäufendes, das dann zu einem düsteren, kalten gewundenen Turm wurde und Augen, Mund, Nasenlöchern, Ohren und Verstehorgan entgegenwuchs. Unter der Baskenmütze, die abzulegen ich vergessen hatte, fing es an zu brodeln und etwas Feuchtes, Heißes sickerte zum Haaransatz. Die Schuhsohlen machten wilde Skilaufgeräusche unter dem Stuhl.

»Wo hast du das her?«, muckste ich, als mir gegenüber eine nebelhafte Menschenform am Tisch niedersank, die eine Art Zettel in der Hand schwenkte.

»Was denn?«, fragte Virtanen.

»Das hier.« Meine Stimme klang gewürgt, zermalmt, vom

wenige Zentimeter tiefer lauernden Weinen gewässert, aber durch all den Horror auch irgendwie ernst. Ich nahm die Zeitung mit beiden Händen vom Tisch, knüllte und schüttelte sie, als könnte ich so alle Buchstaben zu dem Dreck auf den Fußboden rieseln lassen.

»Ach das«, sagte der Mann erschrocken mit dünn gewordener Stimme. »Meine Schwester war heute Morgen hier, die wohnt da. In Kerava. Was ist auf einmal los mit dir? Was ist damit? Mit der Zeitung?«

»Ich muss gehen«, flüsterte ich.

Trotz meines taubblinden Hastens gelangte ich wohlbehalten über die Zebrastreifen, Fahrbahnen, Straßenbahnschienen und durch die Menschenunmenge und schaffte es zum Sparkassenufer. Dabei registrierte ich, dass im Runden Haus auf einen Schlag die Lichter in einem ganzen Stockwerk ausgingen. Die Busse erzeugten Windstöße, welche mir Blätter und Abfall entgegenwirbelten, die Leute starrten mich an, was man ihnen nicht vorwerfen konnte, es ist sicher schwer, nicht hinzugucken, wenn eine weibliche Person mit ramponierter Nase wie ein durchgegangenes Pferd über die Straße galoppiert und dabei eine zerknüllte Zeitung umarmt.

Vor dem Tor erstarrte ich kurz, auch wenn die Beine noch immer ihre hastige Bewegung fortsetzten. Es sah wahrscheinlich aus, als litte ich unter monumentalem Harndrang. Ein abgelegener Winkel in meiner Denk- und Fühlmaschinerie befahl mir, nach Hause zu eilen, unter die Decke zu kriechen, die Finger in die Ohren zu stecken und zu heulen. Gleichzeitig wurde an einem anderen Ende gerufen, lauf weiter, gute Frau, lauf weiter.

Etwas musste ich tun. Aber als ich dann etwas tat, nämlich den Türcode in das Kästchen neben dem Tor eintippte, rutschte mir die Zeitung unter der Achsel heraus, fiel auf die Erde und ging genau an der richtigen, also an der falschen Stelle auf.

Falsche Marktforscherin in Kerava unterwegs

In den letzten Tagen sind bei der Polizei in Kerava Meldungen von Bürgern eingegangen, die Opfer einer vorgetäuschten Marktforschung wurden.

Unter dem Vorwand, eine Haushaltsbefragung durchzuführen, klingelte die Frau an den Türen von Privatwohnungen. Die Polizei betont, dass derzeit kein Marktforschungsinstitut Erhebungen in Kerava und Umgebung durchführt.

Die Motive der Fragerin sind vorläufig unklar. Die Frau wird als mittelgroß und mittleren Alters beschrieben. In den Wohnungen hat sie sich, soweit bekannt, korrekt verhalten, und es ist nichts gestohlen worden. Dennoch werden alle Personen, die etwas über die Frau wissen, gebeten, sich mit der Polizei in Kerava in Verbindung zu setzen.

Schocksteif und zugleich krumm gebogen starrte ich auf die Zeitung. Ein Windstoß blätterte die Seiten von rechts nach links.

Ich hob die Zeitung auf, klemmte sie wieder unter den Arm und eilte über die Straße zum Auto. Schlotternd kramte ich den Schlüssel aus der Handtasche und stocherte damit gegen das Schloss. Beim ersten Mal traf ich daneben, worauf strahlenförmige Kratzer auf dem moosgrünen Blech entstanden, und auch wenn diese an der vom Rost geschändeten Kiste keinen nennenswerten Schaden anrichteten, so verursachte das metallische Kratzgeräusch doch einen schneidenden Schmerz in meinen Zähnen, wie von einer Gabel, die absichtlich quietschend über einen Teller gezogen wird. Als ich endlich den Schlüssel ins Schloss gemurkst hatte, ließ er sich in keine Richtung drehen, und erst nachdem ich in meiner Nervosität eine Zeitlang gegen das Fenster gehämmert hatte, kam ich auf die Idee, um das Auto herumzugehen und an der blauen Tür einzusteigen.

Mit der Handtasche und der Zeitung unterm Arm ließ ich mich auf den Beifahrersitz fallen. Die Tür klappte müde zu und dann hörte man einige Zeit lediglich ein irgendwie gelangweiltes, aus dem Schlaf gerissenes Knarren im Bodenbereich des Fahrzeugs. Die Stadt ringsum war zu sehen, aber nicht zu hören. Es dauerte einen Moment, bis mir klar wurde, dass sich das kleine Auto trotz der gefühlten Stille rasch mit Rasselatem und Herzhämmern füllte. Dann sprang in der Bucht lärmend ein Boot an, und kurz darauf teilte ein kleiner Außenborder die glatte Wasseroberfläche und fuhr in Richtung offenes Meer, als wollte es vor dem Eis fliehen.

Dann fiel mir die grässliche Zeitung wieder ins Auge und löste einen kraftlosen Rappel aus, von dem sich unmöglich sagen ließ, ob es nun Hass oder Verzweiflung oder sonst was war. Ich versuchte die Zeitung auf den Boden zu schleudern, aber der Fußraum war so eng, dass das Blatt auf meinem Schoß liegen blieb. Dort zerdrückte ich sie ein bisschen. Vor der Windschutzscheibe, durch die sich ein Sprung zog, tauchte ein Mann mit Mütze auf, der, seinem schadensdurstigen Blick nach zu schließen, gern stehen geblieben wäre, um noch ein bisschen zu gaffen, aber zum Glück besaß die Kreatur, die er an der Leine führte, einen stärkeren Willen als er.

Ich konnte nichts tun, ich konnte nichts tun, ich konnte nichts tun. Ich musste etwas tun. Ich musste. Natürlich konnte ich nicht ganz Kerava von der Zeitung befreien, aber Irja durfte ich sie nicht lesen lassen, nein, auf keinen Fall, wo doch ihr Mann beurlaubt war, ihr durfte nicht noch mehr aufgebürdet werden, nein, das wäre zu viel, wenn sie plötzlich erführe, dass eine, nun ja, Schwindlerin bei ihnen ihr Unwesen getrieben hat. Durch so etwas fühlte man sich schutzlos, wo doch ohnehin schon genug Unsicherheit bei ihnen herrschte. Und Streit. Was, wenn der Mann Irja das alles zum Vorwurf machte? Dass sie alles zwielichtige Volk der Welt bei sich bemutterte?

Nein, das konnte man ihnen nicht antun. Ich schlängelte mich auf den Fahrersitz und in meiner Not gerieten dabei die fehlenden zwanzig Jahre Fahrpraxis wie auch meine ziemlich verkehrssicherheitswidrige Erregung in Vergessenheit, mir fiel nicht einmal der schnurrbärtige Fahrlehrer von anno dazumal ein, der in einem fort vorm Fahren in betrunkenem wie in erregtem Zustand gewarnt und nie vergessen hatte zu betonen, das gilt besonders für euch Mädels, weil ihr Frauen euch so leicht aufregt. Auf jeden Fall hatte ich nun an eine Menge anderer Dinge zu denken als an alle möglichen verschwommenen Jugenderinnerungen, und fürs Erste beanspruchte natürlich besonders das Rutschen von einem Sitz zum anderen die Aufmerksamkeit, weil es in Mantel und Rock alles andere als leicht vonstattenging; der kapitale Wuchtungsvorgang erinnerte mich an ein Kinderbuch, aus dem ich meinem Sohn vor vielen Jahren vorgelesen hatte, und an die Wesen darin, die am Rücken aufgezogen wurden, was waren das noch für welche, irgendwelche Barbapapas wohl; in dem engen Auto schien jede Richtung ihren Tribut zu fordern, und schließlich blieb der Mantelschoß an der Handbremse hängen, sodass ich eine Zeitlang zwischen den Sitzen zappelte, ein Bein hier, ein Bein dort; und als ich mich dann endlich auf den Fahrersitz gehievt hatte, glotzte mich von draußen schon wieder irgendein bemütztes Wesen an.

Problemlos war auch die Fortsetzung nicht. Als ich den Schlüssel im Zündschloss hatte und drehte, schoss die Kiste plötzlich vorwärts und prallte mit gemeinem Geräusch gegen den Bordstein. Ich kam auf die Idee, den Gang herauszunehmen und es noch einmal zu versuchen, aber diesmal stieß der Motor bloß ein spastisches Keuchen aus, wie ein furchtbar lauter Katzenhusten. Ich drehte den Schlüssel noch einmal. Das arme Auto schaukelte einen Moment vor und zurück und auch zur Seite und gab deutlich sein Bestes, aber die einzige konkrete Wirkung schien darin zu bestehen, dass mir die Augen im Kopf hin und her hüpften.

Beim fünften Versuch sprang das Ding endlich an. Ich rammte den Rückwärtsgang rein, trat aufs Gas und versuchte etwas Vernünftiges mit der Kupplung anzustellen. In meiner Nervosität zappelte jedoch der Fuß und das Auto schoss zurück, ging aus und gab so etwas wie einen Seufzer von sich. Im Rückspiegel huschte ein faustschwingender Fahrradfahrer vorbei.

Ich brachte das Auto erneut in Gang und fuhr los. Auch das war natürlich nicht ganz einfach. Das Runde Haus näherte sich mit furchtbarer Geschwindigkeit, das Auto schien darauf zuzustreben und sich zugleich dagegen zu sträuben, das hatte sowohl mit dem Fahrzeug als auch mit seiner Benutzerin zu tun, ich fand mit Gängen, Kupplung und Gas einfach nicht den richtigen Rhythmus, und das Auto seinerseits schüttelte sich fast jedes Mal wie in einem Hustenanfall, wenn ich versuchte, irgendwie mit ihm in Kontakt zu treten. Trotzdem schaffte ich es bis an die nächste Kreuzung, an die Ecke des

Runden Hauses, wie man so schön sagt, und spätestens dort musste ich ihm ins Auge sehen, dem Verkehr, den endlos scheinenden Richtungswechseln, den Vorfahrten, den Fußgängern, allem; und da es unmöglich war, auf die Schnelle die richtige Einstellung zu dieser erschreckenden Vielförmigkeit zu finden, trat ich wesentlich heftiger auf die Bremse als beabsichtigt.

Sie funktionierte allerdings nicht sonderlich gut, die Bremse, und so hätte ich fast einen Fußgänger auf dem Zebrastreifen überfahren, und das war natürlich ausgerechnet der Glaubensbote, der in letzter Zeit durch unseren Hof torkelte, und als er sich knapp vor dem Auto in Sicherheit gebracht hatte, gelang es dem armen Kerl sogar, so auszusehen, als wäre alles seine Schuld. Und obwohl ich Mitleid mit ihm hatte, konnte ich ihm das Ganze jetzt doch nicht erklären, zumal er auch das letzten Endes mit seinem Herrgott abmachen musste, und so ließ ich das Auto einfach mitten auf die Kreuzung rollen, schwankte dort ein wenig hin und her und wurde dafür mit mehrstimmigem Hupen bedacht sowie mit einem Strauß geballter Fäuste.

Ich fuhr ungefähr nach links weiter. Das Auto fuhr mit einem Ruck los, die fettige Meeresbucht und die verhexten Ahornbäume am Ufer blieben sprungartig zurück. Am Amtshaus bog ich rechts ab, die Lenkung kam mir unglaublich schwergängig vor, ich musste die Spur des Gegenverkehrs schneiden, zum Glück kam gerade keiner. Ziemlich schnell wurde mir klar, warum ich seit zwanzig Jahren einen Bogen ums Autofahren machte, es ging teuflisch an die Nerven, sich auf eine Million Dinge gleichzeitig zu konzentrieren und dabei auch noch die Aufregung in den Griff zu bekommen. An der nächsten Ecke ging der Beelzebub von Auto mitten auf der Kreuzung aus, und ich musste es in einer Huporgie starten, die eines Sportfestes würdig gewesen wäre. Als der Motor endlich wieder lief, gelang es mir, das Auto so abrupt vorwärtsspringen zu lassen, dass die Familie, die soeben den Zebrastreifen überquerte, garantiert genug Material für einen geharnischten Leserbrief beisammenhatte.

Ich ließ das Auto bis zur nächsten Kreuzung wimmern und wartete auf Grün. Plötzlich riss ein riesiges goldenes Loch im grauen Tag auf und die Sonne zeigte sich zwischen den Wolken, es war so hell und nektarartig dick, das Licht, dass es fast einen Ton von sich gab. Eine Weile dauerte es, bis ich begriff, dass die Fanfarenatmosphäre nicht bloß von dem Lichtphänomen kam: Wieder jaulten hinter mir die Hupen.

Ohne Ampel noch Gegenverkehr zu beachten, brachte ich das Auto quietschend nach links in die Hämeentie. Erst dort merkte ich, dass ich den Blinker vernachlässigt hatte, weshalb ich ihn aus lauter Panik fünfzig Meter und zehn Sekunden zu spät zwinkern ließ. Im selben Augenblick wisperte mein Telefon in der Handtasche, ich wagte es nicht, danach zu angeln, wohinter außer Sicherheitsdenken, wie mein Sohn sich bestimmt wichtig ausgedrückt hätte, auch die pure Angst vor dem steckte, was am anderen Ende der Leitung auf mich wartete, mit Sicherheit etwas Schlimmes, Entsetzliches. So umklammerte ich weiterhin mit beiden Händen das Lenkrad, richtete den Blick auf die Straße und stieg mit dem Fuß aufs Gas.

Die Hämeentie rollte oder besser ruckelte unter dem Auto dahin. Am Anfang war es unmöglich, aus der jeweiligen Position Schlussfolgerungen zu ziehen, weil die gesamte Aufmerksamkeit auf Unfallvermeidung ausgerichtet war. Bei Kumpula ließ der Anfangshorror immerhin ein bisschen nach, aber als ich nach dem Ring 1 zwischen ein schwarz verkohltes Waldstück und die schmutzig-grauen Wohnblocks von Jakomäki geriet, war die Abgeklärtheit auch schon wieder dahin und der Kopf voll von sich ringelnden Würmern schwarzer Gedanken. Schlau wurde ich natürlich nicht daraus, ich begriff nur, dass ich gelogen und die Angelegenheiten ganz und gar unschuldiger Menschen durcheinandergebracht hatte.

Dann musste ich mich aber zwingen, mir all das aus dem Kopf zu schlagen und mich aufs Fahren zu konzentrieren. Damit hatte ich genug zu tun, auch wenn man auf der Autobahn nicht ständig auf Ampeln oder vor einem fahrende Autos lauern musste; Letztere gab es genau genommen gar nicht einmal, weil ich mich nicht traute, mit mehr als fünfzig oder sechzig Stundenkilometern vorwärtszuzockeln. Autos sausten vorbei, verdutzte Blicke verweilten kurz bei mir und hinterließen auf der Haut einen miesen, warmen Abdruck. Mein armes Fahrzeug brüllte, das Lenkrad zitterte und die Gänge kreischten, weil ich die ganze Zeit im zweiten fahren musste. Den dritten bekam ich bei meiner Kraftlosigkeit nicht rein und der vierte hätte meine Fähigkeiten überstiegen.

Dann klingelte wieder das Telefon. In dem von Geräuschen erfüllten Auto wäre er an sich gar nicht aufgefallen, der leise vibrierende tragbare Hörer, aber das Kommunikationsmittel war aus der Handtasche gerutscht und leuchtete bläulich auf dem Beifahrersitz. Ich warf einen Blick darauf und sah dann wieder auf die gesprungene Windschutzscheibe und durch sie hindurch. Ich befand mich wohl irgendwo an der Grenze von Vantaa, ringsum war hauptsächlich vom Herbst angefressener Wald zu sehen, dazwischen Gewerbehallen und vorne, mehrere Kilometer entfernt, ein Laster. Sobald ich mir bewusst gemacht hatte, dass bei meiner Marschgeschwindigkeit ein Zusammenprall mit dem Lastzug nur möglich wäre, wenn er die Erdkugel umrunden und mir von hinten reinfahren würde, tastete ich nach dem Handy.

Dabei musste ich aber trotzdem nach vorn schauen, und so dauerte es eine Weile, bis es mir gelang, den Apparat in die Finger zu bekommen. Währenddessen entfaltete sich in meiner Vorstellung das Horrorszenario, die Anruferin wäre Irja; sie hatte die Zeitung gelesen, war wütend oder, noch schlimmer, enttäuscht und traurig, putzte mich nicht herunter, sondern seufzte nur etwas wie »und das, wo ich mich so auf dich verlassen hatte«. Auch an ihren Mann dachte ich nebenbei noch, aber dann bekam ich das sirrende Handy endlich zu fassen und es war bloß mein Sohn, der anrief, Wo bist du, Im Auto, Ja aber wo, Im Auto, Furchtbarer Lärm ich hör gar nix, Im Auto bin ich, Ach jetzt schon, Erst hast du es mir aufgedrängt und jetzt darf ich nicht oder wie, Das meine ich nicht aber, Was aber, Was macht da so einen Krach, Ich glaub fast das ist das Auto, Das brüllt ja direkt, Der dritte Gang geht nicht rein, Dann fahr eben im vierten, Das traue ich mich nicht, Und warum nicht, Ist zu schnell, Aha, Genau, Aber was ich sagen wollte, Hallo ich hör dich nicht, Ich wollte nur, Hallo hallo ich höre nichts, Hallo Mama, bis du noch dran, Jetzt hör ich gar nichts mehr ich muss fahren.

»Tschüs!«, schmetterte ich noch und legte das Telefon neben die Handtasche auf den Beifahrersitz. Ich passierte Korso und nasses Industriegehölz, am Himmel schienen die Wolken aufzureißen, man sah durchdringendes Blau und dazwischen von der Sonne gewärmte Farbtöne wie in der Werbung.

Von irgendwoher war ein heiseres Hallo zu hören.

Unwillkürlich drehte ich mich zur Rückbank um, aber dort saß natürlich niemand. Es war mein Sohn, der seine Hallos aus dem Handy trötete, weil ich vergessen hatte, es auszuschalten. Ich hielt es wieder ans Ohr. Der Junge rief erneut sein Wasichbloßsagenwollte und schaffte es nach mehreren Versuchen schließlich, seine Aussage zu komplettieren, indem er grölte: »Ich wollte bloß sagen, dass ich dann ab morgen weg bin! Ich ruf wieder an!«

»Alles klar«, sagte ich, für mehr reichte es nicht, die Ruferei meines Sohnes war noch immer nicht richtig bis in meinen Bewusstseinsapparat vorgedrungen. Noch einmal sagte ich, jetzt müsse ich mich wirklich aufs Fahren konzentrieren.

»Tschüs dann!«

Ich versuchte mütterlich-geduldig zu seufzen, auf die Art, in der ich normalerweise die Augen zur Decke oder zum Himmel verdrehe, aber daraus wurde natürlich nichts. Ich konnte den Blick nur nach vorne richten, wo zwischen den vorbeisausenden Autos nun wieder eine undeutliche, näher rückende Silhouette zu sehen war, und auch sonst schienen sämtliche rhetorischen Mittel von der mit Ach und Krach unterm Deckel bleibenden Panik abzuprallen, die durch die Zeitungsmeldung in mir ausgelöst worden war. Die ganze Zeit hatte ich das Gefühl, als könnte plötzlich in irgendeinem Körperwinkel ein Riss entstehen und die gesamte durcheinandergeratene Innenwelt mit grässlichem Getöse ins Universum ausbrechen.

Dann, völlig unerwartet, hatte ich in weniger als fünzig Metern einen Laster vor mir. »Hilfe!«, kreischte ich ins Telefon und rammte instinktiv den Fuß aufs Pedal. Es war das Gas. Das Auto beschleunigte schluchzend, nicht sonderlich heftig, aber eine Beschleunigung war es, in Anbetracht der Tatsache, dass meine ursprüngliche Absicht darin bestanden hatte, auf die Bremse zu treten. Und bei dem bisschen Zeit, das blieb, um überhaupt etwas auf die Reihe zu kriegen, war es schwer zu begreifen, dass ich offenbar beim Telefonieren entsetzlich schnell gefahren war; in dem Moment aber, in dem der Fuß das Bremspedal fand und das Auto anfing zu schlingern, weil die Bremsen ihr Bestes gaben, wurde mir bewusst, dass der Klotz von Laster mit eingeschalteter Warnblinkanlage auf der rechten Fahrspur stand.

An meinem Sohn war der Hilferuf anscheinend komplett vorbeigegangen; ich hörte ihn nur was über Tür und Benzin und Tank oder Benzintank röhren, bevor ich das Handy auf den Boden werfen und mit beiden Händen das Lenkrad umklammern musste. Zum Überlegen blieb keine Zeit mehr: Ohne irgendwo hinzugucken scherte ich nach links aus, andere Autos waren zum Glück gerade nicht in der Nähe, und nachdem es mir gelungen war, dem Heck des Lasters mit Müh und Not auszuweichen und auf die linke Spur zu gelangen, trat ich aus purer Erleichterung und Beruhigungsbedürfnis wieder voll auf die Bremse. Plötzlich waren sie erneut hinter mir, die Autos, ein furchtbarer Haufen, blinkend und hupend.

Als ich die Schlange an dem stehenden Laster vorbeigeleitet und mich wieder auf die rechte Spur getrollt hatte, fuhr ich vorsichtshalber mit knapp vierzig weiter. Die Fingerknöchel leuchteten beinern weiß am Lenkrad, ich hielt es so fest umklammert, dass sich das für die Hände bestimmte Zittern in andere Körperbereiche hinein fortsetzte, aus irgendeinem Grund vor allem ins rechte Bein. Das Auto kroch und zockelte voran. Auf der linken Spur sausten Fahrzeuge in sämtlichen

Größen vorüber. Hinzuschauen traute ich mich nicht, aber irgendwie spürte ich die erhobenen Fäuste und gereckten Finger und gemurmelten Kraftausdrücke auch so.

Dann war es plötzlich da, Kerava. Ich bremste mich auf die feuchte Abfahrt und schlich das Gefälle zur Ampel hinunter, mit einer neuen Autoschlange hinter mir.

Und man darf es wohl als kleines Wunder bezeichnen, dass ich überhaupt zurandekam, weil ich es vom Lenkrad aus noch weniger als meine Heimatstadt kannte. Ständig fuhr ich auf der falschen Spur, vor jemandem oder sonst wie im Weg, oder ich fuhr auf einen Gegenstand oder ein Lebewesen zu. Noch bevor ich die Randbezirke der Stadt erreichte, war ich so fertig mit den Nerven, dass ich eine Kindergartengruppe, die in ordentlichen Zweierreihen einen Zebrastreifen überquerte, zu einem in alle Richtungen rennenden Durcheinander aufscheuchte, weil ich aus Versehen auf die Hupe drückte; dann ließ ich das Auto noch mit dem Unterboden auf einem Stein oder sonst etwas Hartem aufsetzen, bevor ich endlich auf den vertrauten Parkplatz einbog und einen wehmütigen Blick auf den Kiefernstamm warf, an den ich mich schon so oft gelehnt hatte.

Der Motor gab ein lang gezogenes, leidendes Wimmern von sich, als ich das Auto mit der Nase voran zwischen zwei große Familientransporter krauchen ließ. Ich versuchte den Schlüssel zu drehen und den Motor auszumachen, da merkte ich, dass er bereits vor einer Weile verstummt war. Es dauerte, bis ich mich in der Wirklichkeit des plötzlich versiegten Stroms aus Verkehr und Lärm orientiert hatte. Der Wind säuselte in den Dichtungen, irgendwo in Richtung Motor knackte es, ein unscheinbares Frühteenagermädchen schlurfte vorbei, das etwas Kleinformatiges, aber offenbar Lebendiges an der Leine hatte. Ich zog den Kopf ein.

Dann stieg ich aus. Am liebsten würde ich sagen, ich stieg einfach so aus, aber so ging es natürlich nicht, einfach so, denn ich musste mich erst auf den Beifahrersitz und zur dortigen Tür wuchten, die dann sofort aufging und gegen das nebenstehende Auto stieß. Das alles musste dermaßen nach einer komischen Limbo-Variante aussehen, dass ich an Irja denken musste, in der Hoffnung, sie würde mir nicht schon von irgendwoher zuschauen.

Weiter kam ich mit meinen Überlegungen nicht, weil sich sofort ein Furcht einflößender Mann auf mich stürzte, nachdem ich mich endlich aus dem Spalt zwischen den Autos herausgewunden hatte.

»Isch brauch Blud«, rief er und knetete die Luft mit Händen, die mit so dichten schwarzen Haaren überzogen waren, dass es aussah, als trüge er Handschuhe. Ich stand völlig durcheinander im rauen Wind auf einem Parkplatz in Kerava, und da war es letzten Endes schwierig, mehr zu tun, als den rufenden Mann anzustarren und zu versuchen, irgendwie das Zittern zu bändigen, das erneut meine Beine ergriffen hatte, als wäre irgendwo dort unten mit Straßenbauarbeiten begonnen worden.

»Isch brauch Blud«, spektakelte er. »Blud!«

»Entschuldigungwiebitte?«, winselte ich. Wobei das Winseln nach der zum Flüstern geschrumpften Äußerung traurig dünn blieb.

»Hassu Blud?«, fragte der Mann. »Isch brauch welsches.« Zur Untermauerung zeichnete er mit der Pranke etwas Illustrierendes in die Luft, was für mich allerdings am ehesten nach zum Heulen unbegreiflichen Bögen aussah.

»Entschuldigung, aber ich verstehe überhaupt nichts«, sagte ich.

»Blud«, sagte er und breitete die Arme aus. Ich hatte Angst, kam aber nicht zur Besinnung, weil er schon weiterredete: »Blud. Du Audo, isch Audo, isch nischt Audo. Oder doch isch Audo. Isch Audo, isch Audo, aber isch Audo nischt geht. Nischt geht. Gehen. Du geht, Blud, du Blud. Baderie.«

»Ahaa«, sagte ich.

»Ja. Baderie.«

»Genau.«

»Sag isch doch«, sagte er und sagte dann noch einmal das mit dem Blut.

Es dauerte einen Moment, bis sich irgendwo im Bewusstsein ein erster Streif von Verständnis abzeichnete; dort hatte zwar immer noch der grauenvolle Blutdurst die Vorherrschaft, aber dann kam auch alles Mögliche andere hinzu, das grünlichgraue Kerava, das feuchte Blech der Autos, Kinderstimmen, die ab und zu aus der Ferne angeflogen kamen, die merkwürdige, irgendwie bemooste Stadthaftigkeit. Mir war schlecht, schwindlig und zum Heulen. Am liebsten hätte ich einen Knopf gedrückt, der die ganze Pein ausgeschaltet hätte. Aber es half nichts, nein.

»Hassu Gabel?«, fragte der Mann als Nächstes. Ohne etwas zu begreifen starrte ich ihn an, aber was heißt starrte, ich traute mich gar nicht, ihm in die Augen zu sehen, sondern schielte ein paar Zentimeter daran vorbei aufs Dach des Wohnblocks, an dessen Ecke ein Luftballonrest hing, den man vor zwei Jahren sicherlich als rosa definiert hätte, der jetzt aber aussah, als könnte man seinem verblassten Farbton nur noch mit einer einzigen Reaktionsvariante begegnen: mit Melancholie. Und dann merkte ich, dass ich mich wieder einmal ganz woandershin verirrt hatte, denn der Mann sagte erneut: »Gabel. Du Gabel?«

Die Worte kamen geradezu aufrichtig hoffnungsvoll heraus, und wie um noch zu unterstreichen, dass sie von Herzen kamen, hob er einen seiner Augenbrauenbalken karikaturhaft weit nach oben, es sah aus, als würde der einzelne Haarstreifen mit einem Stoß die ganze Haarabteilung des Mannes in Richtung Hinterkopf befördern. Ich konnte nur den Kopf schütteln und die Füße ihr eigenes Leben führen lassen, sie unternahmen von mir vollkommen losgekoppelte flattrige Bewegungen auf dem Asphalt.

Aus gewissen Gründen hatte ich mich schon den halben Tag ziemlich schuldig gefühlt, aber auch wenn mein Hirn natürlich allmählich begriff, dass das Furcht einflößende Wesen kein Blut verlangte, sondern vermutlich so etwas wie Saft, so löste es doch die schauerliche Vorstellung bei mir aus, der Mann könne eine Unstatthaftigkeit im Sinn haben. Und das war, Gott bewahre, natürlich nicht seine Schuld, er war ja bloß ein Ausländer, der zwei Wörter verwechselte, aber wieso nur, ein Ausländer ist ein Ausländer, irgendwo aus der Mittelmeergegend stammte er vermutlich, der Hautfarbe und dem Pinselschnurrbart nach zu schließen, mein Sohn hätte ihn vermutlich pauschal als Assyrer bezeichnet, das Wort benutzte er, seit ich ihm einmal wegen ziemlich tendenziöser Charakterisierungen die Leviten gelesen hatte.

Natürlich fragte ich mich dann auch, ob ich im Zuge eines naturwidrigen Umkehrmechanismus von meinem Sohn die Vorurteilsneigung geerbt hatte und Ausländer sofort als Gauner verdächtigte, aber für großartige Schämereien blieb mir keine Zeit, weil der Mann wieder das Wort ergriff. Inzwischen verstand ich ihn schon besser, vielleicht hatte auch er sich gefürchtet, einen fremden Tantenmenschen anzusprechen, wer weiß, aber jetzt setzte er mir jedenfalls gründlich auseinander, dass er tatsächlich Saft für sein Auto brauchte. Ich wagte es, ihn anzuschauen. Da das Blut nun keine Rolle mehr spielte, sah er von den Gesichtsformen her eigentlich ganz freundlich aus. Er hatte fröhliche Augen, ein üppiges und selbstzufrieden im Rhythmus der Worte mitschwabbelndes stoppeliges Kinn und einen ulkig dicken Schnurrbart, der auch dann unter seiner Nase tänzelte, wenn er nichts sagte. Und dennoch, all diesen mildernden Umständen zum Trotz, nahm ich den ersten auf der Stirn landenden Regentropfen mit ziemlicher Erleichterung wahr. Im Dämmer des Nachmittags wirkte es, als sickerte er aus dem gepressten Abendlicht.

»Es fängt an zu regnen«, sagte ich mit kragengestärkter Stimme und fügte etwas in dem Sinn hinzu, dass ich kein Kabel hätte, keinen Saft, kein Blut, was auch immer. Nichts. Und meine Batterie scheine auch in schlechtem Zustand zu sein. Dann fasste ich noch ein bisschen mehr Mut, schoss eine ordentliche Ladung Tutmirleids ab und wünschte dem betreffenden Fahrzeug frisches Blut und neues Leben, ich müsse jetzt aber gehen. Und dann ging ich auch schon, mit forschen Schritten auf das Haus zu, wobei ich etwas seltsam Schweres, Gemeines und Verachtenswertes auf meinen Schultern lasten spürte.

»Schönen Dag dir!«, rief er mir noch herzzerreißend fröhlich hinterher.

Selbstverständlich wünschte ich auch ihm eine Tagverschönerung, aber ich murmelte es in meinen Schal, bevor ich um die Ecke bog. Dort blieb ich einen Moment stehen, um durchzuatmen. Im Sandkasten saß ein düster dreinblickender, untätiger Knirps, für den ich jetzt allerdings keine Zeit hatte, denn allmählich dämmerte mir wieder, wie dringend ich eigentlich in die oberen Etagen musste, und das Kind las wohl auch kaum das Lokalblatt. Der Mützenmann jedoch, der mir an der Haustür mit der Mülltüte entgegenkam, las es, das sah ich ihm sofort an, er hatte einen ganz leicht rötlichen Zweifel in den braunen Augen. Als er mir aus lauter Widerwillen unbeholfen die Tür aufhielt, schlüpfte ich unter seinem Arm hindurch ins Treppenhaus, als wäre genau das die am wenigsten Misstrauen erweckende Verhaltensweise. Bei dieser merkwürdigen Methode, das Haus zu betreten, nahm ich flüchtig den Achselgeruch eines sehnig-trockenen Sechzigjährigen wahr, der einen anständigen Lebenswandel hatte und nicht mehr ständig schwitzte, also kein Deo mehr brauchte.

Schnell war ich an der Tür der Jokipaltios und zwang mich, zu klingeln, bevor ich es mit der Angst bekäme. Dann bekam ich es mit der Angst.

Die Tür schwang jedoch sofort auf, mit dem Resultat, dass ich sicherheitshalber einen Satz nach hinten machte. Irja stand vor mir. Sie hatte ein Kopftuch auf und einen Lappen in der gummibehandschuhten Hand und in den Augen den Blick der gnadenlosen Putzerin. Ich versuchte ihrer Miene etwas zu entnehmen, irgendein Indiz dafür, ob sie die Meldung bereits gelesen hatte, erlangte jedoch keine Gewissheit. Zwar spuckte sie mir weder Feuer noch Galle ins Gesicht, fiel mir aber auch nicht um den Hals, sondern sagte bloß Hallo.

»Komm rein«, sagte sie. »Ich bin gerade fertig, so.« Dann verpasste sie dem Lappen in der Luft einen Klaps. Er gab ein gerade so eben als feucht zu identifizierendes Klatschen von sich.

Dann sagte sie immerhin: »Schön, dass du da bist.« Prompt verknotete ich mich. Man konnte unmöglich sagen, in welchem Ton die Aussage verschickt worden war, freute sie sich tatsächlich oder war sie eisig oder irgendwie komplett ausdruckslos, die Irja? War sie irgendwie distanziert? Abweisend?

Vielleicht etwas reserviert? Auf der Hut? Was dachte sie? Dass da wieder die falsche Marktforscherin stand und spionierte? Und noch weniger kapierte ich, als sie mit dem Lappen auf die Postkarte vom Puuhamaa-Vergnügungspark wies, die in der Diele auf dem kleinen Tisch lag, und mit dem gleichen tonfalllosen, uninterpretierbaren Ton sagte: »Du hast mir vielleicht einen schwarzen Humor.«

»Hallo, du«, konnte ich mit Mühe sagen.

Dann lotste sie mich auch schon weiter in die Wohnung hinein, ohne mich ablegen zu lassen, und ihr Schubsen war so entschlossen, dass unweigerlich mit einer verhörähnlichen Sitzung am Tisch samt schlimmer Rügen zu rechnen war. Und an den Tisch dirigierte sie mich auch, sobald wir in die Küche gekommen waren, setzte sich selbst aber nicht hin, sondern ließ äußerst langsam und mit kaugummizähen Bewegungen Kaffeewasser in den Behälter rinnen und mich auf meinem Platz steif nach hier und dort gucken. Am allerliebsten hätte ich einfach irgendwie um Entschuldigung gebeten, aber da ich mir absolut nicht im Klaren war über sie, Irja, musste ich versuchen zu erkennen, ob irgendwo die Zeitung lag, ob Irja sie schon vor Augen gehabt hatte; aber die einzige Publikation, die ich lokalisieren konnte, lag auf dem Küchentisch und trug den Namen ›Der Anzeiger‹, was unter günstigeren Umständen vielleicht sogar ganz erheiternd gewesen wäre, mich jetzt aber kein bisschen zum Lachen brachte.

Dann bekam ich auch schon wieder einen neuen Grund zu erschrecken, als vom Flur her plötzlich ein seltsam slawisch zischelndes Toilettenspülgeräusch hereindrang und gleich darauf eine Tür aufging und Irjas Mann in die Küche rauschte. Da stand er nun und sah mich an, finster, unrasiert und zumindest meiner Meinung nach auf eine Weise, als hätte auch er einen schrecklichen Vorwurf in der Gesäßtasche oder wo man die nun aufbewahrte. Ich versuchte zu erahnen, wie die Lage war, bei ihnen zu Hause, ob sie noch immer oder schon wieder Streit hatten, aber das klappte nicht, weil es in meinem Kopf kohlenfeuerartig zischte.

Und gerade als ich schon nahe daran war, auch ihm, dem Mann, etwas zuzuschreien, sagte er bloß Hallo und machte auf dem Absatz kehrt und verschwand durch die Tür.

Er hatte eine Zeitung unterm Arm.

Am liebsten wäre ich ihm nachgerannt, hätte ihn angefallen, ihn im Flur mit einem Bodycheck gegen die Wand gepresst, ihm die Zeitung entwunden und sie zerrissen oder in den Mund gestopft wie in der Großstadtlegende der Punker die Fahrkarte. Der ganze Unsinn blieb jedoch auf gedanklicher Ebene hängen, weil der Mann ja schon weg war und von Irja abgelöst wurde, die sich mir gegenüber hinsetzte, umgeben vom vertrauten Wurzeluhr-Heiligenschein. Wir hatten nämlich unsere feste Platzaufteilung. Ich versuchte ihr in die Augen zu schauen, und sie hatte keinerlei Schwierigkeiten, zurückzuschauen, deshalb hatte ich ja auch angefangen, sie zu mögen, sie war eisern, diese Frau, und darum in dieser Situation natürlich ziemlich unheimlich, unweigerlich dachte man fieberhaft, was sitzt sie jetzt so still und leise da, mit einem wehmütigen Halblächeln im Gesicht, und guckt aus dem Fenster, was wusste sie, wusste sie etwas, und wie ging es ihr überhaupt, hing bei ihnen der Haussegen schief, hatte ich alles noch schlimmer gemacht? Es war jedoch unmöglich, eine Antwort darauf zu formulieren, mein Magen knurrte bloß und die Kaffeemaschine ebenfalls, die Zeitung war nirgends zu sehen, hatte sie der Mann, las er gerade auf der Couch den Artikel über mich, mit einem fürchterlich gemeinen Grinsen auf dem unrasierten Beurlaubtengesicht und dem Gedanken: Gleich stehe ich auf und überführe das Weibsstück.

»Und, wie geht's?«, fragte Irja dann.

»Ich muss aufs Klo«, piepste ich.

Ohne weitere Worte zu machen, stand ich auf und ging, ließ Wasser aus dem Hahn laufen, so viel, wie meiner Ansicht nach bei der Verrichtung eines Grundbedürfnisses angemessen war. Dabei konnte ich unmöglich meinem Gesicht ausweichen, das mich aus dem Spiegel über dem Waschbecken anstarrte: Die kolossale Schwellung der Nase ging zwar allmählich zurück, aber gleichzeitig leerte sie sich auch irgendwie, ein bisschen so, als hinterließe der schwindende Inhalt bloß verbeulte Haut über dem Nasenknochen. Außerdem hatten sich das Rot und Schwarz inzwischen zumindest auf der linken Seite in etwas schauderhaft Grünliches verwandelt. Die Augen rechts und links der Nase wirkten fern und klein. Sie waren einst als schön und entzückend bezeichnet worden, irgendwann, vor nicht einmal wahnsinnig langer Zeit.

Ich puderte mich, so gut es ging, und schlug mir die Nase wenn nicht aus dem Gesicht, so doch aus dem Kopf. An der Wand hinter mir entdeckte ich eine vierteilige Handtuchhakenreihe. An jedem Haken hing ein Handtuch, alle vier in hübschem Farbkontrast zueinander, aber aus der gleichen Pastellfarbenserie. Darüber hingen die Namensschilder: AJRI, ONIER, ELLAK und ANNA. Das machte mir fast ein schlechtes Gewissen. Die Namen von Irjas Kindern kannte ich gar nicht, sie waren offenbar an mir vorbeigerauscht. Wie mochte es ihnen wohl in dieser Situation gehen?

Dann wurde mir endlich bewusst, dass man sich nicht stundenlang in einem fremden Bad aufhalten konnte, um auf sich einzudreschen, und irgendwie gelang es mir dann auch, mich in den Flur und zur Wohnzimmertür zu schleppen.

Er lag auf der Couch, der Mann, bei zugezogenen Vorhängen, das bläuliche Zucken des Fernsehers auf den Wangen, die Zeitung aufgeschlagen auf dem Bauch, aber aus der Entfernung war unmöglich zu sagen, um welche Publikation es sich handelte. Ich hatte Angst, etwas zu unternehmen, weil ich nichts über ihn wusste, in welcher Gemütsverfassung er sich befand oder was er überhaupt für einer war, auch wenn man sich natürlich schwer vorstellen konnte, dass Irja ein Vollscheusal zum Mann genommen hatte. Die Möglichkeit bestand aber natürlich. Und da der Mann von keinem der beiden Medien den Blick abzuwenden schien, schlich ich, angeschubst von einem Impulsteufelchen, seltsam geduckt weiter ins Zimmer hinein. Dabei stieß ich jedoch gegen eine Goldfruchtpalme, die ihre Blätter heimtückisch von einer Säule in der Ecke hängen ließ und beleidigt raschelte.

»Oho«, machte Irjas Mann.

Sofort stellte sich das Bedürfnis ein, etwas Beruhigendes zu sagen, seinen Namen in beschwichtigendem Ton zu gurgeln oder so etwas, aber der war nun schon wieder wie ausradiert, der Name, obwohl ich ihn gerade erst am Handtuchhaken im Bad gelesen hatte.

»Irma!«, schallte es aus der Küche.

»Hallo!«, rief ich aus vollkommen unbegreiflichen Gründen zurück und fügte, noch immer auf den Bauch des Mannes glotzend, flüsternd hinzu: »Was läuft denn?«

In der Küche wurde es still, im Wohnzimmer wurde es still,

für eine Weile schien es, als wäre es in ganz Kerava still geworden, und erst als ich bereits anfing, über all die Stille nachzudenken, bemerkte ich, wie still es tatsächlich war. Es kam mir vor, als starrte mich jemand an, und als ich es dann wagte, die Augen zu öffnen, starrte tatsächlich jemand, Irjas Mann, sogar sein Name fiel mir wieder ein: Reino, Reino war es, der mich anstarrte, mit Augen, über deren Ausdruck man bei dem Licht unmöglich etwas sagen konnte. Und gleichzeitig kam es mir vor, als guckte mich noch jemand an, die Kinder im Rahmen auf dem Regal, der Fernseher, die Grünpflanzen, auch Irja irgendwo um die Ecke.

Es gelang mir zu flüstern, ich hätte das Fernsehprogramm gemeint, und schlich etwas vor, um die Zeitung zu sehen. Reino wiederum sah mich an, als wäre ich im Begriff, mich auf ihn zu werfen, und wirkte daraufhin noch verknoteter, weil ich mich statt dem Fernseher der Zeitung entgegenreckte, er hatte die Sportseiten einer Boulevardzeitung aufgeschlagen, und ich wusste nicht recht, ob ich erleichtert sein oder mich noch mieser fühlen sollte, da der eigentliche Problemauslöser noch immer nicht gefunden war. Und weil ich in gewisser Weise meine Aufgabe im Wohnzimmer nun erfüllt hatte, überkam mich schnell die Ratlosigkeit: Mit irgendeinem Trick musste ich mich jetzt aus der Situation herauswinden.

Und als Irja dann aus der Küche rief: »Der Kaffee ist fertig!«, murmelte ich bloß etwas möglichst Undeutliches und wuselte so schnell ich konnte aus dem Zimmer.

In der Küche stellte Irja klappernd Tassen und Untertassen auf den Tisch. Eigentlich klapperte sie nicht, sondern klingelte damit wie mit kleinen Schellen. Zufällig drehte sie sich genau in dem Moment, in dem ich die Küche betrat, zur

Spüle um, was mir die Gelegenheit gab, mit dem Blick in den Ecken, auf der Arbeitsplatte, in den Regalen und auf der Fensterbank herumzustochern, weil ich vermutete, sie habe mich nicht kommen hören. Ich hätte sie gern gefragt, wie sie klarkommt, traute mich aber nicht. Dann sagte sie jedoch seltsam nachdenklich, jetzt setz dich endlich mal hin, und da setzte ich mich dann auch, eigentlich sogar schon bevor sie den Satz zu Ende gesprochen hatte. Ich glaubte, ein braves Mädchen sein und gehorchen zu müssen.

Kaum hatte ich mich einigermaßen auf dem Stuhl platziert, bemerkte ich ihn, den Zeitungsständer, so einen, der auf gräuliche Art metallisch schimmert, ein an die Wand schraubbares Modell neben dem Geschirrschrank. Er wurde fast vollständig von einer daran aufgehängten rot-weiß karierten Schürze verdeckt.

Ich saß am Tisch, im trompetend groben und geradezu respektlosen Herbstlicht, inmitten des tranigen Tickens der Wurzeluhren und Irjas gedämpften Küchenhantierens und stierte auf die Wand und auf die Schürze, hinter der der Zeitungshalter hing.

Irgendwie musste ich an ihn herankommen.

Schnell stand jedoch ein ganz neuer Anlass zur Schweißbildung in Aussicht, denn Irja fragte plötzlich merkwürdig langsam von ihrem Hantieren mit dem Gebäck aus: »Was hattet ihr denn zu tuscheln?«

Sie sagte es nicht in einem besonderen Tonfall, und das war ja gerade das Beängstigende: In ihrer Ausdrucksweise lag eine Farblosigkeit, die man sofort als filmreife Eisigkeit wahrnahm, und sie löste ein Gefühl aus, als wäre man schlagartig in einem erbitterten Dreiecksdrama, und zwar in der Rolle der

Übeltäterin. Eine Zeitlang konnte ich nichts tun, als hörbar zu schlucken, so als würden sich unter der Halshaut Steinbröckchen aneinander reiben, aber dann drehte sich Irja abrupt um und sah mir völlig ausdruckslos in die Augen, und auch wenn gleich darauf das vertraute, kaum wahrnehmbare Lächeln ihre Augenwinkel fältelte, so war es doch irritierend schwierig, an ihrem Gesicht abzulesen, ob sie nun die Zeitung gelesen hatte oder nicht. Da wagte ich es auch nicht mehr, schweigend das Urteil abzuwarten, sondern musste etwas sagen, die Wangen und den Mund mit Wörtern füllen und sie dann alle wurgelnd und prustend hinausbefördern, etwas sagen wie: »Also, ich versuch jetzt bloß so ein bisschen Smalltalk zu machen.« Ich dachte, ich sollte freundlich sein, endlich einmal, sie hatte die Beurlaubung am Hals und alles, darum wollte ich etwas Freundliches sagen, aber es blieb beim Anlauf. Eine Weile verging, bis ich verstand, dass es eigentlich die gleichen Worte waren, die sich Virtanen früher am Tag herausgewürgt hatte, bloß in etwas anderer Reihenfolge.

In einem naturkatastrophenartigen Schwall waren die Wörter herausgekommen. Eigentlich hätte ich am liebsten die Stirn auf den Tisch geschlagen und laut geheult, alles gestanden, die ganze Geschichte erzählt, gesagt, dass sie mir ganz plötzlich einfach wichtig geworden war, Irja, nicht die Geschichte, schon gar nicht die Zeitungsmeldung, die hätte ich am liebsten einfach vergessen und vieles andere ebenfalls. Dass ich mir einfach Sorgen machte. Und da war es auch schon, alles, die ganze Zeit lag es mir auf der Zunge, aber aussprechen konnte ich es nicht, ich konnte nur an einer glänzenden Kirsche auf der neuen Wachstuchtischdecke reiben und Ijra anschauen, oder genauer gesagt in ihre Richtung, an ihren Augen vorbei, in sie hineinzuschauen traute ich mich nicht, auf den tropfenförmigen Ohrring und das ausgeblichene Kopftuch mit dem Rosenmuster aber schon, und auf das riesige, hellblaue und zeltartige Putzhemd mit einem Mumin-Troll vorne drauf, dem Zeit und Waschmittel die halbe Schnute ausgelaugt hatten.

Und als ich dann endlich aus meinem Selbstmitleidsbad wieder auftauchte, weil Irja sich mir gegenüber an den Tisch setzte und sagte, das sei aber nett, wusste ich sofort, dass sie es nicht wusste. Sie hatte die Zeitung nicht gelesen. Und dann, mitten in der bereits etwas in Unterdruck geratenen Stille, schrillte die Türklingel.

Kaum hatte Irja ihr Bedauern gemurmelt und war in ihren Gesundheitssandalen zur Tür geschlappt, stürzte ich mich auf den Zeitungshalter und die davorhängende Schürze, als hinge in der Ecke ein luftiges, für häusliche Tätigkeiten gekleidetes Wesen, dem aus diesem oder jenem Grund der Garaus gemacht werden musste. In meiner Hektik versuchte ich zuerst die Zeitungen durch den Stoff hindurch zu betasten, riss dann aber die Schürze herunter und kam direkt an die Druckwerke heran. Sie quollen aus drei verschiedenen Fächern hervor, und als ich an einem der Blätter zog, klatschpadatschten alle anderen aus derselben Tasche auf Boden, wo ich sie dann in Wahnsinnseile zuammenraffte und gesammelt zurückstopfte. Leicht war das nicht. Es gab da alles Mögliche an hochglänzenden, glatten Illustrierten für die Hausfrau, den Naturfreund, den ruhelosen Teenager und auch für den Automobilisten, und wenn man sich an einer systematischen und ruhigen Betrachtung hätte versuchen wollen, wäre ein solcher Versuch spätestens in dem Moment ins Leere gelaufen, als an der Wohnungstür ein Poltern und undeutliches Geschnatter ertönte. Ich verstand kein Wort.

Was ich allerdings begriff, war, dass der Zeitschriftenhalter keine Zeitung enthielt.

Wieder lotete ich die Küche aus. Ich spürte förmlich, wie meine Augen aus dem Kopf traten oder sich zumindest gespannt vorwölbten. Der Flur pustete mir einen Luftstrom an die Schläfe, in dem Stimmen, Türquietschen, ein unpräzises Huhuh, ein Bängbäng aus dem Fernseher im Wohnzimmer und Getuschel von der Tür mitschlingerten.

Dann, gerade als ich viel zu lange zwei Sekunden auf den Hefekranz, der auf dem Spültisch thronte, gestarrt hatte, sah ich sie. Sie lag auf dem Fußboden, unter dem Küchentisch, oder genauer gesagt direkt unter meinem Stuhl, wahrscheinlich war sie Irja beim Putzen heruntergefallen, denn es war schwer zu glauben, dass sie der Typ war, der Sachen auf den Boden warf, jedenfalls lag sie dort, die Zeitung, die richtige, daran bestand kein Zweifel, auf der Titelseite das gleiche schmelzkäseartige Ministerpräsidentengesicht wie früher am Tag auf Virtanens Couchtisch. Auch seit diesem Zeitraum schien, na ja, ein ganz schöner Zeitraum vergangen zu sein. Im selben Moment langte ich auch schon kopflos nach der Unterstuhlvisage und den sich dahinter verbergenden Entsetzlichkeiten, und kaum hatte ich die Postille an einer Ecke erwischt, hörte ich Irjas Stimme im Flur. Sie rief nach mir.

Und da, als ich auf der Stelle erstarrte, wusste ich genau, dass ich genau das nicht hätte tun dürfen: erstarren. Aber ich konnte mich auch nicht mehr in Bewegung setzen, sondern kniete mit hochgerutschtem Rock unter dem Tisch und hielt den Atem an wie das kindlichste aller Kinder oder das dümmste der dummen. Es rauschte in meinen Ohren und auch in den Augen schien sich roter Schaum zu stauen. Die Knie taten mir weh.

»Irma!«, erschallte es erneut im Flur.

Da mir sonst nichts einfiel, stopfte ich mir die Zeitung unter die Bluse. Mühsam machte ich Anstalten, mich unter dem Tisch herauszubefördern, Rock und Mantel sträubten sich und rutschten noch weiter nach oben, mir flatterte das Herz; natürlich hatte es die ganze Zeit gerappelt, aber jetzt war es schwer, etwas anderes als sein Nachbeben in den Schläfen zu hören. Nicht dass ich in dieser Situation scharf darauf gewesen wäre, die anderen Geräusche zu hören, das lange, reißverschlussartige Krachen der Strumpfhose, das Keuchen meines Atems, und schon gar nicht das näher kommende Stapfen von Schritten, jenes Geräusch, das ich rechtzeitig hätte hören sollen.

Als das Stapfen erst pausierte, nachdem ich es wahrgenommen hatte, und Irjas tiefes Lachen freigesetzt wurde, überkam mich ernstlich das Gefühl, nun alle Fluchtmöglichkeiten ausgeschöpft zu haben: Ich konnte nichts mehr tun, als ihr meinen Hintern entgegenzustrecken.

Mit einem Lachen wäre ich wahrscheinlich aus der Nummer herausgekommen, aber mir war nicht nach Lachen zumute. Gern hätte ich einen Witz gerissen wie, es ist nicht das, wonach es aussieht, aber aus meinem Mund drang nur Gesäusel und Gewimmer. Und als ich endlich mehr herausbrachte und unter den Wachstischdeckensäumen hervor formulieren konnte, mir sei ein Ohrring heruntergefallen und aus völlig unfassbarem Grund auch noch hinzufügte, nein, das Taschentuch, hatte ich noch weniger Lust, unter dem Tisch hervorzukommen.

»Was hast du gesagt?«, fragte Irja dann von irgendwoher und wie mit einem Schellenklingeln.

»Was?«, fragte ich in einer Mischform aus Ächzen und kurzem Wimmern und rappelte mich auf, obschon ich mich am liebsten mit dem Gesicht voran auf dem blitzblanken Fußboden flach ausgestreckt hätte. Die Fingernägel schabten übers Linoleum und knirschten, die Zeitung raschelte unter der Bluse und die Strumpfhose knirschte nur so, und wieder war etwas witzig, also für Irja, sie musste lachen, während es mir schwerfiel, etwas anderes als Panik zu empfinden. Mit dem Hinterteil voran stieß ich rückwärts unter dem Tisch hervor, kam in einigermaßen sinnvoller Reihenfolge auf die Beine, stand da, in Gottes Namen, stand da, und sie stand auch da, Irja, direkt vor mir, und gab sich eindeutig Mühe, so zu tun, als hätte sie all das nie und nimmer gesehen.

Ich streckte den Rücken durch, so gut es ging, schob die Hände in die Manteltaschen, stößelte darin herum und sagte: »Ja also das Taschentuch. Das. Taschentuch. Ist runtergefallen.«

Irja sah mich eine Weile mit schief gelegtem Kopf an, gab ein Aha von sich und zupfte einen stecknadelkopfgroßen Fussel von meinem Mantelärmel. Dann sagte sie mit leicht melancholischem Unterton: »Da habe ich aber schlecht gewischt. Na, wie auch immer«, fuhr sie fort. »Die Jalkanens stehen vor der Tür.«

Zunächst konnte ich nicht mehr sagen als: »Ach so.« Dann kam mir in den Sinn, was ich ihnen angetan oder vielmehr vorgelogen hatte, und ich fragte mich, ob ein Komitee das nun alles aufarbeitete, nach dem Motto: Da sitzt sie in der Küche, die falsche Umfragerin, sollten wir uns nicht mal ein bisschen mit ihr unterhalten? Trotz allem ging ich schicksalsergeben in den Flur, etwas anderes konnte oder wagte ich nicht; aus der fernsehflimmernden Öffnung der Wohnzimmertür drang das kreditwürdige Schwatzen des Nachrichtensprechers, und im Flur versuchte ich ein briefmarkengroßes Grafikblatt zu erkennen, von dem man unmöglich sagen konnte, ob es eine Birne oder einen Schädel zeigte; und obwohl ich noch dazu kam, zu denken, es handle sich ja immerhin um Kunst, weshalb eine Birne-Schädel-Kombination durchaus möglich wäre, so war es doch schwierig, weiterreichende Untersuchungen anzustellen, auch wenn ich noch so gern stehen geblieben wäre, um alle möglichen Ablenkungen zu bestaunen.

Da war sie, die Tür, gleich hinter der Ecke, und auch ich war ganz bald dort, weil ich kurz mein Hirn ausschaltete und die Füße handeln ließ. Sie schauten mich alle vier an, Irja natürlich in erster Linie, und dann die im Türrahmen eingezwängte Jalkanen-Mischpoke, alle ein bisschen irritiert wirkend. Der Grund dafür lag auf der Hand, wahrscheinlich fürchteten sie sich vor meiner Furcht einflößenden Erscheinung.

Die einzige Person, die wenigstens einigermaßen über allem zu stehen schien, war das Baby auf dem wippenden Arm der Mutter. Es staunte die Perlenfäden der Deckenlampe an und lächelte schief in sich heinein.

»Sieh an, hallo«, sagte ich dünn.

»Hallo«, erwiderten die erwachsenen Jalkanens in kaum wahrnehmbarem Kanon und sahen mich mit zur Seite gelegten Köpfen an. Ich versuchte, auf ihren Gesichtern Anhaltspunkte dafür zu entdecken, was sie wirklich dachten, ob sie die Zeitung gelesen hatten, aber es war unmöglich, etwas herauszufinden, sie standen bloß da und guckten. Und dann fing ihr Mädchen, das mit dem discounterartigen Namen, genau, dann fing ihr Mädchen endlich an zu quengeln und gleich darauf zu schreien und schließlich zu brüllen, und von all den Gefühlsäußerungen gehörte das Letztere schon allein von der Lautstärke her einer Kategorie an, die einen trotz aller Beklemmung auf den Gedanken brachte, wie lustig es eigentlich ist, dass in ein so kleines Wesen so viel Stimme passt.

Irja durchbrach dann die allgemeine Sprachlosigkeit und sagte: »Ei, ei, was sich das Kleine ärgern muss.«

»Ei, ei«, sagte auch ich irgendwie gepresst. Dann, ohne meinem Lautausstoß die geringste Beachtung zu schenken, sagte Mari: »Sollen wir der kleinen Kackeschleuder mal die Windeln wechseln?«

Sie sagte es auf die einzig mögliche Art, mit der ein erwachsener Mensch verbale Wärme in die Kacke bringen kann: mit Elternhaftigkeit. Fast wäre ich im selben Moment in meine eigenen belanglosen elterlichen Erinnerungen hinübergetänzelt, kam aber nicht dazu, weil Vater Jalkanen sagte: »Jawoll.« Und auch wenn diese Aussage im inhaltlichen Sinn natürlich nicht gerade gewichtig war, so lag doch eine gewisse mobilisierende Kraft in dem einfachen Jawollen.

Zuerst wurde mir durch die Aufbruchabsicht etwas bange, ich weiß ehrlich gesagt nicht, warum, vielleicht weil ich nicht im Geringsten begriff, warum sie überhaupt im Treppenhaus standen, oder es lag daran, dass sie so kurz angebunden waren, die Jalkanens, was ich ihnen aber schwerlich vorwerfen konnte, warum sollten sie nicht ein bisschen erstaunt darüber sein, dass ein fremder, dubiose Fragen stellender Tantenmensch plötzlich an der Tür ihrer Nachbarin auftauchte, um einen komischen Eindruck zu machen. Irja beeilte sich dann aber, mir zur Hilfe zu kommen, und erklärte, sie würden ein Fest machen, es dauerte eine Weile, bis ich überhaupt begriff, wovon sie sprach, wer ein Fest machte, und als ich dann nach ein paar Leerzeichen endlich verstand, dass die Jalkanens es planten, dieses Fest, und als Irja dann noch sagte, wir haben uns gerade überlegt, ob du vielleicht auch kommen möchtest, da hatte ich irgendwie das Gefühl, als wäre mir im Kopf eine Ader geplatzt, und eine blinde, kindische Schauderlichkeit würde meine ganze sterbliche Hülle erfassen.

Ich glotzte sie alle der Reihe nach an, Irja, die immer noch ihr Kopftuch aufhatte und den Lappen in der Hand hielt, als müsse sie am Putztag festhalten, komme was wolle; Mari und ihr Mann Jaanis, die ihre Köpfe mit taubenartigem Schläfendrall hielten; das Kind, das auf seltsame Art zwischen seinen Eltern hing, obwohl es sich auf dem Arm der Mutter befand; sein Weinen war zu einem Wimmern ausgefasert, aber am Gesicht sah man, dass irgendwo der Schuh drückte, und meine invalide Nase verriet mir, wo genau. Dann war es aber doch an der Zeit, etwas zu sagen, Schwierigkeiten mit der Lautproduktion ergaben sich diesmal eigentlich nicht, die Worte krochen wie ein zähes Karamellband aus meinem Mund, mein Sohn hatte mit so was als Kind seine Mätzchen gemacht, ich hätte es nicht erlaubt, aber sein Vater hatte ihm die bandwurmartige Süßigkeit immer zugesteckt. Es war also so, dass die Worte wie am Band kamen, ein weinerliches Stottern, von dem ich hoffte, dass wenigstens die Weinerlichkeit irgendwie verborgen bliebe, was wohl kaum der Fall war, dafür war sie zu überbordend, ein Jammern, Wimmern, Wehklagen, o weh, o weh, ihr lieben Leute, was seid ihr so gut zu mir, dass ihr mich zu euch, o je, o je, das kann ich doch nicht annehmen, bei fremden Leuten, da kann ich nicht hin, o je, o je, gütiger Himmel, das wäre doch nicht nötig gewesen, so was von gut und lieb, ihr lieben Leute. Und nachdem sie sich mein Lamento eine Zeitlang verdattert angehört hatten, mussten sie dann ihrerseits dazu übergehen, mir gut zuzureden, und so war für eine Weile der ganze Türrahmen ausgefüllt mit einem länglichen, die Vokale dehnenden, fast jaulenden Wortwechsel, wie ihn Menschen vor Höflichkeit und gutem Benehmen ohne Weiteres bis fast ins Unendliche fortsetzen, ein bisschen so, als würden sie um die Wendung des Geschehens feilschen.

Ziemlich schnell zog ich mich dann aber doch aus dem blubbernden und brubbelnden Brei zurück: Der Mund funktionierte nur langsam, während die Gedanken bereits den Hang hinunterkugelten, und trotz all des gedämpften Brodelns, das die freundliche Einladung bereits in mir ausgelöst hatte, fing innerlich erneut das Bewusstsein zu hämmern an, dass sie, die Jalkanens, daheim garantiert die Zeitung hatten, ich musste sie an mich bringen, Herr im Himmel, ich durfte sie nicht schockieren, die Jalkanens, diese guten Menschen, diese sympathischen Menschen, diese Menschen.

Und so setzte ich der ganzen türschwelligen Wortumarmung ein Ende, indem ich seufzte: »Ach ihr lieben Leute, ich komme ja, doch, ich komme, ich komme, aber da war noch was, ja da war was. Da war dieses eine Formular, das habe ich ganz vergessen, gehen wir doch schnell rüber zu euch, ihr braucht ja noch das Formular, dem Kind geht's ja auch nicht so gut.« Und dann zwängte ich mich auch schon zwischen ihnen hindurch ins Treppenhaus. Sie folgten mir tatsächlich brav und fummelten hektisch an der Tür, da die komische Tante sie zur Eile antrieb, und ich weiß nicht, ob ich den Mann mit meinem Drängen nervös machte, jedenfalls fielen ihm die Schlüssel hinunter, bevor er die Tür aufbekam. In dem Moment, in dem sich der Sesam endlich öffnete, flüsterte ich Irja zu: »Wir sehen uns«, und drängelte mich hinter den sich in ihren Flur zwängenden Jalkanens hinein und war bereits in einem vollkommen anderen Gemütszustand angelangt, die Zeitung, dachte ich, die Zeitung, ich musste sie in die Hand bekommen, und da lag sie auch schon, auf der Fußmatte, der Ministerpräsident lugte mit einem Auge unter der Ferse von Maris weißem Tennisschuh hervor.

Dadurch bestand kein Anlass mehr, weiter in die Wohnung vorzudringen, doch musste ich mir nun schnell einen Grund einfallen lassen, warum ich sie auf der Stelle wieder verließ. Also fing ich wieder an, heftig etwas Wirres von diesem Formular zu stottern, und ob es nun pures Versehen oder halb bewusst war, jedenfalls fiel in dem Moment meine Handtasche zu Boden und ich ließ mich gleich danach auf die Knie nieder und riss Kalender, Geldbeutel, Pax-Pastillen-Dose, Taschentuchbündel, zerknitterte Blätter und sonstigen Quasiinhalt heraus, mehr war nicht drin. Gleichzeitig brabbelte ich: »Geht nur nach Hause, ihr lieben Leute, also ich meine in eure Wohnung hinein, das Kind fühlt sich nicht wohl, ich will euch nicht die Zeit stehlen, ich suche das Formular und leg es dann hier hin, das ist eigentlich nichts Besonderes, aber wo hab ich das jetzt.« Und auch wenn ich sehr wohl verstand, dass ich mit jeder Sekunde tiefer in ein entsetzliches Dickicht geriet, so schien es doch auf irgendeiner Ebene zu funktionieren, alles, sie tappte weiter in die Wohnung hinein, die Jalkanen-Familie, mit den vorsichtigen Bewegungen, in die Menschen leicht geraten, wenn ein Fremder ihnen in ihrer eigenen Wohnung Kommandos erteilt, und ich blieb für einen Moment allein im Flur zurück und konnte die zerknitterte Ministerpräsidentenvisage und die irgendwo darunter brennende Nachricht in meiner Handtasche verschwinden lassen.

Als ich alles beisammenhatte, blickte ich auf und sah mich selbst in einem riesigen Glasgefäß gespiegelt, das vor mir stand und mit Regenschirmen, Walking-Stöcken und sonstigem Dielenkram beladen war. Und da war sie, auf allen vieren auf dem Fußboden in einem fremden Flur, eine Frau mittleren Alters, mit weit aufgerissenen Augen, und wenn man ihr etwas ansah, dann das, dass sie ganz und gar nicht alle beisammenhatte.

Bevor ich ins Treppenhaus und aus dem Haus und ins Auto stolperte, schaffte ich es noch, ein einzelnes Blatt Papier aus der Tasche zu zupfen, mit knirschender Strumpfhose aufzustehen, in die Küche zu platzen und der dort allein in voller Montur und perplex wirkenden Mari das Blatt in die Hand zu drücken, aus irgendeinem sonderbaren Überlebensvorrat ein Lächeln hervorzuzaubern und zu sagen: »Wir sehen uns auf dem Fest«, und mich im Rückwärtsgang in den Flur zu verziehen. Schließlich trompetete ich von der Tür aus ein Auf Wiedersehen, rannte die Treppe hinunter, und die ganze Zeit flimmerte in meinem Kopf nur ein einziger Gedanke, die quälende Frage, wieso ich gerade dieses Blatt Papier bei den Jalkanens zurückgelassen hatte, ein Blatt, auf dem lediglich drei in Großbuchstaben geschriebene Fragen standen, drei dämliche, unglaubwürdige und in jeder Hinsicht schwachsinnige Fragen, die Waschmittel, Haushaltspapier und von allen Dingen auf der Welt, Gott bewahre, ausgerechnet Nüsse betrafen.

Und als ich auf dem Parkplatz dann endlich ins Auto kam, vorbei an dem Assyrer, der dort fröhlich das Starterkabel schwenkte, begriff ich, dass ich wieder einmal etwas durch und durch Falsches getan hatte.

Was halten Sie von Nüssen?

Wie soll man diese Frage beantworten? Stimme weitgehend zu?

Ich fuhr ohne Unfall und andere Scherereien zurück, parkte das Auto, stieg in meine Wohnung hinauf und zerschnippelte als Erstes die blöden Zeitungen. Auch das war natürlich blöd, diese ganze Maßnahme, aber was soll's, etwas musste ich ja tun, weil mir aus allen Fenstern und Spiegeln und Topfdeckeln die Augen der falschen Umfragerin entgegenstarrten. Die Augen der Schwindlerin.

Draußen prasselte etwas, der Wind, der Regen, ich wusste es nicht, irgendwas. Ich zwang mich, ohne Abendessen schlafen zu gehen. Mein Magen und mein Leben waren gleichermaßen durcheinander.

Am nächsten Tag plagte mich bereits die Panik. Ich machte mir Sorgen um die Jokipaltios, die Jalkanens und um mich; und dann war da auch noch mein Sohn, der immerhin versprochen hatte, noch mal anzurufen, nach seiner Drohung, wegzugehen, und er hatte nicht angerufen, oder vielleicht doch, alles in allem waren es jedenfalls mehr als genug Fürchterlichkeiten. Ich rief nun ihn an, meinen Sohn, und da passierten dann innerhalb kurzer Zeit zwei merkwürdige Dinge. Zuerst sagte das Telefon, die gewählte Nummer sei derzeit nicht zu erreichen, und als ich es noch einmal versuchte, die Nummer sei nicht vergeben. Und als ich zum dritten und letzten Mal anrief, kam da nur noch ein kurzes nervenschwaches Zilpzalp, das kein bisschen mehr Freude bereitete als die vorherigen Auskünfte.

Nachdem ich dann eine Zeitlang vor mich hin gezittert und auf die Tagesdämmerungsbrühe des Dezemberanfangs gestarrt hatte, in dem ein paar verlassene Schneeregenfetzen trieben, ging ich dazu über, die Töpfe hin und her zu schieben und noch einmal die Kaffeemaschine anzuwerfen; ich konnte einfach nicht still sitzen bleiben.

So ging er dahin, der Tag, mit verzweifeltem Stehen, Sitzen, Aufspringen und Herumgehen. Ab und zu klingelte das Telefon, wegen meines Sohnes nahm ich jedes Mal ab, aber mein Sohn war nicht dran, einer hatte sich verwählt, der Zweite versuchte mir den ›Pferdenarren‹ anzudrehen und der Dritte erkundigte sich mit spöttischem Unterton nach meinen Konsumgewohnheiten; und dann war da noch der Hausverwalter, mit geschäftiger Stimme und einem unbrauchbaren Vorwand, er fragte: »Haben Sie einen Schlüssel verloren?«, und als ich dann energisch verneinend hinter den Vorhang schlich und nach draußen spähte, da stand er in seiner lächerlichen Grafenmontur mit dem Handy am Ohr im Hof und glotzte direkt auf mein Fenster.

Ein Fiesling, dachte ich, was für ein Fiesling. Dann geschah jedoch ein kleines Wunder, und die bösen Gedanken lenkten mich wenigstens für zwei Sekunden von den Kriechtieren in meinem Kopf ab: Mir wurde bewusst, was für einen Riesenhunger ich hatte. Ich nahm Kohlsuppe aus dem Gefrierschrank und wärmte sie auf. Es wäre auch etwas anderes drinnen gewesen, im Gefrierschrank, aber ich hatte das Gefühl, jetzt eine Suppe zu brauchen, eine ordentliche, drei Mal aufgewärmte und dann eingefrorene Armeleutesuppe. Kampfsuppe.

Sie schmeckte genauso wunderbar, wie so eine schlichte Suppe schmecken muss, und brachte mich momentweise sogar in kriegerische Stimmung, nach dem Motto: Euch werd ich's noch zeigen. Aber nachdem ich meine Suppe gelöffelt hatte und wieder am Tisch saß und lange genug die Poren in der Wand von Eingang B in der Nachmittagsdämmerung angestarrt und Kaffee getrunken hatte und von zwei Tassen unruhig geworden war, trieb die Panik wieder ihr Unwesen in meinem Kopf. Da mir nichts Besseres einfiel, rief ich im Abstand von wenigen Minuten meinen Sohn an. Inzwischen wurde bereits regelmäßig und hartnäckig behauptet, die Nummer sei nicht vergeben. Irgendwann gegen acht legte ich mich ins Bett. Ich faltete die Hände auf der Brust und folgte mit dem Blick dem gekrümmten Riss in der Decke, der so getreu die südwestliche Küstenlinie Europas nachzeichnete, dass ich in einer schlaflosen Nacht schon einmal den Atlas hervorgeholt hatte. Ziemlich genau ringelte sich an der Decke die Locke von Antwerpen nach Lissabon. Eine ganz schöne Strecke.

Dann nahm wieder das Telefon meine Aufmerksamkeit in Anspruch.

Zuerst hielt ich das Surren für einen Anruf und wollte schon etwas in die kleinen Löcher brüllen, aber dann stellte sich heraus, dass es eine SMS war. Von Irja. Sie machte sich Gedanken wegen meines plötzlichen Aufbruchs am Vortag und erinnerte mich an das Fest bei den Jalkanens. Beim Antworten knacksten einige Tasten, andere gaben weiche Pff-Laute von sich, bloß das Knöpfchen mit der Vier knirschte, als würde es bald das Zeitliche segnen. Das Ergebnis bestand jedenfalls in einer Bitte um Entschuldigung für meinen plötzlichen Aufbruch, ich erklärte, ich hätte Kummer mit meinem Sohn, wobei ich den Kummer aus irgendeinem Grund mit Großbuchstaben schrieb, und zum Schluss merkte ich an, ich käme natürlich zum Fest. Eine Gute Nacht passte auch noch in den Text.

Als ich am nächsten Morgen aufwachte, das Handy noch immer in der schlaffen Faust und in voller Montur, war es bereits hell. Zunächst fiel es mir schwer, die richtige Einstellung zu finden, zur eigenen Lage, fast unmöglich, bei uns war es nicht üblich, in Kleidung und mit dem Telefon in der Hand aufzuwachen. Das Mundinnere fühlte sich pelzig an, und auch das Gesicht war mit einer Art Maske überzogen.

Immerhin begriff ich, dass zweifellos so etwas wie ein neuer Tag angebrochen war. Die Uhr zeigte bereits ein ordentliches Weilchen zu viel, im Moment des Ablesens ziemlich genau zwei, ein Wert, der mir in unerträglicher Exaktheit ins Bewusstsein sickerte, denn genauso spät war es bei meinem Besuch bei den Jokipaltios gewesen, irgendwann vor langer Zeit beziehungsweise tatsächlich erst vor Kurzem.

Ich stürzte unter die Dusche, als wollte ich das Beschleunigungsphänomen illustrieren, und dann direkt weiter in saubere Kleidung, danach ohne Kaffee ins Treppenhaus und auf die Straße, und dann saß ich auch schon im Auto, mit Blick auf die Bucht, die langsam, bedrückend, irgendwie ursuppenartig die spärlichen nassen Schneeflocken schluckte, so wie man es in Natursendungen manchmal Zellen oder sonstige Kleineinheiten unter dem Mikroskop tun sehen kann, und drehte den Zündschlüssel. Es ertönte ein totenbettartiges Keuchen, es klang ein bisschen wie ein düsteres letztes Lachen. Beim fünften oder sechsten Versuch erwachte der Motor zum Leben und brachte das ganze Auto zum Schaukeln, aber ich hatte weder die Zeit noch die Fachkompetenz, um wegen der verschiedenen Phänomene Argwohn zu entwickeln, sondern rammte, anstatt mir den Kopf zu zerbrechen, den Rückwärtsgang rein und schoss aus der Schrägparkbucht auf die Fahrbahn. Ich trat aufs Gas, ließ die Kupplung springen, und das Auto brauste los.

Die Bäume jenseits der Bucht waren schwarz; über ihnen fusselte ein kümmerliches weißes Netz vom grauen Himmel. Die einzigen Farben im Bild huschten in Form von geparkten Autos vorbei. Ich schaffte es halbwegs anständig am Runden Haus vorbei, bei dem ich mich fragte, was es mit dem eigentlich auf sich hatte, es schien ständig im Weg zu stehen und brachte alles durcheinander, ganz egal, aus welcher Richtung man kam, und war doch bloß ein einzelnes Gebäude. Während der ganzen Fahrt durch den Stadtteil Kallio fühlte ich mich wirr und halb wach, in der engen Kurvenschlucht am Ende der Hämeentie tasteten sich allmählich die Erinnerungen an die nächtlichen Albträume und Aufschreckmomente und all die schweißtreibenden Hirngespinste heran. Als sich links das schwarze Moor der Schrebergartensiedlung von Vallila auftat, spannten sich meine Gliedmaße unter den Nadelstichen einer unspezifischen Aufregung an, und als ich den Beginn der Autobahn erreichte, war ich bereits wieder so weit, dass ich hätte heulen und schreien können. Spätestens da dämmerte mir: Ich war ohne nachzudenken zu der Fahrt nach Kerava aufgebrochen, obwohl ich mich aller Vernunft nach gerade von dort hätte fernhalten müssen.

Dann hopste aber schon der Ring 1 über meinen Kopf hinweg und ich musste mich wieder aufs Fahren konzentrieren. Die blattlosen Bäume und all die hüttenartigen Wohnblocksiedlungsformen rauschten vorbei, und so viel auch vorüberrauschte, so kam ich doch ziemlich langsam voran, eine richtige Raserei brachte ich nicht zustande, ich traute mich nicht, aufs Gas zu treten, obwohl es mich drängte, immer kompakter klatschte der Schneeregen gegen die Scheibe. Und auch wenn ich mit gerade mal fünfzig km/h dahinkroch, so war doch klar, dass ich ihr relativ bald begegnen würde, der Wahrheit oder etwas in der Art, der Stadt, an der man nicht einfach vorbeifahren konnte, selbst wenn ein Panikknödel im Gehirn mir genau das zu tun befahl, auch das Benzin schien bald alle zu sein, was schluckten die heutzutage aber auch so gierig, die Autos; was hieß heutzutage, es war ja ein altes Auto, aber was wusste ich schon von antiken Autos, blabla, aber da half kein Blabla, ich musste die Ausfahrt nehmen und in Kerava eintauchen wie in eine zähe, braune, verlockende und zugleich bedrohliche Schokoladensoße.

Von da an war es schwer, alles, was Kerava war, zu vermeiden, die Keravantie, den Innenstadtring, die Bahnunterführung, die auflockernden Bauminseln zwischen den grauen Wohnkästen, die letzten Abzweigungen. So gerne ich noch mehr Etappen aller Art zur Kenntnis genommen hätte, es half doch nichts: Ich war am Ziel.

Ich lenkte das Auto auf dem Parkplatz in eine Lücke, stieg aus, stapfte durch den immer dichter flockenden feuchten Schnee zur Haustür, stieg die Treppe hinauf und war plötzlich da, im richtigen Stockwerk, vor den Türen der Jokipaltios und Jalkanens. Dann ging es los.

Auf dem letzten Treppenabschnitt war ich noch ganz von der Konzentration aufs Künftige quasi absorbiert gewesen, darum nahm ich all die Leute erst wahr, als ich schon auf der letzten Stufe stand. In dem Stadium konnte ich unmöglich wieder kehrtmachen. Das Fest, dachte ich, das Fest, verflixt, ich hatte nichts gekauft, kein Geschenk, wie peinlich, wie doof, wie unnötig, wie zerknüllend peinlich, als hätte ich nicht ohnehin schon genug mit all den Geschenkangelegenheiten herumgepfuscht, und jetzt stand ich wie eine Idiotin mitten in der Menschenmenge und hätte natürlich jemandem gratulieren und die Hand geben müssen, und zwar mit Geschenk. Kurz dachte ich daran, einfach irgendetwas aus der Handtasche zu kramen, aber was hätte sich da schon finden lassen.

Also drängte ich mich ohne Gabe in die Menschenfülle, schob und schob mich immer weiter hinein, es wollte gar kein Ende mehr nehmen, das Hineinschieben, mit langsamer, aber tierhafter Hast bewegte ich mich wie im Automatikmodus zu Irjas Tür. Eigentlich befanden sich auf dem Treppenabsatz kaum mehr als zehn Personen, aber fürchterlich war es trotzdem, weil ich nicht fähig war, auch nur einem von ihnen in die Augen zu schauen, mich aber gezwungen fühlte, nach hier und da mit dem Kopf zu nicken und Guten Tag und Hallo zu sagen und obskure kleine Laute auszustoßen, die zwischen die Wörter zu tropfen schienen. Und obwohl es mir gelang, das Kopf-hoch-Trio Jalkanen in der Tür zu entdecken, so fiel es mir auch bei ihnen schwer, ohne Geschenk anzukommen, wenn eine ganze Etage voller Festgäste dabei zuschaute, und was für Festgäste, mein lieber Herr Gesangverein, was für eine dunkle, steife, ernste Gesellschaft!

Und dann kam es, ich weiß nicht, wie ich es nennen soll, eine Art Nachbewusstsein vielleicht, ein seltsames plötzliches Verständnis, dass ich die Geschehnisse der letzten zwanzig Sekunden grundsätzlich falsch eingeordnet hatte. Blanker Horror war es, weiß Gott zum wievielten Mal in so kurzer Zeit, und dabei halfen die vorangegangenen Horrorszenarien natürlich kein bisschen, sondern verschlimmerten die aktuelle Situation nur noch, für die es zwar wer weiß wie viele Gründe geben konnte, die aber hauptsächlich dadurch entstand, dass ich erst jetzt, da ich mich vor der Tür der Jokipaltios festkeilte, wahrnahm, dass all die Menschen um mich herum in unverbrüchlicher, vollkommener Mucksmäuschenstille dastanden und letzten Endes keineswegs mich anglotzten, sondern eher zur Decke und auf die Fußspitzen und überhaupt verlegen überall anderswohin schielten.

Da war es schließlich unausweichlich zu begreifen, dass ich mich ganz und gar nicht durch eine plaudernde Schar von Feiernden gedrängt hatte, sondern in eine äußerst ernste Angelegenheit hereingeplatzt war.

Zwar überwog feierliche Garderobe, das schon, Männer in Sakkos oder im Anzug, von den Frauen war eine im kleinen Schwarzen und eine andere in etwas wesentlich Üppigerem und Pompöserem, und dann waren da auch noch die Kinder, allen voran das der Jalkanens, es gurrte auf dem Arm seiner Mutter, gekleidet in ein winziges Rüschenkleid, und klimperte fast ebenso ernst mit den Wimpern wie seine Mutter. Irgendwo in ihrer unmittelbaren Nähe stach mir etwas in den unteren Augenrand, etwas wie ein splitterartig stecken bleibender heller Punkt, ein dünner Junge, der einen viel zu großen Blazer in einer Farbe trug, die eher an eine entzündliche Krankheit als an Beerenbrei denken ließ. Ich erkannte ihn als Bewohner des Hauses und erinnerte mich an seine Frage: Ist mit Ihnen alles okay?

Nein, es war nicht alles okay. Nichts war okay. Und all das schmerzliche Nicht-Okay kam natürlich von wer weiß was, aber ganz weit oben stand mit Sicherheit doch die Tatsache, dass die übrigen Herumsteher, die dunkelgestalthaften, ja also, dass bei denen kein Irrtum möglich war. Es handelte sich um Polizisten.

Mir wurde schwarz vor Augen.

Seltsamerweise nahm ich gleich danach den Industrieputzmittelgeruch wahr, der durchs Treppenhaus wallte und so stark war, dass es gewissermaßen davon widerhallte. Ich weiß nicht, was ausgerechnet das Putzmittel an sich hatte, ob es mit einer Hotelreminiszenz in Verbindung stand oder so etwas, aber in dem Moment, in dem ein Teil meines Gehirns die unerträgliche Menge von Alternativen durchkalkulierte, eine schrecklicher als die andere, hinsichtlich der jüngeren Vergangenheit wie der näheren Zukunft, fing entgegen aller Vernunft in einer anderen Schädelrichtung plötzlich ein vielschichtiges, irrsinniges Zukunftspanorama an zu flimmern, eines, in dem ich unter südlicher Sonne in einem Liegestuhl lag, durch einen Strohhalm ein süßes, schaumiges, regenbogenfarbiges Getränk schlürfte, während um mich herum lachende Freunde umherliefen, die Jokipaltios, die Jalkanens samt neuem Nachwuchs, und auch mein Sohn war dabei, unter einer Palme, mit rotem Gesicht und weißem Bauch, eine dicke Zigarre paffend und einer Schönheit und deren hinterlistig aussehendem Begleiter Geheimniskrämereien zuflüsternd.

Dann ertönte ein schnelles, scharfes Plop, als wäre eine Denkblase geplatzt. Und als es mir wieder gelang, den Blick überhaupt auf irgendetwas zu richten, sah ich auf den Backen des höflichen kleinen Jungen die Überreste einer Kaugummiblase, weitgehend in der Farbe seiner Jacke.

Bald drängten auch wieder die anderen Menschen in meine Sinneswahrnehmung, die ernsten Leute in der Festkleidung und in ihrer Mitte die sich blaubeerhaft abzeichnenden Wachtmeister. Es waren zwei Männer. Der Ältere sah mich finster und augenbrauenbetont an, und der Jüngere, so eine blonde, igelköpfige, umgedrehte Birne, fast ein bisschen verzagt. Und als ich dann von der Tür der Jalkanens her eine in ihrer Vertrautheit unidentifizierbare und in ihrer Unidentifizierbarkeit vertraute Stimme hörte, die garantiert irgendwie mit all dem zu tun hatte, versuchte ich nur noch, mich möglichst rasch, aber doch irgendwie würdevoll Irjas Tür zuzuwenden, schaffte es aber lediglich, die Knie in überlang gekochte Position zu biegen, Stirn und Knie gegen das Türholz gedrückt, die linke Hand auf der Klingel.

»He«, sagte jemand fast flüsternd hinter mir. Ich wandte den Kopf kaum in Richtung der Stimme und spürte, wie sich die Augen in den Höhlen zur Seite drehten. Sie starrten mich alle an, die Menschen ringsum, in einer Art schlichter Bestürzung. Da mir nichts anderes einfiel, schaute ich aus meiner krummen Haltung heraus zurück. Meine Nase war noch immer im Weg, auch wenn sie nicht mehr solche Ausmaße hatte, dass sie die Sicht verdeckt hätte, aber wenn man sie sich erst einmal bewusst gemacht hatte, geriet sie ständig ins Blickfeld.

»Du willst da doch wohl nicht etwa rein?«, flüsterte Mari schließlich. Eine rote Uferlinie fasste ihre feuchten Augen ein.

Ich machte den Mund auf, aber es kam nichts heraus, und wenn man es genau nimmt, bewegte sich weder etwas hinein noch hinaus, nicht einmal Atem. Dann versuchte ich etwas zu sagen, irgendwie musste ich versuchen, eine Erklärung zu liefern, welche auch immer, Maris Frage hatte so verwundert geklungen, und es fand ja schließlich auch bei ihnen statt, das Fest, da war es schon ein bisschen seltsam, direkt an die Tür der Nachbarn zu taumeln, aber na ja. Und wo alle mich so anstarrten.

Und dann, während ich noch immer versuchte, mir etwas aus den Rippen zu leiern, drehte ich aus Versehen den Klingelgriff ein Viertel nach rechts, mit der Konsequenz, dass sie ein ziemlich kümmerliches, unter den Umständen jedoch kirchenhaft dröhnendes Bimmeln von sich gab. Und im selben Moment, in dem die Klingel ihren Laut ausstieß, hörte man jenseits der Tür zuerst ein dumpfes Geräusch und dann ein maskulines Brüllen, worauf die Tür sich seltsam schnell öffnete und Irja quasi ins Treppenhaus geschlüpft kam, mit violettem Gesicht und nicht wiederzuerkennenden Augen. Dann lag sie mir auch schon in den Armen, sicherlich nicht speziell in meinen Armen, aber ich stand nun mal ganz vorne, jedenfalls hing sie nun da und war augenscheinlich und auf jede nur denkbare Weise aus der Fassung und prustete und wimmerte mit fest zusammengekniffenem Mund, es war furchtbar, es war unmöglich, etwas zu verstehen, irgendwas, auch wenn man es natürlich versuchen musste, und als Erstes kam mir ihr Mann in den Sinn, ob der da drinnen tobte, ob die Beurlaubung ihn aus den Angeln gehoben, ob er zugeschlagen hatte oder was. Ich musste aber Irja festhalten, sie sah aus, als würde sie gleich zusammenbrechen, kollabieren, wie mein Sohn wahrscheinlich gesagt hätte, wo kam der jetzt her, der Gedanke, ich wusste es nicht, aber als ich Irja nun in einen wackligen Ärmelgriff bekommen hatte, da war auch ihr erstes Wort, nachdem sie den Mund aufgekriegt hatte, eben der Sohn.

Es gelang ihr noch, etwas Undeutliches von einem Unfall auszustoßen, dann versiegten ihre Kräfte und sie sackte in sich zusammen, ungefähr so wie ich kurz zuvor an ihrer Tür, halb hängend und halb lehnend. Ich hielt sie, so gut ich konnte, ziemlich kraftlos, und dann stürzten auch schon schwer atmende und gedämpft lamentierende Nachbarn und Bekannte und Polizisten herbei, um uns beide auf den Beinen zu halten. Als mich der jüngere Wachtmeister am Arm packte, spürte ich einen Moment lang eine elementare zitternde Panik, aber dann geriet auch die unter all dem Kummer in Vergessenheit, und da ich die Situation einfach nicht begreifen konnte, blubberten mir Fragen aus dem Mund: »Was ist los, was ist passiert, was für ein Unfall und was für ein Sohn«, und nachdem ich dann sicherheitshalber fünf Mal das WasfüreinSohn wiederholt hatte, kam Irja, die kurz bewusstlos und daher auch tränenlos geworden war, wieder zu sich und antwortete: »Na, mein Sohn.«

Dann artete alles in ein einziges Geschubse aus. Ringsum plapperte und klopfte es auf die Schultern, und jemand schien mich auch von Irja loszureißen oder sie von mir, es war schwer zu sagen, aber meine Gedanken drifteten kurz ab, starrte auf einen kleinen Sprung im Türrahmen, auf der Höhe des Schlosses, war das eine Spur von einem Einbruch, hoffentlich nichts frisches Schlimmes, aber alles in allem hatte er die gleiche Form wie das Stück europäische Westküste an meiner Decke. Dann kam ich wieder zu mir, weil Irja merkwürdig zu zappeln begann, sie verstand offensichtlich selbst nicht, wo sie hinwollte und wonach sie tastete, aber es schien sie wieder in die Wohnung zu ziehen, und im selben Moment, in dem ich rundum aufgeregte Dissonanzen hörte und spürte, dass einige andere mich in Richtung Treppe zerren wollten, in dem Moment also merkte ich, dass der Riemen meiner Handtasche an einem Knopf an Irjas Pullover hängen geblieben war; das Resultat bestand darin, dass es mir infolge all des Zerrens und Strampelns gelang, das Gleichgewicht zu verlieren und gegen Irja und mit ihr zur Tür hineinzustürzen.

Damit war es mit den Anklammerungen noch nicht vorbei. Während ich versuchte, mich mit hektisch tänzelnden Zehenspitzenschritten aufrecht zu halten, registrierte ich zweierlei: zum einen dass mein Mantelärmel an der Türklinke hängen geblieben war und nun die Tür in ordentlichem Tempo zugezogen wurde, und zum anderen dass durch die in ordentlichem Tempo zugehende Tür etwas zu hören war wie: »Was macht die Alte da eigentlich?« Und das war eine Lautäußerung der fürchterlichen Frau Hätilä.

Da hatte ich dann natürlich nichts dagegen, dass die Tür rasch zufiel. Für kurze Zeit sah ich nichts, in den Flur fiel kein Licht, die funzlige Tiffanylampe auf dem Tischchen, deren Schirm in verschiedenfarbige Stücke unterteilt war und an einer Art bronzenem Katzenschweif hing, war die einzige Lichtquelle, aber dann musste ich mich wieder auf Irja konzentrieren. Auch ihr war es gelungen, beim Stolpern durch die Tür auf den Beinen zu bleiben, sie stand zwischen den Mänteln, die in einer Ecke an der Stange hingen, und schaute abwesend auf das uralte Butterfass, aus dem Regenschirme, Stöcke, Eishockey- und Baseballschläger sowie ein irgendwie vollkommen fehl am Platz wirkender Spazierstock mit Silbergriff ragten. Ihr liefen keine Tränen mehr herunter, man sah, dass sie davon schon reichlich vergossen hatte, ihre Augen waren tief in die Höhlen eingesunken, wie zwei schwelende Himmelskörper.

»Was ist denn los?«, gelang es mir schließlich zu fragen, und dadurch kamen wir dann beide zu uns.

Mit irrsinniger Hast fing sie dann an, den schmalen Taschenriemen von ihrem Pulloverknopf zu befreien, und da ihr das einfach nicht gelingen wollte und sie alles noch schlimmer verknotete und rasend wurde und mit Gewalt daran zu reißen begann, fing ich an, ihr zuzureden, irgendwas zu sagen, bekam aber nichts Vernünftiges heraus, sondern machte mit dem Gestammel weiter, mit dem ich schon im Treppenhaus begonnen hatte, der Sohn, der Sohn, was für ein Sohn, großer Gott, was für ein Unfall, welcher Sohn, was. Schließlich bekam Irja den Riemen von dem großen türkisfarbenen Knopf los, der zumindest in dem spärlichen Licht genau den gleichen Farbton hatte wie ihr Pullover, ein etwas ausgeleiertes Kleidungsstück für daheim, und dann kamen endlich auch Wörter heraus, sie sagte, es sei der Sohn gewesen, bei dem Unfall, und ich verstand natürlich nichts weiter, als dass sie offenbar glaubte, mir das Ganze schon erzählt zu haben, und die unvollständige Kommunikation steckte auch mich insoweit an, als ich mich vorübergehend in ein innerliches Jammern und Lamentieren verirrte, weil ich sie am Abend zuvor per SMS mit unsinnigem Zeug über meinen Sohn zugetextet hatte, während andere Leute mit ihren eigenen Söhnen echte Probleme bewältigen mussten. Weiter konnte ich in meinen Schuldgefühlen jedoch nicht herumfuhrwerken, weil Irja bereits weiterredete, diesmal vernünftiger, eigentlich erzählte sie aus den Falten ihres Schluchzens heraus mit ganz deutlichen Worten, dass er in einen Autounfall verwickelt gewesen sei, ihr Sohn, ein ganzer Pkw voller junger Leute, und an der Stelle ihrer nun erneut bruchstückhaften Erklärung drängte mir etwas Dickes und Klares in die Kehle, nein, großer Gott, er wird doch wohl nicht tot sein, der Sohn, Kalle, nein, das durfte nicht wahr sein, nicht so etwas, das war zu viel, einfach viel zu viel.

Aber Irja redete weiter, ich hörte zu, zu mehr war ich kaum fähig, auch wenn ich sie noch so gern in vielförmigem Mitleid und Trost ertränkt hätte, in der Küche röterte eine Eieruhr los und aus dem Wohnzimmer drang erneut ein Poltern und ein Knattern und ersticktes Fluchen, und obschon ich davon eigentlich hätte erschrecken müssen und mich fragen, ob der Mann da drüben vor sich hin wütete, wurden meine Wahrnehmungsinstrumente nun derart auf die Probe gestellt, dass mir die Konzentration schon wieder abhandenkam und ich ganz woandershin abdriftete, zuerst zum Ticken der Wurzelholzuhren und dann nach innen, zu dem trocken-zähen, herzartigen Angstkloß, der mir in der Kehle schwoll, und danach zum Herzen selbst, das von etwas Kaltem umspült zu werden schien, als wollte ein beschlussfassendes Organ es abkühlen, vor weiterem Entsetzen schützen und vor Angst und Trauer und sonstigem Gift; aber daraus wurde natürlich nichts, im Gegenteil, irgendwo hinter den Augen fingen die Tränen an hervorzusickern, dort stand es eher nicht so gut.

Erst jetzt nahm ich das Gequassel, Geraschel und Getue im Treppenhaus wahr, quasi unmittelbar neben mir, und sobald ich die Aufmerksamkeit darauf gerichtet hatte, schrillte prompt die Klingel. Im selbem Moment sagte Irja jedoch: »Mach nicht auf, ich halt das nicht aus«, und wenn ich inmitten all der Kalamitäten mit etwas zufrieden war, dann damit, dass ich die Tür nicht aufmachen musste, mir reichte es auch so an Verwirrung und Wirrwarr, und so machte ich mich daran, uns weiter in die Wohnung hinein zu verlagern, ich hatte das Gefühl, von der Tür wegkommen zu müssen. Erst auf dem Weg in die Küche fand ich wieder richtig zu mir, wobei als eine Art Katalysator ein im Flur hängendes, Schauder erregendes Bild fungierte, das ich zuvor nicht einmal registriert hatte; einen gut zehn Jahre alten Jungen zeigte es, aber womöglich war dem Maler die Puste ausgegangen, denn der Blick des Flachskopfs war erschreckend leer und hohl geblieben, zu fragen traute ich mich natürlich nicht, aber die Folge von all dem war, dass mir nun wieder alles bewusst wurde, das Durcheinander, der Sohn und der Unfall, und wieder bedrängte ich Irja mit Fragen, was für ein Sohn, was für ein Unfall, was, was, und da blieb sie dann stehen, vor der Klotür, wo etwas aus roter Folie geknautschtes, dellenreiches Herzartiges hing, und erzählte.

Er war so verlaufen, der Unfall, dass also das Auto voller junger Leute gewesen war, von einer Party waren sie gekommen, gegen Mitternacht, der Fahrer hatte eine Woche zuvor den Führerschein gemacht, es war eine Geschichte, wie man sie aus den Zeitungsspalten kannte, es war entsetzlich, beängstigend und irgendwie auch beschämend, weil man sich selbst so ganz, ganz klein fühlte, mit seinen eigenen kleinen Kurzmeldungen; aber diese Gedanken wurden von Irja unterbrochen, die wieder zu weinen begann, nachdem sie gesagt hatte, Kalle hätte nächste Woche selbst Fahrprüfung gehabt, ihr Kalle, bestimmt hätte er sie bestanden, sagte sie. Ich stimmte ihr zu, aber das Wesentliche hatte ich noch immer nicht erfahren, nämlich was mit Kalle passiert war, ob er um Himmels willen lebte, und so packte ich Irja an den Schultern und schüttelte sie und schrie ihr den Namen des Jungen ins Gesicht, Kalle, die Panik ist unmöglich zu beschreiben, wie sich plötzlich sämtliche Sorgen verknoteten und verfilzten, angefangen bei Kalle und den anderen jungen Leuten und natürlich bei Irja, bis hin zu meinem eigenen Sohn, der in gewisser Weise auch verschwunden war; in diesen einen kleinen Augenblick floss alles Unrecht, das jemals auf der Welt geschehen war, jede Besorgnis, jede Mühe, jeder Schmerz; und all das schrie ich heraus und schüttelte und malträtierte dabei noch die ohnehin schon angegriffene arme Frau.

Nach allem zu schließen, schrie ich tatsächlich. Denn plötzlich kam hinter dem Wohnzimmertürrahmen eine runde behaarte Schulter zum Vorschein, eine Schulter, die wusste, was Arbeit war. Ich erschrak dadurch dermaßen, dass meiner Kehle nun wieder ein ganz neuer Laut entwich, ein aufsteigendes Jaulen. Irja schien nichts zu bemerken, aber ich registrierte, wie dem hervorgeschobenen Arm ein ärmelloses weißes Hemd und ein stoppeliger Männerkopf folgten, in dessen spärliches Fleisch zwei Augen eingelassen waren, hinter denen sich eine große Menge Tränen verdichtet hatte, im Namen des Fassungbewahrens zur Seite gewischte Tränenwellen, wie sie nur das Vatergeschlecht stauen kann.

»Was ist denn jetzt?«, schnaubte der von einem zitternden Bart umgebene Mund im Türrahmen.

Prompt ächzte mir der idiotische Gedanke durch den Kopf, ob manchen Männer wirklich so schnell ein Trauerbart wächst wie Ridge aus ›Reich und schön‹, dem im Lauf einer Werbeunterbrechung schon beim kleinsten Kummer Stoppeln gesprossen waren, aber ich kehrte dann doch in die Welt zurück und fragte ebenfalls, weil ich zu mehr nicht fähig war: »Was ist denn jetzt?«

»Was ist denn jetzt?«, heulte nun auch Irja und schaute ihren Mann an und schien zu befürchten, er würde wieder schlimme Nachrichten überbringen.

Dann hatten anscheinend alle das Ende ihrer Strapazierfähigkeit erreicht. Ich fasste Irja wieder an den Schultern und schrie, Sag's mir endlich verflixt, Was denn, Na was wohl, Was denn, Was passiert ist, Ein Unfall, Aber was ist ihm passiert, Wem, Na Kalle wem denn sonst, Hat Irja das nicht erzählt, Eben nicht, Dann sag es ihr jetzt, Ach Gott ach Gott, Nun erzähl es ihr endlich, Erzähl's ihr doch selbst, Kann es mir einer von euch jetzt endlich mal erzählen Herrje! Und so weiter und so weiter; jeder zerrte an jedem herum und schrie und kreischte und fuchtelte herum und fragte waswaswas, bis Herr Jokipaltio sich schließlich so weit im Griff hatte, dass es ihm gelang, die ganze Geschichte zu erzählen, nämlich dass einer von den jungen Leuten tatsächlich gestorben war, der Fahrer, dass es Kalle aber gut gehe, also den Umständen entsprechend, sie waren gute Freunde gewesen und die Familie gehörte zu den engeren Bekannten, wohnte hier ganz in der Nähe und –

Seine Worte schienen in grauem Rauschen unterzugehen. Einem in Hellgrau.

Nach einer sehr langen und in alle möglichen Richtungen gedehnten Pause breitete der Mann, der starr wie eine Statue neben mir gestanden hatte, mit maschineller Plötzlichkeit die Arme aus und schloss sie um die ebenso automatisch in diese Arme sinkende Irja. Da konnte man nichts Schlechtes mehr von ihm denken. Furchtbares Mitleid bekam ich, mit der ganzen Familie, es kam mir so unfair vor, da sie doch ohnehin schon allerhand Verdruss hatten, auch wenn ihr Kalle überlebt hatte, das war schon was, aber trotzdem. Gleichzeitig schämte ich mich für mein Geschrei und mein ungehobeltes Benehmen, ich fühlte mich miserabel, am liebsten hätte ich ihnen geholfen, aber wie, ich konnte einfach nichts tun, als stocksteif dazustehen und das Nikotinpflaster anzustarren, das sich an der Schulter des Mannes festgesaugt hatte und aussah, als wäre es bereits vor mehreren Werktagen dort angeklebt worden.

Dann, als es den Anschein hatte, als hätten sie meine Anwesenheit vollkommen vergessen, riss ich mich in die Welt zurück und sagte: »Jetzt brauchen wir einen Kaffee.« Irja brachte ihren Kopf aus der Achsel ihres Mannes zum Vorschein und war vollkommen meiner Meinung.

Der Kaffee wurde gekocht und getrunken. Reino kehrte in den Lichtschein des Fernsehers zurück, ich blieb in der Küche und passte auf, dass Irja mit allem fertigwurde. Sie wurde damit fertig, einigermaßen. Wir tranken noch mehr Kaffee, verdrückten ein paar Tränen, auch vor Freude, weil ihr Junge überlebt hatte, aber natürlich auch weil es bei seinem Freund böse ausgegangen war. Und wegen der Ungerechtigkeit der Welt. Als Irja dann behauptete, sie habe sich wieder einigermaßen gesammelt, und sich aufmachte, die Mutter des toten Jungen zu besuchen, hielt ich sie auf, äußerte Zweifel, ob es in ihrem Zustand klug sei, allein auf die Straße zu gehen, am Ende laufe sie noch in ein Gebüsch oder vor ein Auto. Aber obwohl die Drohung mit einem Autounfall in dieser Situation in keiner Weise angebracht war, schenkte Irja ihr keinerlei Beachtung, sie sagte bloß: »Ich muss da einfach hin, gucken, wie sie damit fertigwird«, und da war es natürlich schwer, zu widersprechen, da ich ja selbst praktisch in der gleichen Funktion am Tisch saß, und so blieb mir denn auch nichts anderes übrig, als ihr zur Tür zu folgen, obwohl ich mich vor dem fürchtete, was mich im Treppenhaus erwartete.

Es war allerdings leer, das Treppenhaus. Rasch stiegen wir die schmutzige Treppe hinunter und standen wenig später auf dem Parkplatz neben dem Auto. Irja schüttelte ungläubig den Kopf, als sie die Kiste sah. Wattebauschgroße Schneeregenfetzen legten sich uns wie schmelzende Schmetterlinge auf die Stirn.

Wir umarmten uns. Dann ging sie davon, die Handtasche fest umklammert und durchaus energisch, aber doch so angeschlagen, dass es wehtat. Innerhalb eines Tages war sie in sich zusammengesackt, und als ihr gebeugter Rücken zwischen den Bäumen verschwand, krabbelte ich ins Auto.

In meiner Gefühlswallung fuhr ich natürlich erst mal in die falsche Richtung, mit den bekannten Folgen, aber was heißt bekannt, in dem Moment wusste ich ja noch nichts davon, aber man kennt das ja, dass es Probleme mit sich bringt, wenn man falsch abbiegt. So auch diesmal.

Dass ich einen Fehler gemacht hatte, begriff ich sofort, nachdem ich ihn gemacht hatte, konnte ihn aber genau an der Stelle nicht durch Zurückstoßen korrigieren, weil ich im Nu einen Haufen Autos hinter mir hatte. Ich fuhr also weiter, ohne mich an irgendetwas orientieren zu können, die Häuser wurden flacher, dann wuchsen sie wieder und wechselten das Aussehen, Beton wurde zu Backstein, Backstein zu Holz und Holz wieder zu Beton, und überall herrschte die niederdrückende, nasse, tagesdüstere Atmosphäre der Schnittstelle von Spätherbst und Frühwinter, was meinen ohnehin schon grauenhaften Zustand nicht gerade linderte. Erst jetzt verstand ich so richtig, was mich an all dem eigentlich so erschüttert hatte. Ich fühlte mich von übermächtiger Ungerechtigkeit in die Enge getrieben.

Ich fuhr so lange stur geradeaus, bis ich garantiert Kerava hinter mir gelassen hatte. Da ich keinerlei Hinweis ausmachen konnte, wie ich nun wieder in Richtung Heimat käme, beschloss ich umzukehren. Die Straße war breit und leer genug, um zwischen zwei Bushaltestellen einen Versuch zu wagen, der es dann allerdings in sich hatte: Der Motor soff zwei Mal ab, die Leute an den Haltestellen glotzten, eine kleine Oma deutete mit dem Finger auf mich und tuschelte ihrem strähnigen Schoßhund etwas zu. Irgendwie registrierte ich auch noch den Kiosk, der neben der einen Haltestelle stand, beziehungsweise den Verhau, der irgendwann einmal diese Funktion innegehabt hatte, dem Schild zufolge waren dort einst Blumen verkauft worden, aber jetzt war in den Fenstern nichts zu sehen als die Feuchtigkeit, die sich im Lauf der Jahre angesammelt hatte, seit Jahr und Tag gab es dahinter kein Leben mehr, fast meinte man durch die beschlagenen Scheiben hindurch die krumme Gestalt der zwischen Rosen, Tulpen, Narzissen, Weihnachtssternen und Bändern und Papier verstorbenen und mumifizierten Inhaberin zu erkennen, deren letzter kummervoller Seufzer sich als ewiger Hauch an der verrammelten Scheibe der Verkaufsluke niedergeschlagen hatte.

Innerlich klammerte ich mich an allen möglichen Unsinn, anstatt mich auf die wirklich wichtigen Dinge zu konzentrieren, aber ich musste weiterfahren, zurück, mich überkam bereits das Heimweh, es zog mich mitten am Tag unter die Bettdecke. Und dann, auf einem Abschnitt des überall gleich aussehenden Basis-Boulevards von Kerava, der mir entweder neu war oder den ich schon kannte, wo auf beiden Seiten hohe Kiefern mit geraden Stämmen standen und dazwischen Wohnblocks, die wie in Form gegossen aussahen, mit teichartigen Parkplatzgeländen dazwischen, da also sah ich plötzlich irgendwo rechter Hand, eigentlich im äußersten Augenwinkel, Irjas niedergeschmetterte Gestalt.

Sie trat gerade aus einer Haustür. Prompt wurde in mir ein blödsinniger Automatikbefehl in Gang gesetzt und ich trat ohne nachzudenken mit aller Kraft auf die Bremse. Zum Glück kamen gerade keine anderen Autos; mein eigenes blieb immerhin stehen und ging auf der Stelle aus, und als ich es wieder zum Laufen und dann zum Fahren gebracht hatte, fand ich knapp hundert Meter weiter, vor einem stillgelegten Siwa-Supermarkt, einen Parkplatz. Irgendein Verkehrsschild stand dort auch, aber dessen Bedeutung blieb mir verborgen.

Ächzend kroch ich über den Beifahrersitz, stieg aus und schloss den Wagen ab. Der Supermarkt war von einem dunklen, bereits erloschen wirkenden Ramschmarkt abgelöst worden, hinter dessen staubigen Schaufenstern sich undeutliche Gerümpelhaufen abzeichneten sowie eine hell hervorstechende Schaufensterpuppe, der zumindest die linke Hand und der rechte Fuß fehlten. Kurz überlegte ich, wie viel Zeit seit dem Kauf der einen Joghurtpulle eigentlich vergangen war, aber dann trugen mich meine Füße bereits an dem Gebäude vorbei zur Kreuzung, und dann stand ich auch schon vor dem Haus, aus dem Irja herausgekommen war, und bevor ich den Fußweg erreichte, musste ich mir einen Weg durch eine dichte Schar kleiner, in orange-schwarze Overalls gekleidete Japaner bahnen, die planierraupenartig vorwärtswatschelten und ihre Kameras schnurren ließen und alles Mögliche an Knacksen, Flachsen und Gedehntem ausstießen, weiß der Himmel, in was für einem Weihnachtsland sie sich wähnten. Und dann, als ich sie endlich abgeschüttelt hatte, war Irja verschwunden.

Ich beeilte mich, den Fußweg zu erreichen. Er war durch und durch gewöhnlich und wand sich menschenleer zwischen ein paar gewöhnlichen Kiefernstämmen zu einem gewöhnlichen grauen Wohnblock. Im Gegensatz zum Asphalt hatte der

Sandboden den Schneeregen nicht aufgesaugt. In den Spuren, die jemand hinterlassen hatte, eilte ich im Laufschritt zu einem gepflasterten Areal, das man mit Ach und Krach als Hof bezeichnen konnte, von dort weiter zu der Tür, aus der Irja, wenn ich mich recht entsann, gekommen war, und dann, weil ich in der Türscheibe bloß ein dunkles Treppenhaus und mein perplexes Selbstporträt erblickte, weiter zur Hausecke.

Dort hörte ich eine Stimme, die etwas sagte wie: »Okay, hol mich dann hier ab, okay, wir sehen uns, Tschüs.«

Ich weiß nicht, warum, aber da schrak ich zusammen. Ursprünglich hatte ich angehalten, um mich zu erkundigen, ob es ihr gut ging, aber nun beschlich mich das Gefühl, es könnte mir als eine Art Auflauern ausgelegt werden, ich war nicht sicher, denn eigentlich war es ja ein Versehen, das Ganze, weil ich falsch abgebogen war und mich ein bisschen verfahren hatte, aber trotzdem, ich wollte ihr keinerlei zusätzliche Kopfschmerzen und Sorgen bereiten, sie hatte mehr als genug zu ertragen. Darum machte ich kehrt und trippelte so schnell meine Beine es erlaubten zum nächsten Hauseingang, es war derjenige, aus dem Irja kurz zuvor herausgekommen war, und griff nach der Klinke.

Natürlich ging sie nicht auf, die Tür. Dann merkte ich aber, dass drinnen Licht anging und jemand kam, eine blonde junge Frau, die mich zwar fragte: »Ist mit Ihnen alles okay?«, mich nach einer positiven Antwort aber ohne weitere Fragen ins Haus ließ. Ich huschte durch den bescheidenen Eingangsbereich zur bescheidenen Treppe und ging nach oben, trotz der Tatsache, dass mit jedem Schritt der niederschmetternde Geruch im Treppenhaus kompakter wurde, es roch nach beängstigend gründlich angebranntem Blumenkohl; da blieb einem nichts anderes übrig, als weiter nach oben zu steigen, immer weiter, so weit, bis es nicht mehr weiterging, weil eine Tür aus Stahlgeflecht kam, die sich nicht öffnen ließ. Ich stand auf dem Treppenabsatz, um zu verschnaufen, und überlegte mir, was nun, was tun, was nur, und es verging nicht viel Zeit, bis sich auch schon mit aller Macht die Frage ins Bewusstsein drängte, was um Himmels willen ich hier überhaupt verloren hatte, im fremden Treppenhaus eines fremden Wohnblocks, wieder einmal, aber natürlich rief mir niemand eine Antwort zu, vielmehr herrschte in dem miefigen Treppenhaus lastende Stille, vor der ich dann ohne weiter nachzudenken die Flucht ergriff.

Ich schaffte es zwei Stockwerke weiter hinunter, als ich jemanden weinen hörte. Sofort blieb ich stehen. Zuerst verstopfte mir das Hämmern meines eigenen Herzens die Ohren, dann hörte ich es wieder, das Weinen, links, hinter der Kiefernfurniertür oder durch sie hindurch oder aus dem Briefschlitz heraus, einem großen, sich nach schräg unten hin öffnenden Modell, dessen Klappe herabhing wie die Unterlippe eines Schwachsinnigen, auch das kam mir in den Sinn, ja, dort kam es heraus, das Weinen, und ich schlich näher heran, meine Schuhsohlen machten Geräusche, aber von so hoher Frequenz, dass man es wohl kaum hörte, ein bisschen so, als wäre mir eine Spitzmaus unter den Schuh geraten. Dann wagte ich es, mich über die offene Briefklappe zu beugen, durch die es furchtbar zog, es war ein bestürzender Gestank, der hartnäckig in den Borsten hing, etwas war da drinnen furchtbar schiefgegangen, was man natürlich auch an dem Weinen hörte, an dem kraftlosen, leer geschluchzten Heulen, bei dem auch mir die Tränen kommen wollten, und schon schluchzte ich auch, fast unmittelbar an der Tür, über der offenen Briefklappe, auf der Mäkilä stand, und ich fuhr erst hoch, als ein winziger Tropfen von meiner Nase auf die Klappe fiel.

Dann waren plötzlich Schritte zu hören, ganz in der Nähe. Instinktiv sprang ich die Treppe hinauf und konnte von der Biegung aus durchs Geländer hindurch einen Streifen blondes Haar erkennen. Die Mumin-Haarspange verriet die heraufkommende Person als jene Frau, die mich in das von Geschluchz und Geruch erfüllte Treppenhaus eingelassen hatte. Und da sie immer weiter nach oben zu steigen schien, musste ich wieder ganz nach oben zu der unfreundlichen Drahttür fliehen.

Durch mein unterdrücktes Keuchen hindurch hörte ich, wie eine Etage weiter unten zuerst Schlüssel klimperten und dann ein Schloss zwei Mal klackte. Ich klammerte mich an den Draht, beruhigte eine Minute lang meinen Atem und dachte während dieser Minute eine Million Gedanken, die ich allerdings alle wieder unter die Oberfläche drücken konnte, ein bisschen wie mit schleimigen Algen überzogene Bojen oder wie die hießen, diese mit Luft gefüllten Dinger, die in Häfen und Buchten und so schaukelten. Was nicht unterging, sondern weiter im Kopf dröhnte, waren die schreckliche Trauer und das Mitleid mit Frau Mäkilä, obwohl ich ihr gar nicht wirklich begegnet war und wir nur beiderseits der Tür ein bisschen zusammen geheult hatten. Mein Herz pochte unter dem Mantel, mein Körper schwitzte, die Hände zitterten und der linke kleine Finger zuckte eigenartig. Auch sonst blinzelte es sonderbar und nervenzerfetzend, und es dauerte eine Weile, bis ich begriff, dass eine Neonröhre an der Decke in quälend willkürlichem Rhythmus flackerte.

Dann hielten meine Nerven es nicht mehr aus und ich musste mich in Bewegung setzen. Ich schlich zwei Etagen nach unten und blieb vor der Tür der Mäkiläs stehen. Wieder war mir zum Heulen zumute, weil ich überhaupt nicht wusste, was ich tun sollte, mich wieder an Irjas Fersen heften, oder hatte Reino sie schon abgeholt, und so weiter, werwiewas, und das alles half natürlich kein bisschen, ich stand bloß weiterhin vor der Tür, durch deren ausgeleierte Briefklappe der tragische, von Trauer und Sorge angesengte Geruch ins Treppenhaus drang. Die Nachbarstür war unmittelbar daneben, dort stand Näätälä. Dahinter sprach eine Frau so gedämpft ins Telefon, dass die Worte nicht zu verstehen waren, aber dann fauchte die Stimme plötzlich laut: »Keine Nüsse!« Das war unmöglich einzuordnen, aber aus irgendeinem Vorrat von Sinnlosigkeiten stieg der Gedanke auf, dass einem in diesem Treppenhaus ziemlich viele Umlaute begegneten, Mäkilä und Näätälä und Nüsse und verdrückte Tränen. Da mir aber im selben Moment dämmerte, wie taktlos es war, solchen Blödsinn vor der Tür eines Trauerhaushalts hin und her zu wälzen, bemühte ich mich die Erwägungen abzuschütteln, indem ich mich auf eine Tätigkeit konzentrierte, und da beging ich erneut einen Fehler, mein Gott, indem ich nämlich die Klingel drückte.

Er kam so schnell, der Impuls, ich begriff nicht einmal, an welcher von beiden Türen ich geklingelt hatte, ebenso schwer war zu sagen, welche Variante die bessere gewesen wäre. Letzten Endes war es auch egal, denn der Fehler war passiert und eine von beiden Türen würde jeden Moment aufgehen. Und sie ging auch auf, die richtige Tür gewissermaßen, die linke, diejenige, aus der die große Trauer strömte.

Nicht dass der Boden im eigentlichen Sinn geknarrt hätte, eher knatschte er irgendwie, so wie es alte Linoleumböden tun. Dann öffnete sich die Tür einen Spalt und ein rotes, von Adern durchfurchtes, völlig zerrüttetes Frauengesicht tauchte auf, das vor Kummer alle Züge verloren hatte; es war so ausgezehrt, schwer zu glauben, dass darin noch etwas eingelassen war, aber in den Höhlungen des Schädels glommen zwei tief liegende, fiebrige Augen.

»Ja?«, fragte eine brüchige Stimme durch den Türspalt. Es klang, als würde etwas sehr Trockenes und sehr Altes kaum vernehmlich bröckeln und zu Boden rieseln.

Ich wusste nicht, was ich sagen sollte. Am liebsten hätte ich das leidende Wesen einfach an mich gedrückt und gesagt, es wird schon wieder, aber ich traute mich nicht und konnte auch keine Garantie auf solche Worte geben, ich wusste ja nicht, ob es wieder wurde, jemals, nicht einmal was meine eigenen durcheinandergeratenen Angelegenheiten betraf, wusste ich es, und auf keinen Fall vermochte ich ihr den armen Jungen zurückzubringen. So stand ich dann bloß stocksteif da und versuchte die arme Frau wenigstens so anzuschauen, dass sich das Mitleid übertrug. Mehr als ein bisschen Kopfneigen brachte ich dabei allerdings kaum zustande.

»Ja?«, fragte sie noch einmal.

»Guten Tag«, ächzte ich. »Von der Forschung. Markt. Wir machen, ich mache eine Umfrage. Aber wenn es ungünstig ist. Dann.«

In mir brach derartige Scham und Not aus, dass es mir die ganze innere Apparatur umdrehte, als wühlte ein grässliches Gerät darin herum. Zwar versuchte ich noch, etwas mehr Fluss ins verbale Humpeln zu bekommen, aber daraus wurde wieder einmal nichts, ich konnte nichts als glotzen. Auch sie schien ihrerseits kein Wort herauszubekommen, sie sah mich nur mit ihren furchtbaren, klein geweinten Augen an und schien zu zittern. Schließlich gelang es mir, in wahrscheinlich nach Sprachgenerator klingendem Tonfall das Wesentliche des schon Gesagten zu wiederholen und zu unterstreichen, dass es vielleicht gerade ungünstig wäre, dass es vielleicht besser wäre, wenn ich ein anderes Mal oder gar nicht mehr wiederkäme, was nicht besonders professionell klang, aber nun mal ausgesprochen wurde; unsinnigerweise gab ich als Nächstes von mir, man könne sich natürlich auch mit uns in Verbindung setzen und wühlte in der Handtasche nach einer Visitenkarte. Eine solche gab es nicht und auch sonst nichts Passendes, wenn man von ein paar zerknitterten Zetteln absah, auf denen wer weiß was für Quatsch stand. Ich raschelte trotzdem eine Zeitlang damit herum und stammelte dabei etwas Also-dann-Typisches und entschuldigte mich, was von Herzen kam, am liebsten hätte ich für alles Mögliche um Entschuldigung gebeten und für meine Existenz noch dazu, und da konnte ich am Ende nichts weiter tun, als die Arme auszubreiten, in die ausgelaugten Augen zu schauen und noch einmal um Entschuldigung zu bitten.

»Also?«, fragte Frau Mäkilä mit gebrochener Stimme, als wäre sie jetzt erst an der Tür erschienen.

»Also«, fing auch ich an, aber wieder folgten keine weiteren Wörter. Dann, nachdem ich bereits eine Weile Anlauf genommen hatte, kam es, o je, o Gott, warum nur, na, es kam jedenfalls heraus, eine Art schlechter Witz oder so, jedenfalls ein Klops, jenseits jeden Taktgefühls: »Wann wird er beerdigt?«

Ich versuchte noch, die Wörter wieder einzusaugen, aber die einzige Folge dieser Maßnahme bestand darin, dass es mir die Zunge verknotete, dass die Lippen sich zur Tüte formten und dass die Wangen sich nach innen zogen. Wenn es irgend möglich gewesen wäre, hätte ich mich selbst aufgesaugt und dadurch von dem Grauen entfernt. Arja, so hieß sie wohl, falls ich mich richtig an das erinnerte, was Irja mir gesagt hatte, Arja also starrte mich nur bestürzt aus geschrumpften Augen an, die sicher nicht viel mehr sahen als brennende Tränen, und für kurze Zeit hatte es den Anschein, als wollte sie etwas vollkommen anderes sagen, quasi das Thema wechseln, etwas wie: Ganz schöner Schneeregen draußen, oder: Das Treppenhaus ist aber schlecht gefegt, oder: Was musste mir ausgerechnet der Blumenkohl anbrennen. Was den Blumenkohlschwelgeruch betraf, so wehte er mir beiderseits von Arja massiv und albtraumhaft entgegen, und es wirkte für einen Moment, als steckte in dem leer geschluchzten Menschen noch etwas Wunderkraft, um die Situation irgendwie anständig zum Abschluss zu bringen, da ich dazu nun einmal absolut nicht in der Lage war, aber dann schien sie doch ganz und gar zu erlöschen, driftete zunächst auf seelischer Ebene ab und fiel dann auch physisch in sich zusammen, worauf mir nichts anderes übrig blieb, als ihr zu Hilfe zu eilen, sie festzuhalten und wortreich um Entschuldigung zu bitten und sie zu tätscheln und sinnlos zu schütteln, als wäre sie voller Schmutz; und dann, plötzlich, ging in ihren Augen noch einmal das Licht an und sie sagte mit ganz klarer Stimme, sie wisse es nicht, und als ich endlich begriff, wovon sie sprach, war die Tür auch schon überraschend energisch zugeschlagen worden, direkt vor meiner Nase.

»Kann unsere Firma irgendwie?«, rief ich noch durch den Briefschlitz, aber dann kamen mir mitten im Satz die Tränen, es war alles so hoffnungslos verfahren, mir schien, ich könne niemandem helfen, nur immer alles noch schlimmer machen, und so flüsterte ich dann bereits vollkommen hilflos der in jeder Hinsicht verschlossenen Tür das letzte Wort zu, »helfen«, und floh über die Treppe nach draußen in den Nachmittag, der sich inzwischen zu noch mehr Dunkelheit, Feuchtigkeit und Kälte verdichtet hatte.

Ich rannte nur noch, rannte und wischte mir das Wasser aus den Augen und versuchte mich davon abzuhalten, mich an den Haaren zu ziehen und mir auf den blöden Kopf zu schlagen, der ein ums andere Mal solche Grauenhaftigkeiten produzierte; und dann saß ich auch schon im Auto und war gleich danach in der Innenstadt von Kerava und wenig später auf der Autobahn, wobei ich hauptsächlich auf den Straf- oder Reklamezettel schaute, der am Scheibenwischer flatterte, und Radio hörte, weil ich es beim Klettern über die Sitze aus Versehen angestellt hatte, gedämpft gesprochene Nachrichten berichteten von den Ereignissen in der Welt, insbesondere von einem Autounfall in Kerava, und zwar so grässlich schlicht und deutlich, dass ich nun erst so richtig die ganze Schwärze erfasste, die dort die ganze Zeit geherrscht hatte.

IV

Schließlich kam er dann, der gewissermaßen letzte und entscheidende Tag in diesem Cocktail aus Schiefgegangenem und Schrecklichem, aber zuvor musste ich noch durch manches Missgeschick stiefeln.

Am nächsten Morgen brannte mir das Licht in den Augen und auf merkwürdige Weise auch in der Nase, es drang knisternd bis in die Knochen. Zu Hause blieb nichts auf seinem Platz. Geschirr fiel mir aus den Händen, Stühle kippten, Sorgen, Nöte, Ängste, Scham rempelten sich im Kopf gegenseitig an und um. Wenn ich kurz einmal von dem kriebelnden Kummer loskam, den der Autounfall ausgelöst hatte, stürzte sich sofort die Scham auf mich, weil ich so rumgeeiert hatte, und gleich danach meldeten sich sämtliche Ängste vor Zeitungsmeldungen, Polizei und Sonstigem. Es fiel mir schwer, in den vier Wänden zu bleiben, weil sich mein geliebtes Zuhause mit einengenden Gedanken füllte; draußen wiederum hatte ich das Gefühl, an jeder Ecke von jemandem angestarrt zu werden.

Auch um meinen Sohn machte ich mir Sorgen. Ich versuchte ihn anzurufen, unter allen möglichen Nummern, aber weiterhin kamen nur ferne, aufgeregte Piepstöne und Nichtingebrauchsinformationen.

Am Abend zwang ich mich, Irja eine SMS zu schicken: Viel Kraft! LG Irma. Sie antwortete nicht.

Ich hielt das alles überraschend lange aus. Mit Hilfe von Putzen, Bügeln, bangen Einkaufsgängen und ungefähr alle Viertelstunde wiederholten Sohnanrufversuchen bemühte ich mich, die Welt zusammenzuhalten. Ständig saß mir pochend der lastende Zwang im Nacken, Irja anzurufen. Aber ich traute mich nicht, weil sie auf meine SMS nicht reagiert hatte.

Dann war da noch diese Frau Mäkilä, auch ihretwegen fühlte ich mich miserabel, auch mit ihr hätte ich gern ein Tutmirleidgespräch geführt und mich bei der Gelegenheit diesmal feinfühlig nach der Beerdigung erkundigt, ich hatte keine Ahnung, was in mich gefahren war hinsichtlich des Begräbnisses, aber in einer entfernten Hirnregion war mir klar, dass ich dort hinmusste, wegen all dieser Menschen. Aber da man sich nicht einfach selbst zu einer Beerdigung einladen kann, musste ich mir etwas einfallen lassen, ich wusste bloß nicht, was, ich wusste ja nicht mal, wann sie stattfand, und Frau Mäkilä fragte ich besser gar nichts mehr und Irja zu fragen traute ich mich auch nicht, sie schien mir auch ohne meine Behelligungen schon dem Zusammenbruch nahe zu sein. Kurz dachte ich daran, eine von beiden anzurufen und mich als eine andere Person auszugeben, aber das wäre natürlich auch nichts geworden. Zumindest Irja würde mich auf jeden Fall erkennen, selbst wenn ich noch so donaldduckig näseln würde.

Ich brauchte Hilfe, kein göttliches Eingreifen, sondern jemanden, mit dem ich reden konnte, aber sie waren rar gesät, diese Menschen, am ehesten gab es welche in Kerava, und die wollte ich ja gerade nicht stören. Erneut versuchte ich meinen Sohn zu erreichen, mit demselben dürftigen Erfolg wie beim vorigen Mal. Ich beschloss, zu ihm zu fahren und an seine Tür zu hämmern. Als ich auf der Straße stand und mich orientieren wollte, wurde mir bewusst, dass ich nicht die leiseste Ahnung hatte, wo er wohnte, und so blieb mir nichts anderes übrig, als wieder hineinzugehen und die Adresse aus dem Netz zu angeln. Sobald ich wieder unterwegs war, spülte mir eine ganz bestimmte Erkenntnis eine lauwarme, bei dem frostkalt-klaren Winterwetter aber schnell gefrierende Schlechtes-Gewissen-Feuchte auf die Haut und zwischen die Kleiderschichten: Mir wurde klar, dass ich seit zehn Jahren schon keinen Blick mehr in eine seiner Unterkünfte geworfen hatte, obwohl er ab und zu von Umzügen schwadroniert hatte.

Die jetzige Adresse war in der Vaasankatu. Vor dem Eingang musste ich mich ziemlich lange vor vereistem Erbrochenem, das nach einem Schinkenomelette aussah und eine fürchterliche Anziehungskraft besaß, ekelärgern, bis mich endlich ein Rauskömmling ins Treppenhaus ließ. An der Tür zur Wohnung meines Sohnes stand ein fremder Name und niemand öffnete. Noch auf dem Weg nach Hause konnte ich nicht sagen, ob ich nach meinem Sohn oder nach Konsumgewohnheiten gefragt hätte, wenn ein Fremder die Tür aufgemacht hätte.

Nach Hause ging ich jedoch nicht, stattdessen schlug ich den Weg zum Markt ein, nachdem ich an der Haltestelle Hakaniemi aus der Straßenbahn gestiegen war. Die Pepsi-Uhr zeigte sechs Grad minus, und das merkte man dem Leben auf dem Markt auch an, die Leute redeten, ihre Atemwolken stiegen auf wie Sprechblasen, anscheinend riss die Kälte sie für eine Weile aus der schneematschigen Mürrischkeit des Helsinki-Frühwinters. Ich schlug den Weg unter der Uhr hindurch ein. Warten musste ich diesmal nicht, denn dort gab es eine Sprechanlage, aber im ersten Stock erschien Virtanen trotz meines forschen Schellens an der Haustür irgendwie unwahrscheinlich überrascht und vorsichtig an der Wohnungstür, nachdem ich auch dort eine Weile geklingelt hatte. Er bat mich allerdings herein. Ich tat wie geheißen, stiefelte in Schuhen an den Tisch und sagte geradeheraus, es sei schön, ihn zu sehen. Es gelang ihm, sich auf einem Stuhl unterzubringen, und von dort schaute er mich mit wässrigen, geröteten Augen an. An seinem tastenden Blick konnte man erkennen, dass er geschlafen hatte und wahrscheinlich zwischen Klingeln unten und Klingeln oben noch einmal eingenickt war.

Ich erzählte ihm die ganze Geschichte. Es tat weh, alles in Worte zu kleiden, es verwandelte sich sofort in eine andere Existenzform, aber daran war nichts zu ändern, ich musste mit jemandem reden. Er hörte mir mit schief gelegtem Kopf und zuckendem Augenwinkel zu und fing dann an zu lachen. Ich sah ihn an, wusste nicht einmal, wie, ich konnte unmöglich einschätzen, was für eine Gesichtsreaktion die Bestürzung über sein Lachen bei mir verursacht hatte. Dann wurde er aber doch irgendwie putzig schamhaft und lachte wieder. Etwas Warmes lag in seinem Hoho.

»Unsereiner besitzt also doch noch Stimmlippen«, sagte er dann und wurde ernst. »Also.«

Natürlich hätte ich auch gern gelacht, aber ich hatte keinen Grund dazu. Ich schaute aus dem Fenster auf den großen Innenhof. Zwischen den Häusern wirbelten inzwischen Schneeflocken umher. Virtanen schaufelte sein Telefon zwischen Papierstapeln und Haushaltsabfällen frei und scheuchte dabei drei Fruchtfliegen aus einem Stück Mandarinenschale auf. Ich kramte mein Handy aus der Handtasche und legte es nach kurzem Tippen vor ihn hin, denn aus lauter Schuldgefühl hatte ich mir inzwischen längst die Nummer der Mäkiläs aus dem Netz besorgt, und Virtanen hackte nun die Zahlenfolge, die ich ihm hinhielt, in seinen trotz aller Eckigkeit stromlinienförmig abgegriffenen altersschwachen Kommunikationsapparat. Dann hielt er sich den Hörer ans Ohr und zwinkerte mir so unbeholfen zu, wie es nur so ein unsicherer Katerheini fertigbringt, und lächelte dazu schelmisch, als hätte er gerade einen gigantischen Witz gerissen. Ich ließ ihn in seinem Glauben und verkrampfte meinerseits den Lippenbereich.

Ich muss sagen, dass er seine Aufgabe gut erfüllte. Nach den Hallos kam er freundlich, aber bestimmt zur Sache, trug vor, eine Mitarbeiterin seiner Firma sei am vorigen Samstag da gewesen und habe im Nachhinein die Befürchtung gehegt, sich in einer schwierigen Situation taktlos verhalten zu haben; das tue der betreffenden Mitarbeiterin zutiefst leid, und die ganze Firma wolle nun ihr Bedauern sowie ihre Anteilnahme in Form eines bescheidenen Blumengrußes zum Ausdruck bringen und so weiter; nein, nein, nicht ans Bestattungsinstitut, auf keinen Fall, in so einem wichtigen Fall schicken wir einen Wagen direkt zur Friedhofskapelle, nein, nein, das macht keine Umstände, im Gegenteil, genau, ja, das haben wir uns auch gedacht, eben, danke, danke, vielen herzlichen Dank und entschuldigen Sie die Störung und noch einmal mein Beileid und viel Kraft für Sie, auf Wiederhören, ja, Wiederhören.

Er knöpfelte das Handy aus und kritzelte mit einem halb eingetrockneten Kugelschreiber Zeichen auf die Ecke einer Zeitung, die übrigens die gleiche Publikation aus Kerava zu sein schien, in der ich als Nachricht erschienen war. Ich sah ihn an und war sprachlos: Es war kaum zu fassen, dass in einem Säufer, der sich kurz vor dem Zerfallsdatum befand, so eine schönrednerische Quasselstrippe steckte. Fast hätte ich Lust gehabt, ihn zu umarmen, aber er hatte eindeutig dieselben Klamotten am Leib wie bei meinem ersten Besuch vor etlichen Wochen.

Ich dankte ihm von ganzem Herzen.

»Die Freude ist ganz auf meiner Seite«, sagte er. Dann riss er die Ecke aus der Zeitung und reichte sie mir. Darauf hatte er Ort, Datum und Uhrzeit notiert, und zwar mit so zittrigen Zeichen, dass es aussah, als hätte sie der Erfinder der Schrift in seiner Erstbegeisterung zu Papier gebracht. Herzergreifend war es, sein jungenhaftes Bemühen.

Als ich nach kurzem, von verstohlenem Lächeln geprägten Sitzen ging, blieb er an der Tür stehen und sah mir ein wenig wehmütig nach. Das wunderte mich nicht, er hatte sich für einen Moment wichtig fühlen dürfen, und wichtig war er tatsächlich gewesen; beim Gehen sagte ich ihm, ich würde bald wieder von mir hören lassen, und das meinte ich ganz ernst, er hatte eine Belohnung verdient, was auch immer es für eine sein mochte. Mir kam dabei der Gedanke, dass auch er ein Freund war, in gewisser Weise, ein wichtiger Mensch, wertvoll, einer, bei dem man sich dafür bedanken mochte, dass es ihn gab.

Unter dem Eindruck solcher Überlegungen schaffte ich es über den Marktplatz, wobei ich ausrufezeichenhafte Atemwolken ausstieß und rotbackigen Menschen auswich, und als ich die andere Seite erreicht hatte, rief Irja an.

Ich weiß nicht, warum, ob es nur mein Missmut und mein schlechtes Gewissen über die Belästigung der Frau Mäkilä war, aber als ich Irjas Namen im Telefonfensterchen sah, erschrak ich dermaßen, dass ich mich ohne Umstände meldete,

Hallo, Hallo, Hallo bist du das Irma, Ja ich bin's, Hier ist Irja hallo, Hallo Irja, Ich wollte nur mal anrufen, Entschuldige das hab ich jetzt nicht verstanden weil gerade eine Straßenbahn vorbeigefahren ist, Also ich wollte nur mal anrufen und mich bedanken wegen letztem Mal, Ja, Danke also, Nein ich danke dir, Ja, Das heißt wieso danke, Und Entschuldigung, Was ich noch fragen wollte: Hast du vor auf die Beerdigung zu gehen, Was ich, Ich dachte mir halt bloß ach das klingt jetzt irgendwie komisch, Wieso komisch, Ich dachte sozusagen als Unterstützung, Ja, Weil du da ja praktisch irgendwie mit reingeraten bist, Bin ich doch gar nicht, Und ob du das bist, Das heißt doch ich komme gerne, Ja, Es ist mir ein Vergnügen, Na das freut mich, Also natürlich ist es kein Vergnügen sondern furchtbar traurig aber, Aber, Doch ich komme.

Während des Redens war ich bis an meine Haustür gelangt und sogar darüber hinaus, die Bucht dampfte und ich wahrscheinlich auch ein bisschen, das Gespräch hatte mich ins Schwitzen gebracht, ich war in keiner Weise darauf vorbereitet gewesen, und Irja schien auch ein bisschen verloren zu sein, aus welchem Grund auch immer, vermutlich war es nur die Trauer.

»Okay«, sagte sie abschließend. »Bis dann.«

»Bis dann«, sagte ich und das war es dann.

Von plötzlicher guter Laune gepackt stieg ich die Treppe hinauf und musste das in meiner Wohnung dann natürlich büßen. Den Rest des Tages und den halben nächsten Tag hatte ich ein schlechtes Gewissen wegen allem, weil ich mir inmitten all der Trauer überhaupt so etwas wie gute Laune gestattet hatte; weil Irja mich so bereitwillig einlud, obwohl ich die ganze Zeit quasi geschwindelt hatte; weil ich unmittelbar vor

Irjas Anruf mit Virtanen den Anruf bei Frau Mäkilä ausgeheckt hatte; sogar weil ich so abrupt und ohne Erklärung von Virtanen weggegangen war. Irgendwie hatte ich das Gefühl, als hätte ich mit den Herzensangelegenheiten und der Trauer von Menschen gespielt. Von Irja, Arja, Virtanen, von sonst wem. Von mir.

So ging er dahin, der Tag, und beim Aufwachen war es keinen Deut besser. Über Nacht hatte ich das Fenster offen gelassen, beim Aufstehen hatte ich Schüttelfrost, und dann gleich Schüttelfrust, weil ich merkte, dass die Kältefaust den Basilikum erwürgt hatte. Aber dann kam er auch schon, plötzlich, der neue Samstag, der Morgen, kalt und klar, fast knackend, und es war Zeit, mir schwarze Kleidung anzuziehen und mich in Bewegung zu setzen.

Damit begann der Schlussakt, ich weiß nicht, warum ich ihn überhaupt als solchen bezeichnen musste, auf jeden Fall trippelte ich schnell zum Auto, ich hatte es beim letzten Mal am Markt stehen lassen müssen, weil nirgends sonst Platz gewesen war, mein Rock war eng und hinderte mich, die leichten Schuhe halfen beim Vorwärtskommen auch nicht, es fiel dünner Schnee, obwohl der Himmel klar und kaum wahrnehmbar blau war, er kam wohl von anderswo her, der Schnee, vom Meer, aus dem Binnenland, woher auch immer, und wirkte richtig verloren, wie er so langsam im matten Wind flockte und es für seine Existenz in dem Moment keinerlei Begründung zu geben schien. Dieser leicht traurige Schleier bildete den Rahmen für meinen außergewöhnlichen Aufbruch. Menschen kamen mir entgegen, alle möglichen Leute mit Mützen, schmerzgelben Leuchtwesten, Steppjacken und Pelzen, und dann eine einzelne alte Frau in Schwarz. Als wir uns begegneten, sah sie mir in die Augen und ich ihr, und wir wussten beide, dass wir in einer ähnlichen Angelegenheit unterwegs waren.

Die Fahrt nach Kerava ging langsam, vorsichtig und nervös, aber unfallfrei vonstatten, und das war die Hauptsache. Keinen Verdruss zu verursachen.

Nach der Innenstadt wurde die Straße breiter, der Schnee weniger und bräunlich, anscheinend hatte man hier bereits gestreut oder es hatte damit zu tun, dass auf dieser Straße stärkerer Verkehr herrschte, wer konnte das wissen, es interessierte mich auch nicht sonderlich, aber solche kleinen Grübeleien hielten die Gedanken jedenfalls fern von dem, was kommen würde, und natürlich auch vom gegenwärtigen Augenblick. Auf jeden Fall war die Straße allem Anschein nach diejenige, an der der Friedhof liegen musste, ich fragte mich bereits ängstlich, wie ich das alles ohne Zusammenbruch überstehen sollte, es war mir schon immer schwergefallen, bei Beerdigungen die Fassung zu bewahren, seien es nun die von Bekannten oder die von Wildfremden, aber dann bekam ich auch schon Anlass zu anderen Gedanken, weil ein Spinner zum Überholen ansetzte, es herrschte Geschwindigkeitsbeschränkung auf sechzig, und ich wusste nicht, wohin er es so eilig hatte, der Überholer, auf jeden Fall überholte es mich in furchtbarem Tempo, ein schwarz glänzendes Auto, und als wäre der Mittelfinger, der vom Fahrersitz aus gereckt wurde, nicht genug, spritzte mir das Fahrzeug auch noch in hohem Bogen eine beträchtliche Portion braunes Schmierakel auf die Windschutzscheibe.

Hinter mir erahnte ich weitere Mittelfinger, Blöde-Kuh-Rufe und Schlimmeres, aber ich tuckerte hartnäckig mit vierzig weiter, an mir huschte – oder vielmehr kroch in den Augen der anderen – das gleiche Kerava vorbei wie durchschnittlich überall sonst in dieser Gegend, graue und weiße Klötze zwischen Kiefern. Dann knickte das Wetter plötzlich irgendwie ein, es hörte wie auf Knopfdruck auf zu schneien und aus einem Wolkenspalt lugte für einen Moment sogar die Sonne hervor, worauf blendendes, kaltes, weißes Gold die Landschaft überzog, bis die Straße dann in einen hohen Fichtenwald eintauchte und der Ausblick sich erneut verdunkelte.

Als die Bäume entlang der Straße wieder niedriger wurden und plötzlich Licht in die Augen schoss, dauerte es einen Moment, bis ich begriff, wo und wie herum ich mich überhaupt befand, und darum bemerkte ich den Wegweiser zum Friedhof erst, als ich schon auf seiner Höhe war. Da zum Nachdenken keine Zeit blieb, stieg ich auf die Bremse, mit dem Resultat, dass das Auto anhielt, wie es beim Treten der Bremse ja auch sein soll, aber zuvor musste ich starr vor Schreck im schlitternden Wagen sitzen und hoffen, dass es irgendwie anständig zum Stehen kam und nicht zum Beispiel auf dem Dach im Straßengraben landete.

Es kam zum Stehen. Wie ein, nun ja, unverdientes Geschenk des Himmels erschien eine Busbucht, in die das Auto wie von selbst hineinrutschte. Nach dem Abebben der Bewegung blieb ich lange in starrer Haltung sitzen, mit pochendem Herzen und auf die beschneite feldähnliche Fläche vor mir starrend, in deren Mitte ein grauer Kasten aus Blech aufragte, ein Trafo oder was das war, in Schieflage geraten dank eines von der Straße abgekommenen Autos, er wirkte wie eine sturmgebeutelte Jurte. Jemand hatte mit schwarzer Farbe den Satz daraufgesprüht: »Morgen wird es grausam.«

Schließlich kam ich wieder in Fahrt und schaffte es, an der richtigen Kreuzung nach links abzubiegen. Dort waren zwei Wegweiser übereinander angebracht, auf dem ersten stand *Friedhof Kerava* und auf dem darunter *Fleischräucherei Tuusula.* Die Räucherei kam zuerst, aber sie befand sich makaber dicht am Gottesacker. Danach musste ich links abbiegen, und da war er auch schon, der Friedhof, oder zumindest sein Parkplatz. Rechts von der Straße hatte man gerade erst Wald gefällt, womöglich wurde im Knochengarten der Platz knapp, es sah jedenfalls nach einer gewaltsamen Umwälzung aus, so nah an den letzten Ruhestätten. Zwischen Baumstümpfen, abgeschlagenen Ästen und Reisighaufen stiefelte ein krummer Opa mit heiter leuchtender roter Wollmütze umher, er wirkte, als wäre er angeheuert worden, die ansonsten naturgemäß ziemlich ernst wirkende Umgebung ein bisschen aufzulockern.

Auf jeden Fall lag es nun direkt vor mir, das Ziel, daran war nichts zu ändern, auch wenn ich längst wieder befürchtete, dass etwas schiefgehen könnte. Ich fuhr nach rechts, wo sich der eigentliche Parkplatz befand, ein längliches, schneeweißes Rechteck, das sich in die Schneise schob, und auf dem etwa zwanzig Autos standen, die ebenfalls irgendwie ernst aussahen. Ich brachte das meine zwischen zwei geländefahrzeughaften Brocken unter und blieb erst mal sitzen. Vor mir tat sich der Friedhof auf. Schön war er, von leuchtendem Neuschnee bedeckt, im Sonnenschein unter blauem Himmel, nun war er tatsächlich wie blitzblank gewischt, der Himmel, als wollte jemand der würdevollen und traurigen Zeremonie, die beängstigend kurz bevorstand, die Ehre erweisen. Aus der Ferne schwebte noch eine Prise Schnee heran, um den melancholischen Tag zu überzuckern, große, langsame Flocken, die wie Asche vom klaren Himmel segelten.

Lange saß ich so da. Die ausgelaugten Digitalziffern der Uhr am Armaturenbrett sprangen mit leisem Ticken um. Es war noch gut eine Viertelstunde Zeit, aber als die Wärme sich aus dem Auto stahl und die Scheiben beschlugen, zwang ich mich zum Aussteigen. Ich ging zu dem flachen Verwaltungsgebäude neben der Einfahrt, davor stand ein Schild mit Wegweiser und Lageplan. Eine Zeitlang starrte ich darauf, ohne auch nur eine einzige Wegbiegung zuordnen zu können. Der Schnee röstete bereits meine Zehen in den leichten Schuhen, und alles in allem hatte ich das Gefühl, eine Entscheidung fällen oder wenigstens einen Gedanken formen zu müssen, und zwar schnell. Ich wollte nicht vorzeitig in die Veranstaltung platzen.

Langsam ging ich los. Der Schnee unter den Füßen knirschte genauso wie mein Nacken und mein Rücken in der Kälte. Im Fenster des Verwaltungsgebäudes goss eine sehr nach Verwaltung aussehende weibliche Person eine vermutlich bis zur Decke reichende Euphorbia und sah mich zu lange an. Flink bog ich nach rechts ab, in einen Weg, der tiefer in das eigentliche Friedhofsgelände hineinführte. Weil mir die Sonne direkt in die Augen schien, konnte ich nur schwer ausmachen, was mich erwartete, aber es war immerhin erkennbar, dass am Ende des Weges blendend weiß ein großer, eckiger Komplex leuchtete, von dem man natürlich leicht ahnte, dass es sich um die Kapelle handelte, da keine weiteren Gebäude zu sehen waren.

In dem Augenblick begriff ich, dass das Etwas, dasjenige, das da im Fenster zwischen Frau und Pflanze gehangen hatte, eine Uhr gewesen war, genau, eine runde Uhr, eine große, gewöhnliche Behörden-und-Schul-Uhr: Sie hatte eine vollkommen falsche Zeit angezeigt.

Für einen Moment blieb ich stehen und verschnaufte. Dann musste ich umkehren, fast wie unter Zwang, um mich zu vergewissern, es half nichts, ich musste nachsehen, auf der Uhr, was sie anzeigte. Auf merkwürdig zwiegespaltene Weise stapfte ich weiter, weil meine Beine zwar vorwärtsstrebten, sich gleichzeitig aber auch sträubten, aus irgendeinem Grund schien das rechte Bein eher das willfährige und das linke das unwillige zu sein, womöglich hatte das etwas mit den Gehirnhälften zu tun, ich weiß es nicht, aber mit Sicherheit kam ein ziemlicher Krüppelgang dabei heraus, nicht dass die Leute dort nichts Besseres zu tun gehabt hätten, als mir beim Latschen zuzugucken, aber mir war es unheimlich, alles zusammen, und vor allem das mit der Uhr, das sich als so kompliziert erwies, wie es komplizierter nicht ging; die Uhr im Verwaltungsgebäude zeigte Viertel nach, die Uhr im Auto meines Sohnes hatte Viertel vor gezeigt, und als ich auf meine Armbanduhr blickte, stand sie auf fünf vor.

Ich rannte los, oder was heißt rannte, auf einem Friedhof rennt man nicht, aber soweit es eben möglich war, lief ich, so, dass es gerade noch an Gehen erinnerte. Dann stand ich auch schon vor der Kapelle; als solche erkannte man sie zumindest an dem riesigen Kreuz, das mitten auf einem karikaturhaften, stirnartig nach vorne ragenden Gebilde oberhalb der Fenster stand. Ich stützte mich zunächst an der Ecke der Kapelle ab und pumpte Atemwolken in die Luft. Kurz driftete ich aus der aktuellen Hektik anderswohin ab und fand es fast entspannend, die eigenen Wölkchen zu betrachten, wie sie zum Himmel aufstiegen und abwechselnd von Sonnenstrahlen und träge schwebenden, ursprungslosen Schneeflocken durchstochen wurden.

Dann, gerade als ich mich wieder auf weitere Beeilung eingestellt hatte, löste sich alles – wenigstens für kurze Zeit – wie von selbst.

Irgendwo hinter mir hörte ich lautes Knirschen von Schritten im Schnee. Schwer zu sagen, welcher Instinkt mir erhalten geblieben war, aber es war nun einmal so, dass ich mir sofort einen Fluchtort in der Umgebung suchte, und meine Wahl fiel als Erstes auf eine Art Personaleingangstür um die Ecke, wohin ich sogleich huschte. Im selben Moment, in dem ich aus der Nische auf meine Fußspuren blickte, die im frischen Schnee und im hellen Sonnenschein schauerlich deutlich klafften, hörte ich die fürchterliche Stimme, die Stimme der grauenhaften Hätilä-Frau, sie flüsterte etwas, ich erkannte sie sogar am Flüstern, so tief hatte sich ihre Grauenhaftigkeit in mich eingefressen. Ich war mir in diesem Augenblick sicher, dass sie ihrerseits meine Anwesenheit witterte und nur darauf wartete, meine Spuren zu entdecken, um sich auf mich stürzen zu können.

Dazu kam es aber dann doch nicht, jedenfalls nicht in diesem Stadium, stattdessen kam es zu etwas ganz anderem, etwas viel Traurigerem und Eindrucksvollerem. Es kam nämlich der Sarg. Sechs Männer trugen ihn, und alle sahen so furchtbar traurig aus, dass man zunächst jeden von ihnen für den Vater hätte halten können, trotz der Tatsache, dass zwei von ihnen sich bei genauerem Hinsehen als Jungs entpuppten. Aber wenn man bei einem Begräbnis einmal einen Vater hat sagen hören, das Schlimmste, was einem Mann passieren kann, ist, seinen eigenen Sohn zu beerdigen, dann glaubt man das irgendwie, auch wenn man in dem Zusammenhang keine Unterschiede zwischen Vätern und Söhnen und Müttern und Töchtern machen möchte.

Jedenfalls kamen sie nun, und als hinter dem Sarg dann tröpfelnd Arja und offenbar ihre Verwandten und dann ein paar Reihen später Irja und ihr Mann samt Tochter und Sohn folgten, da wäre ich gern hingerannt, aber wie hätte ich das tun sollen, Gott bewahre, unmöglich, so viel Verstand hatte ich gerade noch, dass ich begriff, was das für Verwicklungen gegeben hätte, wenn ich plötzlich aus meinem Versteck heraus mitten hineingestürzt wäre und für Wirrwarr gesorgt hätte. Dennoch war mir zum Greinen, nicht zum Weinen, sondern irgendwie zum Greinen, allerhand Gefühle gingen durcheinander, die ganze Situation machte mich traurig und löste Scham in mir aus, also dass ich an der Hintertür der Kapelle gelandet war, um mich dort zu verstecken, aber ich konnte nun trotzdem nichts tun, als dort stehen zu bleiben und um die Ecke zu spähen, ich konnte mich nicht zu den anderen gesellen, ich kannte die Leute ja nicht einmal, abgesehen von einigen Ausnahmen, ich musste warten, bis sie vorbeigegangen war, die ganze riesige Schar, mit Sicherheit die halbe Stadt, und das war in all dem Schwarz dann doch irgendwie prachtvoll und schön.

Schließlich kamen auch die Hätiläs, der Alte hing bei einem Schnauzbart mittleren Alters am Arm, die Tochter marschierte hinter den beiden und brachte es auch da noch fertig, ihren Vater flüsternd mit Beschleunigungsbefehlen zu traktieren. Nach wie vor wunderte ich mich vor allem über meine Überempfindlichkeit, über die Tatsache, dass es mir gelang, es auf so große Distanz zu hören und zu verstehen, das bloße

Flüstern, aber ich hätte natürlich auch schlecht zu der unheimlichen Kreatur hingehen und sie fragen können, ob sie gerade weit von mir entfernt etwas gesagt hatte. Außerdem wollte mir einfach nicht in den Kopf, wie es möglich war, dass sich hier alle zu kennen schienen, in so einer großen Stadt.

Dann waren sie auch schon vorbei, alle, die ganze lange Prozession, ein elendes und zugleich würdiges schwarzes Band. Und da blieb mir schließlich doch nichts anderes übrig, als ihnen zu folgen.

Nach zwei Längswegen bogen die Spuren des Trauergeleits nach rechts ab. Ich ging geradeaus weiter und schaute zu den Menschen hinüber, die sich um das Grab scharten. Dabei musste ich natürlich so tun, als verrichtete ich etwas, und so versuchte ich mit Inbrunst, mich wie jemand mit Friedhofshobby zu bewegen, sah mich mit großen, das Genick beanspruchenden Gebärden um, ein bisschen so, als wäre jede Einzelheit von vorneherein interessant; es gab sie natürlich auch, die Einzelheiten, und es war schön dort inmitten des schräg fallenden Sonnenlichts und des außergewöhnlichen Schnees aus dem Nirgendwo, die Stille war genau jene, die es nur auf Friedhöfen gibt, jene Art von Stille, in der sich selbst Geräusche wie Vogelgezwitscher, Rascheln und von den Bäumen plumpsende Schneeklumpen zu einer extraleisen Stille verweben. Fast konnte man vor den bereiften Grabsteinen die Kerzen züngeln hören und die gefrorenen Blütenblätter der Blumen, die sich leise lösten und in den Schnee fielen.

So schön es auch war, man konnte allerdings nicht endlos darin versinken. Ich sah zum Trauergefolge hinüber. Ein Teil der Menge vollzog noch die auf der Stelle tretende Übersprungschoreografie, in die man leicht gerät, wenn man nicht so recht weiß, wo man Stellung beziehen soll, und dabei versucht, keine Aufmerksamkeit zu erregen und niemanden zu verletzen. Da waren hagere Greise und Menschen mittleren Alters in allen Varianten und schrecklich viele junge Leute, und dann eine Menge Volk, bei dem sich unmöglich eine Altersbestimmung vornehmen ließ. Die Jünglinge unterschieden sich von den Männern durch die viel zu großen Anzüge, in denen sie nicht richtig zu stehen wussten. Alle verband die Trauer. Das sah man den Menschen an, unabhängig von Haltung und Erscheinung.

Sie blickten nicht einmal aus Versehen kurz in meine Richtung, das ermutigte mich, und ich bewegte mich quasi unwillkürlich ein Stück voran. Ich ging weiter und registrierte aus dem Augenwinkel, dass das Totenverzeichnis der Grabsteine vorbeilief wie ein Werbetext auf dem Fernsehbildschirm, der schwache Wind wedelte leichten Schnee von den Zweigen, zwischen den Bäumen stach das Sonnenlicht hindurch wie ein loses Bündel Holzstangen. Hinter dem mit Flechten überzogenen Stein eines in den Kriegsjahren verschiedenen Mannes namens Sulo Jalonen flatterte plötzlich eine große Krähe auf, wie eine ertappte Seele, keine Ahnung, wo dieser Gedanke herkam, vielleicht lag es am Hinweis auf den Krieg, auf jeden Fall erschreckte sie mich gründlich, diese Abrupterscheinung des Unglücksraben.

Dann war nichts mehr zu machen. Der Abstand zu den Menschen, die sich bienenartig um das Grab versammelt hatten, betrug kaum noch zwanzig Meter. Ohne die vorherigen Gedanken fortzuführen und eigentlich auch ohne sonst etwas zu denken machte ich die entscheidenden wenigen Schritte, nach denen es unmöglich war, den Rückzug anzutreten, falls mich jemand bemerkte. Und als unter meinem Schühchen dann plötzlich ein Stück Plastik vom Becher eines Grablichts knackte, von Jugendlichen oder von einem Tier kaputt gemacht, jedenfalls, als ich das Geräusch hörte, erstarrte ich kurz und guckte, ob sich irgendwelche Köpfe drehten, es drehten sich keine, es ging da vorne gerade die Blumenniederlegung vor sich, also, wo war ich stehen geblieben, bei der Stelle, an der ich erstarrte, stockte und gelierte, und erst da fiel mir der Wacholder auf, er war bestimmt vier Meter hoch und dicht wie nur was, und ich hatte ihn bis dahin wohl nur deshalb nicht bemerkt, weil direkt daneben eine Kiefer stand. Beide Bäume waren bloß ein paar Katzensprünge von mir entfernt.

Ich machte diese Sprünge. Der Kiefernstamm war als Deckung viel zu schmal, aber hinter dem bauschigen Wacholder konnte man relativ unauffällig stehen. Man sah nicht viel mehr als den von schwarzen Rücken beschatteten Weg und dahinter das Stück Friedhof, das zum Waldrand hin anstieg. Es war schwer zu erkennen, was da vorne gerade vor sich ging, weil die Trauergäste in ihrer Mitte keinen Gang für Friedhofsspanner offen gelassen hatten. Aber dann entdeckte ich Irja in einer Lücke, die plötzlich in der Menge aufgerissen war.

Sie stand ziemlich dicht am Innenbogen des dicken, hubbeligen Menschenhalbkreises, mit ihrer Tochter und ihrem Sohn im Arm, und wirkte fast bis zur Durchsichtigkeit geschwächt, gleichzeitig aber auch riesig stark. Den Jungen sah ich nun zum ersten Mal, und er machte einen furchtbar traurigen Eindruck. Ihr Mann stand mit einem Kranz in den Händen etwas abseits von der Familie und sah ebenfalls versteinert aus, aber am ehesten so, wie es bei Männern der Fall ist, wenn sie einen Anzug tragen und heulen möchten. Ich wäre am liebsten hingerannt und hätte sie alle an mich gedrückt und ihnen etwas gesagt wie: Alles wird gut, alles wird gut, die Welt existiert noch und ist voller Liebe und Fürsorge, aber als in den Tiefen der schwarzen Ansammlung plötzlich ein Mensch herzzerreißend kraftlos zu weinen anfing, bekam auch ich schlagartig einen Kloß in den Hals und ein Krampf griff meine Tränenkanäle dermaßen an, dass ich mich eine Zeitlang ausschließlich darauf konzentrieren musste, kein Geräusch von mir zu geben.

Dann waren auf einmal sie an der Reihe, die Jokipaltios, und sie verschwanden in einer kurzen, schnellen Schlange aus meinem Blickfeld, und gleichzeitig vollzog sich dabei eine motorische Massenverdichtung, wodurch sich auch die Lücke in der Menschenschar, die gerade noch Durchsicht geboten hatte, schloss. Da konnte man dann nur noch stocksteif dastehen und spüren, wie das Zittern der Anspannung durch die dünnen Schuhsohlen sickerte und im Erdboden verschwand. Trotzdem hörte und sah man nichts.

Ich wartete. Ich wartete und wartete so hartnäckig und gedehnt, all die A und E des Wartens hallten im Kopf weich wider, als würde dort ein Typ mit gepolsterter Keule gegen die Schädelwand schlagen. Und bestimmt eine Sekunde bevor ich infolge des langen Wartens im Boden versunken wäre, sah ich, wie die Jokipaltios sich endlich durch die Menge schoben, auf einen Platz wenige Meter von mir entfernt.

Sie bildeten dort in der hinteren Reihe eine hübsche kleine Familienblüte, nun, da auch der Vater keinen Kranz mehr zu tragen hatte. Ich schaute auf Irjas schwarzen, flusigen Rücken, wo ein trockenes gelbes Birkenblatt hängen geblieben war, und versuchte irgendworan zu erkennen, wie es ihr ging.

Und nachdem ich lange genug innerlich Sorge geschöpft hatte, da kam er plötzlich, aus Versehen, unbeabsichtigt, ganz ohne jede Absicht, der Laut, ein kleiner, dummer, wichtiger Laut, ein Wort, ein Name, der ausgesprochen werden musste, eine Geste, die getan werden musste, es musste einfach sein, da half nichts. Ich musste sie einfach irgendwie auf mich aufmerksam machen.

»Irja«, flüsterte ich und erschrak über meine eigene, durch die lange Wortlosigkeit aus dem Gleichgewicht geratene Stimme. Es war ein Flüstern, das schon, aber es klang, als wären die Laute in Großbuchstaben herausgekommen. »IRJA.«

Sie hörte mich nicht.

Sie hörte mich nicht, sondern drückte sich nur noch tiefer in die langen Automechanikerarme ihres Mannes Reino. Die Kinder schlotterten. Und ich stand in der kleinen Lücke zwischen Kiefer und Wacholder und spitzte den Mund, weil mir nach der beängstigend kräftigen und für mich selbst unvorhersehbaren Lautgebung nichts Besseres einfiel. Dann drehte sie plötzlich den Kopf, die Irja, und den Kopf drehten auch die Tochter, deren überreichliches Make-up zerlaufen war, und der Junge, dessen gegelte Haare bereift waren, und der Mann, unter dessen Kinn ein kleines Pflaster klebte, und auf einmal drehten auch alle anderen schwarzen Menschen die Köpfe, wie ich bemerkte, und dann bemerkte ich noch etwas, nämlich dass es eine ziemliche Ansammlung von steifen schwarzen Leibern war, in der plötzlich eine entsprechende Anzahl an hellrötlichen, rotäugigen Köpfen aufgeblüht war. Und dann kamen sie alle auf mich zu.

Als ich begriff, dass sich die Leute auf ein einziges geflüstertes Wort hin in Bewegung setzten, schob ich die Hand ins dichte Innere des Wacholders und fand dort einen schmalen, knotigen Stamm, den ich ergreifen, an dem ich mich abstützen konnte, und an den ich mich auch lehnte, obwohl das nicht viel half, sie kamen trotzdem, die Menschen, die ganz gewöhnlichen, trauernden Menschen, beängstigend viele Menschen, irgendwo unter ihnen war auch Irja mit ihrer Familie, ich verlor sie kurz aus den Augen und hing in dem blöden Baum, der an sich natürlich überhaupt nicht blöd war, sondern nur wegen meines Hängens und Versteckens; aber gut, ich hing also im Baum und versuchte gleichzeitig, mich in ihn hineinzuducken, damit man mich nicht sah. Ich hätte es bestimmt komisch gefunden, wenn ich das Ganze von außen betrachtet hätte, aber ich betrachtete es nicht von außen.

Es gab jedoch tatsächlich keinen anderen Fluchtort als den Baum, und als ich merkte, dass die Jokipaltios sich anschickten, nur wenige läppische Meter vorne in der Gruppe an mir vorbeizugehen, was hätte ich da anderes tun sollen als flüstern: »Irja, Irja.« Und da gingen sie dann, der Junge voran, dann Vater und Tochter und zum Schluss Irja, zwar waren andere Leute um sie herum, aber die kannte ich nicht und die sah ich eigentlich auch nicht, ich musste jetzt irgendwie Kontakt zu Irja aufnehmen und Schluss mit den Faxen machen; »Irja«, flüsterte ich, »Irja, ich bin's, entschuldige, ich bin zu spät gekommen.« Und da drehte sie plötzlich den Kopf und sah mich, du meine Güte, und ich Trampeltier umarmte den Wacholder und konnte sonst nichts tun, ich versuchte zwar, ganz natürlich zu wirken, irgendwie zu lächeln und etwas zu sagen, Hallo, Aber Irma, Ja hallo, Du bist also doch gekommen, Hallo Irja äh was meinst du, Du hast also doch kommen können, Ja, Was ist da, Wo da, Na da, Ich bin hängen geblieben, Wo, Na am Baum, Großer Gott wie das denn, Ich weiß es nicht, Komm Mama wir gehen weiter.

Dann hörte ich jemanden etwas Lautes und Böses sagen, irgendwo hinter dem Stimmennebel, und versuchte etwas zu verstehen, aber es blieb mir keine Zeit, die Wörter zu sortieren, denn plötzlich geriet alles vollkommen durcheinander.

Ich konnte Irja noch einmal Hallo sagen, in dem Versuch, Kontakt aufzunehmen und etwas zu erklären, ich wollte ihr einfach sagen: Entschuldigung, aber ich habe mir Sorgen um meinen Sohn gemacht und bin weggegangen, um zu gucken, was mit ihm los ist; aber nun zog auch Irjas Sohn seine Mutter am Ärmel, und beide Teenager sahen mich an, als wäre ich ein Gespenst, und viel dürfte auch nicht gefehlt haben, wie ich so den Wacholder umhalste; und natürlich schaute auch der Mann zu mir her, so wie man, ich weiß nicht, ein fremdes Schwein oder ein schwarzes Schaf anschaut. Natürlich folgte aus all dem, dass ich mich am liebsten noch tiefer in den verflixten Baum hineingewühlt hätte, aber was wäre das geworden, wo doch sowieso schon das reinste Durcheinander entstand, neben mir und um mich herum war es auf einmal schwarz vor Menschen, und ich versuchte Irja, die von ihrer Familie fortgezerrt wurde, noch etwas hinterherzuwimmern;

und dann hörte ich wieder diese boshafte Lautbildung, es dürfte so etwas wie »Scheiße« gewesen sein, es war schwer, dazu die richtige Einstellung zu finden, also bezüglich des lauten Fluchens auf einer Beerdigung, und dann merkte ich, dass auch andere etwas Ähnliches dachten, genau genommen der gesamte Trauerzug, denn plötzlich wurde es still, das träge Rascheln der steifen Kleider setzte aus, jede Bewegung in der näheren Umgebung stoppte, und nach einem Moment Stille schäumte zunehmendes Getuschel auf, und nach einer kleinen Weile war ich selbst schon nahe daran, in die gezischelten Rügen einzustimmen, doch dann schoss mir durch den Kopf, von wem das »Scheiße« stammte, und ich versuchte in Ermangelung eines Besseren, den knotigen Zentralstamm des Wacholders noch fester zu umarmen, gerade so, als könnte der mich vor allem retten.

Und dann ging es los, das Gerede, von meinem Standort hinter dem Baum aus war es unmöglich festzustellen, wer wann was sagte, aber es reichte auch so, das bloße Gerede, Was, Wie was, Was wird da geflucht, Gott im Himmel, Ein bisschen Respekt bitte, Ich will ja nichts sagen aber was macht'n die Frau da drüben, Gott im Himmel und das bei einer Beerdigung, Wen meint ihr denn, Na die Alte da, Was für eine Alte, Na da, Da drüben, Ich seh da nur einen Baum, Die versteckt sich dahinter, Wer, Na das Weibsstück, Wer, Die ist hinterm Geld von unserm Opa her, Quatsch jetzt redest du dir was ein Tochter, Nein ehrlich wahr echt wahr die hat behauptet sie macht irgendwelche Umfragen, Wer, Na die Alte da, Was für Umfragen, Ich weiß nicht die hatte nicht mal Unterlagen dabei ich hab deswegen bei der Polizei angerufen und jetzt ruf ich da wieder an, Ich seh immer noch nichts außer einem Wacholder, Komm wir gehen Mama mir ist kalt, Da liegt sie auf der Lauer sogar in der Zeitung hat was über sie gestanden, Über wen, Na über die Schwindelumfragerin, Ach eine Umfragerin, Eben, Ich hab was ganz anderes verstanden, Was denn, Schon gut, Das ist die über die was in der Zeitung gestanden hat, Allmächtiger könnten wir nicht würdevoll zum Leichenschmaus gehen, Sie ist es, Mama wir gehen jetzt, Irma wir müssen weiter kommst du mit, Ach die da jetzt seh ich sie auch, Aber die war doch auch bei uns, Was hab ich gesagt, Was hat sie gesagt, Na dass sie auch bei uns war, Nein ich meine was sie gesagt hat als sie bei euch war, Wo, Na bei euch, Ach so na ja sie hat halt Fragen gestellt, Was für welche, Na irgendsolche Marketingsachen, Können wir jetzt nicht gehen, Guter Gott in der Zeitung hat gestanden dass die Polizei schon nach ihr sucht, Sie war auch bei uns aber wieso soll man sie deswegen von der Polizei jagen lassen, Wer sie, Na die da, Könnte man nicht mal ein bisschen respektvoller über andere Menschen reden, Ich sehe immer noch nichts außer einem Baum, Nein verdammt jetzt rufe ich die Polizei an, Muss hier ständig geflucht werden, Ja ja schon gut wie ist die Nummer, Welche Nummer, Na die von der Polizei du Trottel, So brauchst du nicht mit deinem Vater zu reden, Sie können das Handy stecken lassen, Und warum, Ich bin Polizist.

Die letzten Worte sprach ein fassartiger Mann, der sich dunkelrot geweint hatte. Er stützte Arja, die vor Trauer kaum mehr wahrzunehmen war, und einen Jungen im Teenageralter, und er sah aus, als wollte er in dem Moment am allerwenigsten Polizist sein, oder genau genommen natürlich am wenigsten ein Vater, der gerade seinen Sohn beerdigt hatte, aber offenbar meinte er, selbst in seiner Trauer noch seinem Beruf verpflichtet zu sein, ich weiß es nicht, vielleicht muss ein Polizist einfach Polizist sein, ganz gleich, wo er ist und unter welchen Umständen, so ist es jedenfalls im Fernsehen, jedenfalls sah ich zwischen den Wacholdernadeln hindurch, wie er sich von seiner verbliebenen Familie löste, der Mann, und sich beängstigend und aktionsbereit vergrößerte, und alle anderen Leute um ihn herum, unter ihnen auch Irja, wie ich noch registrieren konnte, wichen zurück, jeder, wie es seine Fähigkeiten erlaubten, als stünde eine Attacke bevor.

»Ach Gott, ach Gott«, hörte ich Irja noch flüstern, bevor ich etwas unternehmen musste.

Irjas Tochter forderte sie nun schon ziemlich laut auf, endlich weiterzugehen, und ich merkte, dass ich mich sozusagen darauf vorbereitete, dass mich der große Polizist gleich ansprang und in Handschellen legte oder etwas in der Art. Ich musste ihn loslassen, den Baum. Ich rannte los, das ging an sich ganz einfach, bloß von Richtung und Ziel hatte ich erst mal keine Vorstellung, weil in meinem Kopf einzig und allein der Drang tobte, all dem zu entkommen, und zuerst wäre ich fast direkt in das klaffende Grab galoppiert und hätte dabei einen erschrockenen Totengräber, der bestimmt um die Hälfte größer war als ich, umgerissen, aber ich schaffte es dann doch mit Ach und Krach, die Grube zu umgehen und zwischen einer anderen Grabsteinreihe auf den nächsten Weg zu gelangen. Beim Rennen stieß ich dermaßen viele schöne Blumengestecke und Kränze und tränende Kerzen um, dass ich, wäre ich in meiner Panik eines Gedankens fähig gewesen, wohl am ehesten so etwas gedacht hätte wie: Wenn es dort oben einen Gott gibt, komme ich nach einem solchen Tanz auf den Gräbern nicht ungestraft davon.

Dem Himmel oder einer sonstigen höheren Instanz sei Dank trampelte ich wenigstens nicht über einen trauernden Menschen, der sich über ein Grab beugte, hinweg, stattdessen erreichte ich bald einen anderen Weg und rannte, was die Beine hergaben, und das ging jetzt schneller, weil mir beim Lospreschen der Rocksaum gerissen war, was den Schritten mehr Raum gab. Einmal wagte ich es, mich umzublicken, das war ein Fehler, ein schmerzhafter Fehler, denn ich registrierte lediglich, dass das, was ich hinter mir ließ, noch wesentlich näher war, als ich gedacht hatte, alle, das offene Grab und der noch immer verdutzt an dessen Rand stehende Totengräber und die Menschenschar ganz in der Nähe, kaum dreißig Meter entfernt; und es verschaffte mir auch kein bisschen Erleichterung, als Nächstes zu begreifen, dass mir jemand hinterherrannte, eine dunkle Gestalt, von der natürlich auf den ersten Blick schwer zu sagen war, welche Person unter der schwarzen Bekleidung steckte, aber sie kam jedenfalls schnell hinter mir her, so schnell, dass sie mir jeden Moment im Nacken sitzen würde.

Es wäre sicher vernünftig gewesen, stehen zu bleiben und die Angelegenheit sozusagen aufzuklären, aber da in dem für die Beinbewegung zuständigen Teil des Kopfes der Fluchtbefehl nun einmal erteilt war, hielten sie einfach nicht mehr an, die Beine. Und sie waren erst recht nicht mehr zum Anhalten fähig, als ich denselben Fehler ein zweites Mal machte und mich erneut umdrehte und zunächst zu meiner sehr, sehr kurzen Erleichterung feststellte, dass der Polizist lediglich an seinem Handy herumfummelte, dann aber, dass die Person, die mir hinterherrannte und den Abstand schon bestimmt um die Hälfte verringert hatte, ja also, dass es sich dabei natürlich um die schreckliche Hätilä-Frau handelte. Außerdem nahm ich noch Irja und ihr weißes, unter dem schwarzen Pillbox-Hut hervorscheinendes Gesicht wahr: Es wirkte erschrocken, traurig, gespannt und – zu allem Elend – irgendwie ziemlich enttäuscht, und das löste in mir ein fast lähmend jämmerliches Gefühl aus.

Aber so gern ich mich am liebsten unter einem x-beliebigen Vorwand auf die Erde geworfen hätte, um zu wehklagen und alles zu erklären – ich musste weiterlaufen. Aus einem Baum stob ein großer Schwarm rundlicher kleiner Vögel auf mich herab, die ich wenige panische Schritte später als Erlenzeisige identifizierte, vermutlich waren sie beim Fressen gewesen, auf dem Friedhof, fütterte sie dort jemand, solche Sachen kamen mir in den Sinn. Dann klarte die Welt ringsum plötzlich auf, was natürlich überhaupt nichts mit dem Vogelschwarm zu tun hatte, sondern vor allem damit, dass ich geradewegs auf den Parkplatz gerannt war, wo gleich daneben der Kahlschlag gähnte, weshalb um mich herum und in den Augen auf einmal so viel Licht war, dass es wehtat. Aber obwohl ich in gewisser Weise noch die wundersame Schönheit registrierte, weil ringsum nichts war als reines, schräges Sonnenlicht und darin der leise flockende und flimmernde Kälteschnee, so konnte ich all das doch nicht in Ruhe bestaunen, weil ich es hinter mir schon wieder stampfen und keuchen hörte.

»Bleib stehen!«, rief es. »Du verfluchte Schlampe, bleib stehen!«

Ich weiß nicht, ob es die Schlampenbeschimpfung war oder was, vielleicht die pure Angst, jedenfalls erhielt ich neue Kraft zur Flucht, obschon meine Beine sich allmählich schlaff und verholzt zugleich anfühlten und der Parkplatzasphalt unter dem Schnee mit etwas Halbfeuchtem und sehr Glattem überzogen war. Während ich versuchte, mitten in all dem grellen Licht meine Position im Verhältnis zum Auto einzuschätzen, fand ich noch Zeit, mich zu fragen, was, um Himmels willen, die Frau eigentlich gegen mich hatte, aber es war natürlich schwierig, bei dem Gerenne etwas gründlich und ausgewogen zu durchdenken, zumal nun aus dem blendenden Licht heraus auch noch ein Auto angefahren kam.

Es sah so aus, als würde ich einerseits direkt vor das Auto laufen, das Auto aber andererseits direkt auf mich zufahren. Den Fahrer konnte ich nicht sehen, weil die Windschutzscheibe aus blassblauem, geschlossenem Winterhimmel bestand, über den sich von den Rändern her zwei einander ansaugende Fichtenwipfel bogen. Als der unsichtbare Fahrer dann auf die Bremse trat und das Auto mit seltsam ruckelndem Motor, oder was es nun mal war, zum Rutschen brachte, erstarrte ich nur wieder vor einer jähen Angst, schloss die Augen und rechnete wohl auch schon mit etwas Fatalem, aber da es nicht eintrat, öffnete ich die Lider so schnell, wie ich sie zugekniffen hatte, und sah, dass einer der Reifen nur wenige Zentimeter an meinen Zehen vorbeigerollt war. Und als ich aufblickte, stellte ich fest, dass bei dem Auto noch immer der Motor lief, zwei Fahrzeuglängen von mir entfernt, und dass hinter seinem Heck der Kopf von Hätiläs Tochter auftauchte, in deren Augen die Wut brannte und auf deren Backen runde, dunkelrote Placken wie Hackfleisch-Rote-Bete-Frikadellen à la Lindström prangten. Ihren schwarzen Hut hatte sie verloren, die Haare bewegten sich sacht im Luftstrom, der aus dem Auspuff drang.

Dann schlitterte ich weiter. Hinter mir zischte Hätiläs Tochter dem Autofahrer etwas Galliges zu und schwenkte die

Faust. Offenbar kam sie jedoch zu dem Schluss, dass ich wichtiger war, auch wenn sie den Unschuldigen, der da gerade zufällig mit seinem Auto aufgekreuzt war, noch so gern erwürgt hätte. Tatsächlich kam sie mir hinterher. Und ich ging zu überstürzter Fortbewegung über, ziemlich unklug, aber du liebe Güte, ich war ja schließlich nicht auf eine Menschenjagd vorbereitet gewesen, die Autoschlüssel lagen beziehungsweise verkrochen sich irgendwo tief in der Handtasche, die eigentlich gar nichts Außergewöhnliches enthielt, aber es war halt eine andere Tasche als sonst, ich konnte ja schließlich nicht meinen üblichen Knautschbeutel zu einer Beerdigung mitschleppen, weshalb ich nur in aller Eile die Dinge, die sich in meiner eigentlichen Tragevorrichtung befunden hatten, in die etwas bessere Tasche gekippt hatte, und als ich nun buddelte und buddelte und sie am Ende wohl eher triezte und traktierte, die Tasche, da kam auch schon die Furcht erregende Person heran, bereit, mich an den Haaren zu packen oder an den Pranger zu stellen oder vor den Kadi zu zerren oder was auch immer sie im Schilde führte, ich hoffte bloß, dass sie mir nicht wehtat.

Irgendwo in den Tiefen der Tasche ließ sich der Schlüssel kurz von den Fingerspitzen berühren und tauchte sogleich wieder ab, tauchte erneut auf und verschwand dann wieder, bis er schließlich zwischen Zeige- und Mittelfinger hängen blieb. Die Finger waren jedoch so klamm, dass ich den Schlüssel fast hätte fallen lassen, als ich ihn aus der Tasche riss und versuchte, ihn ins Schloss zu stecken, in das er hätte flutschen müssen, wenn es gerecht zugegangen wäre; stattdessen hörte ich nur metallisches Quietschen, das in den Zähnen schmerzte, weil die Schlüsselspitze das Blech rund um das Schloss zerkratzte. Hätiläs Tochter war jetzt nur noch wenige Autos entfernt und kam direkt auf mich zu, jedoch plötzlich deutlich weniger aufgebracht wirkend und stumm, was noch beängstigender war. Ich stocherte den Schlüssel ins Schloss. Meine Hände zitterten. Das kalte, schneidende und irgendwie flügelhafte Geräusch, das die bereifte Wagentür von sich gab, lief mir als kaltheißer Schmerz den Rücken rauf und runter und zwischendrin tief ins Gehirn hinein.

Und erst da, o Gott, o Gott, erst da kam irgendwo auf dem Grund des Verstands ein erhitzter, rosinenartiger kleiner Knödel, so fühlte es sich nun mal an, also dieses kleine Glied dort in den Hinterkopfgefilden kam erst da auf die Idee, mir in Erinnerung zu rufen, dass es die Fahrertür war, die richtige Tür, die linke, also die falsche Tür, die Tür, die nicht aufging, auch wenn man mit dem Schlüssel noch so gut das Schloss traf.

Mit so großen Schritten wie nur möglich lief ich vorne ums Auto herum. Dann geschah ein Wunder, ja, unter den Umständen, bei all dem Unglück und niederschmetternd gründlichem Schiefgang, war es schon eine Art Wunder, also es geschah ein Wunder und der Schlüssel fand den Weg ins Schloss, die Tür ging auf, und im nächsten Augenblick saß ich im Auto und die Tür war zu und gleich darauf sogar verriegelt, weil ich nach einer halben Sekunde Wundern über das Wunder auf den Gedanken kam, das Knöpfchen, das da aus der Tür ragte, mit einem Schlag zu versenken. Im selben Moment erschien das hochrote Gesicht von Hätiläs Tochter vor der Scheibe, um dumpf etwas zu schreien; ich wagte es nicht, genauer hinzuschauen, sondern wuchtete mich, ohne auf Handbremse, Schaltknüppel und sonstige schmerzhafte Hindernisse zu achten, hinters Steuer und beförderte schlotternd den Schlüssel ins Zündschloss.

Der menschliche Geist funktioniert vermutlich so, dass in der Not allerlei Sinnloses an die Oberfläche geblubbert kommt, aber beim Schlüsseldrehen konnte ich zwischendurch trotzdem den kurzen, quasi stutzenhaften Gedanken denken, dass, falls ich das alles irgendwann einmal irgendjemandem erzählen sollte, an dieser Stelle etwas stehen müsste wie: Rate mal, ob er ansprang.

Er sprang nicht an. Ich drehte den Schlüssel im Schloss, aber aus dem Motorraum hörte man nur ein hoffnungsloses Wimmerkeuchen, wobei das ganze Auto ruckte und zitterte. Im Armaturenbrett oder in der Vorderablage oder was es nun mal war, befand sich ein kleines Fach. Die Handvoll Münzen, die zwei Streichhölzer und die aufgebogene Büroklammer darin hüpften und schepperten beim erneuten Versuch, den Wagen in Gang zu bekommen. Aus irgendeinem Grund fiel mir auf, dass es sich bei den Münzen um ausländisches Geld handelte, aber dann war es auch schon vollkommen unmöglich geworden, quasi als Vorwand die Aufmerksamkeit auf solche Zweitrangigkeiten zu richten, weil die Frau nun schon fast auf der Kühlerhaube lag, unmittelbar vor mir, und etwas schrie, was durch die Scheibe zwar schwer zu verstehen war, dank des Tonfalls jedoch keine Missverständnisse aufkommen ließ. Sie war wütend, das war klar, allerdings war sie schwer zu begreifen, ihre Raserei, also warum sie ausgerechnet auf mich losging, dachte sie wirklich, ich wollte ihren Vater übers Ohr hauen, oder war sie einfach so ein Mensch, der immer eine Art Mindestwut an etwas oder jemandem auslassen musste, und falls die letztgenannte Variante zutraf, war es wiederum schwer, ihr irgendwie böse zu sein, man bekam nur Mitleid mit ihr.

Trotzdem hatte ich es nun mal ins Wageninnere geschafft und wollte nicht hoffen, dass die zwar wild gewordene und groß gewachsene, aber alles in allem doch wohl relativ normale und vernünftige Frau durch die Scheibe kommen würde. Sofort drang natürlich allerhand anderes an die Oberfläche, vor allem dachte ich, dass ich am liebsten einfach von hier fortgehen würde, mich ausklinken und in einem schwarzen, sicheren Zustand der Bewusstlosigkeit verschwinden. Der Motor ruckte und keuchte, und ich drehte immer wieder den Schlüssel hin und her und merkte, dass sich ein stechender, irgendwie elektrischer Geruch im Auto breitmachte. Gleichzeitig wurden die Anlassversuche dünner und schlaffer, es war wohl die Batterie, der die Kraft ausging, ich weiß es nicht, aber es blieb mir nichts anderes übrig, als mit dem Leiern zu pausieren und einen Blick auf die Wüterichin vor der Windschutzscheibe zu werfen. Sie schien etwas zu sagen wie: »Damit wirst du nicht durchkommen«, und durch das Glas hindurch klang ihre Stimme gedämpft und erstickt, ein bisschen so, als wenn in der Nachbarwohnung jemand zornig würde, aber sie sah wirklich böse aus, da biss die Maus keinen Faden ab, wie auch nicht von der Tatsache, dass sie in Wirklichkeit sozusagen in theoretischer Reichweite wütete.

Dann sprang er doch noch an, der Motor, das Auto, wahrscheinlich beim letztmöglichen Versuch, und brach in lautes, verschnupftes Ansprungsknurren aus.

Rückwärts löste ich mich aus dem Schatten der großen Autos rechts und links. Für einen Moment sah es so aus, als stünde noch eine handgreifliche Auseinandersetzung mit Frau

Hätilä in Aussicht, weil sie mich um keinen Preis alleine wegfahren lassen wollte, sondern sich an die Scheibenwischer klammern würde, sich zum Glück aber dann doch nicht zum Beispiel mit dem ganzen Körper auf die Kühlerhaube warf und sich auch nicht an irgendwelchen irrsinnigen Heldentaten versuchte, sondern ziemlich schnell losließ und dann am Rand des Parkplatzes stehen blieb, die schwarze Jacke voller Schnee und Knitter. Es sah aus, als würde sie ein lautes Zischen von sich geben. Ich konnte es nicht länger mitansehen, sondern beförderte das Auto mit Gewende und Gekurble in Richtung Tor.

Im blendenden Schneelicht kamen mir Menschen entgegen, vermutlich die Leute von vorhin, und sosehr ich in dem Moment vor ihnen allen Angst haben musste, so befürchtete ich doch auch kurz, einen von ihnen blindlings zu überfahren; das wäre an Ironie des Schicksals dann doch enorm über das hinausgegangen, was ein einzelner Mensch hätte ertragen können. Es gelang mir jedoch, mich zwischen den schwarzen, unscharfen Gestalten hindurchzuschlängeln, ohne jemanden zu erkennen oder übel zuzurichten, und nach der Parkplatzausfahrt auf der durch den Kahlschlag halbierten Fichtenallee weiterzufahren, wo das einzige Lebenszeichen in einem irgendwo in der Ferne aufblinkenden, rotgrauen Eichhörnchen bestand, das wie ein Klumpen verdorbenen Fleisches wirkte.

Auf der verschneiten Straße war nur eine Reifenspur zu sehen, die vermutlich von dem Auto stammte, das mich auf dem Parkplatz um ein Haar über den Haufen gefahren hätte. Als ich am Ende der Allee rechts abbog, bei der so gespenstisch platzierten Fleischräucherei, wäre ich fast von der Straße abgekommen und im Feld gelandet, weil es glatt war, gefährlich glatt für meine Fahrkünste; jedes Mal, wenn ich nur ein bisschen Gas gab, drehten die Räder durch und das Auto fuhr, wohin es wollte. Die letzte Kurve vor der großen Straße musste ich in Kriechgeschwindigkeit nehmen. Zwei kleine Jungen rannten vorbei, deuteten mit den Fingern auf mich und lachten. Unter anderen Umständen hätte auch ich vielleicht gelacht. Ich konnte noch sehen, wie die Jungen hüpfend in der Sonne verschwanden, die tief stand, aber so hell schien, dass die kleinen Schlawiner mit ihr zu verschmelzen schienen.

An der Kreuzung geriet ich in Panik und in die Sackgasse und tat daraufhin etwas wahnsinnig Dummköpfiges und Unverzeihliches. Ich trat das Gaspedal durch und ließ die Kupplung kommen. Mit einem Schluckaufruck schoss das Auto los. Die anderen, die kleinen Autos und die großen Autos und die viel zu großen donnernden Laster, kamen in fürchterlichem Tempo aus beiden Richtungen, und da konnte ich nicht groß nachdenken, sondern kniff die Augen zu, lenkte energisch nach links und gab noch mehr Gas. Die letzte Maßnahme entfaltete insofern ihre Wirkung, als der Motor ausging. Am liebsten hätte ich laut geschrien, o nein und großer Gott und ein paar Gottlosig- und Ungeheuerlichkeiten hinterher, aber anstatt zu jammern, drehte ich, von irgendeinem Instinkt unterstützt, einfach den Schlüssel im Schloss, und da stürmte es dann weiter voran, das Auto, und wenn mir auch nur ein kleiner Moment zum Nachdenken geblieben wäre, hätte ich den Mechanismus wohl irgendwie verstanden, aber nun konnte ich mich nur darüber freuen, dass etwas passierte. Und so drehte ich den Schlüssel einfach noch einmal und noch einmal und immer weiter, bis das Auto quasi irgendwie schmüggelte, ein anderes Wort für die Kombination von Geräusch und Bewegung war schwer zu finden, es schmüggelte über die Straße auf die Bushaltestelle zu, die sich dort nun einmal zufällig befand, ich hatte jedenfalls nicht die Zeit gehabt, mir extra eine dorthin zu bestellen, nahm sie jetzt aber trotzdem als Rettung und Wunder entgegen, ungeachtet der Tatsache, dass man die Existenz einer Omnibushaltestelle in unmittelbarer Nähe einer Kreuzung nicht unbedingt für ein Wunder halten muss.

Hupen ertönten, Fahrzeuge donnerten und maunzten vorbei und ich steckte wieder einmal in einem Horrorszenario, das Lenkrad fest umklammernd. Was hätte ich mir in dem Moment mehr wünschen können als ein bisschen Ruhe, zehn Sekunden Pause, um die Stirn auf das kühle blaugraue Lenkrad zu legen. Aber da ich wusste, dass man hinter mir her war, musste ich trotz allen Schlotterns weiterfahren.

Ich beschleunigte in Richtung Kerava. Die Straße wurde von schroffen Fichten gesäumt, es sah aus, als stünde da eine Schar riesiger Männer und stemmte die Hände in die Hüften. Im Spiegel erkannte ich, dass mir vom Friedhof her bereits ein Schwarm Autos hinterherkam, und da vor mir gerade kein Ungemach zu erkennen war, wagte ich es, aufs Gas zu treten, und zwar so fest, wie es der leichte Schuh und der kalte Fuß erlaubten. Auch diese Maßnahme half letzten Endes nicht, sondern machte alles nur schlimmer, und dazwischen meldete sich, endlich, der Gedanke, dass womöglich noch Sommerreifen drauf waren. Und da tatsächlich ständig die Gefahr bestand, in den Graben oder auf die Gegenfahrbahn geschleudert zu werden, kam mir aus dem unerschöpflichen Vorrat maßloser Irrsinnigkeiten, die mir in letzter Zeit durch den Kopf schwirrten, prompt mein Sohn in den Sinn und das Lied, das der Bursche kurz nach Erhalt des Führerscheins ständig vor sich hin geträllert hatte, darin hieß es ungefähr: Auf der Gegenspur – fahren Ärsche nur. Auch dafür hatte ich ihm die Ohren lang gezogen, schon allein wegen der Verwendung eines Kraftausdrucks in der Öffentlichkeit, und auch dafür, dass er damit ein Unglück erst heraufbeschwor.

In ausgedehntere Erinnerungen konnte ich mich allerdings nicht vertiefen, denn ich musste mich wirklich auf das Fahren konzentrieren. Ich fuhr langsam, aber nicht so langsam, dass es nicht vorwärtsgegangen wäre, und plötzlich war die Fichtensäumung auf einen Schlag verschwunden und stattdessen riss eine blendende Felderhelligkeit auf, mit klotzigen Siedlungsumrissen dazwischen. Und auch wenn die Gegenden, die mir eigentlich vertraut waren, irgendwo jenseits der Innenstadt lagen, so stellte sich doch eine gewisse Traurigkeit oder Wehmut im Magen ein, um dort herumzuwühlen, weil irgendwie die Vorahnung zuschlug, dass ich dort, in Kerava, vielleicht eine Zeitlang nichts mehr zu suchen hätte. Dann war ich jedoch plötzlich an der großen Kreuzung, hinter der sich die Straße auf vier Spuren verbreiterte; sogleich brausten haufenweise Autos an mir vorbei, in deren Richtung ich nicht einmal kurz zu gucken wagte, weil ich wusste, dass mich dort lediglich Wutausbrüche unterschiedlicher Art erwarteten. Ein rotes Vehikel überholte mich, kam dann aber von seiner Spur direkt vor mich geschossen, um zu trödeln und Schnee aufzuwirbeln. Im Heckfenster tauchte ein kleiner, kugelförmiger Flachskopf auf und daneben eine winzige Faust, aus der ein Mittelfinger aufragte.

An der Autobahnauffahrt, auf die ich hinter dem roten Auto in letzter Sekunde abbog, brachte ich einen weiteren Stau zustande. Die Auffahrt bestand aus einer dermaßen engen Kurve, dass mir das Auto wieder ständig außer Kontrolle zu geraten drohte und das Tempo auf knapp über dreißig gedrosselt werden musste, weshalb ich also wieder eine Schlange hinter mir herzog, außerdem führte die Straße bergauf und die Reifen drehten durch und das ganze Auto schlingerte. Neue Misslichkeiten standen an, als ich schließlich den Beschleunigungsstreifen erreichte, wo ich mich hätte trauen müssen, zu beschleunigen, um Bestandteil des temporeichen Rummels zu werden, der sich aus denjenigen, die bereits in fürchterlicher Geschwindigkeit auf der Autobahn dahinrasten und den hinter mir wie wahnsinnig auf die Beschleunigungsspur drängenden Autos zusammensetzte. Und da das Tempo nun einmal war, wie es war, musste ich am Ende ein ordentliches Stück auf der Standspur fahren, bis im Verkehrsstrom eine Lücke aufriss, bei der ich einen Versuch wagte, und auch dann folgte natürlich allerlei Gehupe und Faustgeschüttle, weil die anderen wahrscheinlich dreimal so schnell fuhren.

Eine Weile durfte ich trotzdem meine eigene Geschwindigkeit beibehalten und die anderen vorbeibrausen lassen, und die Schneelandschaft und das inzwischen warm gewordene Auto beruhigten mich ein bisschen. Augenblicksweise, wenn ich nicht zu genau über alles nachdachte, kam es mir sogar so vor, als hätte ich nun auch dieses Durcheinander überstanden, mich wenigstens in gewisser Weise aus der Klemme gezogen.

Und erst als auf der Höhe von Korso die blauen Lichter im Rückspiegel aufblinkten, merkte ich, wie unwahrscheinlich dankbar ich für diese kurze Atempause gewesen war.

In hohem Tempo näherten sie sich, die nervös zuckenden kalten Lichter, und auch wenn ich versuchte, den Blick auf der Straße und das Auto unter Kontrolle zu halten, so sah ich doch auch ohne gründlichere Spähmaßnahmen, dass es sich nicht um ein isoliertes Lichtphänomen handelte, sondern dass sich unter den Lichtern ein ganz und gar echtes Polizeiauto verbarg.

Ich richtete den Blick wieder nach vorn, und weil in dem Moment gerade nichts anderes als die gerade, von Wald gesäumte Autobahn zu sehen war, auf der sich zumindest nichts zu bewegen schien, das noch langsamer war als ich, wagte ich es, erneut in den Spiegel zu gucken. Da kam sie, die blaue Scheuche, der Unherzschrittmacher oder Herzunschrittmacher, wie auch immer, eine Form der Gefahr jedenfalls, und sie näherte sich in erhabener Einsamkeit auf der linken Spur, weil alle anderen Autos gehorsam auf die rechte Spur auswichen, auf der auch ich fuhr. Dies hatte natürlich die nur allzu verständliche Folge, dass die anderen eben mit mir auf ein und derselben Spur fahren mussten, weshalb sich hinter mir schnell alles staute, und da hatte ich auf einmal wieder doppelt und dreifach Anlass zum Schwitzen und Kopfzerbrechen.

Andererseits wurde es in diesem Stadium allmählich physisch schon unmöglich, noch mehr zu erschrecken. Ich war müde, schlapp, einfach fix und fertig, und was die Angst vor dem Erwischtwerden und der damit verbundenen Scham betraf, so ging dieser Angst inzwischen ziemlich die Puste aus.

Und da sie nun einmal mit tausendeinhundert Sachen ankamen, die Polizisten, waren sie im Nu auch fast auf meiner Höhe. Dann bekamen sie jedoch ein Problem, weil sie natürlich irgendwie hinter mich kommen mussten, aber weil sich die Autos da Stoßstange an Stoßstange quetschten, mussten sie abbremsen und sich den Platz an meinen Hacken erst freiblinken. Immerhin drängten sie nicht gleich jemanden von der Straße. Und weil von hinten sofort scharenweise ungeduldige Autofahrer an der Schlange vorbeidrängelten, bildete sich für kurze Zeit eine sonderbare Stauung, die garantiert allerlei Komisches an sich gehabt hätte, wenn man sich in der Situation eine gewisse Empfänglichkeit für Dinge dieser Art bewahrt hätte: Zunächst mussten sie, die Polizisten, also ein paar Meter hinter mir unter Sirenengeheul abbremsen, in dem Versuch, auf meine Spur zu kommen, und gleichzeitig bildete sich hinter ihnen bereits eine Schlange; und als sie endlich ein Lückchen fanden und sich an mich hängten, wo sie es dann blau und rot blinken ließen, trauten sich die Zivilbürger nicht mehr an ihnen vorbei. Vermutlich steckt das tief im Menschen drin, dass man ein Polizeiauto nicht überholt, weil das unweigerlich eine Geldbuße oder Schlimmeres nach sich zieht.

Das führte jedenfalls dazu, dass sie jetzt auf zwei Spuren kamen, die Autos aller Art, und eine Weile machte es den Eindruck, als würde sich niemand so recht trauen, die Angelegenheit in irgendeine Richtung aufzulösen.

Ich war natürlich ebenso ratlos. Also fuhr ich einfach weiter, was letzten Endes sicherlich nicht einmal die schlechteste aller Varianten war, nämlich sich aufs Fahren zu konzentrieren, auf der Straße zu bleiben, weil sich noch immer keinerlei Erleichterung eingestellt hatte, der Fuß wollte ständig unverhältnismäßig stärker aufs Gas treten, als es der Sicherheit entsprach, und dann fing sofort wieder das ganze Auto zu schlittern an. Die Sonne war hinter den Bäumen verschwunden, und es hatte auch wieder angefangen, träge zu schneien, obwohl der Himmel über mir blau war; im Süden sah man allerdings eine große düstere Wolke, deren Rand orange leuchtete wie glühende Lava. Für solche Gedanken fand ich in der Situation die Zeit, ehrlich gesagt murmelte ich es sogar vor mich hin, irgendwie half das, auch wenn niemand da war, mit dem ich reden konnte; Gesellschaft hätte ich allerdings gefunden, wenn ich den Anhaltebefehl der Polizisten befolgt und mit ihnen ein Gespräch angefangen hätte. Auf jeden Fall fühlte ich mich inzwischen ganz außergewöhnlich: Da waren Angst und Scham und Sorge, alles wohlvertraute Empfindungen aus der letzten Zeit, aber am stärksten arbeitete die Sorge in mir, die Sorge um Irja und all die anderen guten Menschen und die besorgte Frage, ob ich aus purer Dummheit tatsächlich eine ganze Beerdigung verdorben hatte, einfach so, ich konnte es kaum glauben, war aber trotzdem überzeugt, dass genau das geschehen war. Und im selben Komplex existierte dann ja auch noch meine seltsame Beziehungslosigkeit zu all dem, was gerade passierte, zu der Tatsache, dass ich irgendwie schlingernd auf der A4 gelandet war und ein Polizeiauto an der Stoßstange hängen hatte.

Irgendwie schien mir, alles würde in zehn Metern Abstand vor sich gehen, etwa so, als wenn man im Bus sitzt und beobachtet, wie draußen ein Artgenosse gejagt wird.

Und als dann die Abfahrt zum Ring 3 samt benachbartem Ikea vorbeihuschten und ich im Seitenspiegel irgendwo weiter hinten neue blaue Blinklichter auftauchen sah, da entspann sich etwas in Geist und sterblicher Hülle, nicht direkt Stolz, aber doch eine Art Widerspenstigkeit, ein bisschen nach dem Motto: Muss ich mich denn für alles genieren und alles bereuen? Das dann wohl doch nicht, um Himmels willen; zwar hatte ich durchaus einen ganz schönen Haufen an Fehleinschätzungen und sonstigem Schabernack zusammengetragen, aber ich hatte niemandem etwas zuleide tun wollen und wollte es noch immer nicht, damit brauchte mir keiner zu kommen, endlich einmal hatte ich an meinem Leben etwas verändert, wie es immer und überall aufdringlich empfohlen wird, und nebenbei noch eine Freundin gefunden, die es immer noch gab, irgendwo, trotz allem, dessen war ich mir sicher. Und als das zweite Polizeiauto sich dann hinten anhängte und sogar ein drittes sich zu nähern schien, da schoss mir ein ganz neues, wundersames, sozusagen sanftmütig stures Ehrgefühl in den Leib: Ich werde jetzt meine ureigenen fünfzig Lenze nach Hause fahren, und dann sehen wir weiter. Wäre doch arg merkwürdig, wenn der Mensch bei Schneegestöber nicht so langsam, wie er konnte und wollte, von einer Beerdigung nach Hause fahren dürfte.

Ich hielt also tatsächlich nicht an, obwohl das dritte Polizeiauto nun neben mir auftauchte, auf der linken Spur. Wahrscheinlich ist es nun einmal so, dass man in einer heiklen Lage versucht, alles ins Positive zu wenden, jedenfalls überkam mich für kurze Zeit wieder ein vernunftwidriges Triumphgefühl, wenn ich daran dachte, was für eine Schlange ich gerade hinter mir herzog. Alles nur meinetwegen!

Für einen Moment waren mir meine Ausrutscher ins Selbstgefällige ein bisschen peinlich, aber dann lenkte ich meine Aufmerksamkeit auf einen Feldhasen, der allerdings in sicherem Abstand über die Straße hoppelte, und anschließend auf das Handy, dessen Klingeln ich lediglich anhand des Lichtscheins in der Öffnung meiner auf dem Beifahrersitz liegenden Handtasche registrierte.

Ich meldete mich, ohne auf das Display zu blicken, ich weiß nicht warum, es war verrückt, wahnsinnig, noch mehr Gefahrensituationen heraufzubeschwören und weitere Anklagen wegen neuer Verbrechen und Vergehen, aber irgendwie hatte ich das Ding plötzlich am Ohr, und schon rauschte das erste Hallo durch die Leitung.

»Furchtbarer Krach«, sagte mein Sohn. »Wo bist du?«

Ich brauchte einen Moment, bis ich analysiert hatte, dass tatsächlich mein Sohn dran war; seine Stimme kam so sehr von anderswo, ich musste erst mal nach allen Seiten schauen, im Auto, auf die blinkenden Lichter in den Spiegeln, auf den Wald, der rechts vorbeihuschte, und auf die Felseinschnitte, die links aufragten, und die Wohntürme von Jakomäki obendrauf; dann erst kam sie heraus, die seltsam stumpfe Antwort angesichts dessen, was eigentlich alles zu sagen wäre: »Im Auto.«

Diesmal hörte ich kein Rauschen oder sonstige Undeutlichkeiten, weil das Auto so einen Lärm machte, aber still war er, mein Sohn, auf seine ärgerliche Art, die mich in diesem Moment natürlich ganz besonders auf die Palme brachte, er begriff nicht, dass ich gerade mitten in einer heiklen Lage steckte, woher hätte er es auch wissen sollen, aber trotzdem. Rechts kam jetzt der Flugplatz Malmi und die Stadt näherte sich, auch hier hatte es geschneit und schneite es noch immer leise vor sich hin, und wieder machte sie mir Angst, die Stadt, wie würde ich dort mit diesen Reifen klarkommen, und erst da wurde mir bewusst, dass ich eine ganze Weile schon alles andere vergessen hatte, die Polizisten, die Autos hinter mir, den ganzen Kuddelmuddel.

»Wo bist du?«, fragte ich. »Ich hab versucht dich anzurufen.«

»Ich auch«, bellte er mit aufs Blut beleidigter Stimme ins Telefon.

»Hast du nicht«, fauchte ich und trat dabei, angespornt von einem blödsinnigen Impuls, auf die Bremse, weil auf der rechten Seite plötzlich ein Auto auftauchte. Es dauerte ein Weilchen, bis mir klar wurde, dass dort jetzt eine zusätzliche Spur war, die stammte wahrscheinlich von der einmündenden Autobahn aus Porvoo, und kurz rutschte das Auto, wohin es wollte, und wäre fast gegen sämtliche von rechts Kommenden geprallt, die zunächst flink vorbeisausten, bis eines von den Polizeiautos hinter mir nach rechts ausscherte und die Spur blockierte.

Mit Müh und Not bekam ich mein Auto wieder unter Kontrolle und fuhr auf der mittleren Spur den Ring-1-Brücken und der Stadt entgegen und dachte, da fahr ich jetzt also auf der mittleren Spur über die Autobahn und hab die Polizei an den Hacken; und als ich aus dem Telefon dann das lange, keuchende Husten meines Sohnes hörte, ergänzte ich die Liste: und telefoniere auch noch dabei.

»Wo hast du dir denn so einen Husten eingefangen?«, fragte ich, als gäbe es nichts anderes zu bereden.

Mein Sohn murmelte etwas von wegen Ach, den hab ich halt, und da sein Murmeln nun einmal aufgekeimt war, ließ er es auch weitersprießen, zweifellos mit etwas rechtfertigendem Unterton, aber es war trotzdem unmöglich, auch nur den geringsten Inhaltsbestandteil zu verstehen, weil ich gleichzeitig bemerkte, wie das rechte Polizeiauto als dunkle Gestalt mit blinkender Krone an mich heranschlich und auf einen Schlag dafür sorgte, dass alles sozusagen zurückkam, die ganze Beschwernis, das Schwitzen und Zittern und alle denkbaren Ängste und Schrecken und Schuld- und Schamgefühle; die eigentümliche Gelassenheit und Selbstsicherheit, die sich gerade eben noch in mich verirrt hatte, war im Nu dahin. Ich rief dem Jungen zu, es wäre gerade ungünstig, ich müsse aufhören, was ja auch stimmte, mir saß auf einmal wieder alles und jeder im Nacken, es schien unmöglich, das Auto weiter auf der Straße zu halten, und als mein Sohn laut wurde und wissen wollte: »Mama, was ist los bei dir?«, da rutschte mir heraus, Polizisten seien hinter mir her, Was, Polizisten, Was für Polizisten, Na Polizisten halt Polizisten Polizeipolizisten, Hinter dir her, Eigentlich sind sie schon fast neben mir, Was machen die da, Wo, Na hinter oder neben dir, Ich weiß es nicht, Wo bist du, Hier eben, Und wo ist hier, Das weiß ich nicht aber sie sind hinter mir her, Die Polizisten, Genau, Hast du was angestellt, Bestimmt bin ich verkehrt gefahren, Verkehrt, Vielleicht zu langsam, Jetzt red keinen Unsinn, Red ich auch nicht, Redest du doch, Die versuchen mich anzuhalten, Dann halt eben an nee warte mal, Was, O Scheiße, Was, Schon gut entschuldige.

Und dann, bevor mein Sohn weiterreden konnte, sprudelte in mir alles hoch, aus dem tiefsten Inneren, dass ich mit meinem Jungen hätte reden und mir Sorgen machen sollen, ich hatte das Gefühl, mich rechtfertigen zu müssen, gerade so als wäre ich eine Kriminelle, meine Güte, bei meinem Sohn hatte ich oft genug den Verdacht gehabt und hatte ihn immer noch, wo er überall seine Finger im Spiel haben mochte und wo er überhaupt war. Aber ich konnte nichts dagegen tun, ich musste mit jemandem reden, und auch wenn man seinem eigenen Sohn nicht alles erzählen kann, kam es mir plötzlich schon viel vor, zu sagen, es sei ein Missverständnis passiert, ein schreckliches Missverständnis, ich hätte unbedacht gehandelt, mich vielleicht etwas dumm angestellt, wie auch immer, jedenfalls habe jemand die Polizei verständigt, und womöglich hätte ich auch einen Verstoß gegen die Straßenverkehrsordnung begangen und das wäre also jetzt die Lage.

»Scheiße, Scheiße, Scheiße«, stöhnte mein Sohn.

Ich konnte gerade noch sagen, dass man so nicht mit seiner Mutter redete, dann kam von seiner Seite noch mehr hinterher, »Mama«, sagte er immer wieder, gut, dass er es nicht schrie, und man hörte ein sonderbares Rumpeln und dann wieder einen langen Redeschwall, aus dem man kaum schlau wurde, »Mama, hey«, schrie er, und dann »hey, Mama« und dass das Auto, also wegen der Versversver; ich konnte noch einmal zurückrufen: »Was?«, und er konnte noch einmal sagen: »Bei dem Auto«, ich müsste wissen, dass die Versversvers, und dann hörte ich noch ein einzelnes Versver, gefolgt von tuut-tuut-tuut und danach nur noch bodenlose Leere und einsames Rauschen.

»Hallo«, flüsterte ich ins Handy, erfasste jedoch die Lage und schmiss das Ding frustriert in die Handtasche. Es war ein seltsames Gefühl, eines, das ich allerdings kannte, wenn ein Telefongespräch abbrach oder unterbrochen wurde und einem die darauffolgende Stille bei aller Überraschung so hart vorkam, dass man für einen Moment glaubte, ganz allein auf der

Welt zu sein. In dem Fall kam es mir gleich mehrfach sonderbar vor, weil ich immerhin in einem fahrenden Auto saß und ständig doch irgendwie den Verkehr und das Geblinke und das ganze Geschehen um mich herum wahrnahm und in gewisser Weise spürte, dass ich durchaus an all dem ringsum beteiligt war. Dennoch hörte und begriff ich nichts so richtig, sondern hatte das Gefühl, mich in einer lautlosen, gepolsterten Blase zu befinden.

Und als die Welt dann in meine Sinne zurückkehrte, machte sie gleich wieder einen Riesenlärm. Die Autobahn, die mir wie ein unbeherrschbar reißender Strom vorkam, schob sich ins Bewusstsein, der abrupt über sie hinwegfliegende Ring 1, aber auch die hinter und neben mir grauenerregend gleichmäßig fahrenden Polizeiautos; und weil auch noch das Dröhnen, Zittern, Donnern des Motors, der Reifen, des Windes und wer weiß was noch alles hinzukam, da schien es mir erst einmal so, als hätte ich seit einer Ewigkeit nichts mehr gesehen und gehört und müsste jetzt quasi zur Strafe sämtliche Sinneswahrnehmungen auf einmal über mich ergehen lassen.

Die eigentümliche Panik und Schreierei meines Sohnes machte es nicht einen Deut leichter. Was hatte er mir sagen wollen? Dass das Auto Sommerreifen hatte? Unbrauchbare Scheibenwischer? Kaputtes Rücklicht, leere Pissanlage? Sonst ein Mangel, welcher?

Beim letzten Gedanken hätte ich fast schon ein düsteres Halblachen ausgestoßen, aber weil ich von Autos nichts verstand, konnte ich darüber keine Scherze machen, ich hatte bloß Angst, dass es mitten auf der Straße zusammenbrechen und mich umbringen würde. Dann, im selben Moment, in dem ich merkte, dass ein Schneegestöber eingesetzt hatte und das Auto bereits an der letzten Ecke des Friedhofs von Malmi vorbei in Richtung Pihlajamäki und den vom Schnee zu Torten aufgemotzten Felsen vorbeizockelte, ließ irgendeine Macht einen unschönen, grässlichen Gedanken wurmartig die Gliedmaße entlangkriechen: Es war die Erwähnung der Polizisten gewesen, die meinen Sohn zum Fluchen gebracht hatte; und da dauerte es nicht mehr lange, gerade mal eine Brückenunterquerung auf Höhe der Kläranlage, bis ich von den feuchten Zehen bis zur juckenden Stirn unter der Baskenmütze mit der gigantischen Gewissheit erfüllt war, dass er mit dubiosen Machenschaften zu tun hatte, mein Sohn, insbesondere, dass in dem Auto etwas versteckt war, schwarzer Alkohol, gestohlene Ware, Rauschgift oder Waffen oder Leichen, was auch immer, womöglich war das ganze Auto geklaut.

Die Stadtteile Jokisuu und Koskela näherten sich bereits, draußen setzte die Abenddämmerung ein, riesige, trockene und quasi leise Flocken fielen auf die Scheibe. Es tat weh, an meinen Sohn zu denken, am liebsten hätte ich ihn gründlich in die Pfanne gehauen, aber in irgendeiner Vertiefung meines Hirns pochte trotzdem der Beschützerinstinkt, da war nichts zu machen, ich wünschte ihm ebenso wenig Schwierigkeiten wie mir; eine Mutter kann ihr Kind, solange es noch ein Kind ist, in den Laden an der Ecke schicken, um die Süßigkeit zu bezahlen, die es dort gestohlen hat, aber man schickt nicht seinen erwachsenen Sohn ins Gefängnis, nein, das geht einfach nicht. Und da gelang es mir dann, die letzten Reste von Stocksteifigkeit abzuschütteln und trotz aller Müdigkeit und einmal ohne mich um irgendetwas zu scheren der Stadt entgegenzufahren. Sie war schon zu wittern, da vorne, das Rauschen der Koskelantie, die vom Schnee dekorierten Gärten in Kumpula und irgendwo dahinter die Kopfsteinhinterhöfe von Vallila und überhaupt ganz Helsinki; und auch wenn es unmöglich war, länger diverse Empfindungen wiederzukäuen, so wusste ich wenigstens, dass ich hier nicht bleiben wollte, so kurz davor, quasi am Stadttor, schon ganz in der Nähe und doch draußen. Ich wollte heim, nach Hakaniemi, schlafen.

Ich hielt also noch immer nicht an, auch wenn die Botschaft der Blinklichter noch so unmissverständlich war. Ohne den Kopf zu drehen riskierte ich einen Blick zur Seite, um die Polizeiautos auf den Spuren rechts und links zu betrachten, das linke war ein Minna-Modell und von dem rechten sah man nur den Kühlergrill; in keines von beiden konnte ich hineinschauen, weil sie genau den dafür notwendigen Meter zurückblieben, wie aus Höflichkeit, und ich beklagte mich deswegen nicht, denn die Fahrt wäre mit Sicherheit zu Ende gewesen, wenn ich gezwungen gewesen wäre, einem Wachtmeister in die Augen zu schauen.

Ich halte nicht an, ich fahre weiter, ich halte nicht an, ich fahre weiter, und unter solchen, von Angst und Panik gefalzten Hin-und-her-Schutzgedanken ging sie dann recht fix dahin, die Fahrt, wahrscheinlich eher albtraumhaft als zum Beispiel, na, touristisch, ja, auf einmal war ringsum wieder alles frei und Schnee wirbelte durch die Luft, sodass man weder vorn noch hinten klare Sicht hatte, hinten wirbelten bloß die blauen und roten Lichter und färbten den Schnee ein, dem der Wind übel mitspielte, mehr war dort nicht zu erkennen, schwer zu sagen, ob sich da noch immer die vermutlich bereits zu einem gigantischen Strom angeschwollene Autoschlange wälzte oder ob er bereits umgeleitet worden war, der nachkommende Verkehr. Beim Depot, wo ein paar erleuchtete und irgendwie betrübt aussehende Straßenbahnen vor den Türen warteten wie frierende Tiere, die ins Warme wollen, aber vielleicht doch lieber noch ein bisschen draußen toben, also, wo war ich, ach ja, beim Straßenbahndepot, wo ich wieder nach vorne schaute und versuchte, das Auto auf der Straße zu halten, deren Randstreifen inzwischen kaum noch auszumachen waren, aber ich erfasste immerhin, dass die Fahrspuren wieder auf zwei geschrumpft waren und ich vermutlich ziemlich genau auf dem unter Schnee begrabenen Mittelstreifen fuhr, weshalb sich die Polizeiautos nun wieder hinter mich zurückfallen lassen mussten, ja, also, wo war ich, dauernd musste ich mich das fragen, ich fühlte mich irgendwie fiebrig und hatte Schwierigkeiten, meine Position zu bestimmen, weder im Verkehr, noch in der ganzen absurden Situation, in die ich aus unbegreiflichen Gründen geraten war, ja, was ja, wo war ich, bei den Straßenbahnhallen, dann aber auch schon an einer Kreuzung, die Schienen glitschten unter den Rädern oder umgekehrt, aber die Fahrt ging weiter, den Tacho sah ich nicht mehr, weil die Augen voller Weiß und Heiß waren, überschritt aber die Geschwindigkeitsbeschränkung wohl immer noch nicht, dennoch kam es mir so vor, als näherte sich die Stadt mit rasender Geschwindigkeit, zu schnell, es kam die nächste Kreuzung, da ging es wohl nach Kumpula ab, auf der Intiankatu, irgendwo in den Schneegestöberflocken versprühte eine Ampel Gelb, matte Lichter entgegenkommender Fahrzeuge huschten irgendwo da vorne vorbei, aber sonst war kein Verkehr im eigentlichen Sinn zu sehen und auch keine Fußgänger, was mich allmählich etwas wunderte, hatten sie angefangen, die Stadt vor mir zu räumen, hielten sie mich für eine Terroristin, aber es war unmöglich, sie danach zu fragen, die

Polizisten, wenn man nicht anhalten wollte, und das hatte ich ja nicht vor, oder es war wohl eher so, dass ich nicht dazu imstande war, und was blieb mir da anderes übrig, als weiter zu versuchen, vorwärtszukommen, durch all das unruhig tobende Trübe hindurch, und zu versuchen, dabei niemandem Schaden zuzufügen. Nach Hause, nach Hause, hämmerte es in meinem Kopf, und nach Hause fuhr ich auch, es war nicht mehr weit, nun rauschte schon die undeutliche Ansammlung neuer Universitätsgebäude auf der Anhöhe vorbei, als würde dort oben ein riesiger Steinhaufen thronen oder vielleicht doch eher ein Schneelicht, weil dort Licht durch Ritzen schien, und links dann, hinter der freien Fläche, die so vertraut war, dass man sie gar nicht richtig wahrnahm, also da leuchtete dann das Einkaufszentrum Arabia und dahinter blinkten weitere Lichter, es dauerte einen Moment, bis ich darauf kam, was dort war, genau, das Gefängnis, aber weil ich diesen Gedanken um keinen Preis zulassen wollte, musste ich etwas tun, was auch immer, und da ich nun einmal nicht vorhatte, anzuhalten, trat ich eben aufs Gas, etwas anderes fiel mir auf die Schnelle nicht ein, und natürlich war das keine Vernunftentscheidung, weil das Auto dadurch nur anfing zu jaulen und zu heulen und hin und her zu schlittern, weshalb ich dann auf sämtliche Pedale treten musste, von denen ich überhaupt nicht mehr wusste, welches welches war, und gleichzeitig an dem blöden Lenkrad drehen und kurbeln, dessen Kälte sogar durch die Handschuhe drang, obwohl es im übrigen Auto so heiß wie in der Sauna war; und endlich, unmittelbar vor der Brücke, die über die Eisenbahnschienen und an den Schrebergärten vorbei nach Vallila führte, ja, da also bekam ich, sicherlich nicht durch eigenes Verdienst, sondern eher dank einer Vorsehung, das Auto wieder unter Kontrolle, so dachte ich es mir, tatsächlich kam mir kurz sogar ein Schutzengel in den Sinn, löste sich aber sofort wieder auf, begleitet von einem abscheulichen, nassen und quasi spuckigen Schmatzen, als die Reifen über ein Hindernis hubbelten; gleich darauf wiederholte sich der entsetzliche Aufprall bei den Hinterrädern, und während ich die restliche Brücke überquerte, dachte ich nur noch, ergriffen von einem vom Scheitel herab laufenden, alles überziehenden Horror, dachte ich also nur noch, dass ich nun dem Ganzen die Krone aufgesetzt hatte, indem ich einen Unschuldigen überfahren hatte.

Und direkt nach der Brücke ging es dann los, ein unwiderruflich wirkendes Spurgeln und Pruckeln, und zunächst glaubte ich schon, im Tiefschnee gelandet zu sein, man sah bei dem Gestöber ja nichts, aber dann bretterten sie mir auch schon wieder in den Kopf, die Gedanken, die schlimmen Gedanken, Gedanken, die man nicht denken wollte und eigentlich auch nicht konnte, die aber einfach angekrochen kamen und sich in den Außenbezirken des Hirns niederließen, um ihre kriechtierhafte Existenz zu melden. Plötzlich war der Kopf voller Varianten, Kinder, Erwachsene, Mütter, Väter, Liebende, Minderbemittelte, geistig Behinderte, alles gleich furchtbar, sodass ich gar keine Lust mehr hatte, zu schlafen, sondern nur noch sterben wollte; gleichzeitig ging es immer zäher voran, und da konnte man natürlich nicht anders, als sich zu fragen, ob man da gerade einen Menschenrest mitschleifte oder ob das nur Schnee war, Schnee von gestern oder am liebsten gleich ein Traum, aber als an der Kreuzung von Hämeentie und Sturenkatu von den Rädern her zuerst ein lautes Brüllen und danach eine Art Knirschen und Sirren und Zischen zu hören war, gleichzeitig vorne blaurote Lichter zu schwirren begannen und unter dem Auto etwas erschlaffte und das ganze Gefährt dabei gegen etwas Hartes und Kreischknirschendes torkelte und stehen blieb, musste ich wohl oder übel einsehen, dass es zumindest kein Traum war, aus dem ich durch Aufwachen oder Zurückstoßen herauskommen würde.

Lange saß ich einfach nur da. Die Lüftung toste ohrenbetäubend und spuckte mir trockene, heiße Luft direkt in die Augen, es war schwer zu sagen, ob sie gerade erst losgelegt oder schon die ganze Fahrt über so geschnauft hatte. Zwischen den Instrumenten hinterm Lenkrad brannte ein Konglomerat überwiegend roter Lämpchen, wie ein kleines Dorf an einem fernen Berghang, außerdem sah ich sowohl vor mir als in sämtlichen Spiegeln noch mehr blaues und rotes Flackern. Es wurde allmählich dämmerig. Der Schnee war blau. Kartoffelchipsgroße Schneeflocken landeten auf der Windschutzscheibe, dünn gehäkelte Flocken, sie schmolzen schnell und ließen die im Gestöber verschwindenden Häuser und die dazwischen stehenden Einsatzfahrzeuge zu tränender, länglicher, melancholischer Lava zusammenfließen. Durch das rechte Seitenfenster sah ich die undeutlichen Umrisse der Paulskirche hinter Ahornbäumen aufragen. Die schwarzen Baumstämme waren an der Nordseite von Schneezuckerguss überzogen, der so stabil aussah, als wären die Bäume mit zähflüssigem Rasierschaum bespritzt worden. Es war keine einzige menschliche Gestalt in Sicht, noch immer nicht, bloß Gebäude und Bäume und Fahrzeuge und Lichter und natürlich Schnee, die Lüftung brüllte weiterhin, langsam gewöhnte man sich daran, auf einmal wurde es irgendwie vollkommen still, so still, wie es nur sein kann, wenn man so gut wie nichts als fallenden Schnee sieht; auch im Innern war es still, wie man so sagt, kaum möglich, noch etwas zu fühlen, zwar war mir zum Heulen, klar, aber die Augen blieben knochentrocken, auch hätte ich lachen können, aber in den Gesichtsmuskeln rührte sich nichts, obwohl ich es versuchte. Und da weiterhin niemand zu sehen war und nichts passierte, außer dass der Schnee auf der Scheibe schmolz und alles verzerrte und in die Ferne rückte, da sackte ich quasi zwangsläufig in eine Art Halbbewusstlosigkeit ab, und so hing ich über dem Lenkrad und lauschte dem Rauschen, das sich in Stille verwandelt hatte oder umgekehrt, und starrte auf ein handtellergroßes Stück Papier auf der feuchten Gummimatte vor dem Beifahrersitz, für eine Weile war es mir an und für sich und in seiner ganzen Undeutlichkeit genug, dann nahm es aber aus irgendeinem Grund doch eine Form an, es erinnerte ein bisschen an Sizilien, aber so gern ich nach dieser Assoziation innerlich in südlichen Ländern, bei Feuer, das die Zehen kitzelte, und bei einem Nachmittagsschläfchen verweilt hätte, sosehr rief mir der Zettel doch Kerava ins Gedächtnis, eine der vielen Uhren an so mancher Wand und dadurch auch alles andere, und so blieb mir nichts anderes übrig, als mich zu bücken, um es genauer ins Auge zu fassen, das feuchte Stück Papier, und bei näherer Betrachtung erkannte ich sofort, was es war, einer meiner ersten Versuche, eine blöde Frage, die ich trotz ihrer Blödsinnigkeit sowohl bei Irja als auch bei den Jalkanens losgelassen hatte, o je, bevorzugen Sie frische oder getrocknete Pflaumen. Und kaum hatte ich quasi schläfrig gedacht, ich muss den Zettel als eine Art Andenken aufheben, den Arm nach ihm ausgestreckt und ihn sogar schon zwischen die Finger bekommen, da sah ich im Augenwinkel eine Gestalt am fahrerseitigen Fenster auftauchen, worauf ich schnell die Hand aus dem Fußraum nahm und in Sitzposition zurückschnellte und dabei erst auf die Idee kam, dass man bei solchen abrupten Bewegungen in bestimmten Ländern und Situationen wahrscheinlich ziemlich leicht erschossen wird.

Aber sie schossen nicht. Ich kurbelte das Fenster herunter, weil die Tür ja klemmte, und schaute hinaus auf die Gestalt, von der bei dem Licht und dem Schneegestöber unmöglich mehr zu sagen war, als dass es sich um eine männliche großen Ausmaßes handelte, dem Overall nach zu schließen um einen Polizisten. Meine rechte Hand lag schlaff im Schoß, der schmierige Formularfetzen war an den Fingern kleben geblieben. Ich schüttelte ihn schlaff zwischen den Sitzen ab und dachte zerstreut, jetzt sind andere mit Fragen dran.

»Ist mit Ihnen alles okay?«, fragte der Wachtmeister und schaute zum Fenster herein.

Damit fing er an, der Winter. Mehr als eine Woche lang schneite es, dann wurde es kalt, und zwar richtig, es kamen harte Minustage, an denen die Nasenspitze glitzerte, sich die Zehen krümmten und die überstrapazierten Heizkörper knurrend Hitze ausstießen. Niemand schien sich daran zu erinnern, wann es in Helsinki zuletzt einen derart echten Winter gegeben hatte.

Es war erstaunlich. Man kam mit dem Räumen von Straßen und Gehwegen nicht hinterher, so stark schneite es, der Verkehr war durcheinander und an jeder Ecke herrschte der Ausnahmezustand. Die Menschen kämpften sich mit zerknautschten Gesichtern durch den dichten Schnee und wirkten doch zufrieden und beinah freudig überrascht. Die Kinder kriegten sich gar nicht mehr ein. Überall in Hakaniemi sah man begeisterte Gesichter hinter Schneehaufen hervorlugen, die Luft war voller Schneebälle und gellender Schreie, am Sparkassenufer entstand gleich eine ganze Reihe Schneemänner. Eines Nachts hatte jemand mitten in unserer Einfahrt einen gebaut, in dem eine Bierflasche als Nase steckte, aber auch eine in der Wölbung der untersten Kugel, weshalb er sicher nicht von Kinderhand stammte.

In der Nacht war ohnehin alles anders. Leise schwebte der dichte Schnee durch die windstille Luft. Bisweilen war schwer zu sagen, ob es vom Himmel zur Erde schneite oder umgekehrt. Die Geräusche der Stadt wurden gedämpft und gingen unter, es war, als würde die Welt mit einem flockigen Universalbefehl zum Schweigen gebracht.

Einige Tage lang schluckte die schwarze, unbewegte Bucht unermüdlich Schnee, dann fror sie zu. In den stillen Nächten knackte und knisterte die Kälte, tagsüber erfüllte ein klares, blendendes Licht jeden Winkel, in der Luft lag ein Wispern, das zwischen Häuser und Autos drang und hin und wieder sogar auf der Hämeentie zu hören war, wenn die Autos an den Ampeln hielten. Die Menschen dampften. Trotz der enormen Kälte wehte von irgendwoher eine sonderbare Feuchtigkeit heran, die sämtliche Bäume in der Stadt mit dickem, leuchtend weißem Perlmutt überzog. Man hatte das Gefühl, sich durch ein riesiges Korallenriff zu bewegen.

Oft vergisst man ja, seine Heimatstadt zu lieben, aber jetzt liebte ich sie. Noch nie hatte ich Helsinki so schön gesehen. Und in Kerava war es den Zeitungsbildern nach zu schließen kein bisschen hässlicher.

Auch sonst herrschte seltsamer Frieden. Endlich ließ ich mir von der Ingenieursfrau anständig die Haare machen, ihre Klagen über den Fiskus und die Liberalen rauschten mir zum einen Ohr hinein und zum anderen wieder hinaus. Drei Tage lang machte ich sauber, ohne mich zu beeilen, gerade dass ich nicht mit der Zahnbürste hinter den Fußleisten schrubbte. Ich öffnete weit beide Fenster, damit die Kälte die Wohnung durchlüftete. Nicht dass die Gegebenheiten eine derartige Gründlichkeit verlangt hätten, nein, sauber war es auch vorher schon gewesen, aber ich hatte eben das Gefühl, nirgendwo hinzumüssen.

Mein Sohn rief auch mal an, eines elektrisch kalten, von

der Sonne grell ausgeleuchteten Vormittags. Es knisterte in der Leitung, als knickte der Frost die Kabel. Ich las ihm nicht die Leviten, versprach aber, sie ihm zu lesen, und zwar gründlich. Ich sagte ihm, das Auto stehe irgendwo in Vallila in einer Seitenstraße, die Reifen vom Nagelteppich zerfetzt. »Und, was du sicher auch nicht weißt: Die Kiste war nicht beim TÜV, und die Versicherungsbeiträge sind nicht bezahlt.«

Er schwieg lange und fing dann an, etwas Undeutliches über die Fahrertür zu nuscheln, dass man sie beim Öffnen anheben müsse. Es klang, als spräche er in einer engen Kabine. Ich sagte ihm, ich hätte keine Lust, mir seine Ratschläge und Erklärungen anzuhören, und außerdem wisse ich, wo er sei. Die Polizisten hatten die Gesichter verzogen und verbogen, als ihnen klar wurde, dass ich keine Vorstellung davon hatte, wo sich der verfluchte Besitzer des Autos, mein eigener Sohn, eigentlich aufhielt.

Er schluckte hörbar und murmelte etwas von einem gewissen Bosse und einem gewissen Lyhtinen, die würden zu mir kommen und die Schlüssel abholen, die wüssten, wie man mit dem Auto umgehen müsse. Sie kamen tatsächlich, noch am selben Tag. Sahen schlimm aus, die Brüder, waren aber höflich. Einer von beiden wünschte mir zum Abschied gutes Wintersportwetter.

Da ich nun wusste, wo er war, mein Sohn, ging mir das Telefonat so sehr zu Herzen, dass ich flüstern musste: »Da kriegt man doch sicher auch mal Urlaub?« Aber da musste er schon wieder Schluss machen, und in der Leitung rauschte nur noch der Wind.

Auch mit Irja sprach ich, ja, das war eine riesige Erleichterung für mich, das Telefonat mit ihr, nachdem ich mich endlich getraut hatte, sie anzurufen. Tagelang hatte ich auf ihre Initiative gewartet und dann noch einmal so lange Mut gesammelt, um mich bei ihr zu melden. Es lohnte sich. Als ich am Ende des Gesprächs auf den Knopf mit dem roten Telefonsymbol drückte, fühlte ich mich so leicht, dass ich in die Kälte hinausmusste, um alle Glöckchen läuten zu lassen. In letzter Zeit hatte es immer Schwierigkeiten gegeben, wenn mir licht zumute gewesen war, aber jetzt kam es mir vollkommen angemessen vor, ich hatte so eine frostfrische Luftigkeit am ganzen Körper und in den Gedanken, ein bisschen nach dem Motto: So soll es sein.

Ich landete auf dem Markt. Große Geschäfte wurden bei dem Wetter nicht gemacht, ein paar ausdauernde Reiseandenkenverkäufer schätzten ihre Erzeugnisse als kälteresistent ein, und ein Kaffeezelt hielt tapfer die Stellung. Neben einem glucksenden Heizgerät schlürfte ich meinen Kaffee und wunderte mich zusammen mit der Kaffeedame über die Stadt, die auf einmal magisch geworden war. Auf dem leeren Marktplatz blieben Menschen verdutzt stehen, ließen Dampfwolken aufsteigen und schienen auf etwas zu warten, ich wusste nicht, auf was, auf einen Bus, auf einen Freund, auf den Fischhändler, auf den Sommer. Die am Rand des Marktplatzes kastenförmig geschorenen Linden glänzten so weiß, dass sie aussahen, als wären sie aus Plastik, sie waren aber doch viel zu schön, um künstlich zu sein. Beim Gehen wünschte ich der Wirtin gutes Wintersportwetter, das hatte ich irgendwie im Kopf behalten, und bekam als Antwort eine ausladende Geste, verdrehte Augen und übertriebenes Lamentieren über die Tatsache, dass man hier nicht so viel zum Skilaufen komme, wo man doch die halbe Stadt mit Kaffee versorgen müsse. Ich wiegte verständnisvoll den Kopf und sagte aus irgendeinem Grund, ich kenne das Gefühl, und ließ sie dann mit einem Penner zurück, der schlotternd an das Heizgerät drängte und den sie mit ihrer halb sanften Art zurechtwies.

Und als ich dann meinen Einkauf getätigt und erneut den Marktplatz überquert hatte, drückte ich ein Mal auf den Klingelknopf und stand auch schon in Virtanens Treppenhaus, das mir nach all dem Kältelodern stockfinster vorkam.

Er öffnete die Wohnungstür, bevor ich klingeln konnte. Dann schenkte er ein bräunliches Lächeln aus und sagte, er habe schon Sehnsucht gehabt. Noch bevor ich mich wundern konnte, sagte ich, mir gehe es genauso, und trat ein. In dem durchs Fenster quellenden, vom Schnee vervielfachten Winterlicht sah seine Wohnung noch schlimmer aus als früher, aber ich ließ mich davon nicht beirren, sondern wies dem Hausherrn einen Stuhl und nahm selbst auf der anderen Seite des Tisches Platz. Er befolgte den Befehl mit unsicheren Bewegungen, als wollte er um einen Kredit betteln oder als hätte er Angst, das Sitzmöbel kaputtzumachen. Aus der alten Handtasche, die ich inzwischen wieder in Gebrauch genommen hatte, nahm ich den zylinderförmigen Geschenkkarton von Alko und überreichte ihn Virtanen, der ihn etwas ängstlich auffummelte und die braune Flasche mit der Gin-Tonic-Mischung herauszog.

Er stellte sie auf den Tisch und starrte sie eine Weile geradezu schockiert an, schmolz dann aber dahin und lächelte mild: »Darf man das Geschenk gleich aufmachen?«, fragte er und kicherte und linste unter den Tisch.

Ich sagte, natürlich dürfe man das, und verfolgte, wie er den Kronkorken mit dem Feuerzeug, das er irgendwo hervorgezaubert hatte, zischend aufstemmte und den Flascheninhalt mit wenigen Schlucken in die Kehle gluckern ließ. Jetzt war ich an der Reihe, große Augen zu machen. Als er meinen Blick bemerkte, wirkte er noch erschrockener und gleich darauf schuldbewusst, fing sich aber schnell und sagte: »Das ist nicht ganz so stark, wie du anscheinend glaubst.«

»Aha«, sagte ich, weil mir auf die Schnelle nichts anderes einfiel.

»Danke«, sagte er. »Das war lieb.«

Dann sah er eine Zeitlang so aus, als hege er die Absicht, einen geräuschvollen und zufriedenen Rülpser auszustoßen, merkte aber noch rechtzeitig, dass er nicht allein war, und drückte nur gedämpft etwas in die Armbeuge ab, streckte sich nach dem Kühlschrank und angelte sich einen neuen Drink heraus. Nachdem er die Flasche geöffnet hatte, fragte er, ob mich bloß die freundliche Geste hierhergeführt habe, und ich erwiderte, nein, sondern die Lage sei die, dass ich alles erzählen müsse. Und obwohl in meinem Kopf natürlich alles parat lag, kam Virtanen nicht darauf, was ich meinte, Was alles, Na alles, Wie, Na das wo du mir geholfen hast, Ach so, Hattest du das schon vergessen, Ein bisschen, Macht nichts, Wie ist es denn weitergegangen, Das erzähle ich dir jetzt.

Und ich erzählte es ihm. Ich musste es jemandem erzählen, und Virtanen war nun einmal von allen Menschen auf der Welt zufällig derjenige, demgegenüber ich mich in der Angelegenheit schon einmal geöffnet hatte. Er hörte folgsam zu, nahm ab und zu einen Schluck aus der Flasche und schüttelte durchaus an den richtigen Stellen ungläubig den Kopf. Die allmählich untergehende, direkt durchs Fenster scheinende Sonne schien ihn etwas zu stören, zwischendurch sah es so aus, als würde ihm das Gehirn angesengt werden. Als ich fertig war, starrte er lange mucksmäuschenstill aus dem Fenster und brach dann in unbändiges Gelächter aus, hielt sich den Kugelbauch und vergoss Tränen.

»Zu langsam!«, ächzte er dann, als er wieder etwas Luft bekam.

Ich sagte, so sei es tatsächlich gewesen, jemand habe von der Autobahn aus mit dem Handy die Polizei gerufen, weil er dachte, die Fahrerin habe einen Anfall bekommen. Virtanen lachte noch immer darüber, und bei mir fehlte auch nicht mehr viel zum Kichern. Ich sagte, wenn man lange genug lebt, passiert einem alles Mögliche. Virtanen hielt die Flasche wie ein Kind im Arm, schmunzelte und produzierte Ungläubigkeit. Es wollte überhaupt nicht in seinen Kopf, dass die Polizisten nicht mal Ermittlungen aufgenommen, sondern mich vom Präsidium in Pasila direkt nach Hause gefahren hatten. Sie hatten wohl begriffen, vermutete ich, dass es die Schuld meines Sohnes war, die TÜV-losigkeit und was sonst noch so mit dem Auto war, ich hatte damit ja eigentlich gegen kein Gesetz verstoßen, wenn man nicht in Betracht zog, dass ich vergessen hatte, meinen Führerschein verlängern zu lassen.

»Irgendwas werden sie doch rausgekitzelt haben«, sagte er. »Also gefragt.«

Ich schwieg eine Weile. Die riesigen alten Ahornbäume im Innenhof von Virtanens Block reckten sich komplett weiß glasiert dem Weltall entgegen wie sonderbare Empfänger. Die Sonne tropfte hinter die Häuser und färbte den Himmel rot. Es sah aus, als wäre dort, am Himmel, im Weltall, irgendwo, plötzlich furchtbar viel passiert, und gleichzeitig schwirrte eine schreckliche Menge aller möglicher miteinander verhedderter Gefühlserinnerungsbilder in mir herum, sobald ich die Vorfälle in Kerava auch nur ansatzweise in meine Gedanken einließ. Das fühlte sich nicht ausschließlich gut an, aber rasch schob sich etwas dazwischen. Eine Art Membran.

»Nein«, sagte ich dann piepsiger als beabsichtigt. Ich sah über die Dächer hinweg, wo langsam und schief Dampf- und Rauchschwaden krochen und wirkten, als würden sie frieren. »Sie haben nichts gefragt.«

Als mich Virtanen dann bloß mit Blicken löcherte, nach dem Motto, jetzt verheimlicht sie mir was, redete ich weiter. Ich wiederholte ungefähr, was mir Irja ungefragt am Telefon erzählt hatte; ich hätte mich auch gar nicht getraut, etwas zu fragen. Letzten Endes hatte sie alles sozusagen in zwei Punkten verdichtet, zum einen dass Arja, die Mutter des verstorbenen Jungen, von der Beerdigung ebenso wenig in Erinnerung behalten hatte wie von den Tagen zuvor, und zum anderen dass ihr Mann, obwohl er Polizist war, keine, na ja, Polizei auf den Friedhof gerufen hatte. Dass die Tochter von Hätilä Probleme mit dem Gleichgewicht hatte, wie Irja es diplomatisch formulierte, war in der Gegend schon seit längerer Zeit bekannt.

Virtanen sah in den anbrechenden Abend hinaus. Gegenüber versuchte ein von der Kälte gezeichneter Teenager ins Haus zu kommen, schaffte es mit seinen handschuhlosen Händen aber einfach nicht, den Schlüssel ins Schloss zu stecken. Virtanen verlor sich in die Betrachtung der Prozedur, wobei er aus irgendeinem Grund zutiefst besorgt wirkte, sagte aber, sobald der Bursche endlich im Haus war: »Furchtbar traurig.«

»Stimmt«, sagte ich.

»Aber ich meine, gut, dass es für dich, äh, gut ausgegangen ist. Beziehungsweise. Wie es halt ausgegangen ist. Hoffentlich gut. Und den anderen möchte man auch nur das Beste wünschen.«

»So ist es«, sagte ich. »Das möchte man ihnen wünschen.«

»Auch den Unangenehmen beziehungsweise der einen. Wo die doch bloß eine Meise hat.«

»Stimmt«, sagte ich erneut, aber jetzt lagen Gewicht, Bedeutung und Einverständnis in meiner Äußerung.

Nachdem wir eine Weile zusammengesessen und vor uns hin geschmurgelt hatten, machte ich mich trotz aller Entspanntheit und Ruhe ans Aufbrechen. In mir hatte sich ein bläuliches Gefühl eingestellt, eine Art Wehmut wegen all dem Schlechten, das einem begegnete, andererseits war es auch tröstlich, dass sogar einer wie Virtanen Mitgefühl für unbekannte Menschen aufbringen konnte, obwohl er selbst so ein Misthaufen war. An der Tür sah er mich mit seinen wässrigen Augen richtig an, kratzte sich unter dem Kinn und bedankte sich, dass er hatte dabei sein dürfen. Dann frischte er aber schlagartig auf, ploppte in die Wohnung zurück und kehrte gleich darauf mit einem Wisch zurück, den er mir überreichte. Er sagte, das habe er fast vergessen, ich hab ja auch ein Geschenk für dich, ein Weihnachtsgeschenk, frohe Weihnachten.

Ich betrachtete den laminierten Zettel, auf dem alles Mögliche stand, unter anderem das Kennzeichen fürs Anwohnerparken. Mit einem Locher war in einer Ecke ein sauberer kleiner Kreis ausgestanzt und dort dann etwas unbeholfen mit einem langen rosa Gummiband eine blaugold eingewickelte Schokoladensüßigkeit befestigt worden. Ich sah Virtanen an, vollkommen verdattert, und bedankte mich. »Bis bald«, sagte er.

»Wir sehn uns bestimmt«, sagte ich und schloss die Tür, wobei ich die Tränen hinunterschluckte.

Auch draußen auf der Straße war es blau. Die windstille Kälte legte sich wie eine Hülle auf die Haut und schien sofort die Wimpern zu vereisen. Auf dem Markt waren sämtliche Zelte verschwunden, und angesichts der lächerlich wenigen Verkaufsstände hielt es anscheinend niemand für nötig, das Pflaster abzuspritzen. Bei den Temperaturen wäre eine Wasserbehandlung allerdings wohl auch unmöglich gewesen. Als ich über den Marktplatz ging, fiel mein Blick auf einen Wollstrumpf in Kindergröße, rosa und mit zwei bräunlichen Streifen versehen, wobei ich die Farbe anhand der Streifen nur schwer bestimmen konnte, da zu dem ganzen Blau ringsum auch noch das aufkeimende Gelb der Straßenbeleuchtung hinzukam. Ein bisschen unheimlich war er, der Strumpf, sosehr er einem auch zu Herzen ging; unwillkürlich suchte man nach seinem Inhalt, befürchtete, irgendwo am Rand des Marktplatzes könnte ein verstoßenes Kleinkind liegen. Ich weiß nicht, woher solche düsteren Gedanken kamen, da ich mich doch in so einem seifenblasenartigen Zustand befand, mich eigentlich gewissermaßen sicher fühlte, sodass ich es wohl wagen konnte, auch etwas melancholischere Dinge in den Kopf zu lassen.

Es hatte wohl kaum jemand etwas davon, und ich weiß auch nicht, warum ich es tat, aber ich brachte den verwaisten Kleidungsbestandteil jedenfalls nach unten in die U-Bahn-Station zum Kiosk. Dort glotzte das trotz seiner blau-gelben Dienstuniform irgendwie durch und durch pinke Mädchen den Strumpf zuerst angewidert an wie ein Rattenjunges, ging dann aber bei näherer Betrachtung dazu über, ihn eifrig zu bestaunen, ei, ei, was für ein süßer kleiner Strumpf, Ja, Hoffentlich kommt ihn jemand holen, Ja, Da fehlt einem kleinen Kerlchen jetzt die Socke, Hoffentlich wird ihm nicht kalt, Eben,

Ja, Furchtbar wenn so ein Kleines frieren müsste, Stimmt, Wie schön dass Sie ihn aufgehoben und hergebracht haben, Na das freut mich, Aber das sind ja Sie, Was, Sie, Wer, Wir sind uns im Herbst begegnet, Stimmt, Drüben am Ufer, Genau, Ich war mit meiner Freundin dort, Genau so war es, Schön dass wir uns wiedersehen, Stimmt, Schon witzig wenn sich Unbekannte so wiedersehen, Das kann man sagen, Obwohl es ja schon irgendwie dieselbe Gegend ist, Ja, Trotzdem toll, Stimmt, Ach wenn nur jemand käme und den Strumpf abholen würde.

»Ich wünsch Ihnen einen wunderbaren Winter!«, gurrte sie noch zum Abschied und forderte mich auf, wiederzukommen und zu fragen, ob jemand den Strumpf abgeholt hat. Ich versprach es. Am Ausgang, an der Grenze, wo die warme Innenluft und die von draußen einströmende massive Kälte sich verwirbelten, musste ich mir die Augen wischen.

Nach einem wunderbaren Winter sah es allerdings aus. Irgendwie war es mir gelungen, mich zur falschen Treppe zu verirren, und nun stand ich an der Straßenbahnhaltestelle. Ich schaute auf den Marktplatz. Die Bäume, die ihn säumten, sahen schlicht und einfach unbeschreiblich schön aus in ihrer weißen Hülle. Das gleiche Weiß kräuselte sich um die Antennen auf den Dächern. Plötzlich war es dunkel geworden. Hinter dem Nachbarviertel Kruununhaka spitzte bereits ein schüchterner Mond hervor, und auch er trug eine Art Heiligenschein.

Eine Weile brauchte ich dafür, mich über all die Leere mitten in Hakaniemi zu wundern, am Nachmittag, noch vor Ende der Stoßzeit. Dann fiel mir ein, dass Sonntag war. Ich buddelte in der Handtasche nach etwas, ich weiß nicht, nach was, dabei stieß ich auf das herzzerreißende Geschenk von Virtanen.

Erst jetzt begriff ich, was bevorstand, dass nämlich bald Weihnachten war. Nicht dass mich deswegen Panik ergriffen hätte, aus der Abteilung hatte ich erst mal genug gehabt, aber obschon ich Weihnachten seit Jahren nicht mehr groß gefeiert hatte, so löste es doch immer etwas in mir aus. Geschenke! Die Geschenke waren noch nicht verteilt.

Angesichts der abrupt offenbar gewordenen Vorweihnachtlichkeit war die Stadt sonderbar still und leer – lag es an den mehr als zwanzig Grad minus oder was hielt die Menschen in den Häusern, jedenfalls kam mir kaum einer entgegen, als ich von der Straßenbahnhaltstelle zum Sparkassenufer stapfte. Ich ging auf der Uferseite, die Pfluggeräte waren noch immer nicht bis dorthin vorgedrungen, gut so, denn ein sympathischer Trampelpfad schlängelte sich die Bucht entlang, darauf ging es sich schön. Auf einer Bank hatte jemand ein Areal von der Größe eines Hinterteils herausgeschält, sodass mitten auf dem imposant beschneiten Gruppensitzmöbel eine durchaus einladende Vertiefung klaffte. Mit langen Schritten ging ich in den bereits vorhandenen Fußspuren zur Bank, kramte die Gratiszeitung aus der Handtasche, legte sie zur Isolierung in die Senke und setzte mich. Es war seltsam bequem, sozusagen ergonomisch, ein bisschen so, als würde man in einem weichen, eierförmigen Sessel sitzen.

Ich saß lange dort. Vor mir sah ich die Form eines Bootes, das in der Umzingelung des Eises zurückgeblieben war. Als Boot erkannte man den weißen Haufen eigentlich nur an dem orangefarbenen Seil, das sich zu einer Befestigungsvorrichtung hinwand. Man hörte fernes Verkehrsrauschen, das Kältequietschen der Züge jenseits der Bucht und das Flüstern und Knistern des Frosts in den Bäumen und Büschen. Ein einzelner Hund rannte quer über die zugefrorene Bucht, und kurz darauf kam ein unglaublich langsamer Altmensch hinterhergebuckelt. Über den Baiser-Bäumen erhoben sich zig Rauch- und Dampfsäulen senkrecht in den schwarzen Himmel, in den kalte Sternenlöcher eingestanzt waren, die aussahen, als pfiffe es durch sie hindurch.

Endlos lange konnte man da natürlich nicht sitzen bleiben, wenn man nicht festfrieren und sterben wollte. Ich wollte weder das eine noch das andere, darum stand ich auf, klopfte mir den Schnee vom Hinterteil und ging weiter. Beim Überqueren der Straße breitete sich wieder Wärme in meinen Gliedmaßen und etwas Warmes, Rundes auch in meinem Inneren aus. Auf den dreißig, vierzig Metern Gehsteig rollten gleich mehrere hervorragende Geschenkideen an. Als ich das in der Kälte quietschende Tor öffnete, war ich bereits ganz woanders, beim Durchqueren des Innenhofs spürte ich ein seltsames Kitzeln im Herzen, und als ich die Treppe hinaufstieg, waren meine Gedanken auch schon von Stimmen, Gerüchen und sogar Geschmack erfüllt. Kaum hatte ich in meiner Wohnung Mantel, Mütze, Schal und Handschuhe ausgezogen und spürte, wie die Heizungswärme die Wangen zum Glühen brachte, war ich bereits im tiefsten Sommer angelangt, der Ort könnte Kerava gewesen sein, und ich kam zu einem merkwürdigen Fest, bei dem zwar irgendwie Weihnachten gefeiert wurde, aber bei Sonnenschein und Hitze und im Freien, alle waren sie versammelt, die Jalkanens mit ihrem Kind verwalteten den Grill, die Mäkiläs waren wieder auf dem Posten, und natürlich war auch die gesamte Familie Jokipaltio da, das Familienoberhaupt rasiert und mit neuer Anstellung, das Mädchen und der Junge in ihrer rundeckigen Jugendlichkeit ein wenig abseits, und als wichtigste Person natürlich Irja, die eiserne Irja, mit rot geschminkten Lippen schenkte sie ein Schaumgetränk aus und murmelte etwas von wegen Irma hat schon wieder Plastikbecher gekauft. Und als ich beim Teekochen daheim die ganze alberne Vorstellung einfach auftauchen und geschehen ließ, da kam auch Opa Hätilä dazu und pürierte mit seinen kleinen Zähnen Kaffee und Kuchen, seine Tochter hatte ihre Medizin genommen und erklärte gerade jemandem etwas Astrologisches, und sogar Virtanen aus Hakaniemi war irgendwie dorthin geschleift worden, in einem neuen Hemd und die Haare wassergekämmt, und neben ihm stand mein Sohn, er hatte abgenommen und lehnte das alkoholische Getränk ab, das Virtanen ihm aufdrängen wollte. Und so bescheuert das ganze Fantasiegebilde auch sein mochte, so angenehm war es, sich darin zu bewegen, während die Kälte an den Hausecken knackte und Eisblumen auf dem Fenster wuchsen, man durfte zuträumen, Gedankenspiele machen, es war kein todernstes Zukunftsbild, es hätte auch keine Rolle gespielt, wenn wir im Heizungskeller gestanden und lauwarmen Saft getrunken hätten, ich wünschte mir bloß, während ich so auf mein dunstumrandetes Spiegelbild in der Spüle schaute, dass wir alle beisammen wären, beisammen und nett zueinander.

Es schien mir durchaus möglich.